물빛
푸를   린

자드윈 장편소설

물빛 푸른 린

팩토리나인

차례

간지러운 웃음소리가 선잠을 깨웠다.

어머, 깼니?

옅은 바람결에 낯선 냄새가 섞여 있었다. 맑고 푸르른 동시에 포근하고 따듯한. 어쩌면 어렴풋한 의식 속에서 느낀 시선이 그랬는지도 모르겠다.

또 자는 거야? 잠꾸러기네.

코끝을 톡 건드리고 떠나는 손길에 애정이 묻어난다. 이제 일어날 거예요. 잠기운이 가득한 목소리로 웅얼거리며 부드러운 품으로 파고들었다. 정수리를 따뜻하게 달구는 햇살 탓인지 유난히도 눈꺼풀이 무거웠다. 엄마, 엄마아. 바스락대는 천 위에 얼굴을 비빌 때마다 작은 오라버니가 들으면 징그럽다 타박할 콧소리가 흘러나왔다.

이제 다섯 살 누님이라더니. 아직 아기였네, 우리 채희.

저 이제 아기 아니에요. 그 말은 뱃속 깊은 곳에 숨겨둔 채 한껏 어리광을 부리다 치맛단이 팽팽하게 당겨져서야 빼꼼히 고개를 들었다.

인사하렴. 이 어미의 오랜 벗이란다.

'벗'이라는 단어에 이끌려 바라본 곳에는 바다가 있었다. 눈부신 햇살이 있었고, 닿지 못할 온기가, 손가락 사이를 스치는 바람이 있었다.

어여쁘지?

눈도 떼지 못하고 느리게 고개를 끄덕였다. 찬란하게 부서지는 빛무리는 과연 어여쁘다는 말로는 부족해 보였다.

아버지께는 비밀.

가늘고 긴 손가락이 입술 위에 살포시 내려앉았다. 쉿, 이어지는 웃음기 띤 목소리에 채희는 누가 발바닥이라도 간지럽힌 것처럼 몸을 배배 꼬며 함께 웃었다. 비밀. 눈앞에 있는 모든 것을 신비롭게 만들어주는 단어였다.

가까이서 보고 싶니?

웃음이 그치자 호기심이 동했다. 반짝이는 눈빛을 보았는지 어머니가 물었다. 채희는 얼른 고개를 끄덕였다. 어머니가 바다로 손을 뻗어 빛무리를 부를 때는 꼴깍, 침이 넘어가기도 했다.

여기는 내 딸 채희고, 여기는······.

물살을 가르고 다가온 빛무리가 푸른 눈을 깜빡였다. 만져도 되는 걸까. 다급한 마음에 생각을 마치기도 전에 손이 튀어 나갔다. 찰팍, 바닷물이 튀어 오른 건 거의 동시였다. 함께 놀라 젖은 손을 내려다보던 어머니가 먼저 웃음을 터트렸다. 지금껏 들은 적 없는 맑고 청량한 웃음소리였다.

채희가 반가운가 봐.

대체 어디가 반가운 거냐고 되물으려다 어머니의 밝은 표정을 보고는 입술을 합 다물었다.

빛무리는 햇살 머금은 물결 위를 자유롭게 오갔고, 어머니는 너울지는 물결에 맞춰 보듬어 안은 등을 토닥토닥 두드렸다. 도로 눈이 감기고, 의식이 흐려질 즘이었다.

채희야.

바람결을 닮은 목소리가 귓가에 속삭였다.

세상에는 말이다⋯⋯.

세상에는…….

"세상에. 또 잠드셨네."

덜컹거리며 몸이 기우뚱 기우는가 싶더니 이내 찬 기운이 옷 속을 파고들었다. 드르륵, 드르륵. 아귀가 맞지 않는 창문이 여닫 히며 요란한 소리를 냈다.

"일어나셔요, 아씨. 이제부터는 걸으셔야 한대요."

조금만 더 잘래애……. 벌컥 열린 출입문에 대고 웅얼거려 보았 지만 소용없었다. 씨알도 안 먹힐 흥흥 소리를 내가며 연행되듯 가마에서 내리자 강렬한 오후 햇살이 졸음 낀 두 눈을 아프게 찔 러 왔다.

"으, 힘들어."

기지개를 쭉 켜자 오래 구부리고 있던 팔다리가 비명을 지르는 듯했다.

어머, 깼니?

그러고 보니 반가운 꿈을 꿨던 것 같은데…….

"뭐 하고 서셨어요. 올라가시지 않고."

흐릿해진 꿈을 더듬으며 쓰개치마를 뒤집어쓰고 있는데 그새를 못 참고 재촉이 쏟아졌다. 에이, 간다니까. 너스레를 떨며 무심코 내딛던 걸음은 눈앞에 펼쳐진 광경에 덜컥 멎었다. 아마 숨도 함께 멎었을 것이다.

"……지금, 여길 걸어서 올라가야 한다고?"

입을 떼기 무섭게 간신히 쥐고 있던 쓰개치마가 툭 떨어졌다.

"그럼 여기도 가마 타고 올라가시게요? 안 올라갈 거면 좀 나와 보셔요. 지나가게."

퉁명스럽게 대꾸한 말생이 떨어진 쓰개치마를 주워 도로 팔에 걸어줄 때까지도 채희는 눈앞의 광경을 믿을 수 없었다. 그저 계단, 계단, 계단. 끝을 알 수 없는 까마득한 높이에 채희는 입이 벌어진 줄도 모르고 눈을 끔뻑였다. 조금 전까지 눈가에 맺혀 있던 졸음은 온데간데없었다.

어찌나 까마득한지 끝이 보이지도 않는다. 겨우 지긋지긋한 가마에서 벗어나나 했더니 그보다 더한 난관이 기다리고 있을 줄이야. 올려다보는 것만으로도 넋이 나갈 지경인데 옆에서는 태연하게 짐까지 지고 올라가고 있으니 더 환장할 노릇이었다. 산과 바다에 둘러싸여 도망칠 곳이 없다고는 들었지만 이건 너무…….

"……아버지 화 많이 나셨든?"

"참 빨리도 물으십니다. 그럼 금지옥엽 고명딸이 혼인하기 싫다며 남장까지 하고 담을 넘었는데 허허 웃고만 계실 줄 아셨어요?"

곧 불꽃이라도 뱉어낼 듯 매서운 기세였다. 괜히 한마디 더 얹었다가는 좋은 끝을 보지 못할 것 같아 입을 다물긴 했으나 채희라고 할 말이 없는 건 아니었다.

시작은 아버지였다. 제 뜻과는 상관없이 올해 겨울에는 무조건 혼인하라는 것으로도 모자라 이미 허혼서까지 보내놓고 달랑 통보만 하는데, 아무것도 하지 않고 있자니 도저히 억울해 살 수가 없었다. 하여 막내 오라버니의 옷을 훔쳐 입고 야밤에 담을 넘었다. 비록 담을 넘자마자 아버지께 들켜 여기까지 오게 되었지만, 후회는 없다. 다시 돌아간다면 별당 옆이 아닌 뒤뜰에 있는 담을 넘어야겠다는 생각만 할 뿐이다.

"어여 올라오셔요, 아씨. 여기서 날 새우실 거 아니잖아요."

말생의 재촉에 입술을 앙다문 채희가 치맛자락을 움켜쥐고 계단을 올랐다. 뭐 얼마나 대단한 곳이라고 석 달씩이나 가 있으라는 건가 했더니 이 김에 고생이란 고생은 다 시킬 모양이다. 하긴, 그동안 수많은 말썽을 부렸던 채희지만 이번만큼 아버지 태근의 엄한 얼굴은 처음이었다.

몇 계단이나 올랐을까. 줄어들 줄 모르는 돌계단의 개수를 헤아리고 있자니 지난밤의 일이 조금은 후회되고 있을 때였다. 어디선가 휙 바람이 불어왔다. 비릿한 바다 냄새가 코끝에 머물다 재빠르게 사라졌다. 어쩐지 그리운 냄새에 이끌리듯 고개를 돌리자 울창하게 자란 나무 틈으로 얼핏 바다가 보였다.

"유모, 저기 좀 봐. 바다야."

"예에. 알겠으니 계속 오르셔요. 해 집니다."

채희가 가리키는 쪽으로는 눈길 한 번 주지 않은 말생이 무릎을 두드리며 몇 계단 앞서갔다. 매일 이놈의 무릎이 말썽이라며 투덜대더라니 역시나 아픈 모양이었다. 한양에서 이곳까지 거의 쉬지 않고 걸어온 데다 계단까지 오르고 있으니 힘들 만도 했다.

"……같이 가."

한참 바다를 향해 머물러 있던 시선을 거둔 채희가 얼른 계단을 밟고 올라 말생의 겨드랑이에 팔을 끼우며 부축했다. 한때는 채희를 업고 산도 오를 만큼 기운이 넘치던 사람이었다. 따뜻한 아랫목에 앉아 손주 재롱을 봐도 이르지 않을 나이에 하지 않아도 될 고생을 하면서도 채희 탓 한번 한 적 없는 우직한 사람이기도 했다. 고맙고 미안한 마음에 채희는 말생을 부축한 팔에 더욱 단단히 힘을 실었다.

다시 계단을 오르는데 이번에는 휘익, 휘파람을 닮은 소리가 바람결에 섞여 귀를 간질였다. 마치 '채희야.' 하고 저를 부르는 것만

같았다. 고개를 돌리니 바다가 있는 방향에서 웅성거리는 소리가
들려왔다.

"유모, 유모. 무슨 소리 안 들려?"

"무슨 소리요?"

"방금 저쪽에서……."

어? 분명 조금 전까지만 해도 들리던 휘파람 소리가 고개를 돌
리는 사이 감쪽같이 사라지고 없었다. 바다 쪽도 마찬가지였다.
간간이 바람결에 나뭇잎끼리 부대끼는 소리가 고작이라 잠시 고
개를 기울였던 채희도 머지않아 시선을 돌렸다.

"아냐. 내가 잘못 들었나 봐."

기분 탓이려니 하고 다시 계단을 올랐다. 수가 많기는 해도 그
럭저럭 오를 만하던 계단은 중턱을 넘자 무섭게 가팔라지더니 어
느덧 숨이 차기 시작했다. 여기까지 오면서도 불평 한마디 없던
말생도 슬슬 한계에 다다랐는지 이따금 숨을 몰아쉬거나 "아이고
죽겠네." 같은 소리를 했다.

"아씨, 돌아가시면……. 대감, 대감마님께, 후…… 무조건 잘못
했다고 비세요. 그렇게 혼내시고도 가마까지 붙여주신 거 보면,
대감마님도 마음이 불편하신 게 분명해요."

"싫어."

"아씨."

"내가 뭘 잘못했다고 빌기까지 해야 해? 애초에 내 의견 따위는

신경도 안 쓰고 멋대로 결정한 건 아버지잖아."

"그야, 아씨가 혼인 얘기만, 후, 나오면 덮어놓고 싫다고만 하시니 그렇죠. 아씨 나이가 벌써 스물이신데 하루라도 빨리 혼처를 정하셔야……."

"유모는 내가 빨리 떠났으면 좋겠어?"

우뚝 멈춰 선 채희가 퉁명스럽게 묻자 말생의 눈이 휘둥그레졌다.

"그건 또 갑자기 무슨 소리래요."

"아버지도 그래. 딸 시집 못 보내고 죽은 귀신이라도 붙은 것처럼 이렇게 도끼눈을 해서는 혼례, 혼례. 이제 내가 싫어지신 게 분명해."

"어휴. 농이래도 그런 소리 마셔요, 아씨. 대감마님께서 아씨를 얼마나 생각하시는데요."

"생각하시는 분이 날 이런 곳에 보내? 그런 혼처를 고르고?"

"아씨 혼처가 어때서요. 대감마님이 얼마나 까다롭게 고르셨는데요."

"까다롭게 고른 사람이 고작 김윤성이야? 김규식 영감네 금지옥엽?"

"고작이라니요. 김규식 영감댁이 어디 보통 집안이에요? 대대로 판서며 영의정을 지낸 데다 삼 년 전 돌아가신 김수황 대감께서는 좌의정까지 지내셨고, 김규식 영감께선 최근에 호조 참의에 오르셨잖아요. 삼년상을 치른다고 관직도 내놓았던 분을 참의로 불러들이는 이유가 무엇이겠어요. 게다가 김 도련님도 이번에 승문원 정자로 출사하셨다 그러시고, 요즘 그 집에 연줄 못 대서 안달인 사람이 어디 한둘이에요? 오죽하면 우스갯소리로 그 집안 유일한 흠이 자식이라곤 김 도련님 하나뿐인 거라 하겠어요."

숨도 쉬지 않고 뱉어내는 문장들에 조금 전까지만 해도 죽겠다며 앓는 소리 하던 사람이 맞나 싶었다. 뒤늦게 숨을 몰아쉬는 말생을 보던 채희가 입술을 비죽이며 남은 계단을 먼저 오르기 시작했다.

줄줄 읊어주지 않아도 대단한 집안이라는 것쯤은 채희도 안다. 대문만 나서도 들리는 게 그 집안 소식이니까. 이제 겨우 혼담을 주고받았을 뿐인데도 동네 사람 모두 이미 두 집안이 혼인한 것처럼 떠들어대는 것도 알고 있었다.

"흥. 출사면 뭐 해. 그런다고 대과도 못 치른 진사 출신인 게 달라져?"

"같은 나이이신 기화 도련님도 대과는 아직이시잖아요."

냉큼 뒤따르는 말생을 흘긋 돌아본 채희가 계단을 밟는 걸음에 더욱 힘을 실었다.

"……막내 오라버니는 진작 출사 길에 오르지 않고 뭐 했대. 생진사씩이나 되어서는. 김 도령도 그래. 음서가 뭐 그리 떳떳하고 출사니 어쩌니."

"아씨도 참, 세상 물정 모르시네. 음서는 뭐 아무나 해요? 그만큼 집안이 대단하다는 뜻이죠."

세상 물정을 모르긴 뭘 모르냐며 투덜대는 사이 까마득하던 계단도 드디어 끝이 보였다. 잠시 멈춰 선 채희와 달리 걸음을 멈추지 않은 말생이 먼저 마지막 계단을 밟을 때였다.

"그렇게 대답한 집안이면 유모가 대신해."

"뭘요."

"뭐긴, 혼례지."

말생이 황당하다는 낯으로 입만 벙긋거렸다. 그도 그럴 것이, 이미 스무 해 넌 넘게 살 부대끼며 산 남편이 멀쩡히 살아 있는 데다 채희보다 두 살 많은 아들도 있었다.

"유모가 전에 그랬잖아. 기회만 있으면 석돌 아재 버리고 더 좋은 남편감 얻고 싶다고. 이번이 그 기회일지 누가 알아?"

"하이고, 저도 그게 가능했으면 좋겠네요. 우스갯소리 그만하시고 마저 올라오기나 하셔요."

뭐라고 하던 관심 없다는 투라 채희가 입술을 더욱 부루퉁하게 내밀었다.

"다들 정말 너무해. 다른 것도 아니고 혼인이잖아! 내 평생이 걸린 일이라고! 근데 왜 내 얘긴 아무도 안 들어주는 거야?"

"그래요. 말 나온 김에 들어나 봅시다. 남들은 못 가서 안달이라는 자리가 대체 왜 싫으신데요?"

때마침 두 사람을 마중 나오던 동자가 점점 높아지는 언성에 그대로 멈춰 섰다. 먼저 올라와 짐을 풀던 지게꾼들이나 행자들도 어느덧 이들 대화에 귀를 기울이고 있었다.

채희가 선뜻 대답하지 못하자 말생은 양손까지 허리에 올리며 그것 보라는 듯 거만한 태도를 보였다. 다들 놀란 와중에 채희만이 눈 하나 깜짝하지 않고 턱을 치켜든 채 외쳤다.

"못생겼어!"

"그야 사람이 좀! ……네? 그 얼굴이요?"

"응. 이목구비가 아주…… 제멋대로야."

얼굴을 위아래로 연거푸 쓸어내리는 듯한 채희의 손짓에 지게 꾼들이 품, 웃음을 터트렸다. 이제 갓 열 살쯤 되었을까 싶은 동자도 킥킥대며 따라 웃다 날카롭게 꽂히는 말생의 시선에 입을 틀어막았다.

그사이 남은 계단을 모두 오른 채희가 치맛단에 묻은 흙을 털어내고는 일주문 앞에 다소곳이 섰다. 하고 싶은 말을 속 시원히 했기 때문인지 얼굴에는 후련함까지 감돌고 있었다.

"그 얼굴이 못생긴 거면 한양 바닥 남자들은 뭐, 다 저기 구르는 돌멩이만도 못하게요?"

대답 대신 입술만 비죽인 채희가 고개를 휙 돌리고서 일주문을 넘었다. 티끌만 한 시선도 주지 않겠다는 듯 치켜든 고개를 본 말생이 다급하게 말을 이었다.

17

"하이고, 아씨. 전 살아생전 그렇게 잘생긴 분은 본 적이 없어요. 김 도련님 청에서 들어오시던 날 온 동네가 떠들썩했던 거 잊으셨어요? 아씨랑 붙여놓으면 선남선녀가 따로 없겠더만요."

"몰라. 기억 안 나. 남들이 뭐라 그래도 내 눈엔 한낱 돌멩이만도 못한 걸 어떡하라구."

"그리고 아씨가 아직 잘 몰라서 그러시는가 본데, 남자는 얼굴이 다가 아니어요."

"알아. 얼굴이 다가 아닌 거. 하지만 나한텐 얼굴이 제일 중요하단 말이야."

"얼굴이 뭐, 밥이라도 먹여주는 줄 아세요?"

"밥은 안 먹여주겠지만 밥맛은 돌게 해주겠지. 보고만 있어도 배부르지 않겠어?"

어깨를 으쓱이며 말을 맺자 말생이 깊은 한숨을 내쉬며 가슴을 두드리기 시작했다. 어쩐지 대단한 잔소리가 쏟아질 것 같은 불길한 예감에 채희가 조금 움츠러들 때였다.

"먼 길 오시느라 고생 많으셨습니다."

소리 없이 다가온 사람은 인자한 미소를 띤 스님이었다. 희끗한 눈썹과 달리 자세가 곧고 눈빛에 힘이 있어 쉬이 나이를 가늠하기 어려웠다. 그 곁에는 조금 전 말생의 눈초리에 급히 입을 틀어막고 눈만 굴리던 동자승이 서 있었는데, 빳빳하게 다린 승복 탓인지 표정은 물론 스님의 옷자락을 쥔 손마저 잔뜩 긴장한 것처럼 보였다.

"계단을 오르실 때까지만 해도 긴가민가했는데, 이리 가까이서 뵈니 한눈에 알아보겠습니다."

채희는 눈이 마주칠라치면 스님 뒤로 쏙 숨어버리는 동자와 때 아닌 눈싸움을 하다 고개를 들었다. 깊이를 알 수 없는 노승의 두 눈이 채희를 올곧게 바라보고 있었다.

"저를 아세요?"

"알다마다요. 젖먹이 때부터 뵀었는데 잊을 리가 있겠습니까."

젖먹이. 어쩐지 낯선 단어를 입안에서 굴렸다. 스님은 그 모습 마저 반갑다는 듯 깊은 미소를 지었다. 눈앞에 선 채희가 아닌 그 너머 누군가를 그리워하는 듯한 얼굴이었다.

"어머니를 많이 닮으셨습니다."

아. 짧은 감탄사와 함께 채희의 고개가 절로 끄덕여졌다. 채희 도 익히 들어 알고 있었다. 어머니가 아주 어릴 때부터 해마다 들 르던 절이 있다고. 어렴풋하게나마 어머니와 함께 예불을 드린 기 억이 남아 있는 걸 보면 아버지와 혼인하고도 종종 들렀던 게 분 명했다. 그때 그곳이 여기인 걸까. 그리 생각하니 유배지처럼 여 기던 이곳도 제법 친근하게 느껴졌다.

"참, 제 정신 좀 보십시오. 반가운 마음에 피곤하신 분들을 붙잡 고 말이 길어졌습니다. 지내실 곳은 여기 이 아이가 안내할 테니 따르시지요."

스님 손짓에 쪼르르 불려 나온 동자가 작은 손을 야무지게 모아 붙이고 채희 앞에 꾸벅 인사했다.

"저, 저를 따라오세요."

"아씨 먼저 들어가 계셔요. 저는 세숫물이라도 얻어 갈 테니."

동자를 따라 몇 걸음 떼지도 않았는데 말썽이 옆길로 샜다. 꽉 다문 입매가 부루퉁한 것이 영락없이 골이 난 얼굴이었다. 채희는 종종걸음으로 멀어지는 뒷모습을 눈으로 좇다 고개를 돌렸다. 앞서가던 동자가 멀찍이 멈춰 서서 채희를 기다리고 있었다.

동자의 안내를 받아 도착한 별당은 불이문 바깥에 지어져 대웅전은 물론 그 밖의 다른 법당들과도 제법 멀리 자리하고 있었다. 비슷하게 생긴 건물이 뒤편으로 두어 채 더 있는 것으로 보아 처음부터 객을 위해 마련된 건물인 모양이었다.

그럼 편히 쉬시라는 동자에게 합장하여 인사한 뒤 방으로 들어온 채희는 깨끗하게 정리된 방 한가운데 덜렁 놓인 상자를 보고는 잠시 멈칫했다. 자개로 화려하게 장식된 걸 보면 절에서 주는 환영 선물은 아닐 것이고. 경계를 놓지 않은 채 다가간 채희가 낚아채듯 상자 위에 놓인 붉은 비단 봉투를 쥐었다. 봉투 안에는 종이가 한 장 들어 있었다.

그믐날 좋은 선물을 가지고 찾아뵙겠습니다.

허혼서를 보내주어 고맙다는 말과 함께 적혀 있는 이름 석 자를 따라 읽은 채희는 콧방귀를 뀔 수밖에 없었다.

김윤성. 예물을 보내고 싶었으면 집으로나 보낼 것이지 뭐가 급해 절에다 이런 것을 보낸단 말인가. 애초에 여기 있는 건 어찌 알고. 여기 있는 걸 안다는 건 야밤에 담을 넘으려다 들킨 것도 안다는 건데…….

"……사내가 자존심도 없지."

생긴 것과 다르게 호방한 글씨체를 흘긋 노려본 채희가 서신이라고 부르기도 민망한 종이를 도로 봉투 안에 구겨 넣곤 패물함 위에 아무렇게나 던져두었다. 열어보지도 않은 상자를 발로 살살 밀어둔 뒤 미리 깔려 있던 이불에 벌러덩 누우니 그제야 다리가 욱신거리며 순식간에 피로가 몰려왔다.

"아씨, 저예요. 들어갑니다."

치마가 까뒤집히건 말건 누워서 아픈 다리를 두드리는데 문이 덜커덕거리며 열렸다. 턱에 걸린 문을 발끝으로 겨우 밀어내고 안으로 들어선 말생의 손에는 커다란 대야가 들려 있었다. 그새 끓이기라도 했는지 몽글몽글한 김이 올라오는 대야를 채희 곁에 조심히 내려놓은 말생은 아픈 자기 무릎은 대강 문지르는 척만 하곤 손을 뻗어 채희 발을 끌어 갔다.

"됐어. 유모나 해."

"이리 주서요. 밤새 또 끙끙 앓지 마시고."

미약한 힘겨루기 끝에 채희가 못 이기는 척 발을 내미니 버선을 벗긴 말생이 따뜻하게 적신 물수건으로 발을 말아 쥐고는 꾹꾹 주물러준다. 발을 감싼 수건이 따뜻해서 그런가, 발을 주무르는 말생의 손길이 야무져서 그런가. 피로에 찌들었던 몸이 한결 편안해지는 기분이었다.

밀려오는 나른함에 느리게 눈만 끔뻑거리고 있는데 말생이 나지막하게 입을 열었다.

"지난번에 다치신 데는요?"

발뒤축을 타고 올라와 종아리를 주무르던 말생의 손이 무릎을 들춰보는 게 느껴졌다. 간신히 고개만 들어 확인하니 까졌던 상처 위에 딱지가 앉아 있었다. 담을 넘다 넘어져 다친 상처였다.

"괜찮아."

괜히 민망해 슬쩍 가리는데 말생이 있어보라며 다시 따뜻하게 적신 수건으로 무릎 상처 주변을 살살 닦아주었다. 좀 전까지만 해도 잔뜩 골이 난 얼굴이더니 흉하게 앉은 딱지 앞에서 그새 누그러진 모습이었다. 이럴 때 보면 아버지가 자주 하던 말도 틀린 게 하나 없었다. 철없이 사고 치는 사람 따로, 봐주는 사람 따로. 채희가 그중에서 '철없이 사고 치는 사람'을 맡으면 말생은 잔소리하다 한숨 한 번 푹 쉬고 '봐주는 사람' 역이었다.

여섯 살 되던 해에 어머니를 여읜 이후 마음에 남은 빈자리를 채워준 사람이 말생이었다. 채희는 어떤 고집을 부리던 제게 결국 져주고 마는 말썽을 볼 때마다 어머니가 살아계셨으면 이런 느낌일까 생각하고는 했다. 그만큼 소중했고, 그 누구보다도 더 가족 같았다.

"그러게, 담은 왜 넘으셔서 떨어지고 그러세요."

속으로 하는 생각을 듣기라도 한 것처럼 상처를 보듬는 손길에 애틋함이 묻어났다. 큼큼, 어색하게 목을 틔우는 말썽을 보며 채희는 입가에 피어난 미소를 재빨리 감췄다.

"안 떨어졌다니까."

"그러면 뭐, 바닥이 알아서 덤벼들었대요?"

"뛰어내렸지."

"……그것참 잘하셨네요."

퉁명스러운 말투만큼이나 떨떠름하게 표정을 굳힌 말썽이 애틋하게 보듬던 채희의 다리를 이불에다 던지듯 내려놓았다. 내동 댕이쳐지며 꼬인 두 다리가 우스워 웃음을 터트리자 말썽이 애꿎은 제 가슴만 팡팡 쳐댔다.

"근데 저건 뭐래요?"

계속 웃으면 다음 세숫물은 냉수로 떠 올 거라는 으름장을 끝으로 가지고 온 대야를 챙겨 나가던 말썽이 구석에 처박힌 상자를 턱짓으로 가리키며 물었다.

"그 잘난 김규식 영감 댁 금지옥엽이 보낸 뇌물."

"아니, 그걸 지금……!"

태연하다 못해 무심하기까지 한 채희의 대답에 말생이 종일 참고 참았던 잔소리를 터트리려는 찰나였다.

"저어, 계신가요?"

방문을 넘어오는 앳된 목소리에 말생이 이따 보자는 듯 눈을 흘겼다. 열리는 문을 보며 느릿느릿 일어나 앉은 채희가 문가를 힐긋거렸다. 말생에게 가려 잘 보이지는 않으나 꾸벅 인사하는 모습이 좀 전에 방을 안내해 줬던 동자인 듯했다.

"지주 스님께서 식사 준비까지 시간이 좀 걸릴 것 같다 하시며, 혹 그전에 필요한 건 없으신지 여쭈어보라 하셨습니다."

최대한 또박또박 말하려는 말투가 기특해 절로 미소가 그려졌다. 그럼 얼마나 더 기다려야 하느냐는 말생의 물음을 들으며 열린 문틈을 물끄러미 바라보고 있는데 순간 채희의 머릿속에 이 상황을 모면할 좋은 생각이 떠올랐다.

"예에, 그럼 그리 말씀 전하겠습니다."

나른함도 잊은 채 몸을 일으키자 말생의 대답을 들은 동자가 막 인사를 마치고 돌아가려 하고 있었다.

"스님!"

"예, 예?"

다급하게 불러 세우자 동자의 동그란 눈과 더불어 말생의 세모난 눈이 동시에 채희를 향했다. 말생은 입을 꾹 다문 채 또 뭘 하려고 그러느냐, 그게 뭐가 됐든 절대 안 된다는 속내를 눈으로 쏘아

보냈지만, 그 정도에 겁먹을 채희가 아니었다. 채희는 오로지 동자에게만 시선을 둔 채 생긋 웃었다.

"혹 식사가 준비될 때까지 바다 구경이라도 시켜주실 수 있겠습니까?"

"아씨!"

기어이 튀어나오고만 말생의 만류 위로 동자의 맑은 목소리가 덧입혀졌다.

"예, 그럼요! 제, 제가 안내해 드리겠습니다!"

동자의 눈치를 보느라 말생은 함부로 말도 못 하고 입만 벙긋거렸다. 벗어둔 버선에 발을 욱여넣은 채희가 일말의 고민도 없이 자리를 박차고 일어났다.

"다녀올게."

"멀리 가지 마셔요!"

"응. 걱정하지 마."

생긋 웃으며 방 입구에 던져놓은 쓰개치마까지 챙기고 나오니 동자가 발을 동동거리며 채희를 기다리고 있었다. 가볍게 묵례를 한 채희는 앞장서는 동자의 뒤를 천천히 따랐다.

내딛는 걸음마다 달라붙던 말생의 시선이 사라질 무렵, 앞서 걷던 동자가 자꾸만 채희를 힐긋거린다 싶더니 이내 잠시만 계시라며 어딘가로 후다닥 달려갔다. 머지않아 다시 후다닥 달려온 동자의 손에는 포슬포슬하게 삶은 감자 한 덩이가 들려 있었다.

"추, 출출하실까 봐 삶은 감자를 좀 가져왔는데 호, 혹시 드시겠어요?"

"네?"

"사, 삶은 지 얼마 안 된 거라 아직 따뜻하고 쥐고 계시면 몸도 따뜻해지실, 따뜻해질…… 따뜻……. 그러니까…… 어, 바닷바람은 추워서……."

뭐가 그리 쑥스러운지 눈도 마주치지 못하고 횡설수설하는 모습이 귀여워 조금 웃자 파리하게 깎은 머리가 삽시간에 붉어진다.

"예, 고맙습니다."

어정쩡하게 내민 감자를 받아 드니 울상이던 동자 얼굴에도 비로소 안도의 빛이 돌았다. 삶은 지 얼마 안 됐다던 동자의 말처럼 양손에 꼭 맞게 들어온 감자는 추위를 달래주고도 남을 만큼 따뜻했다.

냉큼 다시 앞서가는 동자의 뒤통수를 보며 감자만큼이나 보송하니 따뜻하겠다, 실없는 생각을 하는데 문득 말생과 티격태격하며 올라왔던 가파른 계단이 떠올랐다. 말생에게서 벗어나야겠다는 생각에 나섰으나, 지쳐서 꼼짝하기 싫은 상태기도 했다.

마음이 급속도로 가라앉았다. 그 긴 계단을 언제 내려가서 언제 다시 올라오나. 착잡함에 다리마저 굳어갈 때, 동자가 일주문이 아닌 정반대 방향으로 채희를 이끌었다. 사람 키 높이만큼 자란 나무들에 가려져, 있는 줄도 몰랐던 새로운 길목이었다.

"이쪽은……."

"네? 아, 바다로 곧장 이어진 길입니다. 바깥 길은 험해서 바다까지 들어가기 힘들거든요."

동자의 설명처럼 완만하게 뻗은 길은 까마득하게 가파르던 바깥 길과는 달리 미끄러지지 않도록 촘촘히 엮은 짚도 깔려 있었다. 푹신한 바닥을 밟으며 고개를 끄덕이자 신이 난 동자가 재잘재잘 말을 늘어놓았다.

"저희 절은 조용히 바다를 보며 수양하시려는 분들이 많이 찾으세요. 그래서 절 이름도 은월사라 지으셨대요. 달도 은밀히 쉬었다 가는 곳이라고……."

발그스름하게 달아오른 동자의 볼을 바라보던 채희는 어느 정도 절에서 벗어났음을 깨닫곤 쓰개치마를 벗었다. 후련함에 가벼운 숨을 내쉬기도 잠시, 앞서가던 동자가 뒤늦게 그 모습을 보고 놀란 얼굴을 하자 채희의 눈매가 가늘어졌다.

"어찌 그리 보십니까? 스님께서도 양반 규수가 채신머리없다 야단하시려고요?"

"아, 아뇨! 제가 어찌 그런, 불경한, 저는 그저, 고, 고우셔서……. 제 평생 아씨처럼 고운 분은 뵌 적이 없어서……."

"저를 놀리시는 게지요?"

"그, 그럴 리가요! 부처님께도 맹세할 수 있습니다! 저는 정말 아씨께서 일주문을 넘으셨을 때 달에 사는 항아님이 내려오신 줄,

협."

입을 틀어막은 동자의 얼굴이 삽시간에 붉어졌다. 이윽고 눈도 마주치지 않고 달아나는 동자가 어찌나 귀여운지 동생이 있었다면 이런 기분일까 싶기도 했다.

"곱다 하셔놓고 어찌 이리 매정하게 두고 가십니까?"

"두고, 두고 가는 것이 아니라, 제가, 아니, 그것이……."

놀리는 말인 줄도 모르고 당황해 허둥거리는 뒤를 쫓는 사이 바다가 코앞이었다.

모래사장에서 마주한 바다는 우거진 나무 사이로 얼핏 보던 것과는 차원이 달랐다. 탁 트인 시야에 속이 시원해지는 것은 물론, 잔잔한 파도 소리 덕에 곤두선 줄도 몰랐던 신경이 한결 누그러드는 기분이었다.

이토록 가까이에서 바다를 마주하는 게 얼마 만인지 모르겠다. 까마득한 옛 기억을 더듬느라 한껏 상기된 채희와 달리 동자는 바다에 도착하기 무섭게 다시 어디론가 도망가려 했다.

"또 어딜 가십니까?"

"여, 여기서 잠시만 기다리시면 제가 재미난 것을 보여드리겠습니다."

"저를 두고 가시려는 게 아니라요?"

"어, 어찌 그런 말씀을 하십니까아……. 제가 아씨를 어떻게 두고 갈 수 있겠어요……."

곧 터질 듯 붉어진 양 뺨이 우물거린다. 딱 한 번만 만져봤으면 좋겠는데. 밤알을 입에 문 것처럼 볼록하게 부푼 뺨을 미련 가득한 눈으로 바라보던 채희가 입꼬리를 씩 끌어올리며 대꾸했다.

"그럼 여기서 얌전히 기다리고 있을 테니 꼭 늦지 않게 돌아오셔야 합니다?"

"그럼요!"

꼭 그러겠노라 주먹까지 쥐고 끄덕이는 고갯짓이 제법 비장했다. 얌전히 기다리겠다는 채희의 말이 무색하게 동자는 멀리 가지 말고 기다리라 몇 번이나 당부한 끝에야 걸음을 뗐다. 그 모습이 귀여워 한참을 소리 죽여 웃다 돌아설 때였다. 언제 몰려들었는지 모를 게들이 발아래를 지나고 있었다. 처음에는 열댓 마리가 고작이던 게들은 순식간에 수를 불리더니 이내 새카만 떼가 되어 채희의 걸음을 떠밀었다.

게들은 금방이라도 몸을 타고 오를 것처럼 발등을 오르내리며 빠르게 움직였다. 채희는 슬금슬금 뒷걸음쳤다. 그러다 미처 뒤를 확인하지 못하고 돌부리에 걸려 넘어졌을 때, 게들은 마치 할 일을 마쳤다는 듯 재빠르게 사방으로 흩어졌다.

금세 자취를 감춘 게 떼에 황당해하기도 잠시, 자신이 넘어진 곳이 얕게 고인 물 위라는 것을 깨달은 채희가 젖은 치마를 추스르며 얼른 몸을 일으켰다. 스며드는 물을 정신없이 털어내는데 문득, 바닷물이 찰랑거리는 바위틈에 무언가 걸려 있는 것이 보였다.

　조심스럽게 다가가자 웬 벌거벗은 아이가 모래 위에 누워 있었다. 동자 나이만큼이나 되었을까. 앳된 얼굴에 놀라 좀 더 가까이 다가가던 채희는 몇 걸음 만에 우뚝 멈춰 설 수밖에 없었다. 아이의 머리카락 색이 일반적인 머리카락 색과 달리 짙푸른 탓이었다.

　도깨비일까. 덜컥 겁이 났지만 그렇다고 어린아이를 차가운 곳에 계속 뉘어둘 수는 없는 노릇이었다. 마른 입술을 살짝 깨문 채희가 조금 더 다가가 손을 뻗었다.

　"저, 저기요."

　용기 내어 어깨를 툭 건드리자 의식이 없는 줄만 알았던 아이가 고개를 번쩍 들더니 하얗고 뾰족한 이를 드러내며 카악 하고 위협적인 소리를 냈다 주춤 물러선 채희가 자신을 매섭게 올려다보는 두 눈에 잠시 넋을 놓았다. 아이의 눈은 바다를 콕 찍어 발라놓은 것 같은 푸른색이었다. 뿐만 아니라 크고 작은 상처들에 피와 모래가 뒤엉켜 엉망이 되었음에도 순간 숨이 막힐 만큼 아름다운 얼굴을 하고 있었다.

　오래도록 눈과 얼굴에 머물던 시선이 헐벗은 상체를 지나 물고기처럼 비늘로 덮여 있는 하체에까지 닿았을 때, 채희는 자기도 모르게 중얼거렸다.

　"인······어?"

　놀라서 굳어 있는데 멀리서 웅성거리는 소리가 들렸다. 그 소리에 인어가 반응했다. 경계심 가득하던 눈에 불안함이 깃드는가 싶더니 크게 몸을 뒤틀기 시작한 것이다. 달아나려는 걸까. 몸 이곳저곳이 모래며 바위에 쓸려 아플 텐데도 인어는 몸부림을 멈추지 않았다. 아무래도 바위틈에 꼬리지느러미라도 낀 모양이었다.

인기척이 가까워질수록 인어는 물론 채희 역시 마음이 조급해졌다. 인어가 저들을 피해 숨다 사고가 났음을 깨닫는 건 어렵지 않았다. 문젠 아무리 밀어도 바위가 꿈쩍하질 않는다는 건데…….

조금만 다가가도 이부터 드러내는 인어를 보며 발을 구르던 채희는 지척까지 다가온 인기척에 급한 대로 치맛자락을 걷어 올렸다.

"불편하더라도 잠시만 참아."

고인 물을 밟으며 다가간 채희가 인어 머리 위로 쥐고 있던 치맛자락을 떨어트렸다. 젖어서 색이 짙어진 다홍색 치마가 푸른 머리카락과 꼬리지느러미를 부드럽게 타고 흘렀다.

됐다. 웅크린 인어가 폭넓은 치마 속에 완전히 숨은 것을 확인한 채희가 안도하기도 잠시, 종아리에 차가운 것이 닿아 흠칫 몸이 떨렸다. 처음엔 어쩌다 닿은 것이라 여기려 했다. 그러나 종아리에 그치지 않고 오금까지 올라온 차가운 감각에 뺨에는 소름이 돋고 무릎에는 절로 힘이 들어갔다. 속바지 위로 만지는 것이 분명한데도 젖어서인지 마치 맨살을 더듬듯 느낌이 선명했다.

채희는 손등으로 뺨을 비비며 입술을 깨물었다. 다리를 더듬어 만지던 인어는 어느새 단속곳 끝자락을 쥐고 당겨가며 장난을 치고 있었다. 이게 대체 뭐 하는 짓이냐 따져 물으려는 찰나 모래 밟는 소리가 났다. 인어의 손이 멎은 것과 동시였다.

고개를 들자 험상궂게 생긴 남자 둘이 바다에 침을 뱉으며 다가오고 있었다. 하나는 작살도, 낫도 아닌 묘하게 생긴 날붙이를 들고 있었고, 하나는 자기 몸체만 한 큰 어망을 지고 있었다.

모래 밟는 소리가 자갈 밟는 소리만큼이나 크게 느껴졌다. 점차 가까워지는 소리에 버릇처럼 치마를 쥐었다가 아차 싶어 놓았다. 감자를 쥔 손에 힘이 들어가고 있었다. 인어 역시 긴장한 듯 채희의 다리에 몸을 더 바짝 붙이며 웅크리는 것이 느껴졌다.

인어가 떨고 있는 건지, 자신이 떨고 있는 건지 구분할 수 없어 더욱 떨리던 차였다. 다가오던 두 남자와 눈이 마주쳤다.

"못 보던 얼굴 같은데, 뉘슈?"

그중 조금 더 덩치 큰 남자가 먼저 말을 걸어왔다. 순간 등줄기가 쭈뼛 섰다. 광대와 콧대를 가로지르는 긴 상처만큼이나 거친 음성이었다. 인어 몸에 난 상처는 이들이 낸 게 분명했다. 어망을 지고 있긴 했으나 평범한 낚시꾼들과는 체격도, 분위기도 사뭇 달랐다.

채희는 남자가 등 뒤로 숨긴 날붙이를 힐긋 바라봤다. 조금 전까지도 누군가를 해치다 왔는지 날에는 아직 마르지 못한 피가 묻어 있었다. 채희는 저도 모르게 치마폭으로 향하려는 시선을 붙잡으며 태연한 척 미소 지었다.

"요 앞 은월사에 볼일이 있어 왔습니다."

"오늘?"

"네."

"오늘 오셨다는 분이 여긴 어찌 알고 오셨소? 아무나 쉽게 들어올 수 있는 곳이 아닌데."

위아래로 훑어보는 시선이 불쾌했으나 채희는 미소를 잃지 않았다.

"동자께서 바다 구경을 시켜주겠다 하셔서요."

채희의 말에 주변을 슥 한번 둘러본 남자가 다시 모래 위에 침을 뱉었다.

"그 동자승은 어딜 가시고."

한층 더 낮아진 음성이었다. 대놓고 겁박하려는 태도에 애써 지은 미소가 무너질 것 같았다.

"잠시 뭐 좀 찾으러 가겠다고 하시던데요."

"아아."

믿는 건지 마는 건지 모호한 표정으로 바다를 훑어본 남자가 다시 채희를 휙 돌아보며 입을 열었다.

"뭐 다른 건 못 봤고?"

"다른 거요?"

부쩍 짧아진 문장에 채희도 뾰족하게 되물었다.

"아니, 뭐."

덩치 큰 남자가 뭐라 더 말하려 하자 뒤에 서서 내내 바다만 바라보던 남자가 옆구리를 툭 치며 말렸다.

"아닙니다. 저희도 뭘 좀 찾고 있어서요. 그럼 편히 구경하다 가십시오. 우리도 이만 가세."

뭐가 못마땅한 건지 불만 가득한 얼굴로 채희를 쏘아보던 남자가 동료의 부추김에 못 이겨 돌아섰다. 가려면 빨리 가기나 할 것이지 이야기를 나누며 간간이 돌아보는 통에 채희는 다리가 굳어 저린데도 꼼짝할 수가 없었다.

그때였다. 계단을 오를 때 들었던 것과 같은 휘파람 소리가 들려온 건. 짧게 몇 번 울리던 소리가 길게 쭉 뻗어 나올 즘, 조용히 시선을 교환한 두 남자가 재빠르게 멀어졌다.

그들이 시야에서 사라지자 잔뜩 굳어 있던 다리가 곧 허물어질 것 같았다. 허벅지를 두드리며 안도의 한숨을 내쉬기도 잠시, 어느 순간부턴가 미동도 없던 인어가 떠올라 급히 치마를 걷어보았다.

채희의 다리를 끌어안듯 웅크려 누운 인어는 마치 잠이라도 든 것처럼 보였다. 꼭 감은 눈을 내려다보다 뒤늦게 인어의 팔이 자신의 맨발목과 닿아 있음을 깨달은 채희가 화들짝 놀라며 한걸음 물러섰다.

"아무리 상황이 급해도 그렇지 어디 아녀자의 다리를……!"

열 오른 눈으로 다리에 매달려 있는 인어를 쏘아보던 채희는 인어 얼굴에 생긴 붉은 자국에 잠시 말을 멈췄다. 얼굴만이 아니었다. 자세히 들여다보니 팔이며 가슴, 목덜미까지 좀 전만 해도 없던 화상 자국이 곳곳에 꽃처럼 피어 있었다. 한눈에 봐도 좋은 상태는 아니었다.

"괜찮아?"

어깨를 툭 건드리자 의식을 잃은 줄 알았던 인어가 눈을 번쩍 뜨며 그르렁거렸다. 놀라 얼른 손을 거두자 조금 전까지는 없던 붉은 상처가 눈에 들어왔다. 채희의 손이 닿았던 자리였다.

다른 곳에 남은 화상 자국과 비슷한 모양의 상처를 유심히 바라보던 채희가 문득 자기 손을 내려다봤다. 뜨거운가 싶어 손을 볼에 가져다 대봤다. 내내 감자를 쥐고 있어 따뜻하긴 했으나 델 만큼 뜨겁지도 않았다.

까닭을 알 수 없어 어리둥절해 있는 사이 다리를 끌어안은 인어의 팔이 느슨해지는가 싶더니 이내 모래사장 위에 힘없이 늘어졌다. 인어는 이만 살짝 드러낸 채 가쁜 숨을 몰아쉬었다. 채희를 바라보는 푸른 눈에는 날 선 경계가 여전했다.

깊이를 알 수 없는 푸른 눈을 넋 놓고 바라보다 어느새 바위틈까지 다가온 해안선을 발견했다. 물이 들어오는 때인 모양이었다. 이대로 둔다면 상처에 바닷물이 닿는 것도 시간문제일 터였다. 보고만 있을 수는 없다는 생각에 무작정 소매를 걷어붙였다. 망설이지 않고 손을 뻗기도 잠시, 온몸에 피어난 화상 자국 앞에서 손끝이 움찔 굳었다.

가장 먼저 들고 있던 감자를 팽개쳤다. 얼굴을 붉히며 쑥스러워하던 동자의 얼굴이 눈앞을 스쳤으나 달리 방도가 없었다. 다음은 거추장스럽게 걸치고만 있던 쓰개치마로 뜨거울지 모를 손을 칭칭 감았다.

차라리 조금 적시는 게 나았을까. 가뜩이나 비단 천도 미끄러운데 인어까지 힘없이 늘어져 있으니 팔이고 어깨고 간에 단단히 붙들기가 어려웠다.

"조금, 조금만⋯⋯ 힘을⋯⋯."

끌려가지 않기 위해 두 다리에 힘을 실으며 간신히 붙잡은 팔을 당기려는 순간이었다. 돌부리에 부딪힌 파도가 왈칵 인어 위로 쏟아졌다. 막아볼 새도 없었다. 손을 뻗었을 때는 이미 상처에 바닷물이 닿은 뒤였다. 조급해진 마음에 쓰개치마도 집어 던지고 상처를 살폈다.

"이게⋯⋯ 뭐야?"

놀랍게도 바닷물이 닿아 덧났을 거라 생각한 상처 위에 푸른 비늘이 돋아나 있었다. 마치 무릎 위에 앉은 딱지처럼 거칠고 투박한 모습이었다. 이어 작은 파도 여럿이 연달아 돌부리를 넘어왔다. 바닷물이 닿을 때마다 색이 조금씩 짙어지던 비늘은 마지막으로 크게 들이친 파도에 씻겨 사라졌다. 비늘이 사라진 자리에는 상처 대신 하얀 새살만이 남았다. 화상 자국도, 베인 상처도 마찬가지였다.

상황을 이해한 채희가 차가운 바닷물에 옷이 젖는 줄도 모르고 양손 가득 바닷물을 퍼 인어 몸에 뿌려주었다. 아물더라도 흉은 남겠다 싶던 상처까지도 바닷물이 닿을 때마다 깨끗하게 사라졌다. 보고도 믿기지 않는 모습이었다. 인어는 조금씩 힘이 나는지 꼬리지느러미를 움직여 보더니 밀려온 파도에 맞춰 바위를 살짝 밀어냈다.

간신히 바위틈에서 빠져나온 꼬리는 한쪽이 절반쯤 잘려 나가 너덜거렸다. 완전히 떨어진 건 아니라 혹시 다른 상처들처럼 바닷물에 닿으면 나을까 싶어 채희가 양손 가득 바닷물을 퍼 올렸다. 그 순간 찰싹, 꼬리지느러미로 해수면을 때린 인어가 다시 밀려온 파도와 함께 바다로 사라졌다.

얼굴에 튄 물을 훔쳐내며 돌아본 바다에는 어느새 붉은 꼬리를 드리운 노을이 내려앉아 있었다. 머지않아 붉게 너울지는 물결 위로 푸른 눈동자 두 개가 올라왔다.

할 말이 있는 것처럼 떠나지 않고 오래도록 자리를 지키는 모습에 채희가 손을 들 무렵이었다. 인기척을 느낀 인어가 재빨리 물속으로 사라졌다. 설마 또 그 남자들인가 싶어 돌아보자 무릎이며 가슴팍이 모래로 엉망인 동자가 달려오고 있었다. 안도하며 다시 바다로 시선을 돌렸지만, 인어는 이미 몸을 숨긴 뒤였다.

"이거 보세요, 아씨!"

달려오다 작은 돌부리에 걸려 넘어질 뻔한 동자가 바짝 다가온 해안선에 놀라 멀찍이서 걸음을 멈췄다. 그제야 채희도 자신이 바다에 발을 담그고 있다는 사실을 깨달았다. 젖어 묵직해진 쓰개치마를 건져 올리며 밖으로 나오자 뒤늦게 한기가 밀려들었다. 몸을 조금 떨자 발갛게 상기되었던 동자의 얼굴에 걱정이 깃들었다.

"괜찮으십니까?"

"그럼요. 바다가 예뻐 하염없이 바라보다 보니 물이 이만큼 차오른 줄도 몰랐지 뭐예요. 유모에게는 비밀로 해주시는 겁니다?"

둘만의 비밀이 생긴 게 기쁜지 채희의 말이 끝나자마자 얼른 고개를 끄덕인 동자는 그 뒤로도 몇 번이나 더 고개를 끄덕였다. 생긋 웃으며 쓰개치마의 물을 짜내고 있으니 동그랗게 포개고 있는 동자의 두 손이 눈에 들어왔다.

"그건 무엇입니까?"

"아! 이건……."

동자가 조심스럽게 양손을 펼쳐 보이자 작은 새끼 게가 새끼손톱만큼도 안 될 집게발을 흔들며 위협하고 있었다.

"보십시오. 이게 게라는 것인데, 다리가 네 쌍이나 되는 것이 거미랑 똑 닮았는데도 이렇게 옆으로만 걷습니다. 신기하지 않습니까?"

달아나려는 게를 다시 손안에 가둔 동자가 반짝이는 눈으로 채희를 올려다봤다. '그렇죠? 신기하죠?'라고 묻는 듯한 눈빛에 웃음이 터지고 말았다. 이걸 잡겠다고 이리 뛰고, 저리 뛰다 옷이 엉망이 되었을 동자를 생각하니 절로 과장된 목소리가 튀어나왔다.

"그러게요. 참으로 신기합니다. 어찌하여 이 게는 옆으로만 걷는 것일까요?"

"저도 그것이 궁금해 스님께 여쭈어봤더니 이 모든 게 자연의 섭리라 하셨습니다."

마치 세상의 이치를 깨달은 듯 뿌듯한 말투였다. 그 모습이 귀여워 머리를 쓰다듬으니 동자는 어찌 이러시느냐면서도 피하진 않았다. 발그스름하게 달아오른 귓불이며, 쓰다듬을수록 따뜻해지는 머리를 바라보니 문득 꽃처럼 피어나던 화상 자국과 다리에 닿던 차가운 감각이 떠올랐다.

재잘대는 동자의 말소리를 뒤로한 채 바다로 시선을 옮겼다. 잔잔한 파도에 부서진 노을빛이 수면 위를 무리 지어 떠다니고 있었다.

어여쁘지?

꿈속에서 들었던 다정한 목소리가 바람결에 흩날린다.

잡은 게를 놓아주고 은월사로 돌아왔을 때는 이미 해가 다 진 뒤였다. 늦은 시간까지 돌아오지 않는 채희와 동자가 걱정되었는지 호롱을 들고 나온 스님과 절 초입에서 마주쳤다. 동자는 스님을 보자마자 도도도 달려가 품에 안기더니 오늘도 게를 보았다고 재잘재잘 떠들어댔고, 채희는 방 안에 식사를 차려놨다는 말에 먼저 방으로 돌아왔다.

"아씨!"

"아휴, 깜짝이야. 유모, 나 아직 젊어."

앉지도 못하고 서성이던 말생이 채희를 보자마자 달려들었다.

"아니 대체, 대체! 뭘 하다 이 시간까지 밖에 계셨던 거예요! 얼마나 걱정했는지 아세요? 옷은 왜 또 다 젖으셨고요!"

"발 좀 담갔어."

"……뭐라고요? 발을 좀 담……. 발을……. 허, 지금이 어느 땐데 바닷물에 발을 담가요. 곧 상강인 거 모르세요? 벌써 산에는 서리가 내린다고요! 고뿔이라도 드시면 어쩌시려고……!"

"고뿔은 무슨. 내가 얼마나 건강한, 엣취!"

눈치 없이 튀어나온 재채기에 채희가 혀를 쏙 내밀며 코를 훌쩍였다. 가뜩이나 태연한 태도에 약이 올랐던 말생은 재채기 한 번에 도끼눈이 되어서는 젖은 옷부터 빼앗아 갔다.

"다신 바다 근처에 얼씬도 마셔요! 바닷바람이 얼마나 찬데 옷도 이 얇은 걸 입고 가셔서는. 내가 미쳤지, 중요한 혼사 앞둔 아씨를……."

걱정했다는 말이 과장은 아니었는지 말생은 쉬지 않고 푸념 같은 잔소리를 늘어놓았다. 가뜩이나 무릎도 성치 않은 말생을 종일 걷게 한 것도 그렇고, 여기까지 와 걱정시킨 것도 미안해 채희 역시 토 달지 않고 순순히 옷을 갈아입었다.

"발목에 돌이라도 묶어놓든가 해야지, 원!"

"미안하다니까."

"미안한 마음이 조금이라도 있으시거든 거기 있는 거 남기지 말고 다 드세요!"

"유모는?"

"제가 지금 밥이 넘어가게 생겼어요?"

말생은 툴툴대면서도 채희가 집어 주는 호박전을 거절하지는 않았다. 버섯전까지 야무지게 입에 문 말생이 젖은 옷가지들을 끌어모아 자리에서 일어나자 채희의 시선도 따라 올라갔다.

"마저 먹고 나가, 유모."

정말 그만 먹으려는 건지 버섯전을 입에 문 채 뭐라 웅얼거리던 말생이 채희가 내미는 나물까지 거절한 채 휙 방을 나가버렸다.

"하여간 못 말린다니까……."

이미 식은 국을 한술 떠 마시는데 말생이 나간 자리에 무언가 반짝이고 있었다.

"어?"

밥상을 밀어놓고 다가가 보니 손바닥 반쪽만 한 인어 비늘이었다. 옷 안에 붙어 있다 떨어진 모양이었다. 푸른빛이 도는 비늘을 손끝으로 어루만지고 있으려니 다리를 타고 오르던 서늘한 감촉과 자신을 쏘아보던 푸른 눈, 바닷물에 닿는 순간 비늘이 돋아났다 금세 사라지던 상처들까지, 바다에서 느끼고 경험했던 모든 감각이 다시 선명하게 되살아났다.

역시 꿈이 아니었구나.

한참 바라보던 비늘을 소매에 찔러 넣은 채희가 냉큼 다시 자리로 돌아와 앉았다. 아무 일 없었다는 듯 밥 한술을 뜨는데 괜히 웃음이 났다. 오늘 만난 아이가 인어라는 사실이 아직도 믿기지 않는다. 이토록 가슴이 뛰는 게 얼마 만인지 모르겠다.

몸을 뒤척이던 채희의 어깨가 부자연스럽게 굳었다. 바스락대는 이불 소리가 유난히도 크게 들렸다. 갑작스러운 고요에 빼꼼, 이불 밖으로 고개를 내밀자 끊어졌는가 싶던 말생의 코골이가 우렁차게 이어진다. 동시에 안도의 한숨이 새어 나왔다.

도로 이불 속으로 몸을 숨긴 채희는 내내 만지작대던 소매 안으로 손을 밀어 넣었다. 매끈하게 만져지는 비늘을 꺼내 들자 다시금 입가에 미소가 머물렀다. 이불 틈으로 새어 들어오는 달빛에 그것을 비추자 낮에 보았던 영롱한 푸른빛이 그대로 살아난다. 역시 꿈이나 환상이 아니었다.

가슴 위에 비늘을 올려놓고 아직도 눈에 선한 인어를 떠올리고 있자니 겨우 오는가 싶던 잠도 금세 달아나 버린다. 이틀 꼬박 쉬지 않고 이동했음에도 이상하리만치 피로는 느껴지지 않았다. 머리를 대자마자 곯아떨어진 말썽이 없었다면 집을 떠나 먼 길을 왔다는 사실마저 잊었으리라.

상처는 다 나았으려나. 곧장 떠나지 않고 저를 바라보던 푸른 눈에서 피와 모래로 엉망이던 얼굴, 흰 피부에 피어났던 화상 자국과 하얗게 드러내던 이 따위로 이어지던 생각의 흐름은 이내 절반쯤 잘려 너덜거리던 꼬리지느러미에까지 닿았다. 다른 상처들은 바닷물에 닿는 즉시 낫는 걸 봤지만 꼬리지느러미만큼은 제대로 확인하지 못한 터였다.

어쩌다 그런 상처를 얻게 되었는지 알 수 없으나 누군가 돕지 않았다면 필시 큰 변을 당했을 것이다. 그리 생각하자 사라진 인어가 뒤늦게 걱정되기 시작했다. 바다에는 배보다 더 큰 생물도 산다고 들었다. 해안가에서 마주친 사내들도 위험해 보이기는 마찬가지였다. 과연 다친 꼬리와 어린 몸으로 그 위험을 모두 헤쳐 나갈 수 있을까. 설마 이미 변을 당한 건…….

"안 돼!"

커다란 생물에게 쫓기다 한입에 꿀꺽 삼켜지거나 어부들이 던진 작살에 꽂혀 버둥대는 모습까지 떠오르자 더는 가만히 누워 있을 수가 없었다. 벌떡 몸을 일으킨 채희는 말생의 코골이가 규칙적이라는 것을 확인하자마자 이불 속에서 빠져나왔다. 곁에 개어 둔 옷을 주워 입는 동안에도 나쁜 상상은 계속되었다. 그중에는 덧난 상처를 끌어안고 시름시름 앓다 의식을 잃는 인어의 모습도 있었다. 다신 바다 근처에 얼씬도 말라는 말생의 당부는 잊은 지 오래였다.

마음이 조급해진 채희는 저고리 매듭을 묶기 무섭게 바닥에 주저앉아 가져온 짐들을 뒤졌다. 분명 여기 어딘가에 있을 것이다. 툭하면 부딪히고 깨지는 채희를 위해 큰 오라버니가 구해다 준 귀한 연고가.

"찾았……!"

단단한 통이 손에 잡히자마자 튀어나올 뻔한 소리를 간신히 틀어막았다. 조용해진 사위에 눈을 굴리자 말생이 앓는 소리를 내며 힘겹게 돌아눕고 있었다. 졸지에 말생의 정면에 선 채희는 인기척은 물론 숨소리까지 죽였다.

얼마나 기다렸을까. 다시 고르게 이어지는 코골이에 채희는 참았던 숨을 천천히 내쉬었다. 행여나 같은 실수를 하게 될까 싶어 입술까지 말아 물고 몸을 일으키니 세상모르고 잠든 말생의 둥그런 얼굴만 보였다.

"금방 다녀올게, 유모."

연고를 소매에 대강 찔러 넣은 채희가 뒤꿈치를 들었다. 말생의 발아래를 지나 조심히 방을 나서니 깊은 안도와 함께 하얀 입김이 번져 나왔다. 확실히 바닷가라 그런지 바람이 차다. 뭐라도 걸쳤어야 했을까. 낮에는 느끼지 못했던 한기에 몸을 움츠린 채희가 굳게 닫힌 문을 힐긋 돌아보았다. 지금이야 누가 업어 가도 모를 만큼 깊이 잠들었지만 언제 다시 깰지 모를 일이다. 옷 좀 젖었다고 코만 훌쩍여도 고뿔 타령해 가며 잡아먹을 듯 굴던 말생을 떠올린 채희가 진저리치며 걸음을 뗐다. 괜히 다시 들어갔다가 깨우느니 그 전에 얼른 다녀오는 편이 나을 것이다.

멀리 법당에서는 새벽 예불을 알리는 목탁 소리가 잔잔하게 들려오고 있었다. 채희는 법당에서부터 어슴푸레하게 번져오는 불빛에 의지한 채 동자가 알려준 길 입구를 찾았다. 높게 자란 나무들을 지나자 어둠이 덮쳐왔다. 그러나 우뚝 솟은 보름달 덕분일까, 바다까지 내달리는 걸음이 두렵지는 않았다.

"인어야!"

탁 트인 바다를 보는 순간 참고 참았던 목소리가 터져 나왔다. 마치 그에 화답이라도 하듯 조용히 밀려든 파도가 칠떡, 바위에 닿아 부서졌다.

해안선은 낮에 보았을 때보다 한참 더 멀어져 있었다. 채희는 바닷물이 찰랑이며 당혜 코를 건드릴 때까지 바다 가까이 다가섰다. 고고하게 뜬 달빛을 비웃기라도 하듯 너울거리는 바다는 새카

많기만 했다. 인어도 보이지 않았다.

이따금 불어오는 바람과 파도 소리만이 전부인 바다를 내다보며 채희는 작게 실소했다. 그런 일을 당했는데 이 주변을 어슬렁거리는 게 가당키나 하겠냐고, 생각이 짧아도 어쩜 그렇게 짧을 수 있느냐고 자책하면서도 발길은 쉬이 떨어지지 않았다. 사실 이곳까지 달려오는 내내 하염없이 저만 기다리고 있을 인어를 상상했다. 치마폭에 잠깐 숨겨주고, 바닷물 좀 뿌려준 게 전부면서 무슨 대단한 생명의 은인이라도 된 양 으스대고 있었는지도 모르겠다.

"다 나아서 멀리 떠난 거면 다행이지만……."

주제넘은 줄 알면서도 걱정이 떠나질 않는다. 이게 다 자유롭게 바닷속을 유영하는 모습보다 피투성이가 되어 힘없이 늘어져 있는 모습을 먼저 봤기 때문이다. 무엇을 상상해도 결국 끝에는 상처 입고 숨을 헐떡이는 인어가 있었고, 한번 시작된 나쁜 상상은 도저히 멈출 줄을 몰랐다.

"딱 한 번만 더 보면 좋겠는데."

멀쩡한 모습을 보고 나면 나쁜 상상도 멈출 수 있을 것 같은데 고요한 바다 어디에서도 인어의 모습을 찾을 수 없었다. 행여 코앞에 있더라도 알아보지 못할 만큼 어두운 바다를 응시하던 채희는 밀려오는 실망감을 이기지 못하고 한숨을 내쉬었다.

돌아가자. 연고를 넣어 묵직한 소매를 만지작거리던 채희가 천천히 걸음을 돌렸다. 젖은 신이 발목을 붙잡고, 소매 속 비늘이 미련을 키운다. 결국 몇 걸음 떼지 못하고 멈춰 서자 인어를 처음 만났던 바위틈이 코앞에 있었다.

파도가 모든 흔적을 쓸어 갔는지 인어가 쓰러져 있던 곳이라고는 믿기지 않는 바위틈을 가만히 내려다보던 채희가 습관처럼 비늘을 만지작거리고 있을 때였다. 어두워 잘 보이지도 않는 바위틈에서 무언가 반짝이며 시선을 잡아끌었다. 조금 더 허리를 숙여 가까이 들여다보자 얇고 투명한 비늘이 곧 바스러질 듯 바위틈에 박혀 바람에 흔들리고 있었다. 손바닥 반만 한 크기에, 달빛 아래서 은은한 푸른빛을 띠는 모양새가 분명 낮에 본 인어의 것이었다.

채희가 만지작거리던 비늘을 얼른 소매 깊숙이 밀어 넣고 바위틈으로 손을 뻗었다. 툭, 머리 위로 무언가 날아온 건 그때였다. 그러나 아무리 주변을 살펴보아도 인기척은 느껴지지 않았다. 빗물이었을까. 손바닥을 내밀어 한밤이지만 어느 때보다 청량한 하늘을 올려다보는데 다시 한번 툭, 조금 전보다 단단한 무언가가 정수리를 때렸다.

"누구냐!"

휙 돌아보자 마침 어깨에 걸려 있던 무언가가 바닥으로 떨어졌다. 달빛에 의지해 간신히 살피니 투명하게 반짝이는 작은 돌멩이 하나가 바위에 놓여 있었다. 대체 누가 이런 걸 던졌나 싶어 둘러보는 차에 또 하나가 날아왔다. 이마에 정통으로 맞은 돌멩이가 퐁, 부드러운 소리를 내며 바닷물 속으로 가라앉았다.

채희는 그새 부풀어 오른 이마를 문지르며 돌멩이가 날아온 방향을 노려봤다. 보이는 거라고는 이따금 바위에 닿아 부서지는 파도와 새카만 바다가 전부였지만 분명 느낄 수 있었다. 제게 박혀 있는 시선을. 눈을 가늘게 뜨며 크고 작은 바위와 그 사이사이를 빠짐없이 살폈다. 분명 저곳 어딘가에 있다. 그리고 제 예감이 틀리지 않다면 이 시간에, 그것도 바다 한가운데서 이런 장난을 할 이는 하나뿐이었다.

"찾았다!"

반가운 마음에 말보다 손이 먼저 튀어 나갔다. 삿대질하듯 손가락으로 가리키자 바위 사이로 살짝 고개를 내미는가 싶던 인어가 화들짝 놀라며 물속으로 사라졌다. 찰나였지만 한눈에 알아볼 수 있었다. 달빛을 받아 선명하게 빛나는 푸른빛. 낮에 만났던 인어가 확실했다.

바위틈에 끼어 있는 비늘과 조금 전 웅덩이에 빠진 돌멩이까지 빠짐없이 챙겨 든 채희가 조심히 인어가 있던 곳으로 다가갔다. 돌멩이까지 던져가며 먼저 아는 체를 하기에 금방 다시 수면 위로 올라올 거라는 예상과 달리 한참을 기다려도 인어는 나타나지 않았다.

"인어야. 나는 너를 해치지 않아."

바위를 더듬어 오르며 깊이를 알 수 없는 바닷속을 들여다봤다. 일렁이는 파도에 정신이 팔려 발을 헛디딜 뻔한 채희가 치마를 한껏 말아 쥘 때였다. 불쑥, 예고도 없이 솟아오른 손이 채희의 팔을 잡아당겼다. 기울어지는가 싶던 몸이 차가운 물에 처박히는 건 한순간이었다.

눈앞에 새카만 어둠이 피어올랐다. 팔을 휘저을 때마다 드문드문 비치는 달빛을 따라 유연한 움직임이 주위를 맴돌고 있었다. 헤엄을 배운 적 없는 채희에게 발이 바닥에 닿지 않는 바다는 공포였다. 뭐든 붙잡고 싶었지만 죄다 손끝을 스쳐 지나가기 일쑤였다. 차오른 숨에 무턱대고 바닷물을 삼켰을 무렵, 허리를 잡아채는 강한 힘에 몸이 쑥 수면 밖으로 밀려 올라갔다.

몸에 닿는 단단한 것이 넓적한 바위라는 것을 인지하기도 전에 기침부터 튀어나왔다. 코와 입으로 들어간 바닷물을 어느 정도 뱉고 나자 이번에는 울컥 화가 치밀었다.

"그렇게 갑자기 끌어당기면……!"

고개를 들자 바로 코앞에 인어가 있었다. 잠깐 사이 구름이라도 걷혔는지 환하게 내려앉은 달빛을 받아 희고 푸르게 보이는 머리카락과 눈, 새하얗게 빛나는 살결까지. 한 번도 마주한 적 없는 아름다움에 채희는 말문이 턱 막혔다. 치밀었던 화는 잊은 지 오래였다.

넋을 놓은 채 인어의 생김새를 뜯어보던 채희는 인어의 상체가 나신이라는 것을 깨닫고는 황급히 시선을 돌렸다. 아무리 어린아이라 한들 타인의 몸이다. 그걸 넋까지 놓고 보았다는 사실에 얼굴이 벌겋게 달아오르는 기분이었다.

눈을 어디에 두어야 할지 몰라 젖은 옷과 바위를 더듬으며 허둥거리는데 턱 아래 닿은 차가운 감촉이 채희의 고개를 바로 세웠다. 눈을 들자 곧장 인어의 푸른 눈과 마주쳤다. 어둠 속에서도 새파랗게 빛나는 눈동자가 차갑기보다는 뜨겁게 느껴져 자꾸만 입 안이 말랐다.

눈과 코, 뺨과 입술까지. 얼굴 하나하나를 파헤치듯 집요한 시선에 민망함을 견디지 못하고 눈을 내리깔자 인어는 책망하듯 채희의 턱을 쥔 손에 더 힘을 주었고, 채희는 억지로라도 인어를 마주 볼 수밖에 없었다.

고개를 숙이면 올리고, 숙이면 다시 들어 올리는 가벼운 힘겨루기가 이어졌다. 그러다 문득 턱에 닿은 인어의 손가락에 시선이 닿았다. 그저 차갑기만 해 몰랐는데 손끝이 조금 부은 것이, 낮에 보았을 때처럼 약한 화상을 입은 듯했다.

"고개, 안 숙일게."

그러니 손은 떼도 돼. 작게 중얼거리는 소리를 들었는지 채희가 고개를 조금 더 치켜세우며 몸을 뒤로 빼자 따라오는가 싶던 인어의 손끝이 주춤한다. 이내 말아 쥐는 주먹을 보며 채희가 신음을 삼켰다. 정작 인어는 이까짓 상처 정도는 간지럽지도 않다는 듯 태연한 얼굴로 손바닥을 펴 보였다.

어둠에 가려 색 구분이 분명치는 않으나 확실히 손바닥에 비해 손끝이 더 어둡게 보였다. 아플 것이다. 낮에도 채희의 손이 닿을 때마다 고통스러워하질 않았던가. 얼른 물에라도 담그면 좋으련만 제 얼굴만 들여다보고 있는 통에 채희는 속이 새카맣게 타들어가는 것 같았다. 소매에 넣어온 연고가 떠오른 건 목덜미를 스치고 지나가는 바람에 몸을 한껏 움츠릴 때였다.

젖어서 배로 묵직해졌어야 할 소매가 지나치리만큼 가벼웠다. 채희는 급히 소매를 뒤졌다. 그러나 나오는 거라고는 뚜껑만 남은 연고 통과 비늘 두 장, 조금 전 주워 넣은 작은 돌멩이 하나가 전부였다. 아무래도 연고는 물속에서 허우적거릴 때 빠트린 모양이었다.

"상처에 발라주려고 가져온 건데……"

이미 사라진 연고가 돌아올 리 없다는 걸 알면서도 소매며 치맛자락까지 더듬어 살핀 채희가 긴 한숨을 내쉬었다. 인어의 상태도 그제야 제대로 눈에 들어왔다. 낮에 보았을 때까지만 해도 상처투성이였던 피부는 깨끗했다. 딱지나 흉터가 하나도 남지 않은 가슴과 어깨를 둘러보던 시선은 어느새 어두운 물속에 잠긴 꼬리지느러미를 찾아 헤매었다.

미련한 행동의 의미를 알아채기라도 한 걸까. 가만히 고개를 기울인 채 채희의 행동을 관찰하던 인어가 작은 물보라를 일으키며 물속으로 들어가는가 싶더니 곧이어 수면 위로 꼬리지느러미를 드러내 보였다.

"아, 다행이다."

걱정과 달리 곧 잘려 나갈 듯 깊어 보이던 상처도 이미 말끔히 사라지고 없었다. 적어도 상처가 덧나 앓을 걱정은 하지 않아도 될 것 같았다. 다행이지만 그런다고 허탈한 마음까지 사라지는 건 아니었다. 채희는 뚜껑만 남은 연고와 새것처럼 깨끗한 꼬리지느러미를 번갈아 보았다. 바닷물에 닿자마자 낫는 모습을 두 눈으로 보고도 걱정을 놓지 못해 이 시간에 여기까지 나와 있는 제 꼴이 조금 민망하기도 했다. 비죽 새어 나온 웃음을 흘리니 금세 상체를 내밀고 올라온 인어가 꼬리를 튕겨 물을 흩뿌린다. 자기를 좀 보라는 듯 바짝 들이미는 얼굴에 깜짝 놀라 혀를 씹고 말았다. 그 순간 인어의 눈이 날카롭게 빛났다. 먼바다를 향하는 시선에 채희도 덩달아 눈을 크게 떴다.

"왜 그래? 누가 있어?"

행여 인기척이라도 느껴질까 싶어 주위를 둘러봤지만 보이는 것도, 들리는 것도 없었다. 잔잔한 파도 소리를 제외하면 숨소리나 겨우 들릴 법한 고요 속에서 경계를 늦추지 않던 인어가 채희를 돌아봤다. 무언가 하고픈 말이 있는 듯 푸른 눈이 느리게 채희의 얼굴을 훑어 내렸다. 그러나 그게 전부였다. 무슨 말을 한 것도, 행동을 보인 것도 아니었다. 인어가 보인 행동이라고는 그저, 채희를 빤히 바라보다 더는 무시하지 못할 무언가에 이끌리듯 물속으로 몸을 숨기는 것뿐이었다.

"인어야?"

문제는…….

"간 거야? 정말? 이렇게? 말도 없이?"

아무리 기다려도 인어가 다시 올라오지 않았다는 것이다.

"아니, 이게 무슨……."

차갑게 젖은 옷을 매만지던 채희가 갑자기 불어닥친 한기에 이를 악물었다. 그런 채희를 비웃기라도 하듯 바다는 점잖게 너울거리고만 있었다. 멀지 않은 해안가는 바위 두어 개를 넘는 것만으로 충분히 닿을 듯했지만 채희는 한 대 맞은 듯한 충격에 꼼짝도 할 수 없었다.

하, 하하. 허탈한 웃음을 흘리며 소매에 연고 뚜껑을 찔러 넣던 채희가 손끝에 걸리는 매끈한 감촉에 손을 내밀었다.

"네가 던진 거냐고 묻지도 못했네."

손바닥에 놓인 작은 돌멩이의 감촉도, 목덜미를 할퀴고 가는 바람의 날카로운 단면도 선명한 와중에 꿈을 꾼 듯 몽롱한 기분만은 지울 수가 없었다. 정말 꿈을 꾼 건 아니겠지. 턱 아래, 인어의 손끝이 닿았던 자리를 살살 문지르며 조금 전까지 눈앞에 있던 인어의 모습을 떠올린 채희가 코를 훌쩍이고는 천천히 몸을 움직였다.

춥다. 들어가 잠이나 자야겠다.

"병든 닭이 따로 없으시네. 그렇게 피곤하셔요?"

가물가물한 의식을 뚫고 들어오는 음성에 흠칫 놀라 눈을 떴다. 조금 전까지 멀쩡히 앉아 있다고 생각한 몸이 반쯤 기울어 꼬꾸라지기 직전이었다. 뻐근한 목을 주무르며 늘어지게 하품을 해보았지만 도로 감기는 눈꺼풀을 이길 수는 없었다.

"어제 잘 못 주무셨나?"

어느 틈에 물까지 데워 왔는지 말생이 내려놓은 대야에서는 하얀 김이 폴폴 올라오고 있었다.

"아냐, 잤어……."

"잤다는 분이 왜 아직도 정신을 못 차리실까. 정말 고뿔이라도 든 거 아녀요?"

"고뿔은 무슨."

이마에 닿는 손이 시원해 어리광 부리듯 얼굴을 비비고 있자니 문득 간밤의 일이 떠오른다. 새카만 바다와 하얗게 부서지는 파도, 둥근 달 아래 푸르게 빛나던 두 눈. 눈으로만 본 것도 아니고 만져보기까지 했으면서도 쉬이 믿기지 않았다. 인어라니. 하여 밤새 비늘을 만지작거리느라 결국 잠을 설치고 말았다, 는 건 핑계고, 솔직히 말도 없이 자신만 덩그러니 두고 간 게 괘씸해 잠이 오지 않았다. 누구는 걱정되어 연고까지 싸 들고 갔는데 말이다. 고맙다는 말을 바란 건 아니었지만 그렇다고 그런 홀대를 받을 줄은 정말 꿈에도 몰랐다.

설마 정말 갔겠어? 지난 새벽, 어두워 제대로 보이지도 않는 바위를 더듬어 건너며 가장 많이 한 생각이었다. 파도가 부서질 때마다 인어가 튀어 오르는 소리인가 싶어 돌아본 횟수만 수백은 족히 될 것이다. 물론 어디에서도 인어의 기척은 찾아볼 수 없었다.

떨어지지 않는 걸음을 꾸역꾸역 이끌어 절에 돌아왔을 때는 새카맣기만 하던 하늘에도 어슴푸레한 새벽빛이 밝아오고 있었다. 오들오들 떨며 젖은 옷을 갈아입고, 잠든 말생 곁에 누워 흐릿한 천장을 올려다보다 깜빡 잠들었을 때가 아침 녘이었다.

"아무래도 가서 따져야겠지?"

"꿈꾸셨어요?"

말생의 품을 파고들다 가라앉지 않는 분노에 고개를 번쩍 들었다. 생각할수록 너무하다고, 어찌 그리 매정한지 모르겠다고 중얼거리고 있으니 그새 따뜻해진 말생의 손이 눈가를 덮는다.

"갑자기 무슨 소린지는 몰라도 일단 세수부터 하셔요. 눈이 다 붙으셨네."

"……유모가 해줘."

"아이구, 어쩌다 아기가 되셨담."

"어제 너무 힘들었단 말이야."

정말 춥고 무서웠다고, 그중에서도 어디 한번 삐끗해 보라는 듯 혀를 날름거리던 파도는 꿈에도 나올 지경이었다는 말은 목 안으로 삼켰다. 그래서인지 말생도 제 헛소리가 그저 잠꼬대라 여기는 눈치였다.

하지만 어리광에 약한 말생은 오늘도 별말 없이 채희의 장단에 맞춰주었다. 늘어진 몸은 말생이 이끄는 대로 이리저리 흔들렸다. 따뜻하게 적신 수건으로 얼굴과 손을 닦고, 발까지 꼼꼼히 씻겨주는 손길에 간신히 깨워놓았던 정신이 다시 가물가물 흐려지고 있었다. 사락사락 머리 빗기는 소리는 정말 견디기가 어렵다고, 이러다 또 잠들 것 같다는 말을 웅얼거리다 어느 순간 퍼뜩 정신이 들었다. 머리를 빗겨주던 말생은 어디로 갔는지 이불까지 고이 덮고 누운 채였다.

세숫물도, 말생도 보이지 않는 빈방을 둘러보던 채희가 이불을 걷고 일어났다. 대야를 놓았던 자리가 아직 조금 젖어 있는 것으로 보아 오래 잔 것 같지는 않았다. 나른하게 기지개를 켠 뒤 한쪽 구석으로 밀려나 있는 경대를 끌어왔다. 가장 아래 서랍을 빼 깊숙이 손을 밀어 넣자 간밤에 숨겨둔 비늘과 돌멩이가 손끝에 걸린다. 소매에 두면 하루도 못 가 들킬 것 같아 옮겨둔 것이었는데 지금 생각하니 선견지명이 따로 없었다.

속이 비치는 소맷자락을 힐긋 내려다본 채희가 그보다 더 투명하고 얇은 비늘로 시선을 옮겼다. 맑은 정신으로 들여다보는 비늘은 간밤의 기억보다 훨씬 더 오색찬란한 빛을 품고 있었다. 인어를 마주한 느낌에 창으로 새어 들어오는 햇살 아래서 비늘을 몇 번 더 굴려볼 때였다. 문밖에서 인기척이 느껴졌다. 급한 대로 소매 속에 비늘을 찔러 넣은 채희가 허둥대며 자리에서 일어났다.

"깼셨네요?"

"아, 어, 바, 방금."

"옷이라도 갈아입고 계시지. 춥지 않으셔요?"

"괘, 괜찮아."

행여나 바스락대는 소리가 새어 나갈세라 소맷자락을 길게 늘여 쥔 채희가 팔을 등 뒤로 살짝 감추었다. 말생은 그러거나 말거나 들고 온 밥상을 내려놓는 데에만 정신이 팔려 있었다.

"뭐가 그렇게 많아?"

"아씨가 영 기운 없어 한다고 했더니 공양주들이 이것저것 챙겨줬어요."

가짓수가 적지는 않아도 소박하다는 느낌이 강했던 어제저녁과는 달리 한 상 가득 차려진 아침상에는 고기반찬만 없을 뿐이지 나물과 전에, 탕이며 찜까지 종류별로 올라와 진수성찬이 따로 없었다.

"서 계시지 말고 앉으세요. 잘 먹어야 기운도 나죠. 여기 공양주들 솜씨가 얼마나 좋은지 국이며 반찬까지 어지간한 산해진미 부럽지 않아요."

"으, 응……."

말썽 말대로 옷이라도 갈아입고 있을 걸 그랬다. 채희는 말썽이 눈치채지 못하도록 조용히 자리에 앉아 밥상 아래로 소매를 숨겼다.

"식기 전에 드셔요."

비늘을 치마 아래 감추기 무섭게 끌려간 손에 숟가락이 들어왔다. 고마워. 눈매를 접어 웃으면서도 온 신경은 바스락대는 비늘에 가 있었다. 채희는 자꾸만 밥상 아래로 향하려는 눈길을 붙잡으며 국 한술을 떴다.

"맛있다."

절로 감탄이 나오는 맛에 채희는 눈을 크게 뜨며 이것저것 다른 반찬에도 손을 뻗었다. 솜씨가 좋다는 말썽의 말처럼 고기반찬 하나 없는 상인데도 뭐 하나 아쉬운 것 없이 다 맛있었다.

"그쵸? 많이 드셔요. 모자라면 더 달라고 할 테니."

가볍게 고개를 끄덕인 채희가 본격적으로 수저를 놀리기 시작했다. 든든히 먹고 나면 바다에 나가볼 생각이었다. 인어를 만나거든 어떻게 그런 곳에 저를 혼자 두고 갈 수 있느냐고 따져야지. 무서웠다고 하면 어떤 표정을 지으려나. 무슨 생각을 하는지 도통 알 수 없는 얼굴에 피어날 표정을 상상하느라 수저를 쥔 손이 더욱 급해졌다. 밥이 달다. 인어를 다시 만날 생각에 엉덩이가 달싹거리고 입에서는 흥얼거림이 새어 나왔다.

"오늘은 편히 쉬라며."

"쉬고 계시잖아요."

매정한 대답에 채희는 의욕을 잃고 깊은 한숨만 내쉬었다. 모든 것이 엉망이었다. 아니, 맛있는 밥을 먹을 때까지만 해도 분명 전부 괜찮았다. 문제는 나가볼 생각으로 곱게 옷을 차려입을 때였다. 적어도 옷 갈아입기만을 기다렸다는 듯 찾아온 동자를 그냥 돌려보냈어야 했다. 그러면 이 시간까지 잡혀 있는 일은 없었을 텐데. 말간 눈과 발그레한 볼이 뭐라고, 함께 불공드리러 가자는 부탁을 거절 못 했는지 비통하고 원통할 뿐이었다.

다리가 저리도록 앉아서 잘 알지도 못하는 법문만 실컷 듣다 돌아왔더니 이번에는 침선가라는 사람들이 잔뜩 찾아와 채희를 기다리고 있었다. 혼례복 치수 때문이라고 했다. 아직 혼례일도 잡히지 않았다는 항변은 들리지도 않는 듯했다.

동네에서 제일가는 실력자라는 침선가들은 아버지가 엄선한 사람들답게 무슨 지령이라도 받고 온 것처럼 굴었다. 치수를 재는 내내 여훈이니 열녀전이니 들먹이며 여인은 혼인하고 아이 낳는 것이 도리라는 둥, 여인의 바른 몸가짐은 어떻다는 둥, 시부모한테 귀염 받으려면 어쩌고, 지아비는 이렇게 따르고 저렇게 따르고 설교가 끝도 없었다. 간만에 말이 통하는 사람을 만나 신이 났는지 말썽까지 곁에서 거들어대니 머리가 지끈거리다 못해 속이 메스꺼울 지경이었다.

평소라면 주야장천 혼례 얘기만 해대는 말썽에게 툴툴거리기라도 할 텐데 오늘은 다 같이 달려들어 물어뜯어대니 지쳐서 말도 안 나왔다. 김 도령이 보낸 패물도 있겠다, 아예 여기서 혼례 준비를 할 모양인지 다들 기세가 대단했다.

꿔다 놓은 보릿자루처럼 멀뚱히 서서 시키는 대로 팔을 들고 머리를 내어주는 사이 방 안으로 들어오던 햇살 길이도 부쩍 짧아졌다. 이대로라면 금방 해가 지고도 남을 듯했다. 그런 와중에 또 무슨 할 일이 남은 건지 말썽은 잠깐만 있어 보라며 채희만 홀로 남겨두고 방을 나섰다. 그 틈에 힘없이 주저앉은 채희가 이리 걸치고 저리 걸쳐보느라 풀어헤쳐진 채 바닥을 나뒹구는 비단 뭉치를 돌아봤다.

저 구석 어딘가에는 침선가들의 눈을 피해 아무렇게나 던져놓은 비늘도 있을 것이다. 어쩌면 오가는 사람들 발에 밟혀 이미 바스러졌을 수도 있다.

"이래서야 오늘 안에 바다 구경이나 해볼 수 있겠냐고!"

마음만 먹으면 언제든 나가볼 수 있다고 생각했던 터라 발이 묶인 이 상황이 더욱 못마땅했다. 울컥 치솟은 설움에 애꿎은 패물함을 발로 툭 차자 뚜껑이 열리며 안에 든 패물과 비단 봉투가 쏟아져 나왔다. 꽤 큰 소리가 났음에도 들어와 보는 사람은 없었다.

씩씩거리며 쏟아진 패물들을 노려보던 채희가 힐끔 방문을 돌아보고는 살금살금 기어갔다. 문틈으로 밖을 내다보니 조금 전까지만 해도 바글바글하던 사람들이 하나도 보이지 않았다.

지금이다. 본능이 외치는 순간, 채희가 벌떡 몸을 일으켰다. 뭘 챙겨야 할지 몰라 허둥대는 와중에도 구석에 던져놓은 비늘 걱정이 사라지지 않았다. 결국 온 비단을 다 헤집어 비늘을 찾았다. 다행히 두 개 모두 깨지거나 바스러지지 않고 깨끗했다.

소매 대신 저고리 안쪽, 치마 매듭 사이에 비늘을 찔러 넣은 채희가 조심히 방을 나섰다. 저만치 먼 곳에 비질하는 동자가 보였지만 누군가의 부름을 쫓아 금세 자리를 비웠다.

채희는 능숙한 걸음으로 바다로 가는 길목을 찾았다. 그다음부터는 어려울 것이 하나도 없었다. 푹신한 길을 따라 쭉 달려 내려오면 눈 깜짝할 새 바다가 눈앞에 펼쳐졌다.

쨍한 햇살 아래서 마주한 바다는 어제와는 다른 새로운 감상을 자아냈다. 채희는 감탄을 숨기지 않으며 좀 더 바다 가까이 다가갔다. 처음 인어를 마주쳤던 곳과 홀로 버려졌던 곳을 차례로 거닐며 어딘가에 숨어 있을지 모를 인어를 찾는 것도 잊지 않았다.

"인어야."

넓적한 바위 끄트머리에서 인어를 불렀다. 왈칵 솟구쳐 오른 파도가 발을 적셨지만, 뒤로 물러날 생각은 없었다. 행여나 듣는 사람이 있지는 않을까 싶어 주위를 살펴가며 인어를 부르길 수십 번. 인어는커녕 비슷하게 생긴 물고기 한 마리도 보이지 않았다. 채희는 바다를 원망스럽게 내려다봤다. 갑자기 바람은 또 왜 이리 세게 부는지, 높은 파도 때문에라도 인어가 다가오지 못할 것 같았다.

오늘은 날이 아닌가. 하긴, 아침부터 쉽게 풀리는 일이 하나도 없었다. 채희는 입술을 비죽이며 젖은 신으로 바위 표면을 톡톡 두드렸다. 설마하니 홀로 두고 갔던 일이 마음에 걸려 숨은 건 아닐 테고. 어쩌면 이번에야말로 살던 곳으로 돌아갔을지도 모른다는 생각에 마음이 가라앉았다. 괜히 사람들 눈에 띄어 위험을 겪는 것보다는 안전한 곳에서 편히 지내는 게 낫다는 걸 알면서도 아쉬움은 쉬이 사라지지 않았다. 인어가 있다면 여기서 지내는 것도 생각만큼 괴롭지 않겠다고 생각했기에 더욱 미련이 많이 남았다.

채희야. 세상에는 말이다. 보고도 믿을 수 없는 신비한 존재들이 참 많단다.

귓가를 스치는 바람에서 언젠가 들었던 어머니의 이야기가 떠오른다. 도깨비, 용, 그리고 인어까지. 어머니는 재미난 옛이야기를 많이 알고 계셨다. 채희가 어려서부터 요괴니, 신화니 하는 것들에 관심이 많았던 것도 그 때문이었다. 불과 몇 달 전만 해도 온갖 요괴 이야기가 담긴 책이 있다는 소문에 밤낮으로 뛰어다니다

심한 고뿔에 걸려 앓아누운 적도 있었다.

어머니에 대한 마지막 기억은 여섯 살 때로, 더위가 극성을 부리던 한여름이었다. 원래도 건강하지는 않았지만 일곱 달 만에 저를 낳은 뒤부터 부쩍 자주 앓았다고 했다. 그 때문에 막내 오라버니와 어찌나 자주 싸웠는지 모른다. 너 때문이라고, 너 때문에 어머니가 저리 되신 거라고. 아마 그날도 좀처럼 일어나지 못하는 어머니를 두고 네 잘못이네, 내 잘못이네, 따져가며 마당에서 한바탕 뒹굴었을 것이다. 어른들이 나서서 어디 그런 억지가 있느냐고 따져도 막내 오라버니는 원망스러운 눈빛을 거두지 않았다. 속상해 괜히 그러는 것이니 마음에 담아두지 말라는 유모의 위로에도 서운한 마음이 가시지 않아 종일 방에 틀어박혀 있었다. 어머니가 눈을 떴으니 잠시라도 보고 가라는 말에 겨우겨우 이불 속에서 기어 나왔을 때가 다 늦은 저녁이었다.

맨날 누워 눈만 깜빡이던 어머니가 앉아 있었다. 큰 오라버니가 건네주는 약을 받아 마시고, 웃어 보이기도 했다. 반가우면서도 낯선 모습에 멀찍이 떨어져 앉은 제게 어머니는 파리하게 마른 손을 까딱였다.

비밀, 기억하지?

오라버니에 아버지까지 모두 물린 뒤 어머니가 뱉은 첫마디였다. 그때까지 어머니와 나눈 비밀이 있다는 사실조차 잊었는데 불현듯 꿈결 같던 순간을 떠올렸다. 그날처럼 웃음을 머금은 어머니를 보자 채희는 다시금 발바닥이 간지러워 연신 고개를 끄덕이다 까르르 웃음을 터트렸다.

그리고 그날 밤 어머니가 돌아가셨다. 제대로 남긴 유언도 없이.

먼바다에 시선을 두던 채희가 품 안에 넣어둔 푸른 비늘을 꺼내 보았다. 쨍한 햇살 아래라 그런지 비늘을 통과한 빛이 물결 모양으로 반짝였다. 마치 바다 위를 유영하던 빛무리처럼 말이다.

아버지께는 비밀.

순간 꿈이라고만 여겼던 단편적인 기억이 뇌리를 스친다. 쉿, 입술 위에 내려앉던 기다란 손가락과 웃음기 띤 목소리도 함께였다.

다섯 살, 아니면 그보다 조금 더 어렸을 때일까. 요양 때문에 그 먼 길을 온 줄도 모르고 어머니를 졸라 바다 구경을 나온 적이 있었다. 아마 짐도 풀기 전부터 바다에 나가자고 떼를 써놓고 정작 바다에 다다라서는 어머니 품에 안겨 꾸벅꾸벅 졸았을 것이다. 계속 잘 거냐는 물음에 품으로만 파고들다 어머니의 '벗'을 보고 잠이 홀라당 깼었다. 햇살을 받아 눈부시게 빛나던 모습과 치맛자락을 당기던 손길, 바다 한가운데서 저를 올려다보던 시선까지. 그때는 그저 잠결에 본 빛무리인 줄만 알았던 존재가 어쩌면 인어였을지도 모른다는 생각이 들자 지금 눈앞에 있는 바다가 새롭게 느껴졌다.

역시 인어를 한 번 더 만나봐야겠다. 만나서, 그때 그게 너였냐고 물어야겠다. 쥐고 있던 비늘을 다시 소중히 챙겨 넣은 채희가 숨을 크게 들이마셨다. 아랫배에 힘을 주고 인어야, 하고 큰 소리로 부르려는 찰나였다. 톡, 작은 돌멩이가 날아와 치마에 부딪혔다. 옥처럼 반짝이는 것이, 지난밤 인어가 던지던 돌멩이와 닮아 있었다.

"인어야!"

돌멩이를 주워 든 채희가 바다로 시선을 옮겼다. 돌멩이가 날아온 방향을 찾아 이리저리 배회하던 시선은 부서지는 파도 너머에서 멈췄다. 언제부터 그곳에 있었는지는 중요하지 않았다. 따져 물으려던 수많은 말도 그 순간만큼은 기억나지 않았다.

마치 바다의 일부처럼, 흔들리는 물살에 몸을 맡긴 채 이곳을 올려다보고 있는 존재는 분명 인어였다. 채희는 곧장 치마를 추슬러 걸음을 뗐다. 젖은 바위가 미끄러웠지만 멈출 수가 없었다. 위로, 아래로, 작은 바위는 가끔 건너뛰기도 하면서 조금씩 앞으로 나아갔다. 그리하여 인어를 향해 손을 뻗었을 때, 채희는 부정할 수 없는 선명한 빛과 함께 다시 한번 차가운 물속으로 가라앉았다.

눈앞에 새하얀 물거품이 피어올랐다. 팔을 휘저을 때마다 드문드문 비치는 바닷빛의 지느러미가 버둥대는 채희의 주변을 빙빙 맴돌았다. 벌써 두 번째였지만 지난밤보다는 밝아 시야가 더 트였을 뿐, 공포는 조금도 줄어들지 않았다. 채희는 코와 입으로 사정 없이 밀려드는 바닷물에 몸부림치며 빠르게 오가는 푸른빛을 향해 손을 뻗었다. 물보다 차갑고 매끈한 감촉에 놀라 움츠리기도 잠시, 입안으로 맑은 공기가 밀려들었다. 푸른 눈이 지나치게 가깝다는 걸 인지하기도 전이었다.

턱없이 부족하다고만 느꼈던 숨에 여유가 생겼기 때문일까. 놀랍게도 더는 팔다리를 버둥대지 않아도 됐다. 꼼짝없이 가라앉는다고 여겼던 몸도 한결 가뿐하게 느껴졌다. 인어에게서 입에서 입으로 숨을 나눠 받았다는 자각은 뒷전이었다.

이윽고 인어에게 손목을 붙잡힌 채 앞으로 나아갔다. 발이 닿지 않을 만큼 깊은 물속이었지만 더는 두렵지 않았다. 오히려 이 순간이 신비롭게 느껴지기까지 했다.

"푸하!"

물 밖으로 나오자 참았던 숨이 단번에 터져 나왔다. 예기치 못한 파도에 짜디짠 바닷물을 삼키길 두어 번, 인어의 도움으로 곁에 있던 바위를 타고 오르니 그제야 탁 트인 바다 전경이 한눈에 들어왔다.

"이게 대체……."

인어를 따라 잠깐 움직인 게 전부라고 생각했는데 조금 전까지 제가 있던 해안가가 저만치 멀어져 있었다. 채희는 젖은 얼굴을 손등으로 훔치며 주위를 둘러보았다. 앞도, 뒤도, 좌우 어느 곳을 돌아보아도 온통 바다뿐이다. 채희를 집어삼킬 듯 커다란 동굴 입구와 그런 동굴마저 작은 병풍처럼 보이게 하는 드넓은 바다가 눈앞에 펼쳐졌다. 믿을 수 없는 광경에 넋을 빼고 있던 채희의 시선이 한참 만에서야 인어로 향했다. 바위 주변을 빙빙 돌고 있던 인어는 채희와 눈이 마주치기 무섭게 수면 아래로 숨었다가 곧 다시 고개를 내밀었다.

"여길 보여주고 싶었던 거야?"

벅차오른 감정을 미처 숨기지 못하고 묻자 인어가 꼬리지느러미로 해수면을 가볍게 탁탁 쳤다.

"정말 멋지다!"

한 번도 해본 적 없던 헤엄에, 이토록 황홀한 풍경을 마주했기 때문일까. 가슴이 요란하리만치 쿵쿵 뛰어댔다. 채희는 젖은 옷을 짜낼 생각도 못 하고 그대로 양팔을 벌렸다. 불어오는 바람에 몸을 맡기고 한껏 고개를 치켜드니 한낮의 햇살이 부드럽게 눈가를 어루만진다. 하늘을 나는 기분이 이러할까. 가슴을 빠듯하게 채우는 감각에 눈을 감았다가 찰팍, 발치에 닿아 부서지는 파도 소리에 고개를 내렸다. 크게 들이마신 숨을 천천히 내뱉으며 눈을 뜨자 양손으로 퍼 올린 물을 저에게 가차 없이 뿌려대는 인어가 보였다. 어딘가 심통 난 듯 부루퉁한 얼굴이었지만, 그 모습이 위협적이기보다는 귀엽게 느껴졌다. 경계가 사라진 눈빛 덕이었다.

"고마워. 이런 멋진 곳은 처음이야."

무릎을 굽혀 자세를 낮춘 채희가 젖은 치마를 끌어안으며 손을 뻗었다. 수면에 반사된 빛이 인어의 푸른 머리카락을 따라 찬란히 부서졌다. 빛무리를 연상케 하는 모습에 흐릿하기만 하던 기억이 선명하게 되살아난다.

"혹시 날 기다렸니?"

그럴 리 없다는 걸 알면서도 마음이 부풀었다. 인어는 아무 대답이 없었다. 뻗은 손을 피해 어깨를 움츠리는가 싶더니 한참을 올려다보다 머리로 툭, 채희의 손을 건드릴 뿐이었다. 손바닥이 간지럽다. 가볍게 주먹을 말아 쥔 채희가 입가에 미소를 머금었다.

"앞으로는 못 보는 건가 싶었는데……. 다시 만나니 기쁘다."

알아듣기는 하는 걸까. 꼬리를 살랑이며 푸른 눈을 깜빡이던 인어는 채희의 말이 끝나기만을 기다렸다는 듯 물속으로 들어가더니 주위를 부드럽게 맴돌았다. 이따금 튀어 올라 주먹에 머리를 콩콩 부딪히는 걸 보면 인어도 이 만남이 싫진 않은 모양이었다.

인어가 튀어 오르는 박자에 맞춰 검지로 푸른빛의 머리를 톡톡 두드렸다. 체온이 해가 되지 않을까 싶었는데 다행히 그런 기색은 보이지 않았다. 손이 닿은 자리마다 붉게 피어오른 화상 자국을 떠올리던 채희가 조심스럽게 손을 펴 보았다. 그게 무엇을 뜻하는지 안다는 듯 바짝 다가온 인어의 머리를 쓰다듬는 건 어렵지 않았다.

젖어 있는데도 손에 감기지 않고 사르륵 미끄러지는 감촉이 마치 비단결 같았다. 보드라운 강아지 털과는 다른 느낌에 자꾸 손이 갔다. 인어도 채희의 손길이 싫지 않은지 꼬리로 해수면을 탁탁 두드리며 느리게 눈을 깜빡였다.

밝은 곳에서 마주한 인어는 지난밤보다 훨씬 화려한 인상이었다. 물에 젖은 푸른 머리카락은 비늘을 얇게 저며 이어 붙인 것처럼 반짝였고, 또렷한 콧대와 눈매는 성별은 물론 나이도 가늠키 어렵게 했다.

한번 쓰다듬기 시작하니 좀처럼 손을 뗄 수가 없었다. 쓰다듬을수록 윤이 나는 것 같은 머리카락이 신기한 탓도 있었다. 점점 더 집요해지는 손길에서 장난기를 느꼈는지 나른하게 감겨가던 푸른 눈에 이채가 감돌았다. 가볍게 휘두른 꼬리지느러미에 왈칵, 채희의 머리 위로 순식간에 바닷물이 쏟아졌다.

예기치 못한 물세례에 얼굴은 물론 옷이며 소매까지 다시 흠뻑 젖어들었다. 입에 들어온 바닷물을 뱉어내며 입술을 문지르다 물속에서 느꼈던 매끈한 감각이 떠올랐다. 그러고 보니 인어에게 숨을 나눠 받았었다. 그것도 입에서, 입으로.

귓가가 달아오른다. 아마 붉게 물까지 들었을 것이다. 벌떡 자리에서 일어난 채희가 황급히 양 귀를 가리며 물속에서 눈만 내놓고 있는 인어를 힐긋거렸다. 비단결 같던 머리카락이 파도와 함께 흰 어깨 위에서 넘실대고 있었다. 입술을 맞댔던 일은 벌써 잊은 듯 보였다. 어쩌면 인어에게 그 정도는 별거 아닌 일인지도 모르겠다.

그래, 입맞춤과는 다르다. 그건 단지 숨을 쉬지 못하는 저를 구하기 위한 하나의 방법이었을 뿐이다. 순수한 의도를 괜히 불순하게 받아들인 것 같아 배로 민망해졌지만, 내색하지 않기로 했다. 되레 뻔뻔하게 굴면 정말 별거 아닌 일이 될 것도 같았다.

"그, 흠."

주춤거리며 자리에 주저앉은 채희가 메인 목을 틔었다. 양 귀를 감싸고 있던 손을 내려 인어에게 내미니 귓불이 달아오르다 못해 터질 것만 같았다.

"안녕? 내 이름은 채희야. 정채희. 넌 이름이 뭐야?"

달아난 용기를 쥐어짜 낸 행동이었으나 인어는 가만히 고개만 기울일 뿐 손을 맞잡아주지도, 꼬리를 살랑이거나 물을 뿌리지도 않았다. 입맞춤이고 뭐고 조금도 자신을 의식하지 않는 모습에 뺨은 물론 목덜미까지 달아올랐다. 차라리 쥐구멍에라도 숨고 싶은 심정이었지만 바다 한가운데 덩그러니 놓인 바위 위에서 그런 곳을 찾을 수 있을 리 없었다.

어떻게 그게 아무것도 아닌 행동일 수 있지? 분명 숨을 나눠주던 입술은 차가웠는데 어째서 깨물지도 비비지도 못하는 제 입술은 불에 댄 듯 뜨겁기만 한지 모르겠다. 인어를 마주 볼 용기도, 그렇다고 바다에 뛰어들 용기도 없어 양손으로 얼굴을 가리자 손바닥에 입술이 닿았다. 이렇게 해도 입술, 저렇게 해도 입술이니 미칠 노릇이었다.

차라리 눈물이라도 나면 좋으련만. 이도 저도 아닌 상태로 앓는 소리만 삼키고 있는데 치마가 한쪽으로 쭉 끌려갔다. 도저히 무시할 수 없는 무게감에 손가락 사이를 벌려 살짝 내려다보니 치맛자락을 손에 쥔 채 바위 가까이 상체를 붙인 인어가 보였다. 얼핏 저를 올려다보고 있는 것 같았지만 인어의 시선이 고정된 곳은 따로 있었다.

"이게 마음에 들어?"

인어의 시선을 따라가니 가슴께에 매달린 호박색 노리개가 빛을 받아 반짝이고 있었다. 어릴 적, 어머니께 물려받은 것이었다.

채희의 물음에 고개를 들었던 인어는 잠깐 눈이 마주치는가 싶더니 금세 다시 노리개로 눈길을 돌렸다. 대체 무엇이 그를 망설이게 하는지 인어는 노리개를 고작 한 치 앞에 두고 손을 뻗었다 물리기를 반복했다. 그러다 간신히 노리개에 손끝이 닿자마자, 인어는 재빠르게 바닷속으로 몸을 던졌다.

인어가 사라진 지점을 중심으로 하얀 물꽃이 피어올랐다. 그것들이 소리 없이 가라앉고 나서야 다시 수면 위로 올라온 인어의 두 눈에는 묘한 경계가 서려 있었다. 조금 서글퍼 보이기도 했다.

"이게 갖고 싶니? 줄까?"

이 아이가 정말 어머니의 벗이라면 노리개 하나쯤 주는 건 어머니도 괜찮다고 하지 않을까. 동그랗게 올려다보는 푸른 눈을 마주하며 저고리 안으로 손을 넣으려는 찰나였다.

"아씨이!"

익숙한 외침에 채희가 깜짝 놀라 몸을 움츠리자 인어도 바닷속으로 쏙 숨었다. 착각이었나 싶어 눈을 굴리는데 메아리 같은 외침이 다시 한번 귓가를 때렸다.

"유모?"

아닐 거라고 부정해 봐도 저 목소리는 분명 말생의 것이 맞았다. 아무래도 채희가 또 도망친 줄 알고 찾으러 온 모양이었다. 채희의 시선이 다급하게 주변을 살폈다. 괜한 소란을 만들기 전에 돌아가야 할 것 같은데 지금 채희가 있는 곳은 바다 한가운데였다.

어쩌지. 막막한 마음에 입술만 뜯고 있는데 바닷속으로 숨었던 인어가 다시 수면 위로 빼꼼 고개를 내밀었다.

"어…… 저기, 나를 아까 있던 곳으로 데려다주지 않을래?"

못 알아들은 건지, 돌아가야 하는 이유를 이해 못 한 건지, 조급한 채희와 달리 인어는 조용히 고개만 기울였다.

"그러니까……. 하, 어쩌지……."

젖어서 이마에 달라붙은 머리를 쓸어 올리며 입술을 깨무는 사이 말생의 목소리가 점점 더 커졌다. 채희를 찾기 위해서라면 목이 쉴 때까지 부르고도 남을 사람이었다. 이쯤 되니 헤엄을 치든,

뭘 하든, 어떻게든 돌아가야겠다는 생각뿐이었다. 결심을 굳힌 채희가 천천히 바위에서 내려왔다. 비록 인어가 이끌어주기는 했어도 스스로 물살을 가르고 이곳까지 왔는데 돌아가는 것 정도야, 하고 만만하게 본 것도 사실이었다.

그러나 바닷물이 버선을 적시고 발목을 휘감자 덜컥 겁이 났다. 안될 거 같아, 하고 후회했을 때는 이미 바위를 놓친 뒤였다.

"으악!"

외마디 비명과 함께 몸이 바닷속으로 쑥 빨려 들어갔다. 코며 입으로 밀려 들어오는 짠 기운에 팔을 크게 휘젓는데, 강한 힘이 채희의 옆구리를 붙잡는가 싶더니 단번에 해수면 위로 밀어 올렸다. 솟구치듯 물 위로 올라온 채희는 일단 손에 잡히는 대로 끌어안았다. 정신없이 기침하다 문득 정신이 들었을 때는 한껏 표정을 찡그리고 채희에게서 벗어나려는 인어가 보였다.

신음하는 소리에 놀라 손을 떼자 몸이 뒤로 기울어졌다. 인어가 재빠르게 붙잡았으니 망정이지 하마터면 도로 물에 빠질 뻔한 아찔한 순간이었다. 민망함에 굳이 하지 않아도 될 기침을 뱉고 있는데 한껏 눈꼬리를 치켜올린 인어가 항의하듯 수면을 때렸다.

"미안해……."

풀 죽어 작게 대답하자 이번에는 아예 채희의 손을 억지로 끌어다 자기 어깨에 올렸다. 어제만큼 심하진 않았으나 좀 전에 무심코 끌어안아 생긴 화상 자국이 인어의 팔과 얼굴 군데군데 남아 있었다.

"괜찮겠어?"

마찬가지로 어깨에도 붉은 자국이 올라오는 것을 보며 묻자 인어는 눈길 한번 주지 않은 채 조금씩 앞으로 나아가기 시작했다. 다행히 상처들은 물에 닿자 금세 사라졌다. 그렇다고 아까처럼 무식하게 매달릴 순 없어 손을 슬금슬금 뺐더니 미끄러지는 몸을 추슬러 안은 인어가 다시 채희의 손을 어깨 위로 끌어 올려놓았다.

차라리 아까처럼 물속에서 이끌어주면 좋으련만. 손이 닿으면 화상을 입고, 놓으면 미끄러져 인어가 더 힘들어하고. 그렇다고 머리카락을 쥘 수도 없는 상황에서 채희가 할 수 있는 행동은 많지 않았다. 채희는 젖은 소매를 끌어당겨 최대한 손을 숨긴 뒤 손목과 팔만을 이용해 인어에게 매달렸다.

함께 물속에 들어와 있기 때문일까. 온몸에 힘을 주고 버텨도 아슬아슬할 상황에 자꾸만 숨을 나누어주던 순간이 떠올라 힘이 빠졌다. 이래서야 입맞춤을 기대하고 있는 거냐고 물어도 할 말이 없을 듯했다. 그런 채희의 생각을 읽기라도 한 건지 입꼬리를 슬쩍 올리는가 싶던 인어가 채희를 품에 매단 채 물속으로 들어갔다가 숨이 모자랄 즘 다시 올라왔다. 당연하게도 숨을 나눠주는 일은 없었다.

"야, 너⋯⋯!"

또 한 번 머리까지 쫄딱 젖었다는 사실보다 본심을 들켰을지도 모른다는 생각에 울컥 타박이 튀어나왔다. 말아 쥔 주먹으로 등을 팡팡 때리는데도 인어는 뭐가 즐거운지 연신 웃는 얼굴이었다.

아, 웃기도 하는구나. 건드리면 맑은 소리가 날 것 같은 미소에 얼굴이 달아오르는 줄도 모르고 넋을 놓고 바라봤다. 그러다 예고도 없이 마주친 두 눈에 황급히 시선을 돌렸다. 그제야 푸르게 펼쳐진 드넓은 바다가 눈에 들어왔다. 언제 이만큼이나 왔는지 조금 전까지 앉아 있던 바위가 저만치 멀리 보였다. 반대로 채희를 찾는 말생과 사람들의 목소리는 지척에서 들려왔다.

말생이 찾으니 얼른 돌아가야겠다고 생각하면서도 이 아름다운 광경을 두고 가야 한다는 생각에 아쉬움을 숨길 수 없었다. 인어와도 조금 더 시간을 보내고 싶었다. 지금 심정으로는 종일 바다만 들여다보고 있으래도 할 수 있을 것 같았다. 그런 채희의 마음을 알아채기라도 한 건지 인어의 속도가 점차 느려졌다. 그럴 리 없다는 걸 알면서도 새어 나오는 웃음을 막을 수 없었다.

"너도 나랑 헤어지기 싫구나?"

태연한 척 묻긴 했으나 내심 그렇다고 답해주길 기대했던 모양이다. 눈길 한 번 주지 않고 앞으로 나아가는 인어가 야속하게 느껴지는 걸 보면. 채희는 인어의 머리카락 위에 뺨을 살짝 비비며 투정 아닌 투정을 부렸다. 그런다고 코앞까지 다가온 해안가가 도로 멀어지는 것도 아니었다.

인어는 발이 닿을 만큼 얕은 물까지 헤엄쳐 와서야 채희를 내려주었다. 저를 찾는 말생의 목소리가 끊임없이 들려오고 있었으나 쉬이 걸음이 떨어지지 않았다. 반면 멀찍이 물러난 인어는 이미 떠날 준비를 마친 것처럼 보였다.

"또 보러 와줄 거야?"

인어는 여전히 대답이 없었다. 아주 혼자만 애틋하지. 서운한 마음에 입술을 비죽이려는 찰나였다.

"아씨!"

바로 뒤에서 들리는 말생의 목소리에 채희가 뒤를 돌아보았다. 아직 보이지는 않으나 지척까지 온 것만은 확실했다.

"이제 정말 가봐야겠다. 혹시 내일 또……."

다급히 말을 이으며 저고리 안쪽에서 노리개를 풀어내던 채희가 고개를 들다 말고 입을 다물었다. 조금 전까지만 해도 코앞에 있던 인어가 보이지 않았다. 보이는 거라곤 끝없이 펼쳐진 바다뿐. 혹여나 아직 주변에 있을까 싶어 까치발까지 들며 둘러봤지만, 바닷물이 제법 투명한데도 보이질 않는 걸 보니 그새 정말 가버린 모양이었다.

"인사도 못 했는데……."

서운한 마음에 이제 막 풀어낸 노리개와 바다만 번갈아 바라보던 채희가 천천히 물 밖으로 걸어 나왔다.

"아이고, 아씨!"

채희를 발견한 말생은 당장이라도 주저앉을 듯 온 힘을 다해 채희를 불렀다. 그 뒤로 스님과 동자, 함께 온 일꾼 몇이 보였다. 걸음을 재촉하는데 말생이 조금 더 빨랐다.

얕긴 해도 바닷물이 있는 곳을 말생은 망설이지도 않고 한달음에 달려왔다. 치맛단이 젖는 것쯤은 아무렇지도 않은 모양이었다. 채희는 저를 힘껏 끌어안았다 놓고는 이리저리 살피는 말생의 얼굴을 물끄러미 바라보았다. 꽤 오래 찾으러 다닌 건지 말생의 얼굴은 벌겋게 달아올랐고, 눈가에는 눈물마저 고여 있었다.

"얼마나 찾았는지 아세요? 말도 없이 그렇게 사라지시면 어쩌자는 거예요! 옷은 왜 또 다 젖으셨고요. 날도 추운데 여긴 대체 왜 들어왔어요! 옷도 얇게 입어놓고선!"

"어, 그게……."

말생은 잔뜩 쉬어 가라앉은 목소리로 숨도 쉬지 않고 쏘아댔다. 인어를 만나 함께 노닐다 왔노라 솔직하게 이야기할 순 없는 노릇이라 채희가 빠르게 머리를 굴렸다.

"뭐, 뭘 좀 주우려다가 발을 헛디뎠지, 뭐야."

"아휴, 정말! 제가 아씨 때문에 제 명에 못 살아요! 방에 잠깐만 있어보라는 것도 못 하시면 대체 어쩌자는 거예요!"

차마 채희를 때릴 순 없었는지 말생이 제 가슴을 팡팡 쳐댔다.

"그러지 마. 아프잖아."

말생이 가슴을 더는 때리지 못하게 손을 잡아 내리자 손 차가운 것 좀 보라는 잔소리가 추가로 날아들었다.

"미안해애……. 답답해서 그랬어. 그래도 이거 봐. 내가 주운 거야. 예쁘지?"

채희가 품 안에서 작은 돌맹이를 꺼내 내밀었다. 이런 건 처음 보는 터라 신기할 텐데도 말생은 돌맹이가 옥 같든가 말든가 눈길 한 번 주지 않은 채 마른 소매를 당겨 채희 얼굴에 남은 물기를 닦는 데에만 열중했다.

"한번 봐봐. 응? 정말 예뻐."

"지금 그딴 돌맹이가 중요해요? 제가 정말 얼마나 놀랐는지 지금도 심장이 벌렁거린다고요!"

"미안하대두……."

"신은, 네? 신은 왜 흘리시고! 대체 뭘 하시느라! 이게 물에 떠내려왔을 때 제가, 제가 정말……."

옆구리에 끼고 있던 당혜 한 짝을 허공에 대고 흔들던 말생은 그제야 다리 힘이 풀리는지 젖은 모래 위에 털썩 주저앉았다. 한쪽 발이 허전하더라니 바다에 빠질 때 벗겨진 모양이었다.

"일어나, 유모. 여기 이렇게 있으면 다 젖어."

채희는 말생 곁에 쪼그려 앉아 물에 불은 손으로 둥근 등을 가만가만 쓸어주었다.

"내가 미안해. 정말 잘못했어. 응?"

볼을 타고 흐르는 눈물을 모른 척 닦아주며 어떻게든 눈이라도 마주쳐 보려고 고개를 기울이는데 말생은 언제 울었냐는 듯 날카로운 시선으로 채희를 쏘아봤다.

"대감마님이 아시기라도 하는 날에는……!"

"에이, 말 안 할 거잖아. 그치? 난 유모를 믿는다구."

채희가 눈을 찡긋거리며 말생을 끌어안았다. 말생은 엉겁결에 끌려가 안겨놓고도 기가 차는지 헛웃음을 터트렸다.

"미안해, 유모. 다음부터는 내가 꼭 말하고 나올게."

등을 토닥이는 손길에 마음을 놓던 말생이 말 같지도 않은 소리에 얼른 채희를 품에서 떼어냈다.

"나오긴 뭘 나와요! 앞으로 바다는 금지예요!"

"아이, 그러지 말구. 유모오."

"몰라요, 저는!"

남은 눈물을 쓱쓱 닦은 말생이 팔에 매달려 오는 채희를 떼어놓고는 냉큼 일어나 왔던 길을 되돌아갔다.

"유모오. 같이 가아."

채희는 말생이 떨어트리고 간 당혜를 주워 들고는 한쪽짜리 버선발로 그 뒤를 따랐다. 말생은 몇 걸음 가지도 못하고 다시 멈춰서더니 홱 뒤돌아 채희를 노려봤다.

"신이나 신으셔요."

잔뜩 화난 척을 하고 있지만 이미 다 풀렸다는 것을 안다. 채희는 들고 있던 노리개를 소매에 대충 찔러놓고 얼른 당혜에 발을 꿰었다. 기다리고 있던 말생에게 다가가 슬쩍 팔짱을 끼며 매달리니 말생이 못마땅하다는 듯 입을 열었다.

"그럼 앞으로 저랑 같이 나온다고 약속하세요."

"응. 약속!"

"혼자는 절대 안 돼요!"

"그럼! 여부가 있으려고."

짐짓 비장한 태도에 비로소 말생의 입가에도 미소가 피어났다. 채희 역시 바다 쪽으로 향하려는 시선을 꽉 붙들며 하하하, 어색하게 웃었다. 그 웃음소리에 다시 눈매를 굳힌 말생이 채희를 이리저리 돌려가며 머리부터 발끝까지 꼼꼼히 살폈다.

"어디 보세요. 다친 덴 없는지."

"없다니까."

"그래도 혹시 모르잖아요. 툭하면 어디서 뛰어내리고 부딪히시는 분이."

"아이 춥다. 유모 나 추워. 우리 얼른 들어가면 안 될까?"

괜히 하는 소리가 아니라 정말 추웠다. 지금껏 자각하지 못했던 게 이상할 정도였다. 떨려오기 시작하는 몸을 움츠리며 조금 더 붙어 서자 말생은 살다 살다 가을 다 지나서 바다에 들어가는 사람은 처음 봤다면서도 등을 쓰다듬는 따뜻한 손길은 멈추지 않았다.

"다음에는 조심할게."

"다음은 없다니까요?"

"에이, 화내지 마. 건강에 안 좋아."

"아씨만 얌전히 계시면 저는 백수도 거뜬하네요."

채희는 백수가 뭐냐고, 천수까지는 살아야 하지 않겠냐는 너스레를 떨며 말생을 이끌었다. 곧장 천수고 뭐고 이래서야 내일모레 쓰러져도 이상하지 않겠다는 푸념이 이어졌으나 한결 누그러진 말투에 마음이 놓였다. 무시무시한 말생의 기세에 괜찮냐는 말 한마디 건네보지 못한 사람들 역시 그제야 한시름 던 표정으로 그들의 뒤를 따랐다.

그날 밤, 말생은 채희가 숨만 쉬어도 바다는 꿈도 꾸지 말라며 으름장을 놓았다. 아마 잠들기 전까지 백번은 더 들었을 것이다. 그런 말생의 당부에도 채희는 다음 날 눈을 뜨자마자 바다로 향했다. 다음 날도, 그다음 날도 마찬가지였다. 반복되는 실랑이에 말생도 지쳤는지 나중에는 먼저 나서서 솜을 덧댄 저고리와 배자를 챙겨주었다. 그러면서도 고뿔에 걸리기만 해보라는 소리는 빼먹지 않았다.

채희는 오늘도 말생이 챙겨준 배자와 남바위로 중무장을 한 뒤 절을 나선 차였다. 능숙해진 걸음으로 크고 작은 바위들을 건너오니 인어와 자주 만나는 널찍한 바위도 금방이었다. 아직 인어가

오지 않은 걸 확인한 채희가 물기 없는 평평한 바닥을 찾아 깔개도 없이 주저앉았다. 한기가 조금 올라왔지만 그렇다고 말생의 우려처럼 오들오들 떨 정도는 아니었다.

어제보다 온후해진 바람을 느낀 채희가 남바위를 벗어 곁에 내려놓았다. 잘 마른 신과 버선도 잊지 않고 벗어 남바위 옆에 두었다. 거추장스러운 치마와 속바지를 걷어 바위 끄트머리로 다가가니 가볍게 튀어 오른 물방울이 발바닥을 간질인다. 너울대는 수면에 발을 살짝 대어본 채희는 찬기가 익숙해질 무렵 다리를 완전히 내리고 바다에 발을 담갔다. 발가락 사이사이를 파고들다 찰팍, 발등에 닿아 부서지는 파도에 절로 미소가 그려졌다.

요즘 채희의 낙이었다. 아버지의 혼인 타령도, 말생의 잔소리도 없는 이곳에서 발이나 담그며 여유롭게 보내는 시간. 매일 이렇게만 보낼 수 있다면 이곳에서 평생 살라고 해도 할 수 있을 것 같았다.

피난처를 찾듯 매일 바다를 찾는 채희와 마찬가지로 인어 역시 하루도 거르지 않고 이곳을 찾았다. 인어는 채희가 물장구를 치며 노는 동안 바위 주변을 맴돌기도 했고, 바위 위에 턱을 괸 채 두서없는 푸념을 묵묵히 들어주기도 했다. 아버지의 혼인 타령과 이곳까지 오게 된 경위, 아무도 제 이야기를 들어주지 않는다는 어린애 같은 투정이 끝나고 나면 인어는 어김없이 채희를 바닷속으로 이끌었고, 먼바다까지 나가 탁 트인 전경을 보여주었다. 그리고 나면 울적했던 마음도 씻은 듯 달아나 있었다.

　오늘도 물에 들어갔다가는 잔소리로 끝나지 않겠지. 부쩍 차가워진 바람 탓인지 말썽은 옷이 젖은 꼴을 보지 못했다. 소금기 많은 물이라 아무리 털고 말려도 결국 티가 나니 속이는 데에도 한계가 있었다.

　날이 풀릴 때까지는 발을 담그는 것으로 만족하자며 자신을 달랜 채희가 소매에 넣어둔 주머니를 꺼냈다. 꽉 여몄던 끈을 푸니 크고 작은 비늘들과 올망졸망 모인 돌멩이들이 뒤엉키며 잘그락 소리를 낸다. 인어를 만날 때마다 하나씩 주워 모은 것인데 한데 모아두니 제법 묵직했다.

　새삼 뿌듯한 시선으로 주머니를 둘러보던 채희가 도로 끈을 여미곤 매끈한 면을 만지작거렸다. 바느질이라면 질겁하던 제가 서툰 솜씨로나마 주머니를 만들었다는 것이, 끈 끝에 매듭까지 직접 지었다는 사실이 아직도 믿기지 않는다. 있는 천을 잘라 쓰느라 붉은 천 위에 푸른 천을 덧댄 어설픈 모양새였지만 나중에는 여기에 수도 놓을 생각이었다.

　어떤 수를 놓으면 좋을까. 침선가들의 화려한 자수 실력을 떠올리며 큰 꿈에 부풀어 있는데 잔잔하다고만 생각한 파도가 왈칵, 종아리를 덮쳤다. 그게 꼭 허튼 꿈 꾸지 말라는 경고 같아 피식 웃음이 새어 나왔다.

　주머니도 만들었는데 그깟 수 하나 못 놓겠냐고, 언제 그랬냐는 듯 다시 잠잠해진 바다에게 따지며 젖은 치맛자락을 말아 무릎 아래 찔러 넣을 때였다. 발등을 타고 오르는 물살의 수위가 갑자기 높아졌나 싶더니 바람도 없이 파도가 솟구쳐 올랐다.

"이러면 다 젖는다니까."

반사적으로 양손을 뻗어봤지만 쏟아지는 물세례를 모두 막을 수는 없었다. 채희는 목덜미까지 흘러든 차가운 물을 훑어내며 지척까지 다가온 인어를 흘겨봤다. 물에 젖어 허둥대는 제 꼴이 우스웠는지 몇 번이고 물보라를 일으키는 모습에 악의는 없어 보였다.

"장난 그만하고 이리 와."

조금 비켜 앉으며 자리를 마련해 주자 인어도 물장난을 멈추고 냉큼 다가왔다. 인어는 망설임 없이 바위 위로 훌쩍 올라와 앉았다. 그 바람에 파도보다 더 많은 물이 옷을 적신 건 계산에 없는 일이었다.

"아이참. 속곳까지 다 젖었잖아. 이걸 또 언제 다 말려."

닦아낼 틈도 없이 스며든 물을 바라보며 툴툴대던 채희는 바위 한쪽에 자리 잡고 앉은 인어의 모습에 그만 할 말을 잃고 말았다. 툭, 물기를 털어내는 꼬리지느러미를 따라 잘게 부서지는 물방울과 그 사이에 자리한 옅은 색의 무지개, 햇살을 받아 눈부시게 빛나는 머리카락과 피부, 하체 전반에 걸친 푸른 비늘과 꼬리까지. 마치 인어가 있는 곳만 다른 세상인 듯했다.

물속에 있을 때보다 물 밖에서 더욱 화려하게 제빛을 뿜내는 것 중 단연 돋보이는 건 꼬리지느러미였다. 처음 모래사장에서 보았던 것보다 훨씬 더 화려한 꼬리지느러미는 크기도 대단했는데, 제 키만 한 바위 위에 걸터앉고도 그 끝이 바다에 닿을 정도였다.

주머니에 숨겨둔 비늘이 무색할 만큼 영롱하게 빛나는 비늘들을 따라 올라오던 채희의 시선은 사람 피부와 기묘하게 어우러지는 허리 비늘에서 멈췄다. 모호한 비늘과 피부의 경계. 그 두 가지가 자연스럽게 어우러진 모습은 볼 때마다 신기했고, 황홀했으며, 감탄을 금할 길이 없었다.

매일 보고도 좀처럼 익숙해지지 않는 외모다. 입까지 벌린 채 넋을 놓고 있던 채희가 불쑥 끼어든 푸른 눈에 정신이 번쩍 들었다. 언제 이렇게 다가온 건지 인어가 코앞까지 얼굴을 들이밀고 있었다. 재채기가 나올 듯 간지러운 느낌에 채희가 먼저 고개를 돌리지 않았다면 정말 코가 닿았을지도 모를 만큼 가까운 거리였다.

머쓱함에 코를 훌쩍인 채희가 젖은 바닥을 더듬으며 주섬주섬 물에 담그고 있던 발을 거둬들였다. 무릎을 굽히며 걷었던 치마를 끌어 내리다 덜컥 소맷자락이 붙잡힌 것도 그때였다.

"으, 응?"

저도 모르게 긴장하기도 잠시, 무릎을 콕 찍고 떠나는 검지에 채희가 눈을 끔뻑였다. 그러거나 말거나 인어는 무릎에 앉은 작은 딱지에 온 신경이 쏠려 있었다. 은월사에 오기 전, 담을 넘다 생긴 상처였다.

"전에 이야기했잖아. 아버지 몰래 담 넘다 다쳤다고. 이게 그거야. 금방 나을 줄 알았는데 꽤 오래가네?"

진작 떨어지고 없을 줄 알았던 딱지가 아직도 남아 있는 게 신기했다. 살살 긁어내면 빨리 떨어질까 싶어 손톱으로 갉작이고 있으니 별안간 인어가 상체를 숙이며 다가왔다.

"뭐, 무, 무슨, 이게 무슨 짓이야!"

깜짝 놀라 손을 뻗으니 짝 소리 나게 이마를 맞은 인어가 조금 억울하다는 눈으로 채희를 쳐다봤다. 뭘 어쩔 작정이었던 건지 붉은 혀를 그보다 더 붉은 입술 사이로 살짝 내민 채였다.

"설마 하, 핥, 핥으려고 그런 건 아니지?"

잠깐 사이에 붉어진 이마를 손끝으로 만지작거리던 인어가 어깨를 으쓱인다. 그게 왜 문제가 되는지 모르겠다는 표정이었다. 얼굴이 삽시간에 달아올랐다.

"이, 인어들은 다 그래? 아무렇게나 만지고, 핥고, 이, 입도……."

입술을 향해 내려가던 시선을 애써 붙잡은 채희가 푸른 눈을 노려봤다. 명백히 따지자면 그때의 입맞춤은 사실 정식 입맞춤이 아니고 숨을 나눠주는 선의의 행동일 뿐이었지만 누군가와 입술을 맞대어본 게 처음이기도 했고, 막 허리를 끌어안는다거나, 혀로 핥는다거나, 어? 아무리 아직 어려서 뭘 잘 모른다지만 그런,

그런…….

"히끅."

끝을 모르고 복잡하게 얽혀가던 생각을 터트리기라도 하듯 딸꾹질이 튀어나왔다. 급히 입을 틀어막아 보았지만 소용없었다. 잠시 다른 곳으로 향했던 인어의 시선이 도로 제게 돌아온 건 말할 것도 없었다. 히끅, 숨을 삼킬 때마다 오목하게 들어가는 쇄골 사이가 신기한지 인어가 다시 상체를 기울여 왔다. 비슷한 행동을 하다 이마를 얻어맞은 게 조금 전이었다는 사실은 그새 잊은 모양이었다.

손자국이 선명한 이마를 또 때릴 수도 없고, 제대로 발동 걸린 딸꾹질은 당장 멈출 기미가 없으니 미칠 노릇이었다. 한 번만 만져보자는 듯 호기심 가득한 얼굴로 다가오는 인어를 피해 주춤, 주춤 뒤로 물러서다 상체가 넘어갔다. 젖은 바닥에 등이 닿고, 하얗게 드러난 종아리에 서늘한 비늘이 스쳤다.

"야, 끅, 야아……."

팔꿈치로 막아도 꿈쩍 않는 게, 이러다가는 정말 몸이라도 타고 오를 기세였다. 안 돼, 안 돼. 채희는 뭐가 안 되는지도 모른 채 빠르게 고개를 저었다. 숨을 참고 멋대로 넘어가는 침을 꼴깍꼴깍 삼키는데 문득 다음 딸꾹질이 이어지지 않는다는 걸 깨달았다. 인어도 알아챈 눈치였다. 푸른 머리카락이 채희의 뺨 위로 흘러내리기 직전에 일어난 기적이었다.

"이, 이제 끝났어. 내려와."

어깨 바로 위를 짚고 있는 손을 힐긋거리며 최대한 단호하게
이야기하자 이미 반쯤 포개어져 있던 몸이 슬그머니 멀어진다. 아
쉬움을 숨기지 않는 표정에 마음이 약해질 뻔했지만, 굳이 내색하
지는 않았다.

인어가 완전히 자리로 돌아간 뒤에야 채희도 상체를 세우고 바
로 앉을 수 있었다. 하얗게 드러난 다리를 치마로 감추고 흐트러
진 고름을 매만지다 따끔거리는 시선에 고개를 들었다. 평소에도
제가 뭘 하든 눈을 떼지 않고 빤히 쳐다보는 통에 민망할 때가 많
았는데 오늘은 유난히 더 심했다. 집요하게 느껴지는 시선에 고개
를 이리저리 비틀어 피하던 채희는 도저히 무시할 수 없을 지경이
되어서야 돌아앉았다.

"뭐. 왜. 하고 싶은 말이라도 있어?"

인어가 말을 못한다는 사실이 떠올라 뒤늦게 아차 싶었으나 이
미 뱉은 말이라 주워 담을 수가 없었다.

"아니, 난 그런 뜻이 아니라······."

입으로 하는 말 말고 행동으로 표현할 수도 있지 않느냐고, 변
명 같지도 않은 말을 웅얼거리고 있는데 인어의 손이 가슴께를 가
리켰다. 멋대로 만지려다 몇 번 거절당한 기억 때문인지 이번에는
먼저 손대지 않고 가만히 눈을 맞추는 인내심도 보였다.

"뭐? 이거? 노리개?"

인어의 손을 따라 움직이던 시선이 가슴께에 매달린 노리개에서 멈췄다. 전에도 인어가 관심을 보였던 호박색 노리개였다. 술이 조금 풀려 말썽이 손봐주느라 며칠 만에 하고 나온 걸 용케 알아본 모양이다.

이게 갖고 싶은 건가? 호박색 노리개와 푸른 눈을 번갈아 살피던 채희가 짧은 고민 끝에 손을 까딱였다.

"이리 와봐."

어렵지 않게 치마끈에서 풀어낸 노리개를 쥐고 흔드니 망설이는가 싶던 인어도 냉큼 다가와 앉았다.

"아니, 뒤돌아서."

아까 보인 인내심이 마지막이었는지 또 손부터 뻗는 인어를 피해 팔을 뒤로 물린 채희가 반대편 손가락으로 둥근 원을 그렸다. 돌아앉아. 그 뜻을 한참 만에 이해한 인어가 부루퉁해진 얼굴로 등을 보이고 앉았다. 저를 놀린다고 생각했는지 이따금 뒤를 돌아보는 눈에는 불신이 가득했다.

인어 등 뒤에 무릎으로 선 채희가 길게 뻗은 손가락으로 푸른빛의 머리카락을 어루만졌다. 예상치 못한 접촉에 놀랐는지 흠칫 어깨를 굳혔던 인어는 조심스럽게 이어지는 손길에 점차 긴장을 풀었다.

인어가 처음 노리개에 관심을 가졌을 때부터 해주고 싶은 것이었다. 채희는 가지런히 빗어 내린 머리카락 일부를 쥔 채 노리개

끈과 한데 엮어 틀어 올렸다. 달리 달 곳 없는 노리개가 간단히 머리 장식으로 탈바꿈하는 순간이었다. 푸른색에 호박색이 어우러져 이제 막 바다 위로 떨어지기 시작한 노을처럼도 보이는 것이, 생각했던 것보다 훨씬 더 잘 어울렸다.

"예쁘다."

이리저리 고개를 흔들어가며 노리개를 달랑, 달랑 가지고 놀던 인어가 꼬리를 파르르 떤다. 주로 좋다는 표현을 할 때 보이는 행동이었다. 사실 꼬리까지 갈 것도 없었다. 생기가 도는 눈이며 입가에 걸린 미소만으로도 대답은 충분했다.

"그렇게 좋아?"

좋아. 저를 마주 보며 끔뻑이는 눈이 그리 말하고 있었다. 그 모습을 보고 있자니 다시금 가슴이 부풀어 오른다. 빠듯하게 가슴을 채우는 감정들은 뿌듯함, 기쁨, 즐거움, 행복, 뭐 그런 것들과 닮아 있었다.

"다음에는 내가……."

"아씨이!"

더 예쁜 거로 가져다줄게. 문장을 채 끝맺기도 전이었다. 갑자기 들려오는 익숙한 음성에 덜컥 혀를 씹은 채희가 눈을 크게 떴다. 그건 인어도 마찬가지였다.

"또 어디 계셔요! 아씨이!"

해 다 진다고, 놀 때 놀더라도 밥은 드셔야 할 것 아니냐는 외침이 해안가에 쩌렁쩌렁 울렸다. 밀려오는 민망함에 입술을 깨물고 이마를 짚었다.

"유모도 참……."

창피하게. 내가 어린애도 아니고. 어색하게 웃자 큰 눈을 끔뻑이며 경계 태세를 취하던 인어가 조심히 다가온다. 소리가 나는 방향과 채희를 번갈아 보는 것이, 가야 할 시간이냐고 묻는 듯했다. 눈매가 축 처져 있어 가지 않기를 바라는 것처럼 보이기도 했다.

"이만 가봐야겠다. 들켰나 봐. 몰래 나온 거였거든. 대신 내일 또 올게."

들켰다기에는 참을 만큼 참다 터진 느낌이 강했으나 특별히 다를 것도 없었다. 채희는 벗어둔 남바위와 버선을 챙겨 들었다. 끝이 조금 젖은 버선에 발을 찔러 넣고 신을 신고 있으니 한층 더 시무룩해진 인어가 머리카락에 매어놓은 노리개를 끌어 내린다.

"아니야. 그건 너 가져도 돼. 벗이 된 기념으로 주는 선물이야."

정말이냐고 묻는 듯한 얼굴을 들여다보며 채희는 고개를 끄덕였다. 응, 선물. 웃으며 답하자 어둡기만 하던 얼굴에 미미한 미소가 피어난다.

"아씨!"

"어휴, 목청도 좋지. 이제 정말 가봐야겠다. 미안해. 조심히 가! 내일 또 만나!"

남바위까지 쓰고 있을 새가 없어 옆구리에 낀 채희가 부지런히 손을 흔들었다. 평소라면 인어가 해안가까지 데려다주었을 테지만 말썽이 있어 불가능했다. 여기서 헤어져야 한다는 것을 채희도, 인어도 알고 있었다. 그렇기에 더 아쉬운 것도 어쩔 수 없었다.

무슨 말이라도 더 하고 싶어 머뭇거리던 채희는 점점 더 커지는 외침에 겨우 걸음을 뗐다.

"갈게."

걸음이 무겁다. 선물이라며 건넨 노리개를 한 손에 꼭 쥔 채 처량하게 올려다보는 인어가 있었기에 더욱 괴로웠다. 바다가 인어의 집인데도 물가에 어린애 혼자 남겨두고 가는 심정이었다.

"아씨이!"

"아휴, 가! 간다구! 나 여기 있어!"

채희는 뒤통수에 달라붙는 시선을 애써 무시하며 그 자리를 벗어났다. 그렇게라도 하지 않았다가는 영영 이곳을 떠나지 못할 것 같았다.

허름한 주막은 오늘도 술에 취해 흥청거리는 사람들로 어수선했다. 파전 하나를 시켜놓고 동이 채로 술을 들이붓던 사내 둘은 기어이 네가 더 먹었네, 내가 더 먹었네 하며 다투기 시작했고, 부엌에서 장국을 떠 오던 주모는 그 꼴을 보고는 여기서 행패 부릴 거면 다 나가라며 쟁반을 휘둘러 사내 둘을 쫓아냈다.

"꼴에 사내들이라고 허세는, 쯧쯧."

"하여간 주모 목청 좋은 건 알아줘야 한다니까."

삐뚤어진 옷매무시를 정리하며 돌아서던 주모가 웃음기 섞인 목소리에 고개를 돌렸다. 싸리문 앞에 멀끔하게 차려입은 사내 하나가 서 있었다. 그 뒤를 따르는 막쇠를 보고서야 갓에 가려진 얼굴을 알아본 주모가 화색을 띠었다.

"아이고, 나리! 왜 이제야 오셔요. 다들 나리만 기다리느라고 상도 물리고 방에 틀어박혀 계시는데."

"그간 별일은 없었는가?"

해사하게 웃은 사내가 주막 안으로 들어섰다.

청색 두루마기 위에 자색이 섞인 답호를 걸친 그는 약관을 넘겼음에도 수염 하나 없이 깨끗한 피부에, 아직도 앳된 티가 남아 있었다. 특히나 어린 시절부터 봐온 주모 눈에는 키만 훌쩍 컸지 아직도 무릎에 흙이나 묻히고 다니며 툭하면 울던 꼬마 도련님으로 보일 뿐이었다.

"별일이랄 게 뭐 있나요. 나리는 그간 평안하셨지요? 소문은 들었습니다."

"소문?"

"곧 혼례를 올리신다면서요."

"아, 그 소문."

뭐가 그리 즐거운지 윤성은 미소를 숨기지 않았다. 윤성 쪽에서 적극적으로 밀어붙인 혼사라더니 사실인 모양이었다. 할아버지께 혼났다며 허구한 날 남의 주막까지 도망 와 숨어 있던 꼬마가 어느새 커서 혼례라니. 주모는 자기가 이야기를 꺼내놓고도 기분이 요상해 어깨를 으쓱였다. 때맞춰 새로운 손님이 들어오지 않았더라면 주책없게 눈물을 훔쳤을지도 모를 일이었다.

"다른 분들은 가장 끝 방에 계십니다."

바쁘게 멀어지는 주모를 보며 윤성도 천천히 걸음을 옮겼다.

"너는 밖에서 잠시 기다리거라."

"예, 도련님."

뒤따르던 막쇠를 멀찍이 세워둔 윤성이 어지럽게 널린 짚신 틈에 태사혜를 벗어두었다. 버선발로 마루에 오르려는데 방에서 뭐라 숙덕거리는 소리가 들려왔다. 문을 벌컥 열고 들어가자 모여 있던 여섯 명의 사내가 하나같이 화들짝 놀라는가 싶더니 이내 펼쳐났던 것을 슬쩍 가리며 숨기기에 바빴다.

"무슨 이야기들을 그리 비밀스럽게 하는가."

"오셨습니까, 나리."

넉살 좋게 웃으며 둥그렇게 자리 잡은 사내들 틈에 비집고 들어가 앉으니 그중 하나가 우리끼리 비밀스러울 게 뭐 있느냐며 너스레를 떨었다. 윤성 역시 굳이 캐묻지 않고 본론으로 들어갔다.

"덕배 자네, 내가 지난번에 부탁한 건 어떻게 되었는가?"

"아휴, 당연히 구해 왔습죠. 누구 부탁이신데요."

패랭이를 눌러쓴 덕배가 곁에 있던 흰 보따리에서 책을 두둑이 꺼내주었다. 대강 눈으로만 훑어도 족히 스무 권은 될 법한 양이었다.

"제가 이걸 구하느라 얼마나 힘들었는지 아십니까? 필사해 주겠다는 사람도 없어서 웃돈까지 얹어주고 겨우겨우 받아 온 거라고요."

투덜대는 소리에 윤성은 빙그레 웃더니 소매에서 주머니 하나를 꺼내 건넸다.

"그때 말한 것에서 조금 더 넣었네."

"아니 뭐, 제가 그깟 돈 때문……. 헤엑, 나리! 이건 너무……."

"내 성의이니 받아두시게. 중요한 물건이라지 않았나. 잊지 않고 구해다 준 것만으로도 고맙네."

두둑한 주머니를 한참이나 들여다보는 덕배의 모습에 다른 사내들이 자기들도 보여주라며 달라붙기 시작했다. 그 모습을 보며 작게 웃은 윤성이 쌓여 있는 책 중 가장 위에 놓인 것을 집어 들었다. 필사한 지 얼마 안 된 모양인지 겉표지에 적힌 제목이 무척이나 선명했다.

산해경(山海經)

이게 뭐라고 그 여린 여인이 밤낮없이 서책 방을 헤매다 앓아 눕기까지 했는지 모르겠다. 그리 앓고도 미련을 버리지 못해 대제 학께 구해달라 사정했다지. 대제학 속이 타들어가는 줄도 모르고 또랑또랑하게 제 할 말 다 했을 여인의 얼굴을 떠올리자 절로 미소가 지어졌다.

좋아해 주겠지. 살짝 긴장된 마음으로 책을 챙겨두고는 아직도 돈주머니에 매달려 있는 이들을 향해 손뼉을 한 번 쳤다. 여러 쌍의 눈이 동시에 자신을 향하자 씩 웃어 보인 윤성이 입을 열었다.

"이번에는 또 어떤 재미난 게 들어왔는지 보여줘야지 않겠나?"

그 말에 제자리로 돌아간 이들이 저마다 가지고 온 것들을 하나씩 꺼내 보이기 시작했다. 다들 장사하는 사람들이라 그런지 연적 하나를 꺼내놓더라도 그냥 꺼내놓는 법이 없었다. 번갈아 가며 물건에 얽힌 사연을 줄줄 읊어대니 이야기를 듣는 것만으로 즐거웠다.

온갖 진귀한 보석이며 서역에서 들어온 처음 보는 물건까지 각자 준비해 온 것들만 해도 방 하나 가득이었다. 이 모든 것들이 이들 손을 거쳐 청에서 일본으로 넘어간다. 그럼 윤성은 중간에서 쓸 만한 것들을 따로 빼 차명으로 운영 중인 자신의 점포를 채웠다.

모든 물건을 하나하나 꼼꼼히 살핀 윤성은 훌쩍 다가온 겨울을 대비해 방한용품 몇 가지와 언제 두어도 잘 나가는 고급 붓, 장신구들을 골라 값을 치렀다.

"나리 안목은 여전하시네요."

"여전하기만 하시겠는가? 난 이제 나리가 고른 것들만 들고 장사하려고, 허허."

저마다 두둑이 한몫 챙기고 신이 나 떠드는 틈에 윤성이 다시 운을 뗐다.

"그럼 아까 그걸 보여줄 차례인가?"

"그거라니요?"

"그거 있지 않은가. 내 아까 방에 들어올 적에 발로 쑥 밀어놓던 그거. 저어기 방구석에 있는 저거 말일세."

"아…… 저거는……."

윤성의 요구에 조금 전까지 화기애애하던 분위기는 온데간데 없이 서로 눈치만 보기 바빴다.

"에이, 우리 사이에 그리 야박하게 굴어서 쓰나. 내가 그간 자네들에게 치른 물건값이 얼마인데. 내가 훔쳐 가겠다는 것도 아니고……. 설마하니 구경조차 시켜주지 않을 만큼 야박하려고."

다들 눈만 굴리며 한참을 고민하는가 싶더니 아까 『산해경』을 팔고 한몫 두둑하게 챙긴 덕배가 큰 결심했다는 듯 방구석에 밀어 놓았던 비단 천 뭉치를 끌어왔다. 다들 그러지 말라는 듯 작은 탄성을 내뱉긴 했으나 적극적으로 말리는 사람은 없었다.

이게 뭐라고 이 난리인지. 일부러 그러는 거래도 믿을 만한 반응에 호기심이 동했다. 평소답지 않은 이들을 둘러본 윤성은 이제 막 천을 걷어내려는 덕배의 손으로 시선을 옮겼다.

"……검?"

숨 막히는 분위기 속에서 모습을 드러낸 건 진귀한 보물도 아니고, 그저 손잡이에 감긴 붉은 천 매듭이 조금 특이한 단검이었다. 고작 이거 하나 숨기자고 그 난리였던가 싶어 윤성은 긴장한 기색이 역력한 얼굴들을 하나씩 살펴보았다. 그사이 무릎까지 꿇고 앉은 덕배가 살짝 숨을 몰아쉬더니 경건한 표정으로 검에 손을 댔다.

검집을 빼내고 드러난 건 한 번도 본 적 없는 특이한 모양의 날이었다. 한 자쯤 될까 싶은 날은 마치 상아를 깎아 만든 것 같은 선명한 흰색이었으며 은은한 광택이 돌았다. 게다가 일반적인 날과 달리 가시처럼 뾰족한 것이 수십 개 달려 있을 뿐 아니라 날 표면에는 알아볼 수 없는 글자가 빼곡히 새겨져 있었다. 마지막으로 글자 위에 박힌 불꽃 모양의 붉은 인장까지, 검에 대해 잘 모르는 윤성이 보아도 평범한 물건은 아닌 듯했다.

"대체…… 이게 뭔가?"

"화인검(火印劍)입니다."

"화인검?"

덕배가 건네준 검은 일반적인 단검보다 훨씬 가벼웠다.

"인어의 뼈로 만든 검이지요."

가벼운 검을 살살 휘둘러 보던 윤성이 이어진 덕배의 말에 손을 멈췄다. 그게 무슨 소리인가 싶어 쳐다만 보니 곁에 있던 다른 보부상이 어색하게 웃으며 말을 이어받았다.

"말은 그렇다는데……. 어디 인어가 실제로 존재하겠습니까. 이게 다 저희 같은 장사치들이 말을 덧붙이다 보니 생긴 일종의 미신이지요."

"진짜 인어 뼈인지는 확인할 길이 없으나 이 검에 대해 알고 있는 사람의 말로는 예로부터 인어 사냥을 나갈 때 쓰던 검이랍니다. 영생을 누리는 인어의 피와 살을 머금고 있어 병을 낫게 하는 건 물론이고 대운까지 불러들이니 못 이룰 것이 없게 하는 검이라고요. 아마 지금까지 남아 있는 검이 채 다섯 자루도 되지 않을 거랍니다."

"그 귀한 걸 어찌 구했는가."

"운이…… 좋았다고 해야 할지."

덕배는 말을 끝맺지 못하고 곁에 다른 사람들을 바라보았다.

"이걸 어렵게 구했다던 보부상 하나가 어느 날 갑자기 사라져 돌아오지 않았습니다. 허구한 날 자기 소원은 예쁜 각시 얻어 알콩달콩 사는 거라더니 어디 남몰래 각시라도 얻었는지 어쨌는지……."

"며칠을 기다려도 오지 않기에 저희가 챙겨 오긴 했는데……."

한마디로, 팔아버리자니 가책이 느껴지고 품고 다니자니 지나치게 값진 물건이라는 뜻이었다. 어떻게 된 사연인지 알겠다는 듯 고개를 끄덕인 윤성이 볼수록 특이한 날 모양을 들여다보다 툭 한 마디 내뱉었다.

"사겠다는 사람이 있는가."

"어디든 없겠습니까? 이게 정말 인어 뼈로 만든 검이라면 부르는 게 값일 텐데요."

"당장은 없다는 뜻이군."

"그래서 저희도 이걸 어디에 내놔야 할지⋯⋯."

"내가 사겠네."

"⋯⋯예?"

한 박자 늦은 대답에 설핏 웃은 윤성이 문에 대고 말했다.

"애, 막쇠야. 밖에 있느냐."

"예, 도련님."

"상자를 가져오너라."

"예에."

대답과 함께 걸음 소리가 멀어져 갔다. 윤성은 입을 떡 벌린 채 서로 눈치만 보기 바쁜 사람들 틈에서 여유롭게 날에 새겨진 글자 며 가시처럼 돋아난 날 끝을 만져보았다. 생김새가 특이하긴 하나 뭔가를 사냥할 때 쓸 만큼 예리해 보이지는 않았다.

하긴, 사냥에 쓸 일이 있겠느냐마는.

방에 내려앉은 적막을 깬 건 꽤 묵직해 보이는 상자를 가지고 온 막쇠였다. 상자를 바닥에 내려놓고 열자 가지런히 정리된 은자가 한가득 들어 있었다.

"이 정도면 되겠나."

윤성의 물음에 여기저기서 탄성이 터져 나왔다. 그도 그럴 것이, 어림잡아 계산해도 백 냥은 족히 넘어 보였다.

"이건 계약금일세."

"계약금이요?"

"내일 사람을 보내 이것에 열 배를 더 치를까 하는데……. 어떻겠나. 내게 팔겠는가?"

은자 천 냥이면 여기 있는 사람 모두가 나눠 가져도 으리으리한 집 한 채씩은 충분히 사고 남을 돈이었다.

"아휴, 팔고말고요. 그런데 그 검은 어디 쓰시려고 이리 큰돈을 아끼지 않으신답니까?"

"나도 이제 장사꾼 입놀림에 홀랑 넘어가는 호구가 된 모양일세."

"예에?"

"못 이룰 게 없는 검이라 하질 않았나. 내 꼭 이루고 싶은 것이 있어 말일세."

검집에 검을 챙겨 넣는데 한 여인의 얼굴이 자연스레 떠올랐다. 혼인이 싫어 야밤에 남장까지 하고 담을 넘었다고 했던가. 어찌 그리 무모하고 엉뚱한지.

"정말 이뤄주기만 한다면 이 정도 값은 큰 것도 아니지."

검집을 가만히 쓸어내리며 웃던 윤성은 뭔가 떠올랐다는 듯 고개를 들었다.

"곧 있을 동지사 때문에 상단 하나가 들어온다던데."

"그렇지 않아도 이번 거래일에 같이 가보시는 건 어떻겠느냐 말을 하려던 참이었습니다."

청일 중개무역에서 사고파는 물건 대부분은 주로 밀거래를 통해 충당했다. 어떤 때는 나라님보다 먼저, 어떤 때는 나라님도 모르게.

윤성이 이들과 연이 닿기 시작한 건 열여섯, 청으로 유학을 갔을 무렵이었다. 거래가 어떻게 이루어지는지 늘 궁금했으나 당시에는 너무 어렸고, 이 년 만에 조선으로 돌아온 뒤론 할아버지 삼년상을 치르느라 직접 참여할 기회가 없었다.

그렇게 기다리고 기다리던 기회가 왔는데 거절해야 하니 씁쓸한 것도 사실이었다. 그러나 씁쓸한 마음과 달리 입꼬리는 주책없이 올라가기만 했다. 오늘 낮에 들은 소식 때문에 종일 표정 관리가 안 되고 있었다.

"미안하네. 내 혼례일이 잡혀서……. 새신랑한테 변고라도 생기면 안 되질 않는가."

결국 입꼬리가 귀에 걸리고만 윤성을 보며 너나 할 것 없이 일제히 웃음을 터트렸다.

"저희도 들었습니다. 다들 그 이야기뿐이던데요. 홍문관 대제학 고명딸이 호조 참의댁 며느리가 된다고요."

"얼굴은 보셨습니까? 소문엔 나리한테도 아까울 정도로 고우시다던데요."

"선남선녀가 혼인한다고 아주 가는 곳마다 난립니다."

다들 궁금해 죽겠다는 듯 붙어 앉아 저마다 한마디씩 했다.

크흠. 쑥스럽다는 듯 목을 틔운 윤성이 얼굴 가득 피어오른 미소를 숨기지 않은 채 입을 열었다.

"어디 곱다는 말로 다 할 수 있겠는가."

말을 끝맺기 무섭게 쏟아지는 야유에 윤성은 즐겁다는 듯 소리 내어 웃었다.

꼬리로 수면을 내리치자 성난 물방울들이 일시에 튀어 올랐다. 평소라면 넋 놓고 바라봤을 무지개도 영 눈에 들어오지 않았다. 오늘도 오지 않을 작정인가. 시무룩하게 시선을 내리깔고 입술을 비틀던 인어가 물살을 가르고 맞은편 바위로 건너갔다.

뿌옇게 내려앉았던 해무가 걷힌 해안가는 이제 환하다 못해 모래 한 알까지 보일 듯 선명했다. 훌쩍 다가온 인어를 눈치챈 게들이 부산스럽게 흩어지는 와중에도 인간은 보이지 않았다. 전날도,

전전날도 마찬가지였다. 해가 새롭게 뜨고 질 때마다 하나씩 접은 손가락이 벌써 한 손을 가득 채웠는데도 인간은 소식조차 없었다.

해만 뜨면 올라와 이 주위를 빙빙 돌았다. 그러다 사냥꾼에게 들켜 때아닌 추격전을 벌인 적도, 바위틈에 몸을 기대고 있다가 작살에 맞을 뻔한 적도 있었다. 완전히 낫지 못한 꼬리가 이리저리 도망치느라 매일같이 혹사당하는데도 이 위험하고 번거로운 일을 멈출 수가 없었다.

그동안 인간과 함께 보낸 시간이 모두 허상 같았다. 오늘도 어김없이 비어 있는 바위를 올려다보던 인어가 내내 쥐고 있던 장신구를 내려다봤다. 노을빛을 닮은 둥근 돌, 그 아래 길게 해초처럼 늘어진 오색찬란한 술까지.

'선물이야.'

선물이라는 말에 앞서 뭐라고 했더라. 벗이 된 기념이라고 했던가. 그러고 보면 이전에 저를 '벗'이라 칭하던 인간도 같은 장신구를 가지고 있었다.

예쁘지? 도련님께서 주신 징표란다.

하루아침에 장로가 바뀌고 경계가 강화되면서 수면 위로 올라가는 일이 금지된 첫날이었다. 평소에는 관심도 없던 물 밖 세상이 그날따라 궁금해 견딜 수가 없었다. 이러다 앞으로 영영 물 밖으로 나가볼 수 없다는 생각 때문에 더 조급해졌는지도 모르겠다.

새 장로의 임기 첫날인 만큼 경계가 삼엄했다. 물 밖으로 나간 게 들켰다가는 전 장로와 함께 '죽음의 땅'으로 추방될지도 모른다는 두려움에 빠져 달아난 녀석들이 절반, 경계 구역을 벗어나자마자 보초 인어들에게 붙잡힌 녀석들이 절반이었다. 함께 물 밖으로 나가자 약속했던 녀석들이 줄줄이 포기하고 돌아서는 것을 보면서도 인어는 헤엄을 멈추지 않았다.

숨 쉬는 것도 잊고 다다른 물 밖은 짙게 내린 어둠에 가려 고요하고 스산했다. 반쪽짜리 달빛에 의지한 채 얼마나 오래 헤엄쳤을까. 부쩍 낮아진 수심에 이리저리 꼬리가 긁히고 부딪힐 때는 이미 해안가가 코앞까지 다가와 있었다. 온갖 흉흉한 소문 속 인간을 처음 만난 순간이기도 했다.

거대한 해파리를 두른 것처럼 기형적으로 부푼 하체를 빤히 바라보았다. 물속도 아닌데 꼿꼿하게 서 있는 모습이 기묘했다. 다가올 때마다 자박자박 모래가 부대끼는 소리 역시 낯설었다. 그동안 들었던 인간의 모습과는 많이 달랐기에 눈앞의 존재가 인간이라는 자각도, 뭐가 되었건 우선 경계하고 달아나야 한다는 생각도 하지 못했다.

넌, 누구니?

울고 있었을까. 모르겠다. 뺨에 번진 물기를 닦아내는 손에 물갈퀴가 없다는 사실이, 물 밖에 오래 나와 있던 듯 바짝 마른 머리카락 따위가 신경 쓰여 다른 것은 눈에 제대로 들어오지도 않았다.

인어만 보면 괴성을 지르고 작살을 던진다는 그간의 소문과 달리 자신을 '윤화'라고 소개한 인간은 또렷하고 부드러운 목소리와 해사한 미소를 가지고 있었다.

달마저 구름에 가려 한 치 앞도 보기 어려운 바다를 사이에 두고 많은 이야기를 들었다. 붉은 해파리처럼 부푼 천을 '치마'라고 부른다는 것, 갈라진 꼬리를 '다리'라 하며, 땅을 딛고 선 손의 이름이 '발'이라는 것까지. 모두 그 인간이 알려준 것이었다.

인어는 그 뒤로도 종종 보초를 따돌리고 물 밖으로 올라왔다. 처음에는 그저 호기심이었다. 지금껏 본 적 없는 낯선 존재가 신기해 한 번만, 한 번만 더, 하며 부리던 욕심은 어느새 즐거움이 되어 있었다. 가끔은 엇갈리기도, 기다리다 지쳐 돌아가는 뒷모습을 바라보기만 해야 할 때도 있었지만, 그 계절을 전부 바쳤다고 할 수 있을 만큼 많은 시간을 함께 보냈다.

'정(情)'이라고 했던가. 태어나면서부터 별개의 개체로 성장하는 인어들 사이에서는 느낄 수 없는 유대감이 윤화에게는 있었다. 누군가를 기다리고, 만나고, 함께하는 시간이 즐거울 수 있다는 걸 알려준 것 역시 윤화였다.

인어가 인간 세상을 궁금해했듯 윤화 또한 인어들이 사는 바닷속 세상을 궁금해했다. 하지만 인간의 언어를 어느 정도 알아들을 수 있는 인어와 달리 윤화는 인어의 언어를 전혀 알아듣지 못했다. 물속에서 숨을 쉬지 못하니 구경을 시켜주는 데도 한계가 있었다.

물 밖으로 나갈 수 없는 인어와 물에서는 살 수 없는 인간. 해안선에 닿았다 되돌아오는 파도처럼 잔잔히 머물다 되돌아오기를 반복하던 어느 날, 윤화는 당분간 오지 못한다는 말만 남긴 채 사라졌다.

언제 다시 올 수 있느냐 묻지 못했으니 기다림은 인어의 몫이었다. 따분하고, 지겹고, 무의미한 시간이었다. 때로는 영영 돌아오지 않을지도 모른다는 생각에 윤화를 원망하기도 했다. 이별이 이토록 괴로운 일인 줄 알았다면 정을 주지도 말 걸 그랬다며 애꿎은 산호 밭을 헤집어놓던 어느 날, 인어는 윤화를 다시 만날 수 있었다. 추위를 견디지 못하고 떠났던 생물들이 따뜻한 물줄기를 따라 되돌아오기 시작할 즘이었다. 그 뒤로도 윤화는 차가워진 바람과 함께 떠났고, 따뜻해진 물줄기와 함께 돌아왔다.

윤화는 날이 갈수록 성장했다. 둥글게만 느껴지던 몸 선이 길쭉하고 정갈해지더니 어느 날은 하나로 길게 땋아 늘어트려 놓았던 검은 머리카락을 둥글게 말아 뒤통수에 붙이고 나타났고, 어느 날은 볼록 나온 배로, 어떤 날은 한 줌도 되지 않을 것 같은 인간 아이를 품에 안고 나타나기도 했다.

'……인, 어?'

가물거리는 의식 속에서 본 윤화가 환상이라는 건 알고 있었다.

다시는 오지 못할 거라고 했으니까. 기다리지 말라고 했으니까. 핏기 없이 하얗게 질린 얼굴이 죽음을 앞둔 자의 얼굴임을 너무 늦게 알아버렸으니까.

인간의 생이 짧다는 건 알고 있었다. 짧은 생에 만족하지 못해 어떻게든 인어를 잡겠다고 바다를 헤집어놓는 게 인간이었으니까. 그렇다고 그리 빨리 저물어버릴 줄은 몰랐다.

찬바람이 가라앉고, 따뜻한 물줄기를 따라 생물들이 돌아왔지만, 여전히 윤화는 없었다. 다음 계절이 가고, 그다음 계절이 와도 마찬가지였다. 다시는 볼 수 없게 되는 것, 그것이 죽음의 참뜻임을 그때 처음 알았다.

얼마나 많은 시간을 후회 속에서 보내야 했던가. 쉽게 주어버린 정만큼 무서운 것도 없었다. 어째서 미리 알지 못했는지, 어째서 미리 알려주지 않았는지. 살리지 못했다는 죄책감과 멋대로 떠나버렸다는 배신감에 참 많이도 아파했다. 다시는 인간 따위에게 정을 주지 않을 거라고 다짐해 놓고 그때의 충만감을 잊지 못해 뭍을 어슬렁거리던 나날 끝에, 그 인간을 만났다.

'혹시 날 기다렸니?'

윤화가 살아 돌아왔다고 해도 믿을 만큼 닮은 얼굴이었다. 생기 있는 표정도, 또렷하고 밝은 목소리도, 눈가를 접으며 지어 보이는 해사한 미소까지. 그동안 보아온 모든 성장이 거짓인 양 처음 만났을 때의 모습 그대로였다. 다른 점이 있다면 물은 좋아하면서 헤엄은 치지 못한다는 것, 체온이 높다는 것, 추운 계절에 찾아왔다는 것, 그리고…….

'안녕? 내 이름은 채희야. 정채희. 넌 이름이 뭐야?'

자신을 윤화가 아닌 '채희'라 칭한다는 것.

사실 조금만 자세히 들여다봐도 알 수 있었다. 눈썹 모양도, 가마의 위치도, 코의 높이나 말투, 행동 모두 같은 사람이라고 하기에는 다른 점이 많다는 것을.

인어는 수면 위에 떠오른 말간 미소를 손으로 휘휘 저어 흘려보내고는 다시 빈 해안가로 눈을 돌렸다. 한동안 괜찮은가 싶더니 또 온종일 윤화 생각뿐이다. 아니, 어쩌면 윤화를 닮은 새로운 인간을 떠올리고 있는지도 모르겠다. 떠나기 아쉬워 입술까지 비죽여 놓고 머리털 하나 비추지 않는 인간 따위가 뭐 예쁘다고.

이만하면 목숨 빚진 값은 한 셈이지 않을까. 인어는 꽉 접은 손가락 다섯 개를 내려다보았다. 여기서 더 기다려봐야 시간 낭비밖에 되지 않는다는 걸 알면서도 쉬이 등 돌리지 못하는 자신을 이해할 수 없었다.

그간 꽤 많은 시간을 함께했다. 온전히 이해하기 어려운 말들도 잠자코 들어줬고, 바다 구경도 시켜줬다. 함부로 만지지도 말고, 핥지도 말라기에 손이 근질거리는 데도 꾹 참았고 성질 급한 혀를 깨물며 버텼다. 목숨도 빚졌겠다, 윤화 생각도 나 적당히 몇 번 어울려주고 말 생각이었다. 그런데 함께하는 시간이 길어질수록, 조금만 건드려도 화들짝 놀라 붉어지는 얼굴을 볼수록, 저 스스로 그 시간을 즐기고 있다는 걸 깨달았다.

이게 다 윤화 때문이다. 채희라는 인간이 하필이면 많고 많은 인간 중에 윤화를 닮아서, 윤화가 낳았다고 해도 믿을 얼굴이라 도무지 외면할 수⋯⋯.

여기는 내 딸 채희고⋯⋯.

설마 '딸'이라는 게⋯⋯. 여태 한 번도 생각해 보지 못한 가능성이었다. 윤화의 품에 안겨 꼬물거리던 작은 인간을 떠올리는 순간, 젖은 머리카락 사이로 바람이 파고들었다. 완전히 가시지 못한 해무를 깨끗하게 날려줄 한낮의 온후한 바람이었다. 동시에 멀리서 저를 찾는 부름이 들려왔다. "인어야." 하는.

자칫 파도 소리에 묻힐 법한 작은 소리에 귀를 기울였다. 목소리가 너무 작아 듣지 못했다고 생각했는지 곧바로 이어지는 부름은 좀 전보다 훨씬 더 크고 분명했다.

"인어야!"

때로는 판단보다 행동이 앞서기도 한다. 지금이 바로 그런 순간이었다. 인어는 단번에 물속으로 뛰어들었다. 시원한 바닷물이 온몸을 휘감자 입가에 미미한 미소가 걸렸다. 곳곳에 자리한 바위는 눈을 감고도 헤아릴 수 있을 만큼 훤했고, 물살을 가르는 꼬리에는 힘이 넘쳤다. 인어는 파동이 전해주는 길을 따라 빠르게 헤엄쳤다.

"인어야! 나왔⋯⋯! 으악!"

어른거리는 붉은빛을 발견하자마자 물을 박차고 뛰어 올랐다. 찰나의 눈 맞춤에서 반가움을 읽는 건 어렵지 않았다. 인어는 놀라서 굳은 채희의 소매를 붙들고 제 쪽으로 끌어당겼다. 바위 끝에 아슬아슬하게 서 있던 몸이 가뿐히 인어의 품 안으로 쏟아졌다.

채희는 두 다리가 물에 잠기자마자 어쩔 줄 몰라 하며 인어의 목에 바짝 매달려 왔다. 함께 바다를 구경하며 제법 물과 익숙해졌다고 생각했는데도 채희는 물에 들어올 때마다 겁을 먹고 몸을 굳히고는 했다. 아무래도 외형만 윤화를 닮고, 속은 제 아비로 채운 모양이었다.

오늘따라 유난히 더 뜨거운 체온 탓인지 채희와 닿은 피부 곳곳이 따갑다 못해 가려웠다. 채희가 물에 적응할 시간이 필요하듯 인어에게도 채희의 체온에 적응할 시간이 필요했다. 바닷물이 없었다면 견디기 어려웠으리란 생각을 하고 있는데 별안간 채희가 뜨거운 숨을 뱉으며 작게 웃었다.

"나도 보고 싶었어."

영문을 알 수 없었다. 어떻게 반응해야 좋을지 몰라 가만히 있었더니 고개를 들어 눈을 맞춰오던 채희가 다시금 미소를 입에 물었다. 보고 싶었던가? 잘 모르겠다. 매일 귀찮을 만큼 찾아오던 이가 없으니 허전했던 건 사실이다. 쓸데없이 하루가 길게 느껴지기도 했고, 지긋지긋한 기다림에 오기가 생기기도 했다.

"으, 물이 더 차가워졌네. 이제 정말 겨울 같다."

그게 보고 싶다는 감정이라면 인어는 채희를 보고 싶었다고, 순순히 인정할 때였다. 뜨거운 이마를 목덜미에 비비던 채희가 몸을 조금 떨었다. 슬쩍 내려다본 입술이 그새 파랗게 질려 있었다. 그 모습이 마지막으로 보았던 윤화의 하얀 낯과 너무도 닮아 순간 숨이 멎었다.

죽음. 다시는 볼 수 없게 되는 것.

어쩌면 채희와도 허무하게 이별해야 할지 모른다는 생각에 덜컥 겁이 났다. 인어는 허겁지겁 채희의 몸을 밀어 올렸다. 인간은 물에서 살 수 없다. 빤히 알고 있는 사실이 새삼 공포로 다가왔다. 마음이 조급했다.

"아, 속곳까지 다 젖어버렸다."

유모한테는 또 뭐라고 한담. 뭘 더 어떻게 해야 좋을지 몰라 허둥대는 인어와 달리 채희는 낑낑거리며 일어나 태평하게 젖은 옷이나 짜내고 있었다. 그제야 뭔가 이상하다는 걸 깨달은 인어가 미간을 찌푸렸다. 곧 바스러질 것처럼 하얗게 질려가던 입술이 잠깐 새 본래의 색으로 돌아오고 있었다. 아니, 오히려 평소보다 더 붉은 것도 같았다.

"우리 오랜만이다. 그치?"

치마에 이어 기다랗게 땋은 머리카락에서도 물을 한 움큼 짜낸 채희가 평소와 다를 것 없는 맑은 얼굴로 물었다.

"많이 기다렸어?"

기다렸느냐고? 어떻게 된 영문인지 몰라 눈만 끔뻑이던 인어의 눈에 순간 이채가 돌았다. 놀란 마음이 채 가시기도 전에 설움이 쏟아져 나올 것 같았다. 사냥꾼에게 쫓기고 보초의 눈을 피해 매일같이 이 근처를 서성이던 지난 며칠이 눈앞에 스쳐 지나갔다.

너만 태연하면 다냐고, 불만을 담아 꼬리를 튕기자 왈칵 튀어오른 물이 채희의 치마 끝을 도로 적셨다. 일을 두 번 하게 만들었으니 싫은 소리가 나와도 어쩔 수 없다 싶었는데 의외로 돌아온 건 작은 웃음이었다. 물방울 터지듯 간지럽게 퍼지는 웃음소리에 꼬리 끝이 파르르 떨렸다. 뱃속이 간지럽다. 채희의 웃음을 통째로 삼킨 기분이었다.

"미안해. 조금 아팠어."

자세를 낮추고 앉은 채희가 한 번만 봐주라는 듯 코를 찡긋거렸다. 인어는 아팠다는 채희의 얼굴을 빤히 올려다보았다. 입술에 못 보던 각질이 돋아나 있긴 했으나 얼굴색도 그렇고 표정도 인어가 알던 '아픈 인간'의 모습과는 조금 달라 보였다. 아프면 붉어지기도 하는 건가? 그렇다기엔 채희는 볼 때마다 얼굴이 붉었다. 지금처럼 가까이서 들여다보거나 손을 뻗을 때는 목덜미까지 붉어지고는 했다.

오늘따라 더 뜨겁게 느껴지던 체온을 떠올린 인어가 붉은 뺨을 향해 손을 뻗을 때였다. 작은 두 발에 의지해 몸을 웅크리고 있던 채희가 엉덩방아를 찧으며 뒤로 나자빠졌다. 쿵, 소리가 요란하더라니 아픈 모양이다. 얼굴이 더 붉어진 것을 보면.

"아, 아픈 건 이, 이제 다 나았어. 지금은 건강해. 이건 그냥, 어, 그냥……. 그러니까, 어……."

말을 잇다 말고 힐끔 눈만 굴려 인어를 바라본 채희가 무슨 말이든 할 듯 입술을 벙긋대더니 이내 얼굴을 감싸 쥐며 우는소리를 냈다.

"그냥 모르는 척해주면 안 될까. 나 지금 좀 창피한데."

창피한 게 지금 무슨 상관인지 모르겠다.

"대신……."

오랜만이라 그런지 더 이해하기 힘든 채희의 언어를 곱씹던 인어가 불쑥 눈앞에 드리우는 천 뭉치에 고개를 들었다.

"자. 너 주려고 가지고 왔어."

천 뭉치는 이전에 채희가 준 장신구와 비슷한 호박색이었다. 크기는 크지 않으나 한눈에 봐도 묵직해 보이는 것이 뭐가 들어 있을지 쉽게 상상되지 않았다.

"이리 와."

손끝으로 뾰족하게 튀어나온 부분을 콕콕 찌르는 사이 얼굴의 붉은 기를 가라앉힌 채희가 편히 자리 잡고 앉으며 인어를 향해 손짓했다. 옆자리를 톡톡 두드리는 손길에 슬그머니 뒤로 물러서니 이번에는 천 뭉치를 풀어 바위 위에 펼쳐놓는다. 대체 뭘 하려는 걸까. 두려운 동시에 궁금해 몸이 물 아래로 가라앉으면서도 눈은 자꾸만 바위 위를 향했다.

"이게 뭔지 궁금하지 않아?"

채희가 내민 막대 끝에는 비늘 조각 같은 것이 여러 겹 매달려 있었는데, 손을 흔들 때마다 파르르 떨리며 반짝이는 꼴이 마치 어린 인어의 꼬리지느러미 혹은 갓 태어난 조개의 여린 껍질을 보는 듯했다.

망설이는 기색을 읽었는지 채희가 바위 위, 정확히는 자신이 펼쳐놓은 천을 가리켰다. 여기 신기한 게 더 많아. 그 말에 냉큼 거리를 좁히며 다가갔다. 수면 위로 올라올 때는 경계도, 불신도 없이 오로지 가까이에서 보고 싶다는 생각이 전부였다.

펼쳐진 천 조각 위에는 온갖 신기한 물건이 잔뜩 놓여 있었다. 그중에는 채희가 들고 있는 것과 비슷한 크기의 긴 막대도 있었는데 끝에 달린 장식은 물론 색도 조금씩 다 달랐다. 그 외에도 술이 달린 장식이나 자개를 조각해 만든 꽃, 도통 뭘 형상화한 건지 모를 작은 덩어리까지. 하나같이 반짝이고 요상한 와중에 짧은 가시를 가지런히 모아 눌러 둔 것 같은 물건에 가장 눈이 갔다.

"그건 빗이야."

까맣고 반들거리는 것이 채희의 머릿결 같아 냉큼 집어 드니 채희가 들고 있던 긴 막대도 살살 흔든다.

"이건 비녀. 잠깐 이쪽으로 가까이 와볼래?"

가볍게 눈짓을 건넨 채희가 '비녀'라고 불린 막대를 가로로 길게 입에 물며 제 앞에 작은 공간을 만들어주었다. 지난번 노리개를 머리에 매달아줄 때와 비슷한 구도였다. 또 머리에 뭔가를 하려는 걸까. 머리를 쓰다듬어 주는 손길이 좋았기에 인어는 망설이지 않았다.

다가가 무릎 앞에 자리를 잡자 곧장 가느다란 손가락이 머리카락을 파고들었다. 젖어서 이리저리 달라붙은 머리카락을 능숙하게 손가락으로 풀어낸 채희가 이번에는 머리카락을 한데 모아 휙, 들어 올렸다. 졸지에 훤히 드러난 목덜미가 어색했다. 대체 뭘 할 작정인지 알 수 없으니 머리카락을 쓰다듬는 손길마저 불안했다. 특히 차갑고 단단한 무언가가 머리카락을 파고들 때는 소름이 돋아 어깨를 바짝 움츠렸다. 참다못해 뒤를 돌아봤지만, 채희는 설명은커녕 앞을 보라는 듯 턱짓만 할 뿐이었다.

"짠. 어때?"

채희의 손끝에서 돌돌 말리다 몇 번이나 미끄러져 내려오던 고운 머리카락은 비슷하게 생긴 비녀 두 개가 인어의 시야에서 사라지고서야 간신히 고정되었다. 마음에 드냐는 물음에 횅해진 목덜미와 머리카락에 박힌 비녀를 매만졌지만 도통 어떤 모양인지 상상이 되지 않았다.

"그거 알아? 빗을 선물하는 건 청혼을 의미한대. 빗을 받는 건 혼인을 승낙한다는 뜻이고."

제가 만져놓은 머리가 마음에 드는지 한참을 이리저리 둘러보던 채희가 가시가 빼곡한 장신구를 가져다 옆머리에 꽂아주었다.

"인어들도 혼인을 하니?"

혼인이 평생 함께할 반려를 맞는 일이라면 당연히 인어들도 했다. 투명한 수정을 주고받은 뒤 장로 앞에 나아가 반려가 되었음을 인정받으면 자손을 번식할 수 있는 자격이 주어졌다. 금지 구역만 아니라면 따로 허가받지 않더라도 바다 어디든 갈 수도 있었다. 인어에게 반려 맞이는 성체가 되는 것만큼 중요했다. 가족의 개념이 없는 인어에게 반려는 유일하게 생을 마감하는 순간까지 곁을 지킬 수 있는 존재였다. 아직 성체가 되지 못한 인어에게는 꿈같은 이야기지만.

"큰일났다, 너."

채희가 옆머리에 달린 빗을 톡 건드리며 웃었다.

"내가 준 빗을 받아버렸으니 나한테 시집와야겠네. 아니, 장가인가?"

그 모습이 천진한 어린아이 같았다.

채희는 혼인을 거부하다 여기까지 오게 되었다고 했다. 윤화도 종종 혼인과 관련된 이야기를 했었다. 인간에게 혼인은 그저 부담스럽고 두렵기만 한 것일까.

"음, 이것도 잘 어울릴 것 같은데."

채희는 그 뒤로도 정체를 알 수 없는 장신구 몇 개를 더 가져가 머리에 꽂아 넣었다. 피부에 닿을 듯 깊숙이 들어왔다가 그대로 고정되는 느낌이 낯설어 자꾸만 어깨가 움츠러드는 와중에도 빗이 어쩌고, 혼인이 어쩌고 했던 말들이 머릿속을 떠나지 않았다.

"이건 뭐야?"

무거울 만큼 잔뜩 꽂았던 장신구를 하나하나 빼내던 채희가 한 번에 풀리지 않고 어깨에 닿아 서서히 흘러내리는 머리카락을 쓰다듬으며 물었다. 느닷없이 아가미를 쿡 찌를 거리고는 상상 못할 조심스러운 손길이어서 인어는 더욱 소스라치게 놀랄 수밖에 없었다.

"아, 미안. 나는 뭐가 묻은 건가 싶어서……."

펄쩍 뛰어 오를 거라고는 채희도 예상 못 했는지 저를 바라보는 눈이 더없이 커졌다. 가만히 있다 당한 저보다 더 놀란 눈치였다. 채희의 체온이 남아 아직 조금 간지럽기는 했으나 아팠던 것도 아니고, 무엇보다 놀라게 할 생각은 없었기에 괜찮다는 뜻으로 눈을 느리게 깜빡였다.

"근데 너, 이런 곳에도 비늘이 있구나."

잠시 풀이 죽어 있던 채희는 머리카락이 완전히 다 풀려 하느작거릴 즘이 되어서야 다시 입을 열었다. 함부로 만지면 안 되겠다 싶었는지 귀를 가리키는 손은 멀찍이 떨어트린 채였다. 인어는 손길이 닿지도 않았는데 근질거리기 시작한 귀를 만지작거리며 채희의 귀로 시선을 옮겼다. 비늘이 있는 게 뭐 신기한 일인가 싶었는데 비늘 하나 없이 하얗기만 한 채희의 귀를 보니 조금은 이해되었다.

채희는 그 이후로도 인어의 신체 곳곳을 가리키며 신기하다는 말을 반복했고, 인어는 그때마다 저와는 다른 채희의 귀, 목덜미, 눈, 머리카락, 손 등을 살피며 고개를 끄덕였다.

"손에도 물갈퀴가 있고…… 그동안은 왜 몰랐지?"

쫙 펼친 손가락 사이사이를 가만히 바라보는 채희의 눈은 밤바다 색이었다. 깊이를 알 수 없는 검정. 달을 닮은 빛을 박아 넣고 감정에 따라 크게 요동치기도, 잔잔하게 가라앉기도 하며 시선을 뗄 수 없게 만드는 매력이 있었다.

"왜 그렇게 봐?"

채희가 멋쩍게 웃었다. 둥글게 솟아오른 양 뺨에 다시금 붉은 기가 번져 나간다. 그게 뭐라고 속이 울렁거리고 손바닥이 간지러운지 모르겠다.

"난 네가 그렇게 쳐다볼 때마다 기분이 이상하더라."

채희는 붉어진 뺨을 긁적이며 눈을 굴렸다. 부드럽게 휘어 올라간 입술을 만져보고 싶었다.

"머리…… 다시 빗겨줄까?"

먼바다를 응시하던 채희가 바닥에 떨어진 빗을 주워 들었다. 힐긋, 그것을 내려다본 인어가 다시 채희의 얼굴을 바라봤다. 뺨만큼이나 붉어진 입술은 터지기 직전의 알처럼 탱탱하게 여물어 있었다.

"아, 참. 전부터 묻고 싶었는데."

한 번만 맛보고 싶다.

"이름 말이야. 없으면 내가 하나 지어줘도 될까? 이래 봬도 내가 작명에 꽤 소질이……."

한 번만.

상체가 기울었다. 채희가 싫어하니 하지 말아야 한다고 자신을 다그쳤을 때는 이미 뜨거운 입술을 길게 핥아 올린 뒤였다.

화들짝 놀라 몸을 뒤로 물렸다. 채희와 눈이 마주쳤다. 한층 더 깊어진 새카만 눈이 돌풍을 만난 파도처럼 거세게 휘몰아치고 있었다. 대체 무슨 짓을 저지른 걸까. 혀를 파고드는 아릿한 통증에 인어가 입을 틀어막았다. 물, 물이 필요하다. 오로지 살고자 하는 욕구 하나로 바다에 뛰어들었다. 입을 크게 벌려 바닷물을 들이마셔 봤지만, 입안이 타오르는 감각과 배 속을 쥐어짜는 갈증은 사라지지 않았다. 숨이 턱턱 막혀온다.

얼마쯤 더 물에 몸을 담그고 있었을까. 무겁게만 느껴지는 꼬리를 휘저어 겨우 물 밖으로 올라왔을 때, 채희는 여전히 얼어붙은 모습 그대로 저를 내려다보고 있었다.

자고 일어났는데도 입술에 남은 감촉은 여전했다. 차갑고 까슬한, 길이 덜든 삼베라기에는 부드럽고 강아지의 혀라기에는 거친, 낯선 감각. 그래서일까. 종일 입술이 얼얼하고 조금은 부어 있는 기분이었다.

채희는 한껏 예민해진 입술을 쥐어뜯으며 서안을 톡톡 두드렸다. 어긋난 초점은 어디 한군데 머물지 못하고 허공을 맴돌았고, 머릿속은 온통 인어 생각…… 아니, 인어가 저지른 만행에 관한 생각뿐이었다.

인어가 입술을 핥았다. 인어의 혀가, 입술을 핥았다. 혀가 입술을…….

"아야."

곧장 입술부터 정수리까지 타고 오르는 통증에 채희가 멈칫했다. 입술이 아려 혀를 대어보니 비릿한 피 맛이 느껴졌다. 내내 입술을 쥐어뜯던 손톱에도 핏방울이 조금 말라붙어 있었다. 혹시나 해 면경에 비춰보니 입술은 찢어지고 헤진 상처로 엉망이었다. 손을 대자마자 맺히는 피를 쪽쪽 빨며 다시 허공에 시선을 두었다.

뭘 하려고 했는지, 뭘 해야 하는지 기억나지 않는다. 서안 앞에는 왜 앉았더라. 멍청한 생각을 하고 있는데 기다란 속눈썹 아래 슬며시 자취를 감추던 푸른 눈동자가 떠올랐다. 입술을 핥던 까슬한 혀는 덤이었다.

"그만 생각해, 이 바보야."

내리깐 속눈썹은 파르르 떨렸고, 훌쩍 다가온 인어에게서는 차가운 바다 냄새가 났다. 그리고 그것보다 훨씬 더 차갑던 혀, 놀라커지던 눈, 순식간에 바다로 뛰어든 인어와 튀어 오르던 물방울, 그 위에 드리우던 투명한 무지개까지. 한번 떠오르기 시작하면 알아서 줄줄 이어지는 기억에 이제는 민망함을 넘어 괴로울 지경이었다.

"근데 왜 자기가 저질러 놓고 나보다 더 놀라? 내가 했어?"

양손으로 얼굴을 쥐어짜며 서안 위에 엎어진 채희가 불쑥 떠오른 의문에 고개를 들었다. 그러고 보니 정말 황당하지 않은가. 누가 시킨 것도 아니고, 느닷없이 다가와 남의 입술을 핥아놓고 당한 사람보다 더 소스라치게 놀라며 바다로 도망가다니. 아무리 기다려도 올라오지 않기에 지난번처럼 저를 홀로 두고 가버린 줄 알았다. 하긴, 수면 위로 올라오고도 멀리서 지켜보기만 할 뿐, 한 걸음 다가갈라치면 후다닥 도망가는 꼴이 홀로 두고 간 것과 별반 다르지도 않았다.

이쯤 되니 '왜' 그랬는지가 궁금하다. 처음 입술을 맞댄 건 숨을 나눠주기 위함이었으니 선의였다 치고, 무릎을 핥으려고 했던 것도 상처 때문이었으니 동정이나 위로, 뭐 그런 종류로 포장해 보겠지만 입술은 대체 왜?

"무슨 의미냐고 대체……."

사실 어제 인어와 어떻게 헤어지고 들어왔는지 기억나지 않는다. 정신을 차리고 보니 이미 별당 앞이었고, 말생에게 붙잡혀 또물에 들어갔었느냐는 요지의 잔소리를 듣고 있었다. 옷이 젖었다는 것도 그제야 깨달았다. 들고 갔던 패물을 몽땅 두고 온 것도, 다시 오르기 시작한 열에 몸이 불덩이 같다는 것도.

'한 번만 더 이런 식으로 협조 안 하시면 저도 마지막 방법을 쓰는 수밖에 없어요!'

마른 옷과 작은 화로를 준비해 주던 말생이 뭐라고 했더라.

'대감마님께 연통 넣을 거니 그렇게 아세요!'

그래, 맞아. 아버지께 다 이르겠다고 했다. 챙기라는 건강은 안 챙기고 허구한 날 바다로 나다닌다고 벌써 스물하고도 여섯 번째 협박이었다.

간밤에 올랐던 열은 탕약 한 사발에 씻은 듯이 내렸다. 지난번 앓을 때 지어둔 약이 남아 있어 다행이었다.

말생의 말처럼 허구한 날 바다로 나다녔기 때문인지 며칠 호되게 앓았다. 아마 젖은 옷을 제대로 말리지 않고 돌아다닌 탓이 컸으리라. 덕분에 외출이 금지되어 자그마치 닷새 동안 숨 막히는 시간을 보내야만 했다. 산 너머에 산다는 의원을 기다리느라 꼬박 이틀을 날린 탓도 있었다.

종일 방구석에 처박혀 있으니 말생은 아파서 어쩌냐면서도 내심 기쁜 기색을 숨기지 않았다. 쌤통이라며 콧노래라도 부를 것 같은 표정이었다. 분명 건강을 추스르기 위해 바다에도 가지 못하고 갇혀 있던 건데, 말생은 열이 내린 셋째 날부터 사람을 불러서 혼례 준비라는 명목으로 종일 채희를 들볶았다. 아플 거면 확실히 앓아누워버리던가. 어중간하게 약하고 어중간하게 건강한 몸이 그렇게 원망스러울 때도 없었다. 무엇보다 앓고 난 이후부터 말생의 모든 잔소리가 '그게 다 제 말을 안 들어서'로 시작되는 게 가장 못마땅했다.

말생의 과잉보호는 밤낮을 가리지 않았다. 이걸 먹어라, 저걸 먹어라, 이걸 걸쳐라, 저걸 걸쳐라, 이건 어디에 좋고, 저건 어디에 좋고……. 어째 앓을 때보다 말생을 상대할 때 더 피곤한 기분이었다.

그래도 닷새간의 외출 금지를 겪으며 알게 된 사실도 있었다. 첫 번째는 제가 머무는 이 방에 어머니도 머문 적이 있다는 것이었고, 두 번째는 어머니도 혼례를 앞두고 근심이 많았다는 것이었다.

혼인이 두렵다는 내용으로 시작하는 낙서를 발견한 건 우연이었다. 말생의 잔소리에 기가 질려 창이라도 넘을 작정으로 창틀 앞에 섰을 때였다. 무심코 내려다본 창틀 아래, 눈에 익은 필체가 있었다.

어머니의 필체를 알아보는 건 어렵지 않았다. 채희가 보고 자란 모든 책이 어머니의 손을 거친 필사본이라고 해도 과언이 아니었으니 말이다.

채희는 창틀 아래 빼곡한 글씨를 바라보다 허전한 가슴께에 시선을 내렸다. 노리개가 있어야 할 자리가 휑하다 싶더라니 인어에게 선물이라며 건네준 것을 그새 잊고 있었다.

"어머니. 저요, 그때 어머니가 소개해 주었던 벗을 만났어요."

추측뿐이던 하나의 가능성이 확신으로 바뀐 지는 오래였다. 특별한 계기는 없었다. 그저 자연히 알게 되었다. 그때 만난 빛무리가 채희가 구해준 인어라는 것을. 아마 인어가 노리개에 관심을 가질 때부터 짐작하고 있었는지도 모르겠다.

온갖 장신구를 잔뜩 꽂고 어색하게 돌아보던 인어의 모습이 눈앞에 선하다. 손재주가 좋은 편은 아니라 그저 얼기설기 얹어놓은 모양새였는데도 하나같이 다 잘 어울리고 예뻐 샘이 날 정도였다. 역시 김 도령이 준 패물까지 쓸어 갈 가치가 있었다고, 말생이 알면 까무러치고도 남을 생각을 하다 다시금 떠오르는 까슬한 감촉에 입술을 사리물었다. 인어는 왜 혀까지 남달라 잊지도 못하게 하는지 모르겠다.

입술을 뜯고 싶어 근질거리는 손으로 부산스레 서안을 긁고 두드렸다. 더는 생각하고 싶지 않은데 이미 머릿속은 인어로 가득했다. 찬란하게 빛나는 푸른 지느러미와 머리카락, 바다를 콕 찍어 놓은 듯한 눈, 물색을 닮은 비늘까지. 바다 그 자체인 인어의 모습에 채희는 저도 모르게 손가락을 움직였다. 푸를 청(靑) 자와 물 맑을 린(粼). 그 두 글자를 나란히 두자 여지없이 인어가 떠올랐다.

채희는 반쯤 기울였던 몸을 바로 세우고 재빨리 붓과 종이를 챙겨 왔다. 먹을 가는 동안에도 채희의 눈은 서안 위에 남은 희미한 손자국을 쫓고 있었다.

종이를 펼쳐 문진으로 고정한 뒤 붓끝에 먹을 묻혔다. 망설임 없이 써 내려간 글자는 푸를 청을 변에 두고 물 맑을 린을 방에 두고 있었다. 아마 아버지나 오라버니가 본다면 세상에 이런 글자가 어디 있느냐며 호통을 칠 것이 분명한, 새로운 글자였다.

채희는 문진 아래서 살살 뺀 종이를 눈앞에 펼쳤다. 남들은 근본 없는 글자라 욕할지 모르겠으나 채희는 이 글자가 무척이나 마음에 들었다.

"물빛 푸를 린."

자신이 만든 음훈을 작게 읊조리던 채희의 입가에 만족스러운 미소가 걸렸다. 말도 안 되는 조합이라는 점이 인어와 닮았다.

"린."

한 번 더 중얼거리자 놀랍게도 인어가 코앞까지 다가와 있는 느낌이 들었다. 입술을 훑고 지나가던 까슬한 감촉을 떠올리며 슬쩍 입술 위에 손등을 대어보는데 불쑥 종이 위로 커다란 그림자가 드리웠다.

"그게 다 뭐래요?"

"어? 아, 어, 그냥."

채희는 들고 있던 종이를 슬쩍 뒤집어 놓으며 옷감을 한 아름 안고 있는 말생을 올려다보았다. 아침부터 부지런히 방을 나서더니 어제 대충 빨아 널어놓았던 옷을 그새 말려 온 모양이었다.

"도와줄까?"

"아휴, 됐네요. 아씨는 얼른 옷이나 갈아입으셔요. 시간이 몇 신데 아직도 속곳 차림이세요. 그러다 또 고뿔이라도 드시면 어쩌려고. 어제도 흠뻑 젖어서 들어오시더니."

"그거야……."

"예, 발을 헛디뎌서 미끄러지셨다고요. 하도 들어서 귀에 딱지가 앉겠어요."

밤새 불 때느라 고생한 건 아시냐는 타박에 채희가 바닥을 짚었다. 흠뻑 젖어서 들어오고도 추운 걸 모르겠더라니 과연 말생의 말처럼 바닥이 뜨끈뜨끈했다.

"몸은 좀 어떠셔요."

"자고 일어났더니 괜찮아졌어."

영 제 대답이 신통치 않은지 말생은 괜찮다는 말에도 손을 뻗어 이마에 남은 열감은 없는지 확인했다.

"내렸네요."

"거봐. 괜찮다니까."

입술을 비죽이자 말생이 눈썹을 까닥인다.

"괜찮아졌다고 또 바다니, 어디니, 돌아다닐 생각 마시고 오늘은 방에 계셔요. 이따 손님도 오신다니까."

"손님? 누구?"

"누구긴 누구예요. 김규식 영감 댁 김 도련님이죠."

"김 도령? 김 도령이 여긴 왜?"

뜬금없는 김 도령 타령에 눈을 크게 뜨자 말생이 도리어 어리둥절한 표정을 지었다.

"제가 얘기 안 했던가요?"

"무슨 얘기?"

"한양서 김 도련님 출발했다는 소식이 왔었다고요."

"그런 얘기 안 했어."

"뭐…… 이제라도 아셨으니 됐죠. 얼른 준비하셔요. 오늘 중으로는 도착하신다 했으니."

벼락불에 콩을 볶아 먹어도 유분수지. 채희는 떡 벌어진 입을 다물 생각도 하지 못하고 말생만 올려다봤다. 그러거나 말거나 말생은 눈길 한 번 주지 않고 잘 마른 옷감만 내려놓고 방을 나섰다.

"이럴 때가 아니지."

굳게 닫힌 문 앞에서 허탈한 한숨만 흘리던 채희가 벌떡 몸을 일켰다. 지금 인어가 중요한 게 아니었다. 매일같이 인어와 노닥거리느라 잊고 있었을 뿐, 이곳까지 오게 된 이유는 전부 혼인 때문이었다.

허둥지둥 방 안을 배회하던 채희가 급한 대로 옷부터 꺼내 입기 시작했다. 저를 어떻게든 혼인시키려는 아버지와 제가 올 걸 미리 알고 준비되어 있던 패물함, 이미 짓기 시작한 혼례복 그리고 갑작스러운 김 도령의 방문까지. 돌아가는 모양새를 보아하니 얼렁뚱땅 혼례 길에 오르는 것도 시간문제일 듯했다. 그렇다면 방법은 하나뿐이다. 김 도령이 오기 전에 도망치는 것.

"어딜 또 나가시려고요. 어림도 없어요."

그러나 생각보다 빨리 돌아온 말생에게 들켜 옷을 붙들렸다. 걸쳐 입은 옷만 보고 어떻게 눈치챈 건지 달아나지 못하게 막아서는 기세가 흉흉했다.

"유모, 이러지 마. 나 정말 싫단 말이야. 그냥 모른 척, 아니면 아파서, 아파서 누워 있다고 하면 되잖아."

간신히 팔만 꿰어 넣은 저고리를 말생이 벗기려 하자, 졸지에 입으려는 채희와 벗기려는 말생의 뜻하지 않은 힘겨루기가 시작되었다.

"유모. 나 추워. 응? 옷이라도 제대로 입게⋯⋯."

"입으시면요. 그럼 냉큼 또 도망가시게요?"

"아니, 유모. 나 진짜로⋯⋯."

"저어, 아씨."

투덕거리던 두 사람이 뜻하지 않은 목소리에 멈칫 굳었다.

"손님이 오셨는데요"

"에구머니나."

손님 소리에 의욕을 잃은 채희와 달리 유모는 자신이 벗기려던 저고리를 다급히 입히며 잠시만 기다려 달라 호들갑을 떨었다. 옷고름 매는 손은 왜 이리 떠는지 누가 보면 말생의 새신랑이 온 줄 알 정도였다. 허탈하게 웃는 사이 옷매무새며 머리까지 깔끔하게 손봐준 말생이 깊이 호흡하더니 불퉁하게 서 있는 채희의 팔을 잡아끌었다.

"표정 푸세요. 누가 보면 도살장에라도 끌려가는 줄 알겠네."

"진짜 꼭 만나야 해? 남녀가 유별하다는데 이렇게 막 찾아오고 얼굴 보여주고 그래도 되는 거냐고."

"어느 옛날 옛적 고리타분한 이야기를 하고 계세요."

"허, 고리타분?"

다른 사람도 아니고 불과 며칠 전까지 아내의 도리니, 뭐니, 연설을 늘어놓던 말생이 할 소리는 아니었다.

"저어…… 아씨?"

"예에, 예! 나갑니다! 뭐 하세요. 웃으세요. 아까는 잘만 웃으시더니만."

말생의 당부에 채희는 일부러 더 표정을 구기며 반항했다. 체념한 말생이 결국 채희를 둔 채 먼저 방을 나섰다. 문 닫기 전에 홱 돌아보며 웃으라는 듯 온화한 얼굴을 보여주는 것도 잊지 않았다.

닫힌 문틈으로 슬쩍 내다보니 낯선 머슴 두엇이 서 있었다. 김 도령인지 김 영감인지가 진짜 오긴 온 모양이었다. 여기가 어디라고 온단 말인가. 패물함을 보냈을 때보다 더 황당해 할 말이 없었다.

차라리 창문으로 나갈까. 굳게 닫힌 창문을 돌아보던 채희가 고개를 저었다. 저리로 나가봐야 들키는 건 시간문제인 데다 담을 넘을 때처럼 넘어지기라도 하면 낭패였다. 괜히 애매하게 창피만 당할 바에야 확실한 게 좋은데…….

어쩌지. 같은 자리를 빙빙 맴돌며 손톱을 뜯고 있을 때였다. 문밖에서 "아씨이." 하는 간드러진 목소리가 들려왔다. 코에 잔뜩 힘을 준 말생이었다.

놀란 마음에 평소 잘 하지도 않는 딸꾹질이 튀어나왔다. 웃어야 할지 울어야 할지 몰라 가슴만 살살 문지르는 사이 문이 열렸다. 조금 전 간드러진 목소리는 전부 꿈이었는지 얼른 나오지 않고 뭐하고 섰느냐, 소리 없이 따지는 말생의 표정이 살벌했다.

"제 얼굴 봐서라도요, 네?"

협박만으로는 씨알도 안 먹힌다는 걸 깨달았는지 금세 태세를 전환한 말생이 이번에는 한껏 눈꼬리를 누그러트리며 간청했다. "제발요." 그런 말을 뱉을 때는 '에잇, 그까짓 얼굴 한 번 팔리고 말지.' 하는 생각이 든 것도 사실이었다.

여기서 더 고집을 부려봐야 난처해지는 건 말생뿐이다. 다 꾸며낸 표정인 걸 알면서도 축 처진 눈꼬리에 마음이 약해진 채희가 작게 한숨을 내쉬었다.

"알겠어……."

입술 비죽이며 내뱉은 한마디에 말생의 표정이 눈이 띄게 밝아졌다. 생각이 다 읽힐 듯 솔직한 표정 변화에 인어가 떠올랐다면 우스운 일일까. 손끝에 남은 먹을 살살 문질러 닦던 채희가 서안 위에 엎어둔 종이를 떠올리며 걸음을 뗐다.

디딤돌 위에 놓인 신에 발을 꿰면서도 채희의 시선은 비단 도포를 두른 사내에게 꽂혀 있었다. 소개해 주는 이 하나 없이도 한눈에 그가 누군지 알아보았다. 문제의 김 도령이었다. 김 도령 역시 채희를 알아보았는지 맑게 웃으며 묵례했다. 소문이 과장은 아니었는지 체격도 외모도 훤칠한 사내였다.

절에서 따로 내어준 방에 윤성이 먼저 들어서고, 이어 말생의 손에 이끌려 온 채희가 들어섰다. 앙다문 입술에 불편한 기색이 묻어났으나 윤성은 마음이 상하기는커녕 자꾸 웃음이 났다.

올라간 입꼬리를 간신히 정리한 윤성이 나긋한 목소리로 인사를 건넸다.

"김윤성입니다."

허례허식 없는 깔끔한 인사에 내내 바닥만 노려보던 채희도 천천히 고개를 들었다. 금방이라도 파안대소할 것 같은 말간 얼굴이 마치 제 처지를 놀리는 듯해 아무 대답도 하지 않고 있자 말생이 옆구리를 쿡 찔렀다.

"찌르지 마. 아파."

"저랑 분명…… 네?"

세모나게 뜬 눈에 자기가 뭘 어쨌냐고 따지려다 눈을 질끈 감았다. 긴 숨을 들이마신 채희가 아랫배에 힘을 실으며 툭 내뱉었다.

"정채휩니다."

윤성만큼 나긋한 음성은 아니었으나 싫은 자리에 억지로 끌려와 앉은 것치고는 양호했다. 다행히 윤성도 기분 상한 기색은 없었다. 아니, 오히려 좋아 죽으려는 듯한 모습이라 말생도 한시름 놓았다.

아무것도 안 하고 멀뚱히 서 있는 두 사람을 번갈아 보던 말생이 앉아 계시면 다과라도 얼른 내오겠다며 채희를 앉혀놓고 방을 나섰다.

문이 닫히자 그제야 윤성도 자리에 앉았다.

"바닷바람이 차다고 해 걱정이 많았습니다. 아픈 곳은 없으셨는지요."

"예. 걱정해 주신 덕에 건강히 지냈습니다."

채희의 말투는 책을 읽듯 딱딱한데다 시선은 윤성이 아닌 문가 주변을 맴돌고 있었다. 비죽 새어 나오려는 웃음을 헛기침으로 감춘 윤성이 고저 없는 편안한 목소리로 물었다.

"혹, 제가 이리 불쑥 찾아온 것이 불편하십니까."

정곡을 찌르는 물음에 채희의 시선이 자연스레 윤성에게로 향했다. 대체 무슨 생각을 하는지 알 수 없는 얼굴엔 내내 미소가 걸려 있었다.

"도련님은 즐거워 보이십니다."

"그렇게 보이십니까. 사실 이곳에 올 생각에 설레 잠도 설쳤습니다."

아, 네. 그러시구나. 애써 웃어 보이며 대답을 삼킨 채희가 다시 문가로 시선을 돌릴 즈음이었다. 윤성이 곁에 있던 커다란 상자 하나를 채희 가까이 밀어주었다.

"이게 뭡니까?"

"선물입니다."

상자는 열어보지도 않고 갑자기 무슨 선물이냐는 시선으로 보고 있으니 윤성이 나지막이 덧붙인다.

"약조 드리지 않았습니까. 그믐날 좋은 선물을 가지고 찾아뵙겠다고요."

"아."

그제야 패물과 함께 있던 서신을 떠올린 채희가 고개를 끄덕였다.

뛸 듯이 기뻐하는 모습까지는 바라지 않았어도 조금은 궁금해할 줄 알았는데 뭐가 들었는지 확인조차 하지 않으니 윤성도 슬슬 애가 타기 시작했다. 값지고 귀한 것들로만 넣어왔는데 채희 앞에 있으니 한없이 초라해지는 느낌이었다. 안에 든 것을 모두 가져다 버리고 새로 더 값진 것들을 채워 넣고 싶은 욕심에 입이 말라갈 무렵, 따로 챙겨 온 물건이 떠올랐다.

"그리고 이것도……."

비단 보따리를 가까이 밀어주자 일부러 느슨하게 맨 매듭이 채희 앞에서 스르륵 풀렸다. 손등을 스치는 서늘한 느낌에 무심코 고개를 돌리던 채희는 비단 천 사이로 보인 글자에 눈이 커졌다.

"이건……!"

『산해경』. 채희가 튀어나오려는 비명을 간신히 손으로 틀어막았다. 떨리는 손으로 가장 위에 놓인 책 한 권을 집어 들었다. 겉표지에 적힌 글자를 몇 번이나 다시 읽은 끝에야 이걸 어떻게 구했냐는 시선으로 윤성을 바라볼 수 있었다.

몇 달 전, 저잣거리 서책 방을 이 잡듯 뒤지고도 찾지 못해 앓아눕기까지 했던 책이 이 『산해경』이었다. 온갖 신화와 요괴 이야기가 담겼다는 동양 최고의 기서(奇書). 구하기 어렵다는 걸 알면서도 포기가 되지 않아 아버지께 구해달라 통 사정을 하고도 여태 표지조차 구경 못 해본 바로 그 『산해경』이, 지금 채희 눈앞에 있었다. 그것도 윤성의 손에 의해.

"마음에 드십니까."

"마음에 들다마다요! 제가 이것 때문에 얼마나 고생을……."

자신이 너무 흥분했음을 깨닫고 뒤늦게 입을 다물었지만, 윤성은 이미 웃음을 터트린 뒤였다. 얼굴에 열이 고였다. 벌겋게 달아오른 얼굴을 봤는지 윤성의 웃음소리가 더 커졌다. 결국 채희는 밀려오는 민망함을 이기지 못하고 『산해경』 표지에 얼굴을 파묻어야만 했다.

다과상을 들고 오던 말생이 갑작스레 터져 나온 웃음소리에 문 앞에서 멈춰 섰다. 문가에 귀를 대보니 주로 웃는 것은 윤성이고, 채희는 그만 웃으라며 앙탈 아닌 앙탈을 부리고 있었다. 어리둥절해진 말생이 상을 들고 우물쭈물하는데, 문득 웃음소리가 그치는가 싶더니 머지않아 문이 벌컥 열렸다.

"어, 어딜…… 가십니까?"

함께 나온 윤성과 채희를 보고 놀란 말생이 묻자 윤성은 특유의 나긋한 음성으로 답했다.

"낭자와 잠시 주변이라도 걸으며 이야기 나눌까 하는데 괜찮겠소?"

"아, 예, 예. 그럼요. 그러믄요. 그, 그럼 제가 얼른 들어가 간단히 걸칠 만한 거라도 챙겨 오겠습니다."

냉큼 다과상을 내려놓고 달려가는 말생의 뒷모습에 윤성이 채희를 돌아보았다.

"이리하면 되는 겁니까?"

"예에."

자기가 방만 나설라치면 어디 갈 거냐, 언제 올 거냐, 꼬치꼬치 캐물으며 귀찮게 굴어놓고 윤성의 말에는 묻지도 따지지도 않고 냉큼 그러라 하는 말생이 야속했다. 멀어지는 뒤통수에 대고 혀를 비죽 내민 채희가 슬쩍 눈까지 흘기고는 언제 그랬냐는 듯 윤성 곁에 다소곳이 다가와 섰다. 못 봤으리라 생각한 건지 혀를 비죽 여놓고 점잖은 척 있는 채희가 귀여워 윤성의 입가에 다시 미소가 피어올랐다.

태연하게 서 있는 채희의 얼굴 위로『산해경』을 품에 안고 쩔쩔 매던 조금 전의 모습이 포개어졌다.『산해경』을 구하고 싶어 한다는 이야기를 듣긴 했었어도 그렇게 좋아할 줄은 몰랐다. 알았으면 진작 구해다 줬을 터인데.

뺨에 닿는 윤성의 시선이 느껴졌으나 채희는 꿋꿋이 앞만 보며 서 있었다. 말생이 옅은 옥빛 배자와 쓰개치마를 가지고 온 건 얼마 지나지 않아서였다.

별생각 없이 말생이 챙겨주는 대로 배자에 팔을 꿰어 넣던 채희가 문득 윤성의 차림을 돌아보곤 입술을 사리물었다. 윤성이 녹색 도포 위에 걸친 답호가 옥빛인 데다, 세조대 색마저 채희가 입은 붉은 치마와 같아 일부러 맞춰 입은 듯 보인 탓이었다.

평소라면 어울리지도 않게 무슨 옥색이냐며 잘 꺼내주지도 않는 옥빛 배자를 오늘 같은 날 굳이, 굳이 찾아온 속셈을 채희가 모를 리 없었다. 윤성을 등지고 선 채희가 말생만 볼 수 있도록 입술을 비죽였다. 물론 말생은 눈 하나 깜짝하지 않고 모르쇠로 일괄했다.

이제 와 얼굴을 가리는 것도 우스워 쓰개치마는 그냥 어깨에 걸쳤다. 가자는 말 없이 먼저 앞장서자 윤성이 조금 놀란 듯하더니 이내 웃는 낯으로 그런 채희의 뒷모습을 바라보았다.

"아침 먹은 게 얹히기라도 하셨나, 같이 좀 가시지 참말로……."

몸 둘 바를 모르는 말생이 변명하듯 작게 중얼거리자 윤성이 부드럽게 답했다.

"멀리 가진 않을 테니 염려 말게."

그게 어디 도련님 마음처럼 되시겠느냐 말이 목구멍까지 차올랐으나 말생은 안간힘을 다해 꾹꾹 눌러 삼켰다.

윤성은 벌써 한 짐 챙겨 든 막쇠에게 멀찍이서 따르라 명하곤 채희의 뒤를 쫓았다. 채희를 단 몇 걸음 만에 따라잡은 윤성이 곁에 나란히 서서 채희의 보폭에 맞춰 걸음을 옮겼다.

"조금 놀랐습니다. 제게 그런 부탁도 하시고."

채희는 윤성에게 같이 산책이나 다녀오겠다고 말해줄 수 있겠냐 부탁하던 순간을 떠올렸다. 툭하면 외출 금지 타령만 해대니 밑져야 본전이란 생각으로 던진 건데 말생이 너무도 쉽게 받아들여 여러 가지로 부루퉁한 상태였다.

"제가 그동안 저질러 놓은 일이 있어 단속이 심해졌거든요."

"그나저나 어딜 가시기에 그리 바삐 걸으십니까."

"바다요."

"바다요? 바다라면 저쪽……."

첫날 채희가 그랬던 것처럼 윤성도 바깥 계단 방향을 가리켰다. 그 모습을 힐긋 바라본 채희가 한결 누그러진 말투로 대꾸했다.

"그쪽은 길이 험해 바다까지 들어가기 어렵고, 이 길을 통해야만 갈 수 있는 곳이 있습니다."

"자주 오가셨나 봅니다."

"예에, 뭐……."

그것 때문에 감금 비슷한 것도 당했었다는 이야기는 빼고 덧붙였다.

"조용히 수양하기에 바다만 한 곳이 없으니까요. 다들 그 때문에 여길 찾는다고 합니다. 그래서 절 이름도 은월사라 하고요. 달도 은밀하게 쉬었다 가는 곳이라나, 뭐……라나……."

말이 끝나기 무섭게 눈앞에 드넓은 바다가 펼쳐졌다. 훅 밀려오는 바닷바람에 잠시 걸음을 멈춘 윤성이 숨을 크게 들이마시고는 채희를 돌아보았다. 채희 역시 걸음을 멈춘 채 먼바다에 시선을 두고 있었다.

"낭자 덕에 귀한 곳을 알게 되었습니다."

그리 말하는 윤성의 얼굴이 조금은 상기되어 보였다. 그저 착각일 뿐이라며 애써 부정한 채희가 시선을 피하고는 다시 앞장섰다.

채희는 자박자박 모래를 밟으며 따라오는 소리에 신경이 쓰이면서도 눈으로는 혹시나 있을지 모를 인어를 찾았다. 오늘은 사정이 있어 만나기 어렵다는 말을 전해야 하는데 윤성 때문에 괜히 오해라도 해 달아나는 건 아닌가 걱정되었다.

따라오지 말고 여기서 좀 기다리라고 할까. 고민하며 돌아보자 윤성은 눈이 마주치기 무섭게 다시 해사한 미소를 지었다. 다른 건 몰라도 웃음이 헤픈 사람인 건 분명했다. 아니면 어디가 좀 모자라거나.

웃는 낯에다 대고 여기서 기다리고 있으라 할 수가 없어 도로 걷다 보니 어느새 커다란 바위들로 막힌 곳까지 오게 되었다. 더는 들어갈 길이 보이지 않자 한숨이 절로 난다.

인어는커녕 물고기 한 마리도 보이지 않는 바다를 하염없이 바라보던 채희가 작은 숨을 몰아쉬며 바위에 걸터앉았다. 아무래도 낯선 인기척을 느끼고 일찍이 달아난 게 분명했다. 윤성을 데리고 오는 게 아니었는데. 적당히 핑계로만 쓰고 따돌렸어야 했다는 뒤늦은 후회가 밀려들었다.

그런 채희의 마음을 알 리 없는 윤성은 한적한 바다를 옆에 끼고 채희와 함께 걷는 것만으로 좋고 설레어 기쁜 마음을 감출 수가 없었다. 뒤따르는 막쇠의 걸음 소리만 없었어도 좀 더 밀회 같지 않았을까 생각하며 채희를 바라보았다.

두 걸음 물러선 위치에서 바라본 채희는 한없이 여리고 애틋한 분위기를 풍겼다. 마침 불어온 바람이 채희의 귀밑머리를 조금 헝클어놓았다. 뺨에 달라붙은 머리카락이 거슬리는지 손으로 살짝 쓸어 넘기는 모습을 윤성은 하나도 놓치지 않고 눈에 담았다.

반듯한 이마와 가지런한 눈썹, 그 아래 자리한 또렷한 눈매. 찬 바람에 붉어진 코와 양 볼, 부루퉁한 입술까지. 그날 이후 혼담을 나눌 수 있을 정도의 시간이 흘렀음에도 채희에겐 그때 봤던 얼굴이 그대로 남아 있었다. 자기보다 두어 살은 더 많은 남자아이에게 사내도 울 수 있다, 다독이던 목소리가 아직도 생생하다.

어찌나 그리웠던지. 설핏 미소 짓던 윤성은 부쩍 가까워진 걸음소리에 뒤를 돌아보았다. 막쇠가 이 짐들은 어떻게 하면 좋겠느냔 표정으로 윤성을 보고 있었다. 밀려든 과거의 잔상을 애써 밀어둔 윤성이 채희에게 한 걸음 다가갔다. 천천히 제게로 향하는 시선을 보며 윤성은 자칫 흔들릴 뻔한 목소리를 다잡았다.

"사실 드릴 선물이 하나 더 있습니다."

손짓 한 번에 막쇠가 냉큼 다가왔다. 막쇠가 내민 상자는 비단 천에 쌓여 있었는데, 폭이 좁은 대신 길이는 한 자가 조금 넘을 듯 길쭉했다.

막쇠에게서 상자를 넘겨받은 윤성이 채희 곁에 슬쩍 엉덩이를 붙이고 앉았다. 『산해경』이 큰 역할을 하긴 했는지 내내 부루퉁하던 채희 얼굴에도 조그만 호기심이 감돌았다. 윤성이 들뜬 마음 감추며 비단 천을 풀고 상자를 열었다.

"⋯⋯이게 뭡니까?"

느닷없이 등장한 단검에 채희가 조금 당황한 듯 물었다. 윤성은 그런 반응조차 재미있다는 듯 싱글벙글한 낯으로 검을 들어 뽑았다. 검집에서 뽑힌 검은 더욱 당황스러운 모습을 하고 있었다. 생선 가시 같은 날이라니. 태어나 처음 보는 모습에 채희의 눈이 휘둥그레졌다.

"저도 이런 건 처음 봤습니다."

무심코 날에 손을 대보려던 채희가 제 속마음을 읽은 듯한 말에 얼른 손을 거두었다.

"대체 이게 뭡니까?"

"검입니다."

"예?"

"뭐든 이뤄주는 신묘한 힘이 있는 검."

세상에 그런 검이 어디 있느냐 비웃으려던 채희가 확신에 찬 윤성의 얼굴 보고는 도로 입을 다물었다. 멋있네요. 마음에도 없는 소리를 하며 고개를 끄덕이고 있으니 이번에는 윤성이 목소리를 낮추며 귓가에 속삭였다.

"이래 보여도 아주 귀한 물건입니다."

"이게요?"

귓가에 닿는 숨결이 간지럽다고 느끼기도 전에 되물음이 튀어
나왔다.

"이 세상에 다섯 자루도 채 남지 않았을 거라 합니다. 부르는 게
값이라던데요."

"이걸, 사셨습니까?"

"그럼요. 전 도둑질은 하지 않습니다."

해맑은 윤성의 설명을 듣고 있자니 채희는 머리가 조금 지끈거
리는 느낌이었다. 더군다나 덧붙이는 말은 더욱 해괴했다.

"천만금, 억만금의 값어치를 하는 물건이라 했습니다."

덕배가 그렇게까지 말하진 않았으나 한껏 진지해진 채희의 반
응이 귀여워 윤성이 과장을 조금 덧붙였다. 값진 선물을 마다할
사람은 없을 테니 말이다. 그러나 놀라거나 기뻐할 거란 예상과
달리 채희의 표정은 점점 더 심각해지기만 했다.

"어찌 그리 보십니까?"

윤성의 물음에도 진지한 얼굴로 검만 살피던 채희가 한참 만에
입을 열었다.

"이걸 판 사람이 누군지 기억하십니까?"

"그럼요. 오랜 벗인걸요."

"어디에 있는지도 아시고요?"

"아마 한동안은 장터 주막에 머무를 겁니다. 그런데 그런 건 왜
궁금하신 겁니까?"

순진하기만 한 윤성의 표정에 채희는 속이 더욱 답답해졌다. 얼마를 줬는지는 몰라도 꽤 많이 뜯겼을 게 분명한데도 이리 태평하다니. 채희는 무릎 위에 놓인 상자를 아무렇게나 비단 천으로 싸 윤성의 품에 안겨주었다.

"가서 도로 돈으로 바꿔달라 하십시오."

"거래를 무르란 말씀이십니까?"

"그리고 그 벗도 이제 정리하시는 게 좋겠습니다. 오랜 벗에게 사기를 치다니 아주 고약한 사람이네요."

무슨 뜻인지 이해하지 못하고 눈만 끔뻑이던 윤성이 뒤늦게 웃음을 터트렸다. 하하하. 어찌나 시원하게 웃는지 도리어 채희가 당황스러울 정도였다.

"사기를 당하셔놓고 웃음이 나오십니까?"

아예 눈물까지 찔끔거리며 웃던 윤성이 겨우 웃음을 갈무리하며 입을 열었다.

"사기면 어떻습니까. 이 검 덕에 이렇듯 낭자 곁에 앉아보았는걸요. 분명 신묘한 검이 맞을 겁니다."

퉁명스럽게 대해도 한결같이 웃는 낯으로 대구하는 윤성이 신기했다. 무를 생각이 없어 보이는 검과 웃음기가 남아 있는 윤성을 번갈아 보던 채희가 한숨을 뱉듯 내내 궁금하던 것을 물었다.

"제게 어찌 이리 잘해주십니까?"

"잘해주는 것이 이상합니까?"

"예에."

지금도 따돌릴 생각만 가득한 채희에게는 나긋한 말투도, 내내 웃는 낯도 모두 이상한 게 당연했다.

"낭자께 잘 보이고 싶어 이럽니다."

"제게요? 왜요?"

그때 마침 먼바다에서부터 불어온 바람이 휘익 소리를 내며 채희 곁을 머물다 떠났다. 언젠가 들어본 듯한 소리에 이끌리듯 돌아가려던 고개가 이어지는 윤성의 말에 그대로 굳었다.

"그야……. 오래전부터 낭자를 마음에 품고 있었으니까요."

윤성의 말을 온전히 이해하기 위해서는 약간의 시간이 필요했다. 윤성이 매파가 물어다 준 수많은 혼처를 마다하고 채희를 콕 짚어 혼서를 넣었다는 건 저잣거리 어린아이들도 다 아는 일이었다. 이미 아씨를 마음에 둔 것 아니겠느냐는 말생의 호들갑에도 그럴 리가 있느냐며 외면해 왔었기에 윤성의 고백이 더욱 갑작스러웠다.

"저를, 언제 보셨다고……."

"뵌 적 있습니다. 너무 오래전이라 낭자께서는 기억나지 않으시겠지만……."

바람 소리가 다시 한번 귓가에 울렸다. 인어일까. 인어가 자신을 부르는 걸까. 잠시 바다에 신경을 빼앗긴 채희에게 조금 붉어진 윤성의 귓불이 눈에 들어왔다. 태연한 척하고 있지만 사실이 사람도 많이 긴장했구나, 하는 것이 눈이 아닌 가슴으로 와닿았다.

빤히 보고 있으니 윤성이 잠시 얽혔던 시선을 피하며 크흠, 목을 틔웠다.

"그때도 아마 지금과 같은 겨울 초입이었을 겁니다. 갑자기 비가 쏟아졌고, 저잣거리에 놀러 나갔던 저는 비에 쫄딱 젖어 이러지도 저러지도 못한 채 허름한 주막 처마 아래 서 있었죠."

목덜미까지 붉게 달아오르고도 아닌 척 이어나가는 음성이 꽤 뻔뻔했다. 그 때문이었을까. 뜻하지 않게 시작된 과거 이야기에도 채희는 군말 없이 귀를 기울였다. 아까와 같은 바람 소리가 다시 들리는 일도 없었다.

수 년 전, 한양

"왜 안 와……."

뭐라도 걸칠 만한 걸 구해 오겠다며 떠난 동구 아범은 한 식경이 다 지나도록 돌아올 기미가 없었다. 엉덩이에서부터 올라오는 한기에 몸을 웅크렸다. 젖은 옷이 몸에 달라붙자 온몸에 소름이 돋았다. 틈틈이 짜냈지만 흠뻑 젖었던 옷에서는 아직도 물이 뚝뚝 떨어지고 있었다.

윤성은 제 청지기가 사라진 길목에 시선을 둔 채 무릎을 끌어안았다. 비가 올 것 같다던 여종의 말을 들을 걸 그랬다. 화창하기만 한데 무슨 비냐며 타박만 하다가 나왔는데…….

돌아가면 미안하다고 해야지. 코를 훌쩍이던 윤성은 꼬르륵 소리가 나는 배를 부여잡으며 몸을 조금 더 웅크렸다. 유모가 챙겨 줄 때 밥도 한 숟가락 더 뜨고 나올 걸……. 금방 그칠 것 같지 않은 빗줄기를 보고 있으려니 종일 못되게 굴었던 모든 일이 후회되고 있었다.

비가 와서 그런지 복작대며 모여 있던 사람들도 전부 어디론가 사라지고 없었다. 그래서인지 늘 활기차던 골목이 왠지 으스스하게 느껴졌다. 저 싸리문 뒤에서 누군가 쳐다보고 있을 것만 같고…….

그때 마침 하늘이 번쩍였다.

"으악!"

하늘을 가르는 빛줄기에 언젠가 보았던 날붙이가 떠올랐다. 하늘이 번쩍이는 것처럼 햇빛을 받아 번쩍이던 예리한 날.

쿠르릉. 하늘이 울자 이번에는 괴성을 지르던 자신이 떠올랐다.

벌써 다섯 해나 지난 일이다. 벌건 대낮에 웬 사내 둘이 자신을 어디론가 데리고 가려 했던, 그 모습을 함께 나온 형님이 보지 못했다면 그대로 끌려가고 말았을 끔찍한 일.

형님은 어떻게든 윤성을 구해내려 했다. 그러나 평생 글공부만 하던 형님이 황소만 한 몸집의 사내를 상대하는 것은 애초에 불가능한 일이었다.

'도망쳐!'

제대로 된 반격 한번 해보지 못한 채 칼에 찔린 형님은 피를 토하며 소리쳤다. 윤성도 당시 무슨 정신으로 그곳을 벗어나 집까지 달렸는지 기억나지 않는다. 그때 윤성은 고작 여덟 살이었고, 형님은 약관이란 나이로 식년시 문과에서 장원한 수재였다.

그 일로 부모님은 큰아들과 함께 웃음을 잃었고, 윤성은 삼문 김씨 집안의 사대 독자가 되었다.

빗소리에 새된 비명이 섞여 귓가에 웅웅 울렸다. 양손으로 귀를 틀어막고 하나부터 백까지 세어보아도 한번 시작된 환청은 쉬이 끝나지 않았다. 눈을 질끈 감았다 뜨니 이번엔 피를 잔뜩 묻힌 사내들이 다가오는 게 보였다.

터벅, 터벅. 젖은 땅에서는 날 수 없는 걸음 소리는 윤성이 가쁜 숨을 들이마실 때마다 커졌고, 사내들은 쉬지 않고 다가왔다.

"저건 환영이야. 환영일 뿐이라고."

같은 말을 반복해 외치다 이윽고 귀를 막고 있던 양손으로 자기 머리를 퍽퍽 때리는 지경에 이르고도 환영은 사라지지 않았다. 훌쩍 다가온 그림자가 윤성의 위에 드리울 무렵, 윤성은 감은 눈을 제대로 뜨지도 못한 채 자리를 박차고 일어났다. 처마를 벗어나자 굵은 빗줄기가 빠르게 몸을 적셨다. 젖어드는 얼굴을 닦을 생각도 하지 못한 채 윤성은 무작정 앞만 보고 달렸다.

얼마쯤 달렸을까. 멋대로 무릎이 꺾여 구르듯 멈춰 섰다. 언제 비가 그쳤는지, 군데군데 마른 흙이 보였다. 그제야 자기가 선 곳이 어디쯤인지 가늠조차 되지 않는 낯선 동네라는 것을 깨달았다. 돌아가려면 길을 물어야 하는데 무슨 일인지 지나다니는 사람이 하나도 보이지 않았다.

혼자라는 걸 깨닫자 또다시 공포가 밀려왔다. 어디서 누가 튀어나올지 모른다는 두려움과 구해줄 사람이 없다는 생각에 얼어붙었던 다리가 또 멋대로 움직이기 시작했다.

뛰는 것도, 그렇다고 걷는 것도 아닌 애매한 걸음은 자꾸 꼬이고 휘청대길 반복했다. 들어온 길도 기억나지 않아 이리저리 헤매고만 있는 그때였다.

"아휴, 아씨도 정말. 조금 전까지 비 오는 거 보셨잖아요. 아직 땅도 무른데 꼭 오늘 가셔야겠어요?"

"그럼 유모는 집에 있어. 나 혼자 얼른 다녀올게."

"거기가 어디라고 아씨 혼자 가요!"

"치, 나도 이제 다 컸다 뭐."

말소리가 다가오고 있었다. 급히 몸을 튼 윤성이 소리가 나는 방향으로 달리기 시작했다. 그러나 몇 걸음 못 가 돌부리에 걸려 넘어지고 말았다. 넘어질 때 미끄러진 게 문제였는지 입으로 들어온 흙탕물도 신경 못 쓸 만큼 무릎이며 손이 아팠다.

간신히 일어나 앉아 손바닥을 들여다보니 뭐에 긁힌 건진 몰라도 피가 나고 있었다. 젖은 흙으로 더러워진 무릎에도 붉은 피가 번졌다. 게다가 이쪽으로 다가오고 있다 믿었던 말소리까지 더는 들리지 않았다.

텅 빈 거리와 온통 더러워진 옷, 움직이지 않는 다리며, 방울방울 맺혔다 흐르는 피까지. 그 모든 것을 느리게 둘러보던 윤성의 눈에 기어이 눈물이 고였다. 참아볼 새 없이 툭, 눈물 한 방울이 떨어지자 간신히 틀어막고 있던 서러움이 터지는 것도 한순간이었다.

엉엉 소리 내어 울기 시작하자 자기만 두고 떠난 동구 아범부터 비가 올 거라 해놓고 더욱 적극적으로 말려주지 않은 여종과 고작 비 몇 방울에 가게 문을 꼭꼭 걸어 잠그고 들어간 상인까지 죄다 밉고 야속했다.

이 꼴이 다 뭐란 말인가. 아버지가 본다면 벼락같은 호통이 떨어질 것이다. 더욱이 울기까지 했으니 회초리로 끝나지 않을 것이 분명했다.

울지 말아야 한다고 생각하자 놀랍게도 더욱더 거세게 눈물이 터져 나왔다. 조금 우나 많이 우나 눈물이 말라 더는 안 나올 때까지 종아리를 맞는 건 똑같을 진데 더 못 울 건 또 무언가 싶었다. 내친김에 그동안 울지 못해 쌓인 것까지 털어낼 작정으로 목 놓아 울 때였다.

"아프겠다."

손에 따뜻한 것이 닿아 화들짝 놀란 탓에 눈물이 뚝 그쳤다. 젖어 흐릿해진 시야에 댕기를 곱게 땋은 작은 여자아이 하나가 들어왔다.

다가오는 기척도 느끼지 못했다. 귀신인가 싶어 소리도 지르지 못하고 눈만 깜빡이는데 여자아이가 작은 입술을 움직여 뭐라 종알거렸다.

"……뭐?"

너무 많이 울었는지 다 쉬고 갈라진 목소리였다. 제 목소리에 또 놀라 입을 다문 윤성과 달리 여자아이는 듣기 흉한 소리에도 전혀 개의치 않은 눈치로 제 할 말만 할 뿐이었다.

"요 앞에 작은 우물이 있는데 거기서 손이라도 씻지 않겠냐구. 그냥 두면 틀림없이 덧날 거야."

아무 반응도 하지 않는 윤성을 향해 몇 번이나 "응?" 하고 되묻던 여자아이가 대뜸 손을 뻗어왔다.

"아씨. 제가 사람을 불러올 테니 제발 좀……."

"얼른 일어나라니까 빨리 씻지 않으면 덧나."

유모로 보이는 여종의 만류에도 아랑곳하지 않고 손수 윤성의 손을 잡아 일으켜 세운 여자아이는 윤성보다 두어 살 정도 더 어려 보였다. 그러나 윤성이 또래보다 작은 탓인지 키 차이는 크지 않아 마치 또래처럼 보였다. 여자아이도 윤성이 자기보다 연장자임을 인지하지 못한 듯했다. 아니, 오히려 윤성을 더 어리게 본 것 같기도 했다.

그 증거로, 품에서 연노랑 손수건을 꺼낸 아이는 윤성을 여느 동생 대하듯 하며 얼굴 여기저기 지저분하게 달라붙은 흙을 닦아 주었다.

"자, 가자."

아이는 자연스럽게 윤성의 손을 잡고 이끌었다. 엉겁결에 따르니 아까는 움직이지도 않던 다리가 잘만 움직였다.

"어느 댁 도련님이신 줄 알고 그러세요. 대감마님 아시면 또 경을 치실 겁니다."

"유모만 비밀로 해주면 아무도 모를걸?"

"그래도 어찌……. 오늘은 일찍 오라 당부도 하셨는데……."

아이가 윤성과 있는 게 못마땅한 건지 유모는 걸음마다 한마디씩 얹으며 귀찮게 굴었다. 결국 앞장서서 걷던 아이가 홱 뒤돌아 자신의 유모를 바라보았다. 덩달아 윤성도 멈춰 서니 이번에는 말릴 새도 없이 젖은 바닥에 철퍼덕 앉아버렸다.

놀란 건 윤성만이 아니었다. 아이의 유모가 경악에 찬 표정으로 입을 틀어막자 아이는 태연한 얼굴로 도로 일어나 더러워진 치마를 대강 털어냈다.

"오는 길에 넘어져 다쳤다고 하면 되지."

"아씨이……."

"자, 가자."

뭐라 할 말이 많은 표정으로 서 있는 유모를 뒤로한 채 아이는 걸음을 재촉했다. 머지않아 아이의 유모도 체념한 표정으로 그 뒤를 따랐다.

윤성은 놓치면 잃어버릴세라 자기 손을 꼭 잡고 가는 아이의 뒷모습에서 눈을 뗄 수가 없었다. 맞닿은 손바닥이 어찌나 부드럽고 따뜻한지, 우물가에 다다라서는 얼음장 같은 우물물에 손을 담갔는데도 차가운 걸 못 느낄 정도였다. 상처에 박힌 작은 돌을 손톱으로 긁어 빼주는데 아픈 줄도 몰랐다.

"이제 울지 않네?"

깨끗해진 상처에 자기 댕기를 풀어 묶어주던 아이가 물었다. 순간 얼굴이 새빨갛게 달아오른 윤성이 뒤늦게 밀려오는 민망함을 이기지 못하고 괜히 버럭 소리를 질렀다.

"누가 우, 울었다고 그래! 사, 사내는 울지 않아!"

"깜짝이야. 우는 게 뭐 창피한 일이라고 소리까지 지르니? 사내가 우는 게 뭐 어때서."

마음이 상했는지 입술을 비죽인 아이가 댕기 끝을 힘껏 묶더니 잡고 있던 손을 놔주었다.

"그, 그렇지만 아, 아버지가 사, 사, 사내는 우, 울면 안 된다고……."

행여나 자기가 싫어졌을까 싶어 덧붙인다는 게 마음만 조급해 말이 꼬이고 말았다. 이제라도 미안하다고 하는 게 나을까. 이러지도 저리지도 못한 채 입술만 깨물고 있으니 아이가 작게 웃곤 윤성과 눈을 맞춰왔다. 살짝 고개를 들었다가 생각보다 가까운 거리에 자기도 모르게 주춤, 뒤로 물러섰다. 가라앉은 줄 알았던 얼굴에 열이 다시 오르는 것만 같았다.

"재미있는 분이시구나. 우는데 사내면 어떻고 계집이면 어떻다고. 사람이라면 누구나 태어남과 동시에 울음을 터트리는걸. 게다가 꼭 무섭고 슬프고 아파야만 눈물이 나오는 것도 아니고 말이야. 이루 말할 수 없이 기쁘고 행복할 때도 눈물이 나잖아. 나는 큰오라버니가 아버지 몰래 약과를 숨겨 놨다 주셨을 때도 눈물이 났어. 무척이나 기뻤거든!"

종알종알 쉬지 않고 이야기하는 아이 눈빛이 그 어떤 보석보다도 찬란하게 빛났다. 아니, 온몸에서 빛이 뿜어져 나오고 있었다. 생긋 웃는 얼굴에서 눈을 떼지 못하고 한참이나 넋을 놓고 있던 윤성이 유모의 헛기침 소리에 번뜩 정신을 차렸다.

"그, 그런데 너는 어찌 내게 하대하느냐. 아무리 봐도 내가 연장자 같은데……."

이름이 뭔지, 이 근처에 사는 건지, 나이는 어떻게 되는지. 그런 사소한 것들을 차근차근 묻고 싶었는데 망할 놈의 입이 먼저 사고를 쳤다. 힘껏 내려치고 싶은 걸 꾹 참고 있으니 아이가 윤성을 물끄러미 바라보았다.

"넌 몇 살인데?"

"여, 열셋."

윤성에 대답에 잠시 멈칫하는가 싶던 아이는 이내 시선을 피하며 웅얼거렸다.

"흥. 열셋이 무슨 연장자라고. 난 올해 열여섯 된 둘째 오라버니한테도 공대는 하지 않는걸."

"하지만 매번 공대하라고 혼나시지요."

"유모 정말……!"

유모의 추임새에 한껏 날카로운 시선을 보내던 아이가 다시 윤성을 홱 돌아봤다.

"게다가 하대는 네가 먼저 했잖아. 왜, 이제라도 공대해 주길 바라?"

"그, 그건 아니지만……."

정확히는 아이가 먼저 하대했지만 그런 것까지 일일이 따져 물을 수 없었다. 아이가 한 걸음 다가오며 둘의 거리가 확 줄어든 탓이었다. 윤성은 숨을 삼켰다. 이러다 숨소리는 물론 심장 소리까지 들릴 것만 같았다.

"그럼, 불만 없는 거지?"

"으, 으응……."

홀린 듯 고개를 끄덕이던 윤성이 다급하게 그러는 너는 올해 몇이냐 물어봤지만 이미 아이의 다음 말에 묻힌 뒤였다.

"이렇게 해두면 덧나진 않을 거야. 집에 데려다줄게. 어디에

155

사는……."

"도련님!"

갑작스러운 외침에 세 사람이 동시에 돌아봤다. 땀인지 빗물인지 모를 것에 흠뻑 젖어 얼굴 곳곳이 붉게 언 사람은 다름 아닌 동구 아범이었다.

"아이고, 도련님. 이런데 계신 줄도 모르고 한참 찾았습니다."

숨을 몰아쉬는 동구 아범 몸에서 하얀 김이 올라오고 있었다. 어지간히 뛰어다닌 모양이었다.

"미, 미안해……."

"아닙니다, 아니어요. 제가 도련님을 그리 혼자 두고 가는 것이 아닌데 생각이 짧았습니다. 큰 도련님을 그리 허망하게 잃어놓고 제가 또……."

"저어……."

자기 가슴을 주먹으로까지 때려가며 한탄하는 동구 아범 뒤로 아이가 빼꼼, 고개를 내밀었다.

"아는 사람이니?"

그제야 아이를 발견한 동구 아범이 놀란 듯 윤성을 돌아보았다. 윤성이 눈치 보며 적당히 고개를 끄덕이자 아이가 그럼 이만 가보겠다며 인사했다.

"우리 아버지도 한호통하시거든."

혀를 비죽 내미는 천진한 표정에 윤성이 잠시 홀린 사이 아이가 먼저 손을 흔들었다.

"안녕. 잘 가."

"으, 으응. 잘 가……!"

엉겁결에 같이 손 흔들어 인사하자 아이는 유모와 함께 미련 없이 돌아섰다.

유모에게 또 잔소리를 듣는지 입술을 비죽이며 뭐라 대거리하던 아이가 완전히 시야에서 사라질 때까지도 윤성은 흔들던 손을 내리지 못했다.

"도련님 아시는 분이세요?"

"어? 어어……."

"어느 댁 아씨기에 저리 곱대요?"

"어, 그, 그게……."

생각해 보니 제대로 물어본 것이 하나도 없었다. 아쉬운 마음에 아이가 감아주고 간 댕기만 내려다보고 있으니 동구 아범이 다쳤느냐며 호들갑을 떨었다. 얼른 의원에게 가봐야겠다는 말에 그럴 필요 없다며 동구 아범이 챙기고 온 옷을 얼른 걸쳐 입었다.

팔을 꿰고 앞섶을 여미다 아이가 사라진 길목을 바라보는데 괜히 가슴이 울렁거리고 코가 시큰거렸다. 눈물이 날 것 같더니 정작 나온 건 재채기였다.

"아이고, 고뿔 드시려나 보다."

윤성이 코를 훌쩍였다.

"그 뒤로 꼬박 사흘 밤낮을 앓았습니다. 지독한 열병이었지요."

미소까지 머금고 내뱉는 담담한 고백에 채희는 뭐라 답해야 좋을지 몰라 옷소매만 만지작거렸다.

"늘 다시 뵙고 싶었습니다. 이름도, 사는 곳도 모르니 제가 할수 있는 일이라곤 길 잃은 척 그 우물가 근처를 서성이는 것뿐이었죠. 매일같이 그곳에 들르면 언젠가 한 번쯤은 마주치지 않을까 싶었는데……. 마음처럼 쉽진 않더군요."

"아마 외출 금지를 당해 별당에 갇혀 있었을 겁니다. 그 시절의 저는 한시도 가만히 못 있는 사고뭉치였거든요."

"지금은 다르다는 것처럼 들립니다."

"왜요, 못 믿으시겠습니까?"

채희가 뾰족하게 묻자 윤성이 작게 웃었다. 눈을 흘기던 채희 역시 그런 윤성을 따라 조용히 웃었다.

"그래도 그리 자주 찾아오셨으면 한 번쯤은 뵈었을 수도 있는데 왜 못 만났을까요?"

"한동안 그리 다니다 저 역시 외출 금지를 당했습니다. 큰아들을 잃은 슬픔이 우려가 된 것인지, 욕심이 된 것인지는 몰라도……. 부모님께서는 제게 바라는 게 많으셨거든요."

죽은 형님은 윤성에게 너무 높은 벽이었다. 아무리 공부를 해도 그만큼 잘할 수 없었고, 아무리 노력해 봐도 부모님 눈에 차지 않으니 마음 둘 곳 없어 엇나가는 날도 많았다.

"힘드셨겠습니다."

툭 내뱉은 채희의 말에 윤성은 어릴 때 들었던 위로를 떠올렸다. 가슴이 따뜻하게 젖어드는 느낌이었다.

"이제는 다 지난 일인걸요. 뭐…… 그리 지내다 몇 년 뒤 청으로 유학을 가며 더는 찾아뵐 기회가 없었습니다."

"들었습니다. 유학을 가셨다가 전 좌의정 대감의 건강이 좋지 않아 돌아오셨다고요."

"네."

"그때 몇 년 계시다 다시 청으로 돌아갈 것처럼 소문이 났었던 거 같은데……. 역시 소문은 믿을 게 못 되나 봅니다."

"아뇨. 처음에는 정말 돌아갈 생각이었습니다."

그런데 왜 안 돌아갔느냐고 묻는 것 같은 채희의 시선에 윤성이 나지막이 덧붙였다.

"남아야 할 이유가 생겼거든요."

채희는 무슨 뜻인지 이해하지 못하고 그저 눈만 깜빡였다. 윤성은 더 대답하지 않고 그저 웃고만 있었다.

조선에 돌아오던 날, 윤성은 기적처럼 채희를 다시 볼 수 있었다. 청에서 돌아온 지 얼마 안 되었던 어느 날, 급히 사야 할 것이 있어 나갔던 저잣거리에서였다. 젊은 남녀 둘이 꽤 큰소리를 내며 투덕거리고 있는 것을 보았는데 그중 하나가 채희였다. 거의 오 년 만에 만나는 건데도 한눈에 알아볼 수 있을 만큼 그대로였다. 아니, 그동안 마음속으로만 그리던 채희보다 훨씬 더 곱고 아름다웠다.

동구 아범도 그 둘을 알아봤는데, 채희가 아닌 곁에 있던 사내 쪽을 먼저 알아보았다.

'저분이 대제학댁 둘째 아드님이십니다. 도련님보다 세 살이 많다고 했던가……. 이번에 예문관 대교로 부임하셨다고 들었는데 저 댁 형제들이 대제학 대감을 닮아 그런지 하나같이 출중하다고 칭찬이 자자합니다.'

'……저 곁에 있는 여인은?'

'저분은……. 아아, 막내 따님이신가 봅니다.'

대제학댁 막내딸이라. 드디어 누구인지 알게 되었다는 생각에 오래 전 뵈었던 마님을 똑 닮았다는 둥 금지옥엽 따님이 태어났다던 게 엊그제 같은데 벌써 저리 자라셨으니 감회가 새롭다는 둥 조잘대는 동구 아범의 말들을 흘려들었다. 그러다 귀를 사로잡는 한마디가 있었으니.

'방금 뭐라고 했느냐.'

'예? 제가 뭘…….'

'방금, 조금 전에 말이다.'

'무슨……. 도련님도 장성하셨으니 이러다 두 분이 혼담이라도

주고받게 되는 거 아니냐 하는 것 말입니까?'

거기까지 들은 윤성이 오던 길을 되돌아 걷기 시작했다.

'어? 어디 가십니까? 살 것이 있다 하지 않으셨습니까! 제가 무슨 말실수라도 한 것입니까? 도련님! 도련님!'

채희의 목소리가 멀어지는데도 얼굴에는 미소가 사라질 줄 몰랐다. 그간 채희를 그리워하면서도 생각해 본 적 없던 구체적인 미래를 동구 아범이 제시해 준 셈이었다.

행여나 할아버지 삼년상이 끝나기 전에 채희가 다른 사내와 혼인할까 봐 전전긍긍하며 보냈던 수많은 밤이 떠올랐다. 얼마나 빌고 또 빌었던가. 자신을 그토록 애달프게 만들었던 여인이 눈앞에 있음에 잠시 넋을 놓으니 채희가 눈을 동그랗게 뜨며 물었다.

"어찌 또 그리 보십니까?"

"낭자의 공대가 신기해 보고 있습니다."

"예?"

"저보다 나이 많은 오라버니께도 공대는 하지 않는다고 하셨었지요."

"지금……. 저를 놀리시는 겁니까?"

"저는 그저 기억나는 대로 말씀드리는 것뿐입니다."

"철부지 어린아이가 했던 얘기를 여태 기억하고 계신다고요? 거의 십 년 가까이 된 일을요?"

"그날의 일이라면 하나도 잊은 것이 없습니다."

할 말을 잃었는지 입만 벙긋거리던 채희가 갑자기 얼굴을 붉히더니 자리를 박차고 일어났다. 이어 곧게 세운 채희의 검지가 윤성의 발치를 가리켰다.

"전부 다 잊기 전까진 따라오지 마십시오."

대답도 듣지 않고 달아나듯 빠른 걸음으로 멀어지는 채희를 보며 윤성은 미소를 감추지 않은 채 느릿느릿 그 뒤를 따랐다. 수많은 밤을 뜬눈으로 지새우던 자신이 이렇게 채희와 있음이 그저 꿈만 같아 웃음을 참을 수 없었다.

채희는 서안에 턱을 괴고 앉아 무료하게 책장만 넘겼다. 그토록 읽고 싶던 『산해경』인데 글이며 그림까지 좀처럼 눈에 들어오지 않았다.

몇 장 더 넘기던 채희는 급기야 치밀어 오르는 짜증을 이기지 못하고 서안을 발로 밀었다. 그 충격에 보던 책과 함께 그 아래 깔려 있던 봉투가 바닥으로 툭 떨어졌다. 비죽 튀어나온 종이에는 연월일이 반듯하게 적혀 있었다.

'혼례일이 잡혔답니다.'

조금 전, 말생이 알려온 소식이 귓가에 웅웅 울렸다. 이번 겨울이 가기 전에 혼인하라는 아버지의 엄명이 있긴 했지만 그렇다고 정말 그사이에 혼례일이 나올 줄 몰랐다.

기해년 정월 스무날

손가락을 접으며 남은 날을 헤아리고 있으려니 저절로 속이 답답해졌다. 석 달은 남았을 줄 알았는데 달포가 뚝 깎여 사라지고 없었다. 게다가 윤성까지 직접 만나고 나니 이 모든 게 피부로 와닿기 시작했다. 자신이 정말 시집을 가긴 가는 모양이다.

"하아……."

채희가 깊은 한숨 내쉬며 마른 손으로 얼굴을 비볐다. 소리라도 마구 지르고 싶은데 그랬다간 오늘도 귀에 피나도록 잔소리를 듣게 될 것이 뻔해 꾹 참았다. 다시 긴 한숨이 쏟아졌다.

사실 윤성이 다녀간 이후부터 줄곧 마음이 시끄러웠다. 윤성이 정말 좋은 사람처럼 보인 탓이었다. 적당히 나쁜 사람이어야 어떻게든 트집을 잡아 혼인을 무르든 미루든 할 것인데 내내 웃는 낯이며 어떻게 구해 왔는지 모를 『산해경』에, 진심인 듯한 고백까지. 채희가 이 혼인을 거부하고 있다는 걸 모를 리 없을 텐데도 서운한 티는커녕 절을 나서는 그 순간까지 다정하게만 대해줘 여러모로 미안하고 민망한 상태였다.

가장 심란한 건 혼인은 여전히 죽기보다 싫은데 어차피 해야 할 혼인이라면 윤성과 하는 게 낫겠다는 마음이 들기 시작했다는 것이다. 그도 그럴 게, 살면서 식구 외의 타인이 자길 그토록 사랑스럽게 바라보는 건 처음이었다. 서로 원수 보듯 하지만 않으면 다행인 게 부부 사이라는데 살면서 언제 다시 그런 사람을 만날 수 있을까 싶기도 했다.

'사기면 어떻습니까. 이 검 덕에 이렇듯 낭자 곁에 앉아보았는 걸요. 분명 신묘한 검이 맞을 겁니다.'

세운 무릎에 뺨을 대며 한쪽 구석에 쌓여 있는 『산해경』과 그 곁에 세워둔 상자를 보았다. 화인검이라고 했던가. 삐죽삐죽 요상한 생김새와 함께 윤성의 목소리가 떠올랐다. 아무렇게나 건넨 상자를 품에 안고도 그저 허허 웃기만 하던 얼굴도.

"바보 같은 사람……."

울고 싶어진 채희가 무릎에 얼굴을 거칠게 비비다 바닥에 떨어진 책을 힐긋 바라보았다.

"네가 제일 문제야."

활짝 펼쳐진 채 바닥을 나뒹굴고 있는 책장에는 상체는 사람이요, 하체는 물고기인 환수가 그려져 있었다. 반쯤 벗어진 머리에 중년으로 보이는 외모. 설명에는 분명 인어라고 되어 있으나 하체가 물고기와 닮았다는 것만 같을 뿐, 제가 아는 인어라고는 도저히 믿을 수 없는 해괴한 생김이었다.

인어를 만나보기나 한 걸까. 필시 좋은 화공은 아니었을 거라며 가볍게 혀를 찬 채희가 저를 쳐다보는 듯한 그림의 오묘한 눈빛에 진저리치며 시선을 옮겼다.

氏人國在建木西, 其爲人人面而魚身, 無足.

저인국이 건목 서쪽에 있는데, 그들은 사람 얼굴에 물고기 몸을 지녔으며, 발이 없다. 「해내남경」

그 뒤로 이어지는 문장에는 저인국 사람은 가족을 부양하기 위해 비단을 짜고, 그것을 팔러 육지로 나온다는 내용이 담겨 있었다. 이들이 울면 눈물이 곧 진주가 된다는 설명도 있었지만 공감하기는 어려웠다.

열 하고 두엇 정도 되어 보일까 말까 한 앳된 외모에 모래를 뒤집어쓰고도 빛나던 외모, 머리카락과 눈, 꼬리지느러미에 이르는 아름다운 푸른빛. 비단이니 진주니 하는 건 모르겠고 웃는 모습이 참 보기 좋았다. 놀라면 커다래지는 눈도.

그래, 눈이 커다래졌었지. 허락도 없이 남의 입술을 핥아놓고. 꼭 자기가 당한 것처럼.

"그래 놓고는 갑자기 말도 없이 사라져?"

인어가 사라졌다. 입술을 핥고 내뺀 날이 마지막이었으니 오늘로 꼬박 이레째였다.

처음에는 얼굴 보기 민망해 다 와놓고 아는 체만 못 하는 줄 알았다. 이해할 수 있었다. 오히려 당당하게 나타나는 게 더 괘씸하다며 반성이나 좀 해보라지, 코웃음도 쳤다. 이튿날까지만 해도 시간이 엇갈리는 걸 수도 있지 않냐고, 그동안 매일같이 만나기는 했으나 한 번도 약속을 정하고 만나본 적 없으니 당연히 그럴 수 있다고 다독이던 마음은 사흘을 넘기고 나흘째에 접어들자 슬슬 불안해지기 시작했다.

무슨 일이 생긴 건 아닐까. 상처 입고 쓰러져 있던 첫 만남이나 해안가를 배회하던 험상궂은 사내들, 잘 벼려진 날붙이 따위가 떠오를 때면 자다가도 벌떡 일어나 바다로 달려 나갈 정도였다. 윤성과 함께 바다를 거닐며 들었던 휘파람 소리가 종일 귓가를 맴돌았다.

하지만 그런 마음도 오래가지는 못했다. 어쩌면 제가 질렸을지도 모른다고, 정말 영영 떠나버린 걸지도 모른다는 생각이 들었기 때문이다. 설마 그게 마지막 인사였을까. 입맞춤도 뭣도 아닌 접촉을 떠올리며 무심코 입술을 만지작거리던 채희가 가슴께에 매달아 놓은 주머니를 끌어 내렸다. 그 안에는 그동안 모아온 푸른 비늘과 작은 돌멩이, 일전에 인어를 위해 지어놓은 이름자가 들어 있었다.

"정말 마지막으로 딱 한 번만 더 나가볼까."

싫어하는 눈치는 아니었는데. 비녀를 꽂아 올린 머리를 자꾸 만지작거리기는 했어도 머리카락을 만지고 꾸미는 일 자체에 거부감은 없어 보이던 인어를 떠올린 채희가 자리에서 일어났다. 그래, 가보자. 이레간 그랬듯 결심은 간단했다.

재빠르게 옷을 챙겨 입은 채희가 방을 나설 때였다. 문을 열자마자 놀란 기색이 만연한 동자와 마주쳤다. 이제 막 마루를 오르던 참이었는지 한쪽 발은 아직 신도 다 벗지 못한 상태였다.

"나, 나가시던 길이셨습니까?"

"네, 잠시……. 스님께서는 예까지 어인 일이십니까?"

춥지도 않은지 하얗게 목을 내놓은 동자의 손에는 작은 소쿠리가 들려 있었다. 천으로 덮은 모양이 의아해 묻자 뽀얀 뺨이 삽시간에 붉어진다. 바다에 사는 패씸한 인 뭐시기와는 사뭇 다른 귀여운 반응이었다.

"제게 주려고 가져오신 겁니까?"

"아, 네. 곶감이 맛있게 말랐다며 아씨께도 조금 가져다주라고 하셔서요. 그, 저, 야, 양주댁 아주머니께서……."

말생이 아침부터 어딜 갔나 했더니 행자들을 도와 곶감을 걷고 있는 모양이다. 채희는 아직도 마루에 다 오르지 못한 동자와 등진 방을 힐긋대다 소쿠리에 덮인 천을 걷어냈다. 고작 해봐야 손바닥 두 개만큼이나 될까 싶은 소쿠리에는 통통하게 마른 곶감이 여섯 개나 들어 있었다. 그중에서 제일 작아 보이는 곶감 두 개를 꺼내 든 채희가 빙긋 미소 지었다.

"그럼 저는 이렇게 두 개만 먹겠습니다. 나머지는 스님께서 드십시오."

"예에? 아닙니다! 전부 아씨께 드리려고 가지고 온 것인데 제가 어찌…… 큰스님께서 알면 경을 치실 겁니다."

"잘 숨겨놨다가 큰스님 몰래 드시면 되질 않습니까. 저도 비밀로 하겠습니다."

"하, 하지만……."

"정 마음이 불편하시다면 제 부탁도 하나 들어주셔요."

"아씨 부탁이라면 뭐든 들어드릴 수 있습니다."

곤란한 기색을 숨기지 못하던 동자가 부탁 소리에 눈을 반짝였다.

"유모가 제 행방을 묻거든 방에 잘 있더라, 전해주실 수 있겠습니까?"

"그치만 아씨는……."

나가는 길 아니었느냐고 묻는 시선에 채희가 눈을 굴리며 멋쩍게 웃었다.

"그러니까요. 제가 나간 걸 유모가 알면 또 시끄러워져서요. 오래 걸리진 않을 겁니다. 요 앞 해안가에서 바람만 쐬다 얼른 들어올 거예요."

거짓을 고해야 한다는 게 마음에 걸리는지 동자가 소쿠리에 든 곶감을 내려다보며 대답을 망설였다.

"방 안에만 있으려니 답답해서 그럽니다. 스님께서 곤란할 일은 전혀 없으실 거예요. 그냥, 아주 잠깐의 시간만 벌면 되는 건데……. 어려우실까요?"

"아, 아닙니다! 곤란해질까 봐 그러는 것이 아니고 그, 그저 추운 날씨가 걱정되어……."

동자의 반응을 보니 제가 아플 때 말생이 얼마나 호들갑을 떨었는지 알고도 남을 듯했다.

"저 이제 건강합니다. 밥도 잘 먹고 전처럼 추위를 느끼지도 않아요. 보시겠습니까?"

건강하다는 말에도 영 못 미더워하던 동자는 채희가 소매까지 걷어붙이고 힘 자랑을 해서야 알겠다며 고개를 끄덕였다. 그마저도 마지못한 눈치였으나 더 시간을 끌고 있을 새가 없었기에 그 정도로 만족할 수밖에 없었다.

너무 멀리 가지 말고, 찬바람 오래 맞지 말고, 물에는 절대 들어가면 안 된다는, 말생과 똑같은 잔소리를 동자에게 들을 때의 기분이란. 채희는 귓가에 맴도는 목소리를 털어내며 바다로 향하는 걸음을 재촉했다.

다행히 오늘도 날이 화창했다. 바람도 많지 않아 해가 잘 드는 곳에 자리 잡고 앉으니 초겨울 날씨가 따뜻하게 느껴질 정도였다. 그렇다고 발을 담글 수 있는 기온은 아닌지라 채희는 웅크린 다리를 치마 안에 숨긴 채 먼바다를 내다보았다. 역시나 인어는 어디에도 보이지 않았다. 벌써 이레째인데 새삼스러울 것도 없지 않냐고 자신을 다독여 봤지만 밀려드는 서운함까지 막을 수는 없었다.

그러다 휙, 어디서 불어왔는지 모를 바람에 고개를 번쩍 들었다. 인어일까. 기대감에 가슴이 부풀었다. 그러나 바닥이 비칠 듯 투명한 바다는 더없이 잔잔할 뿐이다. 입술을 비죽이며 도로 고개를 수그리던 채희가 발치에 놓은 작은 돌멩이를 툭 찼다. 퐁, 돌멩이가 바다에 빠지는 소리마저 인어를 연상케 해 불쑥 짜증이 치솟았다.

이렇게까지 저를 피할 일이 뭐냐 말이다. 입술 좀 핥은 게 뭐 대수라고. 아니, 물론 대수기는 하지만 그게 영영 보지 말아야겠다 결심할 만큼 큰 사건도 아니지 않은가. 정말 어딘가 크게 다친 게 아니고서야…….

또 부정적인 방향으로 뻗어나가려는 사고를 애써 붙잡은 채희가 곶감에서 옮겨 묻은 하얀 분을 털어내며 깊은 한숨을 내쉬었다. 창피해 숨은 건지, 영영 보지 않을 작정으로 외면하는 건지는 모르겠으나 어차피 여기서 이별이라면 멀쩡하다는 것만이라도 확인하고 싶었다.

"이젠 죄다 인어로 보이네."

가라앉은 바위 탓에 유난히 짙고 푸르게 보이는 바다도, 너울대는 물결도, 바람 소리, 파도 소리, 하다못해 바위틈에 난 작은 구멍까지 전부 인어처럼 느껴졌다. 여기에도 숨어 있을 것 같고, 저기에도 숨어 있을 것 같은 기분에 있지도 않은 시선을 의식할 무렵이었다. 조금 삐져나온 잔머리가 간지러워 손등으로 뺨을 비비고 있는데 톡, 발치에 작은 돌멩이가 날아들었다. 잠시 기다리자 다시 하나가 톡.

선뜻 돌아가지 않는 사고에 눈만 깜빡이고 있던 채희는 세 번째 돌멩이가 날아와서야 재빨리 발치에 떨어진 돌멩이를 주워들었다. 하나는 조금 전에 자신이 발로 차버린 평범한 돌멩이였고, 하나는 투명하게 반짝이는, 특이하지만 익숙한 돌멩이였다. 이 돌이 무엇을 의미하는지 채희는 알고 있었다.

"인어야!"

벌떡 일어나 외치는 입가에 진한 미소가 피어올랐다. 인어다. 인어가 돌아왔다. 수면 위로 빼꼼 올라온 푸른 눈은 분명 제가 아는 인어의 것이었다.

머리 위로 손까지 저어대며 뛸 듯이 기뻐하는 채희와 달리 인어는 새삼 낯을 가리기라도 하는 것처럼 일정 거리 안으로 들어오지 않았다. 멀찍이 떨어져 바위 주위만 느리게 오가는 모습에 애가 탄 채희가 신고 있던 당혜를 벗어 던질 때였다. 준비도 없이 뛰어내리려는 줄 알았는지 인어가 하얀 물꽃을 일으키며 훌쩍 다가왔다.

"뭐, 무슨……."

반면 채희는 주춤거리며 뒤로 물러섰다. 소리를 지르지 않은 것만으로 기적이었다.

무언가 달랐다. 아니, 다르다는 말로는 부족했다. 눈앞의 인어는 푸른 머리카락과 눈을 가졌을 뿐 골격도, 체형도, 하다못해 약관은 되어 보이는 얼굴까지, 제가 알던 인어가 아니었다.

"너…… 뭐야? 누구야?"

수면 위로 드러난 다부진 몸과 서방 사람들처럼 각진 이목구비를 훑어보던 채희가 다가오려는 듯한 움직임에 한 걸음 더 물러섰다. 푸른 눈은 그런 채희의 행동 하나하나 놓칠 수 없다는 듯 집요하게 따라붙었다.

이 넓은 바다에 인어가 하나뿐일 리 없다는 건 알고 있었지만 이렇게 큰 인어가 있으리라고는, 다른 인어를 직접 만나게 될 거라고는 생각지 못했던 터라 놀란 마음이 쉬이 진정되지 않았다. 설마하니 공격하거나 잡아먹으려 들진 않겠지. 인어가 사람을 잡아먹는다는 이야기는 듣지 못했던 것 같지만, 그래도 혹시 모를 일이라 긴장을 놓을 수 없었다.

"이, 인어는 어디 갔어? 아, 아니 너도 인어기는 한데, 그러니까 내 말은……. 너보다 작은 인어. 너처럼 푸른 머리카락에 열두어 살 정도 되어 보이는 인어 말이야."

목소리는 물론 바위를 딛고 선 다리도 달달 떨려왔다. 덜컥 막히는 숨이 화려한 인어의 외형 때문인지, 두려움 때문인지 알 수 없었다.

"왜, 왜 대답이 없어? 서, 설마 못 알아듣는 거, 거예요?"

무슨 말을 해도 돌아오는 반응이 없자 울고 싶은 심정이 되었다. 손끝이 차갑게 굳어가는 감각에 주먹을 굳게 쥐며 퇴로를 살필 때였다. 저를 잡아먹을 기세로 노려보고만 있던 인어가 고개를 살짝 돌린 건.

지금이라고, 잠시 한눈을 팔 때 망설이지 말고 도망쳐야 한다고 자신을 다그치며 꿈쩍 않는 다리를 간신히 옮기던 채희가 두 걸음을 채 못 가서 멈칫했다. 처음에는 잘못 본 건가 싶었다. 그러나 다시 고개를 돌려 바라본 곳에는 도저히 잘못 볼 수가 없는 장신구가 있었다. 어머니께 물려받은 호박 노리개. 인어에게 선물로 주었던 바로 그 노리개가 여기, 이 큰 인어 머리카락에 매달려 있다. 자기가 매어주었을 때와 같은 모습으로.

"그, 그게 왜……."

그게 왜 거기 있는 거냐고, 설마 빼앗은 거냐는 물음은 예고도 없이 쏟아진 물세례에 씻기듯 사라졌다. 축축한 얼굴을 소매로 닦으며 다시금 눈앞에 인어를 바라봤다. 한 번만 더 헛소리하면 그때는 물세례로 끝나지 않을 거라는 흉흉한 시선에 정신이 번쩍 들었다.

"정말…… 너야?"

이 말도 안 되는 상황을 대체 뭐라고 설명해야 할까. 노리개만이 아니었다. 겁에 질려 볼 생각도 못 했던 옆머리에는 일전에 채희가 두고 간 패물도 머리카락에 엉켜 엉망으로 꽂혀 있었다. 그러니 한마디로 정리하자면…….

"왜, 왜 갑자기 어른이 됐어? 어떻게 된 거야? 분명 이레 전까지만 해도……."

머릿속에 떠오르는 질문을 두서없이 꺼내놓던 채희가 뒤늦게 입을 틀어막았다. 인어가 자랐다. 키가 조금 크고, 손톱이나 머리카락이 자라는 수준이 아니라 아예 어른이 되어 나타났다. 그 사실을 깨닫자 두렵게만 느껴지던 인어의 모습이 모두 새롭게 다가왔다.

전보다 선명해진 이목구비며, 머리카락 밖으로 보일 정도로 커진 귀 끝 비늘과 더욱 화려해진 꼬리, 진주 가루를 뿌린 듯 하얗게 빛나는 피부까지. 태어나 처음 마주한 아름다움에 기가 질릴 지경이었다.

어른이 되면 이런 모습이구나. 멍청하게 중얼거리며 주저앉다 뺨에 꾹 닿았다 멀어지는 차가운 감촉에 정신이 번쩍 들었다. 뺨을 문지르며 눈을 돌리자 어느 틈에 올라왔는지 모를 인어가 있었다. 인어는 아직도 충격에서 헤어 나오지 못하고 있는 제가 우습다는 듯 잇새로 혀를 살짝 드러낸 채 장난기 가득한 미소를 짓고 있었다.

인제 보니 정말 제가 기억하던 그 인어가 맞다. 남몰래 '린'이라 이름 지어주고 매일같이 기다리던.

"정말 너구나."

그 말에 화답하듯 인어가 꼬리를 파르르 떨었다. 어깨너머로 물방울이 튀어 오른다. 한낮의 햇살을 듬뿍 받은 물방울은 찬란한 무지갯빛이었다. 흩어지는 빛깔들을 따라 허공을 향했던 시선은 팡, 소리와 함께 솟구쳐 오른 물줄기에 다시 인어를 향했다. 미간에 힘을 잔뜩 주고 있는 모습이 마치 자길 안 보고 어딜 보느냐 따지는 것만 같았다. 그런 모습마저 한 폭의 그림 같으니 과연 보통 미모가 아니다.

"오, 올라올래?"

넋을 놓고 있다 퍼뜩 정신을 차린 채희가 치마를 정리하며 옆자리를 두드렸다. 인어는 기다렸다는 듯 냉큼 올라와 앉았다.

몸집이 더 커졌다는 걸 한눈에 알아보긴 했으나 물 밖으로 나온 인어는 채희의 예상보다 훨씬 더 컸다. 탄탄한 근육으로 짜인 등과 너른 어깨. 글 서생치고 덩치가 좋다는 채희의 큰 오라버니도 이 정도는 아니었다.

조심히 몸을 일으켜 인어의 뒤쪽으로 다가갔다. 얼기설기 꽂힌 비녀와 노리개를 거둬가며 한층 더 매끄러워진 머리카락을 만지는데 이상하게 딸꾹질이 나올 것 같았다. 알 수 없는 위압감마저 들었다. 채희는 침을 꼴깍 삼키며 물방울이 부드럽게 타고 흐르는 인어의 목덜미와 팔뚝, 꼬리를 조심히 훑어봤다. 하나같이 다 크고 굵었으며 다부졌다. 의심할 여지 없는 사내의 몸이었다. 구태여 치장하지 않아도 아름다운.

반면 채희의 차림은 급히 나오느라 고름도 삐뚤어져 있었고, 바닷바람을 맞아 머리도 엉망이었다.

이런 꼴을 보고 인어는 대체 뭐라고 생각했을까. 뒤늦게 밀려오는 민망함에 얼굴이 달아올랐다. 뺨에 고인 열기를 손등으로 훔치고 푸른 머리카락을 매만지는 일에 집중해 보았지만, 인어의 아름다움 앞에서 자꾸만 초라해지는 마음까지는 어쩔 도리가 없었다.

"어, 어때?"

틀어 올린 머리를 비녀와 남은 패물로 간단히 꾸며놓은 채희가 물었다. 그것들을 손끝으로 만져본 인어는 만족스러운지 꼬리 끝을 파르르 떨었다. 그 모습이 어찌나 아름다운지 눈으로 보면서도 도저히 믿을 수가 없었다. 괜히 심통 난 채희가 가장 위쪽에 매어놓은 노리개를 툭 건드리자 인어가 돌아보며 고개를 갸웃거린다. 전보다 더 짙어진 푸른빛의 눈을 들여다보던 채희가 결국 양손으로 얼굴을 가리며 우는 소리를 냈다.

"질투도 안 날 만큼 예쁘면 어쩌자는 거야……."

웅얼거리며 손가락 사이로 슬쩍 보았다. 인어는 여전히 고개를 갸웃거리고 있을 뿐이었다.

"그래, 예쁘게 태어난 게 네 잘못도 아니고"

종이 다르니 그럴 수 있다, 애써 위안 삼던 채희가 문득 묵직한 소매를 의식했다.

"먹을래?"

소매를 뒤적여 안쪽에 숨겨놨던 곶감을 찾아 내밀자 인어의 고개가 한쪽으로 기울어진다.

"이제 뭔지 알아?"

눈앞에 들이미니 인어의 눈에 경계가 서린다. "곶감이라는 거야." 나지막이 덧붙이는 말에 푸른 눈이 곶감을 쥔 손을 따라 채희의 얼굴로 향했다. 새초롬한 입술을 꾹 다물고 눈만 슬그머니 올려 뜬 표정은 '그게 뭔데'라고 묻는 듯했다.

"감 알아? 가을에 많이 나는 과일인데, 그 감을 오래 먹기 위해 이렇게 말려 놓는 거야."

아주 달고 맛있어. 내내 무슨 말인지 못 알아듣겠다는 듯 시큰둥하던 린의 표정이 달고 맛있다는 말에 눈에 띄게 밝아졌다. 꼬리가 파르르 떨릴 때는 물방울이 어지럽게 튀어 오르기도 했다.

"먹어봐."

쥐고 있던 곶감을 조금 더 가까이 내밀자 움찔, 뒤로 물러나는가 싶던 인어가 킁킁 냄새를 맡는다. 채희는 한마디는 더 커진 듯한 손에 곶감을 쥐여주었다. 물속에 살긴 하지만 절반은 사람이니 곶감 정도는 괜찮겠지. 뒤늦은 걱정이 들었지만, 곶감은 이미 인어의 입속으로 사라진 뒤였다.

"어때?"

사실 물어볼 필요도 없었다. 곶감을 두어 번 씹자마자 커진 인어의 눈이 소감을 대신하고 있었으니까.

"맛있지?"

꼬리를 파르르 떨며 입안에 든 것을 부지런히 씹어 삼킨 인어가 더 없냐는 듯 채희의 소매를 끌어 갔다. 코까지 박고 킁킁거리는 모양새가 아에 그 안으로 들어갈 기세였다.

"제발, 좀……."

차가운 손끝이 스칠 때마다 팔뚝이며 목덜미에 자잘한 소름이 돋아났다. 손목에 묻은 분을 핥아가려는 듯 혀를 내밀 때면 괜히 입술까지 간지러웠다.

"안 돼. 기다려."

소매 안에 남아 있던 곶감을 겨우 꺼내 든 채희가 쭉 뻗은 팔을 인어에게서 최대한 멀리 둔 뒤 처음 인어가 앉아 있던 자리를 가리켰다. 인어의 시선이 한 치는 더 물러서야 하는 자리와 탐스러운 곶감 사이를 빠르게 오갔다. 통한 걸까. 인어는 망설였다. 그러나 그도 잠시, 물러나는가 싶던 인어가 물에서 튀어 오르듯 채희를 향해 달려들었다.

"야아!"

가슴 위로 쏟아지는 무게를 이기지 못하고 뒤로 넘어갔다. 바닥을 짚을 새도 없었다. 필시 뒤통수가 깨질 거라고, 곧 다가올 통증을 기다리며 눈을 질끈 감을 때였다. 물비린내가 코끝을 스치는가 싶더니 강한 힘이 채희를 끌어안았다. 아프지 않은 뒤통수보다 가슴을 짓누르는 무게감과 손바닥에 닿는 차가운 감촉이 훨씬 신경 쓰였다. 쿵쿵, 뛰는 심장 소리는 말할 것도 없었다.

바람이 귓가를 스치고 파도가 바위를 두드린다. 아랫배를 바짝 조이는 긴장감에 숨을 쉬는 방법조차 기억나지 않았다. 감은 눈이 파르르 떨렸다. 숨을 멈추었기 때문일까. 누구 것인지도 모를 심장 소리가 커다란 북처럼 쿵쿵, 귓전을 울렸다.

눈을 떠 가장 먼저 마주한 것은 새하얀 피부와 그 위에 자리한 울긋불긋한 손자국이었다. 움찔, 경련하는 손끝을 따라 보기 좋게 자리한 가슴 근육들이 일제히 움직였다. 그 유연한 움직임에 다시 침이 꼴깍. 천천히 시선을 밀어 올리니 매끈한 턱과 붉은 입술, 높은 콧대가 차례로 눈에 담겼다.

"나, 나 이제 괜찮은데."

차마 눈까지 마주칠 순 없어 급하게 시선을 끌어내렸다. 이윽고 인어가 상체를 일으켜 세웠다. 채희는 눈을 조금 더 바짝 내리깔았다. 정수리에 눈이 달린 것도 아닌데 푸른 시선이 저를 보고 있다는 걸 온몸으로 느낄 수 있었다.

고개를 푹 숙인 채로 일어나 인어의 손이 닿았던 뒤통수를 매만져 보았다. 서늘한 기운이 아직도 남아 있었다. 그건 손가락 일부가 닿았던 목덜미도 마찬가지였다.

서늘한 기운을 좇다 보니 어떤 모양으로 뒤통수를 감싸 안았을지 훤했다. 이전과는 비교도 안 될 커다란 손을 떠올리며 달아오른 귓불을 만지작거렸다. 이러다 불이라도 붙는 게 아닐까 싶을 만큼 뜨겁다. 아마 붉기도 엄청나게 붉어졌을 것이다. 인어가 보고 있다고 생각하니 더 달아오르는 듯해 얼른 손을 내렸다. 양손 모두 비었단 걸 깨달은 건 한참 뒤였다.

번쩍 고개를 들었다. 제게서 앗아 간 곶감은 벌써 다 먹었는지 인어는 하얀 분이 남은 손끝을 혀로 살살 핥고 있었다. 그러다 문득 푸른 눈과 마주쳤다. 그 순간 채희는 다시 고개를 돌렸다. 동물들 털 고르기에 지나지 않는 행동이다. 어릴 적 키우던 개도, 잠시 머물다 가는 고양이들도 흔히 하던 행동이 어째서 인어가 하니 외설적으로 느껴지는지 모를 일이다.

한쪽 팔로 상체를 지탱한 채 옆으로 비틀어 앉은 꼬리지느러미와 흰 피부 위로 몇 가닥 흘러내린 푸른 머리카락, 붉은 손자국, 그보다 더욱 붉은 혀, 새초롬하게 치켜뜬 눈매까지. 머릿속에 새겨 넣은 듯 선명한 모습은 눈을 감아도 사라지지 않았다.

완전히 뜨지도, 그렇다고 완전히 감지도 못한 눈을 양손으로 가렸다. 그런다고 손 틈새로 보이는 인어의 모습이 달라지는 것도 아닌데. 결국 손을 거둔 채희가 입술을 깨물며 당당히 인어를 쏘아봤다.

"다, 다칠 뻔해, 했잖아……"

비록 목소리는 당당하지 못했지만 말이다.

울고 싶다. 실제로 울상이 된 채희가 입술을 비죽이며 구겨진 치맛자락을 내려다봤다. 그 위로 익숙한 주머니 하나가 툭 날아온 건 전혀 예상 못 한 일이었다.

붉은 천에 푸른 천을 덧대어 만든 주머니는 분명 채희의 솜씨였다. 실이 엉켜 찌그러진 한쪽 귀퉁이도, 흉내만 낸 매듭도 못 알아보는 게 이상할 만큼 어설펐다. 이게 왜 여기 있지. 멍청한 생각 끝에 가슴께를 더듬었다. 주머니가 있어야 할 자리가 비어 있는 건 물론 다 풀어헤쳐진 배자에 벌어지기 직전의 저고리까지. 단순히 바닥을 짚으며 옷고름을 잘못 건드렸다기에는 강도라도 당한 것 같은 몰골이었다.

이 꼴을 인어가 전부 보고 있었다고 생각하니 얼굴이 달아오르다 못해 불타 없어질 듯했다. 차마 소리까지 지를 수는 없어 입만 틀어막고 있는데 인어가 다시금 다가왔다. 곧게 뻗은 손가락으로 주머니를 콕. 그러곤 다시 내미는 손에는 주머니와 마찬가지로 익숙한 종이가 들려 있었다. 곶감이 더 있나 찾다가 주머니 안에 들어 있던 종이까지 본 모양이었다.

"그건 먹는 거 아니야."

채희는 얼른 앞섶을 여미며 주머니 입구를 쥐었다. 종이를 봤다는 건 안에 든 비늘과 돌멩이들도 봤다는 뜻이겠지. 그간 인어의 흔적을 모아온 건 혼자만 아는 일이다. 민망함에 목덜미까지 달아오르는 걸 느끼며 인어의 눈치를 봤다. 혹시나 안에 든 것을 도로 뺏어 갔을까 싶어 주머니의 무게를 가늠하는데 인어의 손끝이 다시 한번 종이를 콕 찔렀다.

"……이게 뭐냐고?"

제대로 알아들은 건지 인어의 꼬리가 파르르 떨린다. 물 밖에 제법 오래 나와 있었는데도 꼬리는 여전히 물기가 묻어날 듯 촉촉했다.

"네 이름이야. 내가 전에 하나 지어주기로 했잖아."

그러고 보니 그동안 어디서 뭘 하느라 코빼기도 비추지 않았느냐고 물어야 하는데. 뜨끈한 뺨을 손등으로 식히며 무심코 곁을 돌아본 채희는 어느새 바짝 붙어 앉은 인어 탓에 다시 숨을 삼킬 수밖에 없었다. 저와 같은 방향에서 종이를 내려다보고 싶은 마음은 이해하나 등에 닿는 가슴 하며, 귓가에 스치는 숨결이나 어깨에 닿는 턱 따위가 유난히도 신경 쓰였다.

인어가 보기 편하도록 종이 방향을 바꾸어주는 채희의 손이 정처 없이 떨렸다. 인어가 살짝 돌아보는 게 느껴졌으나 도저히 마주 볼 용기가 나지 않아 오로지 종이에만 시선을 고정했다.

"리, 린이야. 린. 물빛 푸를 린."

인어는 대답이 없었다. 그저 채희만 빤히 바라보고 있을 뿐이었다. 입 모양을 보고 있는 것 같기도 했다. 채희는 입 모양에 신경 써가며 한 번 더 설명했다.

"이름, 린. 린이 너야."

린. 오지 않은 인어를 기다리는 동안 자연스럽게 입에 붙은 단어를 읊조리며 등 뒤에 반쯤 기대고 있는 인어를 힐긋 바라봤다. 자연스럽게 얽혀든 시선에는 아직 궁금한 것이 많은 것 같기도,

무언가를 깨달은 것 같기도 한 오묘한 감정이 녹아 있었다.

몸과 마찬가지로 한층 더 성숙해진 눈빛에 차마 눈을 똑바로 마주 볼 수가 없었다. 민망해 자꾸 시선을 피하게 되는 것과는 별개로 어떤 위압감이 느껴졌다. 이전처럼 웃어주고 싶었지만, 입꼬리가 굳어 꿈쩍하지 않았다.

낯설다. 이런 어색함도, 긴장감도. 지금껏 인어를 마주하며 겪어본 적 없는 감정들에 혼란스러웠다.

"그, 혹시 마음에 안 들면 다른 이름도 생각해 볼 테니까……."

말만 하라고, 얼마든지 다시 지어올 수 있다고 덧붙이려는데 덜컥 턱이 붙잡혔다. 애써 피한 시선도, 자리를 옮겨 거리를 두려는 노력도 무용하게 만드는 그악스러운 손길이었다.

"왜, 왜?"

눈을 내리깔자 턱을 조금 더 잡아끌어 자신을 보게 한 인어가 제 입술을 톡톡 건드렸다. 무언가 말하려는 듯 입술을 벙긋대고는 있으나 들려오는 소리는 없었다. 한참 반복해 움직이는 입술을 바라보던 채희가 문득 떠오른 생각에 입을 열었다.

"이름? 너도 말해보고 싶어?"

인어의 깊은 눈이 느리게 깜빡인다. 너무도 달라져 버린 외형과 달리 이전과 같은 순순한 반응이었다. 채희는 긴장으로 굳었던 입꼬리를 느슨하게 풀며 천천히 인어의 이름을 입에 담았다.

"린."

다시 벙긋. 하지만 입 모양도 혀의 위치도 전부 달랐다.

"혀를 윗니 뒤에 뒀다가 내리면서, 린."

대체 어떻게 하면 그런 소리가 나는지 모르겠다는 듯 인어는 채희의 입술을 빤히 보며 고개를 기울였다. 미간에 주름이 잡힐 만큼 진지한 표정에 저도 모르게 웃음이 새어 나왔다. 숨 막히던 긴장감이 한풀 꺾여나가니 더는 턱에 닿은 차가운 손가락도, 뚫어 져라 응시하는 푸른 눈도 의식하지 않게 되었나.

"천천히 하면 돼. 이렇게, 리인."

물론 그것도 인어가 가만히 있을 때나 가능한 소리였다.

"므아능 그야."

미미하게 피어오르던 미소가 입술을 잡아 누르는 손길에 사그 라들었다. 놀라 피할 새도 없었다.

"므에."

입술을 누르는 것에 그치지 않고 틈으로 파고들려는 느낌에 이 를 악물고 저항해 봤지만, 턱이 잡힌 이상 버티는 데에 한계가 있 었다.

잇새가 벌어지는 순간 귀 뒤쪽을 타고 소름이 돋아났다. 눈을 질끈 감았다 뜨는 사이 찬 기운은 거침없이 입속을 파고들었다. 놀라 손가락을 깨물자 인어는 미간을 찌푸리면서도 손을 무르지 는 않았다.

벌어진 턱을 비집고 들어온 손가락은 너무도 쉽게 혀를 찾아

눌렀다. 조금 전까지 곶감을 쥐고 먹은 손에서 단맛이 났다. 혀뿌리가 당기고 침이 고인다. 아랫배가 조여드는 기분에 눈을 들자 가장 먼저 푸른 눈이 보였다. 그 아래로 반듯한 콧날이, 살짝 벌어진 입술이 완벽한 비율로 자리 잡고 있었다. 채희의 시선은 그것들을 거슬러 다시 푸른 눈으로 향했다.

인어가 이야기한다. 한 번 더 말해보라고. 자기 이름이 뭔지 알려달라고. 채희는 입안에 고인 침을 간신히 목 너머로 넘기며 천천히 눌린 혀를 움직였다.

"린."

턱이 벌어지고 혀가 눌린 탓에 발음이 뭉개졌지만, 인어는 개의치 않는 듯했다. 오로지 입속만 들여다보는 모습에 열이 오르면서도 꼬리를 파르르 떨며 다음을 기대하는 눈빛에 다시금 혀를 움직일 수밖에 없었다.

몇 번이나 더 반복했을까. 혀는 물론 입천장까지 무람없이 헤집어댄 손가락이 빠져나갔다. 내내 벌어져 있던 턱을 다물자 뻐근하니 귀 아래가 아렸다. 처음 잇새가 벌어질 때와 같은 소름이 귀 뒤쪽을 시작으로 뺨과 목덜미까지 빠르게 번져나갔다.

질끈 새어 나온 눈물을 훔치며 고개를 들다 인어와 눈이 마주쳤다. 그대로 시선이 얽히고 호흡이 얽혀들었다. 이름이 생긴 기쁨에 한껏 상기된 얼굴을 마주하는 순간, 전에는 느껴본 적 없는 강한 충동이 채희를 이끌었다. 인어의 가슴을 밀치며 벌떡 일어난 건 스스로도 예상 못 한 일이었다.

"나! 이, 이만 가봐야겠어. 하, 할 일이 있었는데 이, 잊고 있었네."

갑자기 떠밀려 바위 위에 나동그라진 인어가 손바닥 자국 선명한 제 가슴을 내려다보며 어리둥절한 표정을 지었다. 채희를 올려다볼 때는 원망마저 깃들어 있었다.

"나, 나중에 또 보자. 어…… 안녕."

혀를 더듬느라 붉어진 인어의 검지를 힐긋대며 되는 대로 말을 뱉은 채희가 황급히 몸을 돌렸다. 저를 부르는 듯한 인어의 시선이 느껴졌지만 돌아보지 않았다. 돌아보았다가는 제가 무슨 짓을 저지를지 알 수 없었다.

대체 은월사까지 무슨 정신으로 돌아왔는지 모르겠다. 방에 있다더니 또 어딜 다녀오는 거냐는 말생의 잔소리를 뒤로한 채 방으로 들어가 문을 닫았다. 힘없이 주르륵 흘러내린 몸이 뒤늦게 떨렸다. 참았던 숨도 그제야 튀어나왔다. 쿵, 쿵, 심장이 뛸 때마다 파들파들 떨리는 손끝을 내려다보던 채희가 양손에 얼굴을 묻었다. 얼어붙은 손에 비벼지는 뺨은 따뜻하다 못해 차라리 뜨거웠다.

"미쳤나 봐……."

손바닥에 남은 인어의 감촉, 저를 바라보던 푸른 눈, 잇새를 가르고 들어온 손가락과 벌어진 입술 그리고…….

입 맞추고 싶다.

타오르는 불꽃처럼 전신을 휘감던 강한 충동까지. 모든 것이 선명해 차라리 울고 싶은 심정이었다.

✏

— 어디 다녀와? 몸은 벌써 나은 거야? 성장기는 어땠어? 벌써 이렇게 막 돌아다녀도 돼?

경계 구역을 넘어서던 중이었다. 달아나던 채희의 새빨간 얼굴을 떠올리고 있는데 반갑지 않은 음성이 들려왔다. 뜻하지 않은 방해꾼의 등장에 떼를 지어 다니던 나비고기 무리는 사방으로 흩어지고, 꽃처럼 촉수를 늘어트리고 있던 말미잘들은 몸을 움츠렸다. 모두 놀라 혼비백산한 와중에 린만이 못마땅한 눈으로 방해꾼을 노려보았다. 입가에 머물러 있던 미소는 온데간데없었다.

오늘도 산호 밭에서 한바탕 뒹굴다 왔는지 물결치는 붉은 머리카락 곳곳에는 부러진 산호가 껴 있었다. 나름대로 꾸며본다고 애쓴 모양인데 반짝이는 장신구들로 꾸민 자신에 비하면 어린애 장난처럼 보일 뿐이었다. 한껏 우쭐해진 린이 턱을 치켜들며 빠르게 나아가는데 산호 낀 녀석이 다시 앞을 가로막았다.

— 어디 다녀온 거냐니까? 널 이렇게 만든 애 만나러?

— 응.

— 그런데 왜 거기서 와? 거긴 뭍으로 가는 길 아냐?

187

툭하면 남 일에 신경 쓰는 귀찮은 녀석이다. 대충 무시하고 지나가려 했더니 금세 또 따라붙어 쟁알거리는 통에 머리가 다 지끈거린다.

─다른 애들 말로는 네가 또 인간한테 빠졌다던데, 맞아?

대꾸할 가치도 느끼지 못해 조용히 있었더니 이젠 아예 미친 거냐며 막말까지 해댄다. 짙은 석양빛의 머리카락과 지느러미를 가진 녀석은 아직 성장기를 겪지 않아 아이 같은 외형을 지니고 있긴 해도, 린보다 백 년은 더 산 인어였다. 이름은 따로 없지만, 툭하면 산호 가지를 꺾어 귀에 꽂고 다니는 녀석이라 다들 산호 혹은 산호 사냥꾼이라고 불렀다.

린은 그런 호칭조차 아까워 시끄러운 놈, 귀찮은 녀석쯤으로 부르는 편이었다. 이름이 없기는 린도 마찬가지였다. 어떤 날은 해삼, 어떤 날은 말미잘, 어떤 날은 어이. 다들 그저 부르고 싶은 대로 불렀고, 이름이 없다고 한들 불편하지도 않았다. 참견은 저 시끄러운 녀석이나 좋아하는 일이지 대부분은 유년의 모습을 갖추자마자 독립해 각자 생활하기에도 바빠서 이름이 있어도 불러줄 대상이 없었다.

이름이란 자고로 있어도 그만 없어도 그만인 장식쯤으로 여기던 린에게 오늘부로 이름이 생겼다.

린. 이제부터 자신의 이름은 린이다. 그 사실을 저 시끄러운 녀석에게도 자랑하고 싶었지만, 또 어떤 구박이 날아올지 몰라 그만

두었다.

　―넌 지난번에도 그렇게 당해놓고 또! 인간은 안 돼. 너도 알잖아. 어차피 인간은 오래 살지도 못하고 물에서는 숨도…… 야! 듣다 말고 어디 가는데! 성장기 얘기도 더 해주란 말이야!

　하여간 참견은. 원래도 인어답지 않게 오지랖이 넓은 녀석이지만 오지 않는 윤화를 기다리느라 툭하면 뭍에서 시간을 보낼 적, 린이 사냥꾼에게 제대로 잡힐 뻔했던 이후 더 심해졌다. 특히 인간과 관여됐다 싶으면 필요 이상으로 과민 반응을 보이고는 했다.

　린은 계속 쟁알대며 따라오는 녀석을 간단히 따돌린 뒤 해면 동굴로 들어왔다. 유체에서 성체가 되고 나니 유영 속도가 빨라졌을 뿐만 아니라 숨 쉬는 것도 한결 편안해졌다. 아마도 커진 아가미 덕이겠지. 그러나 커진 것이 아가미만은 아닌 모양이다. 평소라면 문제없이 드나들 구멍이 오늘따라 유난히 작게 느껴지는 것을 보면.

　성장기를 겪고 나면 새로 태어나는 느낌이라더니 정말이었다. 죽을 만큼 고통스러웠으니 어쩌면 당연한 걸지도 모르겠다고 생각하자 픽, 웃음이 터져 나왔다.

　낯선 자기 몸을 내려다보던 린이 두 배는 더 굵어진 듯한 팔을 움직이다 자연스레 뭍에서 만난 인간, 채희를 떠올렸다. 한쪽 팔에 쏙 들어오던 작은 몸과 꼼지락대던 가는 손가락, 이따금 붉어지던 진줏빛 얼굴까지. 그토록 즐겁게 바다를 누빈 건 오랜만이었다. 추위에 떨면서도 즐거워하던 모습을 떠올리자 가슴께가 간질거리다 못해 묵직하게 느껴졌다.

헤어질 때는 또 얼마나 아쉬웠던가. 하마터면 인간이 물에서 숨 쉬지 못한다는 사실도 잊은 채 막무가내로 끌고 올 뻔했다.

'린.'

따라 해보라는 듯 천천히 발음하던 입 모양이 좋았다. 엉망으로 따라 해도 채근하지 않는 모습 역시 좋았다.

기대에 부응하기 위해 열심히 따라 해보긴 했으나 제대로 따라 한 건지 확인할 방법은 없었다. 인어는 인간처럼 소리를 낼 수 없으니까. 그건 인간의 언어를 알아들을 수 있는 것과는 전혀 다른 문제였다.

─인어가 인간의 소리를 얻는 건 어렵지 않아. 단지 아주 작은 대가만 치르면 되지. 비늘 몇 조각이나 머리카락 같은 거 말이야. 어차피 시간이 지나면 다시 자랄 것들. 당장 없다고 아쉽지도 않은, 그런 아주 작은 것들만 있으면 되지.

왜 하필 이럴 때 전 장로가 어린 인어들을 모아두고 했던 이야기가 떠오르는지 모르겠다.

믿었던 인간에게 버림받았다고 했던가. 어느 날 갑자기 정신을 놓고 미쳐버린 전 장로는 인간과 인어의 경계를 허물어보겠다는 허무맹랑한 소리를 해가며 해저 동굴에 틀어박혔다. 인간과 인어의 경계를 허문다니, 말도 안 되는 소리였다. 인간은 인어가 가장 혐오하는 부류였다. 전 장로의 간절한 외침에도 그 말을 믿는 인어는 없었다. 원치도 않았다.

잘못된 신념에 빠진 전 장로가 이상한 주술에까지 손을 댄 건 그로부터 얼마 지나지 않았을 때였다. 해저 동굴에서는 매일같이 비명이 난무했고, 호기심에 그 근처를 배회하던 다양한 종류의 생명들은 하룻밤 사이 살 한 점 남지 않은 모습으로 발견되고는 했다.

장로 일을 내팽개친 거로도 모자라 순진한 인어들을 꼬드겨 제연구의 재료로 사용하기까지. 동료를 저버린 전 장로의 끝은 허무했다. 자신이 부리던 병사들 손에 이끌려 '죽음의 땅'으로 추방되기까지는 단 하루. 누구든 보름 이상을 버틴 적 없다는 그곳에 갇혀 죽었는지 살았는지조차 모른 채 잊다 다시금 인어들 입에 오르내리기 시작한 게 불과 두 계절 전이었다.

죽은 줄만 알았던 전 장로가 반성이나 죄책감은커녕 지금까지도 계속 약인지 독인지 모를 걸 만들고 있었다는 소문은 금세 인어 사회 전역으로 퍼져나갔고, 당연하게도 죽음의 땅은 금기 지역으로 선포되었다. 그즈음 사라지거나 죽은 인어가 하나같이 전 장로를 찾아갔었다는 게 가장 큰 이유였다.

하지만 그 소식이 전해진 뒤 얼마 지나지 않아 새로운 소문이 돌기 시작했다. 전 장로의 연구는 성공했으며, 그가 만들어낸 약을 먹으면 원하는 바를 이룰 수 있다는 소문이었다. 쉽게는 비늘

색부터 힘, 외모, 더 나아가서는 애정이나 복수 같은 눈에 보이지 않는 염원까지도 이뤘다는 증언이 이어지자 인어들은 더 자주, 더 공공연하게 죽음의 땅을 들락거렸다. 죽음의 땅을 드나들다 발각될 경우 추방으로 끝나지 않을 거라는 엄포도 소용없었다. 다들 전 장로를 두려워하고 꺼렸지만, 한편으로는 그 누구보다 신뢰했다. 그가 만드는 괴상한 약이 자신의 소원을 이뤄줄 것이라는 헛된 희망 때문이었다. 현 장로에게는 바랄 수 없는.

―인간의 소리라…….

해면 바닥에 등을 기대고 누운 린이 재잘재잘 떠들던 채희를 떠올렸다. 입을 열 때마다 새처럼 지저귀는 소리가 나는 것도 신기하지만, 무엇보다도 소리를 낼 때마다 떨리는 가슴이나 유연하게 움직이는 혀가 가장 신기했다. 인어에게는 음식을 삼킬 때 외에 써볼 일이 없는 기관이다. 그런 곳을 특정 소리를 만들기 위해 부지런히 움직여야 한다니, 신기하다는 말을 넘어 기이하게 여겨지기까지 했다.

린은 기억 속에 숨겨둔 죽음의 땅 위치를 더듬으며 손가락을 살짝 입에 물었다. 조금 더 밀어 넣어 혀를 만지자 여느 인어가 그렇듯 거친 돌기가 느껴졌다. 손끝에 감길 듯 매끈하고 따뜻하던 채희의 것과는 확실히 달랐다.

―정채희, 채희.

린은 자신의 혀 위에 손가락을 올린 채 채희의 이름을 따라 해

보았다. 소리는 여전히 나지 않지만, 등줄기가 뻐근해지는 것이, 지난번 성장기가 시작될 때와 비슷한 기분이었다.

인간들은 소리를 낼 때마다 이런 기분을 느끼는 걸까. 그 인간과 이야기를 나눌 때 채희도 같은 기분을 느꼈을까.

―채희…….

물고 있던 손을 빼낸 린은 몸을 둥글게 말며 지난번, 해안가에서 보았던 낯선 인간과 채희를 떠올렸다. 평소보다 삼엄한 경비에 먼바다를 빙 돌아 간신히 뭍에 닿은 참이었다. 밤새 홀로 꽂아놓은 장신구들을 자랑할 생각에 부풀었던 마음은 곁에 선 인간을 향해 지어 보이는 채희의 다채로운 표정 앞에서 허무하리만치 쉽게 가라앉았다.

채희는 낯선 인간의 이야기를 들으며 웃고 있었다. 가끔은 눈가를 찡그리기도, 입술을 비틀어 올리기도 했으나 대화 자체가 지루해 보이지는 않았다. 거리가 멀어 잘 들리지 않기에 가까이 다가가다 요 며칠 잠잠한가 싶던 사냥꾼에게 덜미가 잡혔다. 제법 긴 추격전을 마치고 간신히 이곳으로 돌아왔을 때, 린은 안도보다 제 몸에 일어나기 시작한 변화에 터질 듯한 아가미를 부풀렸다.

시작은 등줄기를 타고 올라오는 뻐근함에서 비롯되었다. 다음은 목덜미가, 정수리가 뻐근했고, 그것들이 간지럽다 느껴질 무렵, 끔찍한 고통이 미처 가다듬지 못한 숨을 바짝 조여왔다. 뼈마디가 자라나는 고통은 상상 이상이었다. 여린 비늘을 비집고 두꺼운 비늘이 돋아날 때는 수십 개의 칼날로 지느러미를 도려내는 듯했다. 말로만 듣던 성장기였다.

　인어들은 태어나 오륙 년 안에 유년의 모습을 갖추는데 대개 그 상태로 성장이 멈춰 수십 년 혹은 수백 년을 산다. 이유는 모른 다. 그저 선대들 역시 그렇게 살아왔다기에 순응하고 살 뿐이다. 그러다 일생에 딱 한 번 성체가 되는 기회를 얻는데, 그 현상을 일 컬어 '성장기'라 불렀다.

　성장기가 일어나는 시기는 인어마다 달랐다. 누군가는 유년의 모습을 갖추자마자 겪기도 하고, 누군가는 죽기 전까지 성장기를 겪지 못하기도 한다. 때로는 성장기를 제대로 이겨내지 못하고 죽 기도 했다.

　시기가 전부 다른 인어들의 성장기에도 공통점이 있었다. 바로, 성체가 되어야 할 분명한 동기가 있다는 것. 그리고 그 동기란 것 은 대개 종족 번식의 본능. 즉, 짝짓기가 필요할 때를 말했다. 성장 기를 다른 말로 '발정기' 혹은 '사랑병'이라 부르는 이유였다.

　종족 번식 본능이니 뭐니 하는 말로 거창하게 포장했지만, 성장 기가 일어났다는 건 결국 교미하고 싶은 상대가 생겼다는 뜻으로 해석했다. 하룻밤 사이에 뼈가 자라고 새 비늘이 돋아날 만큼, 강 렬하게 이끌리는 상대가.

　그렇기에 갑작스럽게 시작된 성장기가 더욱 당황스러울 수밖 에 없었다. 성장기가 일어나던 순간에 채희를 떠올리고 있었으니까. 입술을 대지 않고는 견디기 어렵던 발간 뺨과 머리카락을 쓸어 넘기던 가느다란 손가락, 제가 아닌 다른 이를 보며 지었던 햇살 같은 미소, 해안가에 나란히 서 있는 두 사람을 보며 느꼈던 상실감 따위를.

두 다리로 서 있는 인간이 부럽다고 느낀 건 처음이었다. 자유롭게 낼 수 있는 인간의 소리도, 추위를 막아줄 수 있는 따뜻한 피부도. 채희와 어깨를 나란히 할 수 있는 그 모든 것이 부러워 속이 들끓고 분노가 치밀었다. 먼발치서 윤화와 함께 있는 지아비인지 뭔지를 봤을 때는 느껴본 적 없는 기분이었다.

곁에 있는 것만으로도 동화될 듯한 풍부한 감정들 탓일까. 아니면 이전에 나눴던 정을 누군가와 다시 나눌 수 있게 되었다는 기대 때문이었을까. 채희를 보고 있으면 저도 모르게 이끌렸다. 닿고 싶었고, 갖고 싶었다. 데일 줄 알면서도 입술을 가져다 댄 것도 같은 이유였다.

윤화가 잔잔한 바다였다면 채희는 예측할 수 없는 해류였고, 돌풍과 함께 온 해일이었다. 닿으면 충족될 듯하던 갈증은 입술을 맛본 후 더 큰 욕심으로 돌아왔다. 그걸 낯선 이와 함께 있는 채희를 보고 뼈저리게 깨달았다. 채희가 저만 봤으면 좋겠다고. 제게만 웃어주고, 제게만 재잘대며 떠들고, 제 곁에만 머물렀으면 좋겠다고.

성장기를 겪은 인어들은 모두 이런 감정을 품고 사는 걸까. 린은 다시금 뻐근하게 아려오는 가슴을 문지르며 입술을 깨물었다. 조금 전까지 채희를 보고 왔으면서 또 보고 싶어 꼬리가 근질거린다. 하루가 길다. 채희와 함께 있던 시간이 꿈만 같았다.

"아휴, 지붕 안 무너지니 제발 좀 앉으셔요."

방 안을 서성거리던 채희가 화들짝 놀라 뒤를 돌아보았다. 언제부터 거기 있었는지 모를 말생이 그런 채희를 올려다보며 매듭진 실을 이로 끊고 있었다.

"어, 언제 왔어?"

"아침상 물린 뒤로 나간 적이 없는데 언제 오긴 뭘 언제 와요."

그래? 고개를 갸웃거리며 그랬었나, 골몰하던 채희가 이내 다시 손톱을 입에 물며 슬그머니 발길을 옮겼다. 사락, 사락. 치맛자락 부대끼는 소리가 귓가에 부딪혀 흩어지던 바람 소리와 자장가를 닮은 파도 소리를 연상케 했다.

잘근잘근 손톱을 물어뜯는 사이 채희가 있는 방 안은 바다 한가운데가 되기도, 크고 작은 바위에 가려진 비밀스러운 만남의 장소가 되기도 했다. 넘실거리는 파도와 산란히 부서지는 햇살, 그 사이를 가르며 다가오는 린까지. 물 밖으로 나온 린은 어린 티를 벗은 청년이었고, 한층 더 깊어진 푸른색 눈은 마치 이 세상에 존재하지 않는 보석 같았다. 금세 손가락 사이를 빠져나가고 마는 머리카락, 차갑고 매끈한 피부, 기다랗고 단단한 손가락, 피를 머금은 듯 붉은 입술.

입술…….

오돌토돌해진 손톱 단면으로 입술을 긁어내리던 채희가 따끔한 통증에 고개를 번쩍 들었다.

"뭐, 뭐라고 했어?"

"예?"

허리를 세우고 일어나던 말생이 물끄러미 채희를 바라보았다. 또 무슨 귀신 씻나락 까먹는 소리냐는 표정이다. 잔뜩 쌓여 있던 바느질감도 그새 다 해치웠는지 품에는 곱게 갠 옷감들을 들고 있었다.

"아침을 잘못 드셨나. 엉덩이에 불붙은 망아지도 아니고 종일 이리 왔다, 저리 갔다. 가만 보니 얼굴도 빨가시고. 어디 아프셔요?"

"괘, 괜찮아."

다가오는 말생의 손길을 피해 주춤 물러난 채희가 양 뺨에 손등을 가져다 대었다. 빨갛다는 말생의 말처럼 얼굴이 뜨끈했다. 입술을 핥던 까슬한 감촉과 뺨에 닿던 차가운 입술을 떠올리고 있었으니 그럴 만했다. 채희는 피 맺힌 입술을 빨며 고개를 조금 비틀어 피했다. 말생의 시선이 너무도 집요해 자칫하다가는 무슨 생각을 하고 있었는지 들킬 것 같았다.

이게 다 린 때문이다. 그러게 왜 갑자기 훌쩍 자라서는 평소에 그저 귀엽다, 예쁘다, 생각했던 행동들까지 의식하게 만드는지. 이 래서야 제가 린을 사내로 여기는 것처럼 보이는…….

"미쳤구나."

작게 중얼거린 채희가 양손으로 입을 틀어막았다.

사내라니. 린이 사내라니. 이레 전까지만 해도, 어제 만나기 전 까지만 해도 그저 어린아이일 뿐이던 린이 하루아침에 사내라니. 게다가 린은 인어인데!

인어를 사내라 칭하는 것부터가 말이 안 된다고, 하루아침에 못 알아볼 만큼 자라긴 했어도 속은 여전히 어린아이일진대 무슨 생 각을 하는 거냐고 저 자신을 다그치다 다시 떠오르고 마는 다부진 몸과 너른 어깨에 앓듯 신음을 삼켰다.

"정말 미친 게야……."

"예……. 그래 보이시네요."

혀를 차는 듯한 말투에 고개를 드니 문지방을 넘다 말고 선 말 생이 보였다.

"왜 거기 그러고 있어."

"아씨 하는 꼴 보는 게 퍽 재밌어서요."

아예 팔짱까지 끼고 삐뚜름하게 선 자세에서 어디까지 하는지 보겠다는 무언의 압박이 느껴졌다. 제가 뭘 했느냐고 따져 묻고 싫었지만, 아침부터 방 안을 서성이며 보인 추태가 있기에 조용히 입을 다물었다. 그나마 할 수 있는 변명이라고는 말생이 곁에 있는 줄 몰랐다는 것뿐이었으니 입이 백 개라도 할 말이 없었다.

"설마 시위하시는 거예요? 밖에 못 나가게 했다고?"

"그런 거 아니야……."

어깨를 축 늘어트린 채 자리로 돌아가 앉으니 말생이 깊은숨을 몰아쉰다. 내 새끼였으면 진즉 쥐어박았다고 이야기하는 듯한 한숨 소리에 어깨가 조금 더 움츠러들었다.

말생은 아침을 잘못 먹었냐고 물었지만, 아침밥 문제일 리 없었다. 어제 바다에서 돌아온 뒤로 내내 이런 상태였으니 말이다.

가슴이 들썩거려 가만히 앉아 있지 못할 뿐만 아니라 앉으나 서나 머릿속은 온통 사내가 된 린 생각으로 가득했다. 린이 제게 보인 모든 행동에 의미를 부여하는 건 또 어떻고. 가장 먼저, 가장 자주 떠오르는 건 누가 뭐래도 입맞춤을 닮은 행동들이었다. 그다음으로 채희를 혼란스럽게 한 건 꼬리를 파르르 떨며 짓던 미소나 너른 바다 한가운데로 저를 데려다주었던 일, 침울해질 때마다 물을 흩뿌리며 분위기를 환기해 주던 장난스러운 행동들이었다. 그러다 저를 보고 반갑게 다가오던 모습이나 해안가까지 따라와 배웅해 주던 친절함이 떠오를 때면 괜스레 아랫배가 조이고 가슴이 뻐근해졌다. 꼬리에 꼬리를 무는 '혹시'와 '설마'는 이제 거의 들숨과 날숨 수준이었다.

"차라리 나가서 머리라도 식히고 오셔요. 정신 사납게 그러고 있지 마시고."

서안 위에 펼쳐놓은 책을 아무렇게나 뒤적거리고 있는데 소리도 없이 훌쩍 다가온 말생이 서안을 통째로 빼앗아 갔다. 갈 곳 잃은 손으로 허공을 더듬고 멍하니 말생을 바라보던 채희는 잠깐의 침묵 끝에 두 눈을 반짝이며 목소리를 높였다.

"그럴까? 역시 그러는 게 좋겠지?"

이런 혼란스러운 마음으로 린을 만나러 가는 게 과연 옳은 일인가 싶어 내내 망설이고만 있던 차였다. 그런데 말생이 나가라고 했다. 나가서 머리라도 식히라고. 머리를 식히다 린을 만나는 것까지는 어쩔 수 없는 일이니 괜찮지 않을까.

"그래야겠다."

대단한 결심이라도 한 듯 비장하게 고개를 끄덕인 채희가 자리에서 일어났다. 그 순간만큼은 황당해하는 말생의 표정도 눈에 들어오지 않았다.

"고마워, 유모."

뭐라 말을 얹기도 전에 긴 배자와 남바위, 토시에 장옷까지 꺼내 두른 채희가 말생의 볼에 짧게 입 맞췄다. 쪽 소리에 덜컥 굳은 말생을 뒤로한 채 방을 나서는 걸음은 가뿐했다.

거리낄 것 없이 산책로를 따라 쭉 내달리던 걸음은 해안선 코앞에 다다라서야 우뚝 멎었다. 바람결을 따라 몇 번이고 멀어졌다 되돌아오는 파도를 보고 있자니 쿵, 쿵, 가슴이 낮게 요동친다. 소금기 섞인 바다 냄새가 가슴 깊숙한 곳까지 차오른다. 채희는 입술을 매만지던 손을 토시 안으로 숨기며 린과 늘 함께하던 바위까지 한 번에 내달렸다.

"린!"

능숙하게 바위를 딛고 올라서니 푸른 정수리가 보였다. 바위틈에 앉아 꼬리로 물장구를 치고 있던 린이었다. 얼굴 보기 껄끄러우면 어쩌나 고민한 게 무색할 만큼 반가운 마음뿐이다. 목소리 높여 부르니 힐긋 뒤돌아 채희를 확인한 린이 서둘러 바다로 뛰어들었다. 어제 그리 두고 간 건 벌써 잊었는지 꼬리가 파르르 떨리는 게 채희만큼이나 들뜬 모습이었다.

린이 빠르게 유영할 때마다 푸른 머리카락이 새하얗게 부서지는 파도 위로 언뜻 드러났다 사라지기를 반복했다. 린이 저곳에 있는 걸 몰랐다면 그저 파도겠거니, 바다겠거니 했을 흔한 풍경이었다.

눈 깜짝할 새 다가온 린이 물 위로 솟구쳐 올랐다. 그 파동에 물이 넘치며 치마가 조금 젖었지만 그런 것 따위 신경 쓸 새 없이 입이 벌어졌다.

"너……!"

머리를 틀어 올린 줄만 알았다. 깔끔하게 잘 올렸으니 칭찬해 줘야겠다는 생각도 했다. 그런데 하얗게 드러난 어깨와 달리 머리에는 어떠한 장식도 남아 있지 않았다.

"뭐야? 무슨 일이 있던 거야?"

늘 허리까지 길게 드리웠던 머리카락이 댕강 잘려 귀 아래서 찰랑거리고 있었다. 어제까지만 해도 비녀로 틀어 올리며 놀던 머리카락은 어디 가고 아무렇게나 자른 짧은 머리카락만 남았는지 모를 일이다.

놀라 제 속을 들끓게 하던 번뇌마저 잊은 채희와 달리 린은 가만히 웃고만 있었다. 어딘가 자신만만해 보이는 미소라 도리어 불안한 마음이 들었다. 황당해 헛숨만 내쉬고 있으니 물 밖으로 상체만 내놓은 린이 익숙한 손길로 채희의 치맛단을 잡고 흔들었다. 들어와. 올려다보는 푸른 눈이 그렇게 이야기하는 것 같았다. 사라진 머리카락 따위는 안중에도 없는 눈빛에 웃음이 새어 나왔다. 채희는 고개를 저었다.

"이제 추워서 물에는 못 들어가."

조금은 단호한 대답에 린의 눈매가 처량하게 기울어졌다. 물에 들어가고 싶은 마음은 채희도 굴뚝 같았다. 린과 함께 헤엄치고 싶었고, 드넓은 바다를 다시 한번 경험하고 싶었다. 그러나 입동이 지난 지 한참이었다. 하루가 다르게 기온이 떨어지다 못해 산에는 벌써 눈이 쌓이기 시작했고, 새벽이면 은월사 곳곳의 물이 얼었다. 말생의 잔소리 때문만이 아니라 이런 날씨에 물에 들어갔다가는 정말 큰 병을 얻을 수도 있다. 길이 얼면 의원도 찾아오기 힘든 곳이 은월사였다.

"근데 정말 머리는 어떻게 된 거야?"

린은 토라진 듯 맨 등을 훤히 보인 채 고개를 외로 틀고 있었다. 그 곁에 쭈그리고 앉은 채희가 물기 남은 어깨를 손끝으로 콕콕 찔렀다.

"린, 나 좀 봐."

토시를 하고 있어 평소보다 따뜻해진 탓인지 린은 채희의 손가락이 제 피부에 닿을 때마다 움찔거렸다. 붉어지는 흔적이라도 있으면 그만둘 텐데 어쩐 일인지 그마저도 미미하니 장난은 점점 집요해졌다. 어깨에서 등으로, 등에서 목덜미로 손끝이 옮겨 가는 사이 린은 온몸을 비틀며 소리 없이 웃었다.

귓불로, 뺨으로, 그러다 입술까지. 정도를 모르고 이곳저곳을 찌르던 손가락은 하얗게 세운 이에 물리기 직전에서야 간신히 멈추었다. 그마저도 린이 먼저 손을 잡아챘기에 가능한 일이었다.

"미안. 재밌어서 나도 모르게……."

장난이 지나쳤음을 안다. 순순히 인정하고 사과하니 뾰족하게 세웠던 린의 눈매도 금세 누그러진다.

"다신 안 할 테니까 손은 좀……."

놔줘. 끝맺지 못한 말이 힉, 요상한 소리와 함께 흩어졌다. 미처 오므리지 못한 손끝을 린이 날름 핥은 탓이었다. 까슬한 혀가 닿은 건 손끝인데 소름은 목덜미와 뺨에 돋아났다. 경련이라도 일어난 듯 입꼬리까지 바짝 당겨 올라가는 느낌에 손을 비틀어 빼자 이번에는 바위에 기댄 채 상체를 조금 더 끌어 올린다. 훌쩍 다가온 얼굴은 파도가 툭 건드리기만 해도 닿을 듯 가까웠다.

입 맞추고 싶다. 겨우 가라앉혔는가 싶던 충동이 발밑에서부터 다시 스멀스멀 올라온다. 채희는 언제 고였는지도 모를 침을 꼴깍 삼키며 동동 떠 보이는 붉은 입술을 피해 먼바다로 시선을 옮겼다. 비록 턱을 잡아끄는 차가운 손길에 얼마 못 가 다시 돌아와야 했지만.

올곧게 마주쳐 오는 짙푸른 눈에 채희는 숨을 삼켰다. 전에 없던 긴장이 녹아 있어 섣불리 시선을 피할 수도 없었다. 정말 입이라도 맞추려는 걸까. 파르르 떨리는 속눈썹을 감추기 위해 눈을 질끈 감았다 뜰 때였다. 린이 입술을 벙긋거렸다.

"······뭐?"

입술에 맞닿을 차가운 감촉이나 상상했던 터라 예상치 못한 린의 반응이 그저 당황스러웠다. 멍청하게 되물으니 린이 다시 한번 입술을 벙긋거린다. 하고 싶은 이야기가 있는 눈치였다.

"무슨 말인지 모르겠어."

좀처럼 알아들을 수 없어 고개를 기울이니 잠시 고민하는 기색을 보이던 린이 훌쩍 바위 위로 올라와 앉았다. 그러곤 전혀 망설이지 않는 손길로 놓았던 턱을 도로 붙잡고 반대편 손으로 입술을 내리눌렀다. 동시에 차가운 손가락이 불쑥 입술을 가르고 들어왔다.

놀란 마음에 이를 세웠으나 소용없었다. 채희는 기어이 입안으로 들어오고 만 손가락을 깨물지도, 그렇다고 밀어내지도 못한 채 웅얼거렸다. 린은 그런 것조차 개의치 않는지 채희의 혀를 느리게 더듬어 만질 뿐이었다.

"이그 므스 지시야."

다 뭉개진 발음으로 이게 무슨 짓이냐 따졌더니 이번에는 방금 입안에서 빼내 축축해진 손으로 채희의 목을 더듬었다. 앞쪽, 둥글게 자리 잡은 작은 연골을 지나 내려온 손끝은 길게 뻗은 목 어딘가에서 멈췄다. 무언가를 찾듯 천천히 덧그리는 손끝은 간지럽다 못해 은밀하게 느껴질 지경이었다. 오소소 돋아나는 소름에 채희가 어깨를 움츠렸다. 린이 눈을 맞춰온 것도 그때였다. 린은 아까처럼 입을 벙긋거렸다. 하고 싶은 말이 있는 모양이었다. 채희는 뺨 아래 돋아난 소름도 잊은 채 린의 입술에 집중했다. 린은 오로지 한 단어만을 반복하고 있었다.

"마? 만? 말?"

'말'이라는 단어가 튀어나왔을 때, 린은 눈에 띄게 기뻐하며 꼬리를 파르르 떨었다.

"말을 해보라는 거야?"

린은 여전히 채희 목에 손끝을 붙인 채로 고개를 끄덕였다. 악의라고는 개미 오줌만큼도 없는 투명한 모습에 픽 웃음이 샜다.

살짝 고개를 숙인 채 웃음을 삼키던 채희가 이내 다시 고개를 들곤 "아." 하고 소리 냈다. 목에서 느껴지는 울림이 좋은지 린은 채희가 소리를 내는 내내 자신이 손으로 짚고 있는 목에서 눈을 뗄 줄 몰랐다. 열망이 느껴지는 눈빛이다. 채희 마음속에 자리한 이름 모를 불씨를 키우기에 충분한 눈빛이기도 했다. 채희는 린의 손을 거두어내는 척 열 오른 뺨을 손등으로 훔쳤다.

"궁금한 게 많은 건 알겠는데 이런 행동은 좀 자제해 줘. 매번 놀란다고."

태연한 척 내뱉긴 했으나 목소리 끝이 조금 떨렸다. 목에 아직도 린의 손이 닿아 있는 것만 같았다. 채희는 찬기가 남은 목을 손끝으로 살살 긁어가며 린을 힐긋 돌아봤다. 졸지에 목적을 잃은 희고 곧은 손만이 허공에 머물러 있었다.

아쉬움 가득한 눈빛을 모른척하며 최대한 어깨를 모아 목을 숨긴 채희가 작게 목을 틔웠다.

"음, 무슨 말을 하지……."

채희가 말끝을 흐리니 린은 조금 더 붙어 앉으며 고개를 기울였다. 뭐든 좋으니 계속 해보라는 듯 애타는 두 눈이 달아오른 뺨 근처에서 아른거렸다. 음. 채희는 눈을 굴리며 말꼬리를 늘렸다.

"안녕?"

고민 끝에 간신히 뱉은 목소리가 때마침 불어온 바람에 뒤섞여 사방으로 흩어졌다.

"내 이름은 채희야. 넌?"

전에도 같은 인사를 건넨 적이 있었다. 행여나 상처나 덧나지는 않았을까 걱정되어 밤길을 달려갔던 날. 다시는 보지 못할 수도 있겠다고 체념하며 돌아서다 마주한 푸른 눈은 어둠 속에서도 선명이 빛나고 있었다. 그때부터였을까. 작은 인어 하나가 눈에 밟혀 종일 다른 생각은 할 수 없게 된 게.

린은 그때와 다름없이 고개만 기울여 저를 올려다볼 뿐이지만 돌이켜보면 참 많은 것이 달라졌다. 일단 외형부터 훌쩍 자라버렸고, 말없이도 교감하게 되었으며, 마음도…….

덜컥 굳어버린 사고에 귓바퀴가 뜨겁게 달아오른다. 행여나 겉으로 티가 났을까 싶어 어색하게 입꼬리만 말아 올린 채희와 달리 린의 태도는 여전했다. 속마음을 꿰뚫어 본 듯 깊게 일렁거리는 눈빛만 제외한다면.

먼바다 어딘가에 시선을 두었다. 차마 눈을 맞출 용기가 없어 혀만 잘근잘근 씹고 있는 걸 아는지 모르는지 린의 손끝이 채희의 턱을 가볍게 잡아끌었다. 나를 봐. 그렇게 이야기하는 눈빛에 도리어 눈을 감자 이번에는 손을 끌어간다. 차가운 동시에 단단한 손가락이 채희의 손끝을 감싸 이끈 곳은 매끈한 살결 위였다.

눈을 뜨자 새하얀 목에 피어난 붉은 자국들이 보였다. 그 위에 얹어진 자신의 손끝도, 달아나지 못하도록 단단히 붙잡은 린의 손도 차례로 보였다.

시선을 들자 린과 눈이 마주쳤다. 붉은 입술 끝이 둥글게 휘어 올라간다. 살짝 벌어진 잇새에는 조금 전까지만 해도 없던 장난기가 가득 실려 있었다. 목에 피어나는 붉은 자국은 조금도 신경 쓰지 않는 얼굴이었다.

"아, 어."

손끝에 닿은 얇은 피부가 떨리고, 이윽고 소리가 났다. 놀란 채희가 눈을 크게 뜨자 린은 한껏 신이 난 얼굴로 다시금 소리를 냈다. 아, 어, 아.

"너, 지금 목소리……."

너무 높지도, 낮지도 않은 목소리가 부드럽게 흘러나왔다. 한참 더 "아. 아." 하고 노래도, 말도 아닌 소리를 반복하던 린이 목에 닿아 있던 채희 손을 들어 자기 머리 위에 얹었다. 꼬리까지 살랑이는 모양새가 마치 칭찬을 바라는 강아지 같아 채희도 모르게 손을 움직였다. 짧아졌어도 여전히 부드러운 머리카락을 가만가만 쓰다듬어 주다 예리하게 잘린 머리카락 단면에 눈이 갔다. 그 순간 말도 안 되는 깨달음이 뇌리를 스쳤다.

"설마 너, 머리카락을 목소리로 바꿔 온 거야?"

뱉어놓고도 무슨 헛소리냐 자조할 때였다. 린이 꼬리를 파르르 떨며 큰 눈을 깜빡거렸다. 마치 어떻게 알았냐는 듯이.

"그게 돼? 어떻게 그런……."

말도 안 되는 일이 어디 있느냐고 물으려다 입을 다물었다. 말이 되고 안 되고를 따지자니 이레 만에 어른이 되어 나타난 린이 눈앞에 있었다. 엄연히 따지면 린의 존재부터가 말이 안 되는 일이기는 했다.

꿈을 꾸고 있는 걸까. 뿌리치듯 손을 거둔 채희가 자리에서 일어났다. 린의 표정이 단번에 굳어진 건 말할 것도 없었다. 채희는 자신을 올려다보는 린의 시선을 느끼며 바다 냄새가 밴 손끝을 송곳니로 살짝 깨물어보았다. 아프다. 꿈이 아니라는 것을 확인한 채희가 입술을 살살 잡아 뜯으며 같은 자리를 서성였다. 그러다 우뚝 멈춰선 건 휘익, 휘파람을 닮은 소리가 바람결에 실려 왔을 때였다. 잠시 먼바다를 향했다 돌아온 린의 두 눈에 경계가 서렸다.

"무슨 소리야?"

묻는 사이 다시 한번 휘익, 바람 소리가 울렸다. 좀 전보다 훨씬 가까워진 듯 크고 분명한 소리였다. 이윽고 세 번째 소리가 들려왔을 때, 린은 곧장 바다로 뛰어들었다.

"어디 가?"

대뜸 바위들만 가득한 쪽으로 헤엄쳐 가는 모습에 설마 이대로 가버리려는 건가 싶어 눈을 뗄 수 없었다. 다행히 린은 멀리 가지 않고 금세 다시 돌아와 채희의 치맛자락을 툭툭 잡아당겼다.

"아."

"따라오라고?"

제대로 알아들은 건지 꼬리로 물을 몇 번 튕긴 린이 다시 앞장 섰다. 린이 이끄는 방향은 온통 절벽처럼 쌓인 바위들뿐이라 곁에서 헤엄치기에는 쉬워 보여도 위에서 건너가긴 여간 어려운 게 아니었다. 발을 딛기에도 좁아 보이는 바위와 언제든 저를 끌어당길 듯 넘실대는 파도에 망설이기도 잠시, 다시금 이어지는 바람 소리에 마음먹고 훌쩍 바위를 뛰어넘었다.

정체를 알 수 없는 소리는 이후로도 몇 번이나 반복해서 울렸다. 멀어졌나 싶던 소리가 다시 가까워질 때마다 린은 속도를 더했고, 채희는 미끄러지고 휘청거리면서도 뒤처지지 않도록 부지런히 그 뒤를 쫓았다.

얼마나 더 아슬아슬한 걸음을 계속했을까. 린과 꽤 멀어졌을 무렵, 바위틈에 난 작은 동굴 입구를 발견할 수 있었다. 커다란 바위들에 가려져 두 걸음 전까지만 해도 보이지 않던 곳이었다. 린이 안내해 주지 않았다면 그저 바위 절벽이겠거니 했을 것이다.

"여긴 안전한 거야?"

린은 대답 없이 채희를 안으로 이끌었다. 미끄러지지 않게 조심해 가며 뒤를 따르니 생각보다 훨씬 깨끗하고 아늑한 공간이 드러났다. 동굴 벽이 바람을 막아주어 바깥만큼 춥지도 않은데다 동굴 안에 바닷물이 드나드는 길이 있어 린도 편히 오갈 수 있을 듯했다.

이런 곳이 있으면 진작 알려주지 그랬냐며 감탄하고 있는데 겨우 끝났나 싶던 소리가 다시금 이어졌다. 휘익, 전보다 더 짧고 힘 있는 소리였다.

"혹시 저게 너를 해치려는 사람들의 신호니?"

부쩍 가깝게 느껴지는 소리에 목소리를 낮추고 물으니 이채 어린 린의 시선이 소리가 나는 동굴 바깥을 향한다. 공격적인 눈빛이다. 자칫하다가는 이를 드러내고 저들을 공격할 것만 같은. 그 모습에서 상처 입고 쓰러져 있던 첫 만남이 떠올랐다. 그날 만난 수상한 사내들과 비슷한 소리가 날 때마다 경계하거나 사라지던 린까지.

『산해경』에서 따로 언급되지는 않았으나 인어의 피와 살을 취하면 영생을 살 수 있다더라 하는 이야기는 들어본 적 있었다. 단순히 배를 불리기 위해서 물고기도 낚는데, 그런 특별한 힘이 있다는 걸 알게 된 이상 인간들이 인어를 그냥 둘 리 없을 것이다. 줄곧, 어쩌면 평생을 위협 속에서 살았을지 모른다고 생각하니 마음이 불편했다. 그도 그럴 게, 처음 만났을 때의 린은 누가 봐도 열두엇밖에 안 되어 보이는 어린아이였다.

"간 건가?"

짧고 힘 있는 소리를 끝으로 다시 같은 소리가 들려오는 일은 없었다. 아무 일도 없었다는 듯 잠잠해진 바다를 보고 있자니 뒤늦게 다리가 후들거린다. 치마가 젖든가 말든가 그대로 동굴 바닥에 주저앉은 채희가 여전히 경계를 풀지 못하고 있는 린의 뒤통수를 어루만졌다.

"매번 이렇게 피해 다녀야 하는 거야?"

손바닥에 파고들 듯 머리를 비비던 린이 어느새 뒤돌아 뺨을 묻는다. 그다지 차갑게 느껴지지 않는 걸 보니 제 손이 꽤 얼어 있던 모양이다. 위로라도 받고 싶은지 한참을 제 얼굴 반쪽만 한 손에 기대고 있던 린은 뺨과 손바닥의 온기가 엇비슷해질 때가 되어야 곁에 올라와 앉았다.

위협에서 벗어나기 위해 어른이 된 걸까. 어지간한 성인 남자쯤은 손쉽게 날려버릴 수 있을 듯한 꼬리를 바라보고 있는데 익숙한 손길이 채희의 턱을 잡아끌었다. 곧장 마주쳐 오는 푸른 눈에는 여전히 우려가 섞여 있었으나 좀 전 같은 경계는 찾아볼 수 없었다.

"아, 너 이제 말할 수 있댔지."

툭, 아랫입술을 내리누르는 손길에 이곳을 찾기 전까지 있었던 일이 떠올랐다. 린이 말을 했었다. 비록 아, 아, 하는 의미 없는 소리뿐이었지만.

"내가 알려줄까?"

또 잇새로 들어오려는 손을 붙잡으며 물었다. 벌어진 입술을 보던 푸른 눈이 슬며시 올라와 채희를 바라보았다. 채희는 시선이 다시 떠나가기라도 할세라 황급히 말을 이었다.

"말하는 방법 말이야. 내가 알려줄게. 어때?"

문장의 의미를 곱씹듯 고개까지 기울이며 골몰하던 린이 꼬리로 수면을 탁, 쳤다. 동시에 채희의 입가에도 사르르 미소가 피어났다.

"그럼 따라 해봐."

린과 눈을 맞춘 채희가 제 입을 손끝으로 가리키며 천천히 발음했다.

"채희야."

말을 하는 행위 자체가 낯설기 때문인지 린은 눈에 보이는 대로 벙긋대다가도 끝내 소리 내지 못하고 입을 다물었다.

"할 수 있어. 채희야, 해봐."

채희를 따라 몇 번 더 입술을 움직여 보던 린은 슬슬 자신감이 붙는지 꼬리를 떨며 소리를 틔웠다.

"태…… 이…… 야."

얼추 비슷한 발음에 채희의 미소가 깊어졌다.

"나랑 같이 놀자."

생긋 웃는 모습을 빤히 바라보던 린이 채희의 팔을 확 끌어당겼다. 힘주어 버틸 새도 없이 기울어진 몸이 매끈한 상반신을 덮치고 바닥으로 나동그라졌다. 손바닥을 찌르르 울리는 아릿한 통증에 입술을 깨물기도 잠시, 질끈 감았다 뜬 눈앞에 놓인 잘생긴 얼굴에 숨을 삼켰다. 얼굴만이 아니었다. 어느 틈에 이 지경까지 된 건지 채희는 린 위에 반쯤 올라탄 채 한 손으로만 간신히 바닥을 짚고 있었다.

"이, 이건 네가 갑자기 잡아당겨서……."

그러니 놓으라고, 빨리 일어나고 싶다며 붙잡힌 손목을 비틀어 봤지만, 린은 꿈적도 하지 않았다. 아니, 도리어 벗어나려 할수록 더 강하게 끌어당길 뿐이었다.

"저기, 그러니까……."

곤란하다. 채희는 붉은색과 푸른색이 어지럽게 뒤섞인 아래를 힐긋거리곤 도로 입술을 깨물었다. 그렇지 않아도 린만 보면 나쁜 충동이 들어 괴로웠는데 이토록 가깝다 못해 손쉽게 취할 수 있는 거리라니. 평생 한 번 가져보기나 했을까 싶은 인내심이 채희를 부추겼다. 그냥 해, 어차피 실수인 줄 알 거야. 실수가 아니면 좀 어때? 쟨 이미 입술도 핥고 뺨에 입술 도장도 찍었는데.

안 된다. 안 되고말고. 린은 인어라 몰라서 그랬다지만 저는 알 만큼 아는 인간이지 않은가. 양손만 자유로웠으면 제 뺨이라도 때리고 싶은 심정으로 고개를 저을 때였다. 서늘한 손가락이 목덜미를 훑고 올라와 뒷목을 잡아끈 건.

"뭐……."

입술을 길게 핥는 혀는 차가웠고, 전보다 훨씬 거칠었다. 너무 갑작스러워 감을 생각도 하지 못한 두 눈에 부드럽게 휘어 올라가는 눈매와 입꼬리가 차례로 담겼다. 린은 웃고 있었다. 놀라 꿈적도 하지 못하는 제 모습이 귀엽다는 듯이.

"그, 그만. 그만⋯⋯."

다시 핥을 듯 다가온 입술에 뒤로 물리던 고개가 손짓 한 번에 가볍게 끌려갔다. 코가 닿을 듯 가까워진 거리에 하려던 말이 쏙 들어갔다. 그런 제 행동을 칭찬이라도 하듯 쥐고 있던 채희의 손목을 손가락으로 톡톡 두드린 린이 상체를 조금 세우며 쪽, 입술에 입을 맞추었다.

닿았던 시간은 짧았으나 멀어지는 시간은 영겁 같았다. 도로 끌어당겨 조금 더 닿아 있고 싶은 마음 반, 어서 이 상황을 벗어나고 싶은 마음 반이 뒤섞여 혼란스러운 와중에 린만이 입가에 띤 미소를 잃지 않고 속삭였다.

"태, 이야. 나느, 르, 아 나, 노, 자."

심장이 뛴다. 쿵, 쿵. 어찌나 세게 뛰는지 가슴을 두드리다 못해 입 밖으로 튀어나올 것 같았다. 어쩌면 린 역시 제 심장이 얼마나 빨리 뛰는지 알고 있을지 모른다. 쿵쿵, 심장이 뛸 때마다 흔들리는 시야로 붙잡힌 손목과 아슬아슬하게 닿은 두 가슴을 내려다보던 채희가 어느 순간 번쩍 정신을 차리고는 몸을 일으켰다.

순식간에 거리를 벌리고 앉자 참았던 숨이 한 번에 쏟아진다. 꼭 물에 빠졌다가 방금 건져 올려진 기분이었다. 채희는 슬그머니 따라오려는 린을 보며 벌벌 떨리는 손을 뻗었다.

"기, 기다려. 거기, 거기서⋯⋯."

채희는 같은 말을 반복하며 접어 세운 다리를 끌어안았다. 대체 무슨 일이 일어난 건지 도통 정리가 되지 않는다. 아니, 무슨 일이 일어났는지는 알았지만 정말 제게 일어난 일이 맞는지 확신할 수가 없었다. 그렇다고 입술을 만져볼 용기는 없어 힐긋, 린을 바라보았다. 그 정도 일은 별거 아니라는 듯 태연해 보이기까지 하는 린의 입술은 채희의 체온에 데어 탱탱하게 부푼 빨간색이었다.

처음 입술을 훑아놓고 제가 더 놀라 바다로 숨던 순진하고 여린 인어는 어디로 갔냐고, 이렇게 말도 없이 첫 입맞춤을 훔쳐 가도 되는 거냐고 눈빛으로만 따지다 목덜미와 귓가, 뺨 주위를 타고 오르는 열기에 고개를 푹 숙였다. 채희는 무릎에 얼굴을 묻은 채로 제 말을 듣지 않는 입꼬리를 탓했다. 미운데, 원망스러운데, 눈치 없는 입꼬리는 아까부터 한껏 치솟아 내려올 생각을 하지 않고 있었다. 이제는 밉고 원망스러운 감정마저 정말 제 것이 맞는지 의심스러울 정도였다. 선수를 빼앗겨 아쉬운 거면 몰라도.

자책도 뭣도 아닌 감정들에 혼란스러워하기도 잠시, 무언가 물에 빠지는 듯한 소리가 들려 고개를 드니 언제 다가왔는지 모를 린이 눈앞에 있었다. 물에 들어간 사이 다 나았는지 붉게 부어올랐던 입술은 그새 가라앉아 평소와 다를 것이 없었다.

어디서 그런 심술이 동했는지 모르겠다. 무릎을 내리고 소매를 걷어붙인 채희가 양손을 물에 담갔다. 아리도록 차가운 물이 오늘따라 유독 더 청량했다. 오목하게 만든 두 손 가득 바닷물을 채우자 낌새를 느낀 린이 꼬리지느러미로 수면 위를 살살 휘저어가며 조금씩 뒤로 물러난다. 채희는 망설이지 않고 손에 담긴 물을 휙 뿌렸다. 동시에 린의 꼬리가 수면을 팡 때렸고, 굵은 물방울들이 허공으로 튀어 올랐다.

"야아."

때아닌 물벼락이었다. 덕분에 정신은 번쩍 들었지만 젖은 얼굴을 닦아내는 사이 곁에 올라와 앉은 린 탓에 금방 허둥거리기도 했다. 팔꿈치가 닿을 만큼 거리가 좁혀지자 거짓말처럼 채희의 웃음이 멎었다. 물 맺힌 가슴을 물끄러미 바라보다 눈길을 거둔다는 게 그만 입술에 시선이 닿고 말았다. 그 순간 불어온 바람이 채희의 입술을 스쳐 지나갔다. 지금 자신이 얼마나 달아올랐는지 알려주는 듯한 한기에 흠칫 몸이 굳었다.

큼, 흠. 헛기침하며 애써 모른 척 고개 돌린 채희가 바닷물에 반사된 빛으로 훤한 동굴 내부를 둘러보았다. 눈은 동굴 바닥과 천장을 오갔지만, 온몸의 신경은 온통 린을 향했다.

침묵이 어색하다. 괜히 목을 틔우는 척 의미 없는 소리를 만들기도 하고, 바닥에 고인 물을 발로 찰팍거리는 등 어떻게든 소음을 만들어내려 애썼으나 어색함은 쉬이 가시지 않았다. 남들은 입 맞춘 뒤에 어떤 대화를 나누는 걸까. 마음 같아서는 이대로 바람결에 흩어져 사라지고 싶었다.

입맞춤의 여파로 한마디도 가르치지 못하고 돌아와야 했던 첫날과 달리 둘째 날부터는 린에게 간단한 말을 가르치기 시작했다.

"말로 대답을 하라니까."

"······응."

젖은 얼굴을 닦으며 슬쩍 흘기니 린이 마지못해 대답을 내놓는다. 평소처럼 꼬리로 대답하다 물을 튕긴 게 미안한지 수면을 살살 휘젓는 꼬리가 부쩍 소심해졌다.

린이 처음 배운 말은 '응'과 '아니'를 포함한 간단한 대답들이었다. 꼬리를 파르르 떨거나, 수면을 두드리는 것으로 충분히 의사 표현은 하고 있으나 그때마다 물이 넘치고 튀어 오르는 문제가 있어 날이 갈수록 떨어지는 기온을 생각해서라도 빨리 익힐 필요가 있었다.

린은 가르치는 보람이 있는 제자였다. 이해력도 좋고, 응용력도 좋고 입술과 혀가 따로 놀 때마다 채희의 혀를 만지려 한다는 점만 빼면 처음 배우는 거라는 생각이 들지 않을 만큼 수월하게 따라왔다.

그리하여 오늘도 어김없이 말을 가르치는 중인데······.

"이게 너라니까?"

"아냐."

"맞는 거 같은데. 여기 꼬리지느러미도 있잖아."

"아냐!"

버럭 내지르는 것만으로는 충족되지 않는지 물을 튕길 듯 팔을 치켜올린다. 그 모습을 본 채희가 반사적으로 들고 있던 책을 품에 안았다. 다른 건 몰라도 『산해경』은 안 된다. 간절한 마음을 읽기라도 한 걸까. 씩씩대던 린이 그런 채희를 힐긋거리며 치켜올렸던 팔을 내렸다. 시무룩하게 구겨진 입매에는 여전히 해소되지 못한 불만이 걸려 있었다.

"이 그림이 그렇게 마음에 안 들어?"

"응."

채희는 새어 나오는 웃음을 간신히 참으며 덮어놓은 책을 도로 펼쳤다. 조금 전까지 린에게 펴 보이며 네 그림이라고 우겼던 책장에는 전에 본 해괴한 인어가 그려져 있었다. 린의 눈에도 이건 아니다 싶었는지 아까부터 "아니야."만 수십 번 반복하는 중이었다.

"난 이쪽도 나름 귀여운 거 같은데."

"아냐. 안 돼."

정말 제가 이 그림을 더 마음에 들어 할 것 같은지 황급히 안 된다는 말까지 덧붙이는 게 귀여워 입술을 깨물었다. 결국 터지고만 웃음에 린의 표정은 한층 더 시무룩해졌다. 아무래도 이런 그림과 비교당했다는 사실에 자존심이 상하는 모양이었다.

"걱정하지 마. 내 눈에는 네가 더 귀여워."

"아냐."

아니긴. 채희가 웃음을 흘리며 잔뜩 토라진 린의 머리카락을 마구 흩트렸다. 린은 짧은 머리카락이 이리저리 날리며 얼굴 곳곳에 달라붙는데도 싫은 기색 없이 가만히 손길을 느끼고만 있었다.

"내가 너보다 이 그림을 더 예뻐할 것 같았어?"

아무리 헝클여놔도 금세 제자리를 찾아가는 머리카락이 신기해 만지작거리고 있으니 우물쭈물 말을 망설이던 린이 한참 만에야 "응." 하고 작게 대답한다. 슬쩍 돌아보는 눈에는 네가 그렇게 말하지 않았느냐는 원망마저 실려 있었다.

"바보."

그걸 속느냐는 의미로 뱉은 말이었는데 린은 그건 또 무슨 의미냐는 듯 눈을 치켜떴다. 본능적으로 좋은 말은 아니라는 걸 눈치챈 얼굴이었다.

"바보는 그러니까, 음……."

이제 와 조금 모자란 이를 지칭하는 말이라고 설명하자니 입이 떨어지지 않는다. 이제 막 말을 배우기 시작한 린에게 과연 나쁜 말을 가르치는 게 옳은가 고민하고 있는데 치켜뜬 눈을 가늘게 바꾼 린이 채희를 향해 손을 까딱였다.

"오라고?"

갑작스러운 부름에 의아해하면서도 조금 더 상체를 기울여 다가가니 린이 귓가에 입술을 붙인다. 옅은 숨결이 닿자 목덜미에 소름이 돋아났다. 멋대로 움츠러드는 어깨가 민망해 고개를 조금 빼려는 그때.

"바부오."

린이 속삭였다.

"뭐어? 바보는 너지!"

황당하고 우스워 삿대질까지 하니 시무룩하던 린의 입가에서 비로소 미소가 피어났다. 바보가 무슨 뜻인지 알면서 장난친 게 분명해 보이는 미소였다.

"감히 스승에게!"

소매를 걷을 생각도 하지 못하고 물에 손을 담갔다. 뭘 하려는지 눈치챈 린이 재빠르게 물러서는 틈을 놓치지 않고 손을 휘두르자 촤, 요란한 소리를 내며 물이 튀어 올랐다. 린에게 닿는 것보다 제 치마를 적시는 양이 많았으나 개의치 않았다. 그렇게 몇 번 더 물을 퍼 올리던 채희는 린이 물속으로 몸을 숨긴 뒤에야 젖은 손을 털었다. 행여나 갑자기 물에서 솟구쳐 올라 물세례를 쏟는 건 아닌가 싶었으나 린이 다시 고개를 내밀고 올라온 곳은 멀찍이 떨어진 동굴 입구였다.

"이리 와. 아직 가르쳐줄 말이 더 남았단 말이야."

젖은 치마를 추스른 채희가 머리와 옷고름을 매만지며 옆자리를 두드렸다. 물장구를 그리 쳐놓고 점잔 빼고 앉아 있는 꼴이 린의 눈에도 우스웠는지 훌쩍 올라와 앉는 얼굴에 웃음기가 가득했다. 고개까지 빳빳이 치켜들고 엄한 스승 흉내를 내던 채희의 입가에도 머지않아 미소가 피어올랐다.

"난 근엄한 스승은 못 되려나 봐."

"응."

"응이라니. 이럴 때는 아니라고 해줘야지."

"아니."

"그래."

"응."

늘 이런 식이다. 제대로 알고 쓰는 듯하다가도 한 번씩 엉뚱하게 툭하고 하지 말라는 대답만 골라 하는 걸 보면 일부러 그러나 싶기도 한데 물증은 없고 심증만 있으니 답답할 뿐이다. 순진한 표정에 속아 넘어갈 때도 한두 번이 아니고.

"또, 또."

크고 깊은 눈을 깜빡이며 뭐가 문제냐는 듯 바라보는 얼굴에 채희가 혀를 찼다. 하여간 자기가 예쁜 건 알아서.

"됐고, 책이나 보자."

근질거리기 시작한 뱃속을 들킬세라 얼른 고개를 돌린 채희가 『산해경』을 꺼내 들었다. 하도 펴놓고 본 탓인지 무릎에 올리자마자 저절로 넘어간 책장은 인어 그림이 있는 부분에서 멈추었다. 동시에 린의 표정도 굳었다.

"아. 가르쳐주고 싶은 말이 생각났어."

솔직한 반응이 우스워 소리 죽여 웃던 채희가 문득 떠오른 생각에 도로 책장을 덮으며 린을 돌아봤다.

"따라 해봐. 나는 예쁘다."

뚫어버릴 기세로 『산해경』을 노려보던 린이 천천히 이어지는 문장에 고개를 들었다. 눈을 깜빡, 뭘 하던 중인지 잊은 듯한 얼굴에 채희가 손가락을 가볍게 딱, 튕겼다.

"집중해야지. 자, 나는 예쁘다."

"응."

"응 말고. 따라 해보라니까? 나는……."

"애쁘다."

문장을 완성하기 위해 벌어졌던 입술이 예기치 못한 대답에 다물어졌다. 예상보다 훨씬 더 정확한 발음에 도리어 머쓱해진 채희가 목덜미를 긁적이며 올곧게 박혀오는 시선을 피해 입을 열었다.

"뭐, 뭐야. 잘하네. 그럼 다음은……."

"채이, 애쁘다."

"……뭐?"

『산해경』을 뒤적이던 손이 우뚝 멎었다. 잘못 들었나 싶어 고개를 드니 린이 좀 전에 했던 말을 다시 반복한다. 채이 애쁘다, 라고.

"누가 누굴 더러 예쁘대. 미쳤나 봐……."

얼굴이며 목덜미로 순식간에 열이 올랐다. 달아오르다 못해 터져버릴 것 같은 얼굴을 양손으로 가리자 린이 채희의 머리를 쓰다듬어 주었다. 손이 어찌나 큰지 정수리를 덮은 손이 귀까지 닿을 정도였다. 분명 귀에도 열이 올랐을 테지만 그렇다고 린을 밀어낼 수도, 쥐구멍에 숨을 수도 없었다.

이러지도 저러지도 못한 채 고개만 푹 숙이고 있으니 린이 다시금 같은 말을 반복한다. 꼭 알고 있었으면 좋겠다는 듯 느리고 다정하게, 한 음, 한 음 정성 들여서.

"채이, 애뻐."

"하지 마아."

결국 무릎에 얼굴 파묻은 채희가 민망함을 이기지 못하고 앓는 소리를 냈다. 우스운 건, 이런 상황에서도 웃음이 난다는 것이었다. 슬쩍 고개를 돌려 바라보니 린도 웃고 있었다. 여차하면 한 번 더 말해주겠다는 듯 벙긋대는 입술에 이번에는 아예 귀 틀어막았다.

웅웅, 앓는 소리만 울리는 와중에 틀어막은 손을 뚫고 웃음소리가 들려왔다. 맑고 경쾌한, 린을 만난 이후 처음 듣는 소리였다.

놀란 채희가 민망함도 잊은 채 고개를 들었다. 해사한 미소가 한낮의 햇살과 어우러져 찬란하게 빛나고 있었다. 덜 마른 머리카락이 보기 좋게 흔들리고, 넓은 가슴이 웃음소리를 따라 잘게 진동했다. 보석을 박아 넣은 듯 푸르게 빛나는 눈이 오로지 자신만을 담고 있다는 사실이 믿기지 않아 채희는 그 눈을 바라보고, 또 바라보았다. 뱃속이 근질거린다.

꿈일 거야. 채희는 자기도 모르게 그런 생각을 했다. 그리고 그 것을 떨쳐내기도 전에 어디선가 휘익, 바람 소리가 들려왔다. 린 의 고개가 홱 돌아간 것과 거의 동시였다.

채희 역시 소리가 난 방향으로 눈을 돌렸다. 단순한 바람 소리 가 아니었는지 린의 살갗 위에 자잘한 소름이 돋아났다. 긴장한 기색이 역력한 얼굴에는 웃음기가 사라졌다. 그때 다시 한번 휘 익, 바람 소리가 들렸다. 동굴 바깥을 바라보던 채희의 시선이 린 을 향했을 때, 린은 이미 바다에 뛰어든 뒤였다.

"린!"

빠른 속도로 멀어지는 물살을 보며 채희도 자리에서 일어나 발 을 굴렀다.

'혹시 저게 너를 해치려는 사람들의 신호니?'

그때와 같은 소리다. 그렇기에 몸을 숨기기는커녕 소리가 나는 방향으로 헤엄쳐 가는 린을 이해할 수 없었다.

스산한 바람 소리는 린이 사라지고도 몇 번이나 더 이어졌다. 채희는 귀를 틀어막았다. 휘익, 바람 소리가 동굴 안을 울릴 때마 다 상처 입고 쓰러져 있던 린이 겹쳐 보였다.

얼마나 기다렸을까. 잦아든 바람 소리와 달리 린은 여전히 돌 아올 기미가 보이지 않았다. 동굴 안을 서성이던 채희가 초조함을 이기지 못하고 밖으로 나가려 할 때였다. 파도와 함께 동굴 안쪽으로 밀려 들어온 거센 물살 속에서 푸른 지느러미를 보았다. 머지않아 수면 위로 솟구쳐 오른 린은 품에 안고 있던 것을 동굴 바닥에 조심히 내려놓았다.

"누구야?"

작은 생명이 숨을 헐떡이고 있었다. 어린 인어는 어른이 되기 전의 린보다 훨씬 앳되어 보였다.

하얗다 못해 창백한 피부에는 자잘하게 돋아난 비늘이 군데군데 남아 있었는데, 아무래도 바닷물에 닿아 낫는 중인 듯했다. 문제는 바닷물이 닿기 무섭게 비늘이 돋고 상처가 사라지던 린과 달리 낫는 속도가 더디다는 데에 있었다.

한눈에 봐도 좋은 상태는 아니었다. 팔과 등을 가로지르는 날카로운 상처는 물론, 짙은 녹색빛을 띠는 꼬리에는 뼈가 드러날 만큼 깊은 상처와 함께 인간의 솜씨로 보이는 그물이 칭칭 감겨 있었다.

비늘이 돋아날 만하면 허물어지고, 돋아날 만하면 다시 벌어지는 상처를 들여다보던 채희가 조심스럽게 어린 인어 곁으로 다가갔다. 숨 쉬는 것조차 버거운지 불규칙적으로 오르내리는 가슴이 이따금 경련하고 있었다. 보기보다 더 심각한 상태에 채희의 손이 떨렸다. 이러다 정말 큰일 날지도 몰라. 앙다문 입술에 깃든 우려를 읽었는지 린의 손끝이 채희의 뺨을 살짝 훑어냈다.

린은 어린 인어의 상처를 꼼꼼히 살피는가 싶더니 다시 물속으로 들어갔다. 채희도 가만히 있을 수 없어 소매를 걷어붙였다. 엉킨 그물을 풀고 바닷물을 퍼 상처 위에 뿌려주는 동안에도 어린 인어의 호흡은 점차 약해지고 있었다.

"안 돼, 안 돼. 조금만 더 버텨줘."

영겁 같은 찰나의 연속이었다. 손이 얼어 더는 얼얼함을 느끼지 못할 지경이 되었음에도 물을 퍼 올리는 일을 멈출 수 없었다. 린이 돌아온 건 이러다 정말 인어의 숨이 멎을지도 모르겠다는 생각이 들 무렵이었다. 린의 손에는 인어를 낫게 할 약은커녕 날카롭게 생긴 조개껍데기 하나만 달랑 들려 있었다.

"뭐 하는 거야!"

뭘 하려는 건지 파악할 새도 없이 비명과도 같은 외침이 쏟아져 나왔다. 린이 쥐고 있던 조개껍데기로 자기 팔을 길게 그은 것이다. 놀란 채희가 손을 뻗어봤지만 이미 흰 팔뚝에서는 붉은 피가 뚝뚝 떨어지고 있었다.

마치 자기 팔을 베인 것처럼 신음하는 채희와 달리 린은 아픈 기색 하나 없이 어린 인어에게 다가갔다. 피가 뚝뚝 떨어지는 팔을 들어 의식 없는 인어의 입술에 가져다 댔을 때는 아무 말도 할 수 없었다.

피는 쉼 없이 흘렀다. 굳게 다문 입술을 타고 흐른 피가 동굴 바닥에 고여 작은 웅덩이를 이뤘지만, 그저 지켜보고 있을 수밖에 없었다. 채희는 금세 피가 돌아 따뜻해지기 시작한 제 손을 굳게 쥐었다가 펼쳤다. 높은 제 체온이 오늘만큼 원망스럽기도 처음이었다.

저절로 피가 멎을 때까지 어린 인어 입술 위에 피를 흘려보내던 린은 새로 낸 상처에서도 피가 금방 멎는 것을 보고는 자기 상처 위에 입술을 대었다. 입안 가득 피를 머금고 어린 인어를 품에 안은 린은 망설이지 않고 하얗게 질린 입술 위에 피로 물든 입술을 포갰다. 이윽고 어린 인어의 목이 움찔하며 피를 삼켰다.

온통 피투성이였다. 린의 팔도, 입술도, 어린 인어의 얼굴과 상체, 동굴 바닥까지.

린은 오랜 시간을 들여 자신의 상처를 빨아 피를 머금고 어린 인어에게 넘겨주는 일을 반복했다. 피가 멎을 때마다 새로운 상처를 내느라 팔뚝 살이 너덜거렸지만, 린은 멈추지 않았다. 마치 의식을 치르듯 신중한 얼굴이다. 피를 뒤집어쓰고도 흐트러지지 않는 모습이 마치 이 세상 존재 같지 않았다.

얼마나 많은 피를 먹었을까. 한쪽 팔로는 충분치 않아 반대쪽 팔에도 조개껍데기의 단면을 가져다 댔을 무렵, 간신히 숨만 헐떡이던 어린 인어가 경련하듯 몸을 떨었다. 린은 그제야 어린 인어를 내려놓으며 자신의 입가에 남은 피를 닦아냈다. 마지막으로 그은 상처에서는 아직도 새빨간 피가 뚝뚝 떨어지고 있었다.

내내 린에게 닿아 있던 채희의 시선이 다시 어린 인어를 향한 건 경련하던 인어의 몸이 어느 순간 뚝 멎었을 때였다. 죽은 줄만 알았다. 그래서 어린 인어가 서서히 눈을 떴을 때, 채희는 또 한 번 놀랄 수밖에 없었다. 심지어 아무리 바닷물을 끼얹어도 낫지 않던 상처들이 잠깐 사이 흔적도 없이 사라졌다. 뼈가 드러날 만큼 깊던 상처에도 그새 투명한 새살이 돋아나 있었다.

"방금, 뭐 한 거야?"

허공을 보며 눈을 몇 번 깜빡이던 어린 인어가 채희 목소리에 고개를 잠시 돌리더니 벌떡 상체를 일으키곤 그르렁거렸다. 하얗게 드러난 이가 린과의 첫 만남을 떠올리게 했다. 린이 어린 인어를 향해 쉭 소리를 내며 꼬리를 파르르 떨었다.

큰 소리도 아니었다. 귀 기울여 듣지 않았다면 아예 듣지도 못했을 작은 소리였음에도 어린 인어는 마치 혼이라도 난 듯 주춤 물러서더니 이내 이를 감추고 위협을 멈췄다. 경계를 완전히 푼 건 아니었지만 적어도 달려들 것 같진 않았다.

흔들리는 두 팔로 간신히 버티고 있던 인어가 긴장이라도 풀린 듯 힘없이 쓰러지자 린이 늘어진 몸을 추슬러 안았다. 어린 인어를 물속으로 인도하는 손길은 조심스러웠으며 표정은 어느 때보다도 단단해 보였다. 언뜻 화가 난 것도 같았다.

바닷물이 닿자 인어 몸에 달라붙어 있던 핏물이 빠르게 씻겨 나갔다. 그뿐만 아니라 자잘하게 남아 있던 상처들과 투명하기만 하던 꼬리 상처에도 금세 비늘이 돋아났다. 린의 팔에 죽죽 그어진 상처까지 깨끗하게 사라지자 조금 전까지의 일이 모두 꿈만 같았다.

어린 인어를 품에 안은 채 채희를 바라보던 린은 입술을 굳게 다물고 눈을 한번 깜빡였다. 금방 다녀오겠다는 인사였는지 곧장 수면 아래로 가라앉는 것을 보며 채희는 한 박자 늦게 고개를 끄덕였다. 어린 인어를 안전한 곳까지 데려다주고 오려는 모양이었다.

채희는 깊이를 알 수 없는 바다를 들여다보다 그 곁에 털썩 주저앉았다. 그제야 손이 떨리고 속이 울렁거렸다. 도움은커녕 넋 놓고 구경만 한 주제에 긴장한 꼴이 우스웠다.

떨리는 손으로 세운 무릎을 끌어안았다. 바람 소리는 이제 들리지 않지만, 동굴바닥에 고인 피를 보자 다시 마음이 무거워졌다. 치맛단을 적신 린의 피가 유난히도 붉었다.

어린 인어가 죽을 뻔했다. 그것도 인간들의 욕심 때문에. 채희는 동굴 바닥에 굴러다니는 피 묻은 그물을 보며 헐떡이던 어린 인어를 떠올렸다. 린과의 첫 만남도 떠올랐다. 제아무리 인어의 영험한 힘이 탐나기로서니 이렇게나 어린 생명들을 해하고 있는 줄은 몰랐다.

린이 없었으면 그 어린 인어는 어떻게 되었을까. 그때 린을 발견한 게 제가 아니었다면. 아무리 바닷물을 뿌려도 낫지 않던 어린 인어의 상처와 바위틈에 끼어 꼼짝도 못 하던 린. 그들이 이기적인 인간들 손에서 해체당하고 한낱 고깃덩이처럼 취급되었을 걸 생각하니, 그렇게 사라졌을 수많은 생명을 생각하니 속이 뒤집히다 못해 천불이 나는 기분이다.

같은 인간으로서 부끄러웠고, 원망스러웠으며, 화가 났고, 미안했다. 무엇보다 린의 피를 받아마시고 되살아나던 어린 인어를 보며 시름시름 앓다 끝내 세상을 떠난 어머니를 떠올린 저 자신을 가장 용서할 수 없었다.

울 주제도 못 된다는 걸 알면서도 불쑥 솟아오르는 눈물을 감추기 위해 손톱을 물어뜯었다. 얼마나 기다렸을까. 길게 번져 오는 물살에 채희는 자리를 박차고 일어났다. 린이 돌아온 것이다. 머지않아 수면 밖으로 모습을 드러낸 린을 보며 급히 입술을 달싹이던 채희는 끝내 한마디도 뱉지 못하고 도로 입을 다물었다. 묻고 싶은 게 많았으나 굳은 린의 표정을 보자 어떤 말도 꺼낼 수 없었다.

푹 숙인 고개에서 말로 다 할 수 없는 깊은 상심이 느껴졌다. 채희는 섣부른 위로조차 건네지 못한 채 주먹만 굳게 쥐었다.

"그 사람들이지? 전에 널 공격했던……."

"……응."

가라앉은 목소리를 듣자 덜컥 목이 메어왔다.

"미안해. 내가 대신 사과할게."

"왜?"

고개를 든 린이 대번에 눈을 맞춰왔다. 채희는 입술을 짓씹었다. 간신히 입을 뗀 건 부풀어 오르던 여린 살에서 기어이 핏물이 터졌을 때였다.

"나도, 인간이잖아. 저들과 같은……."

놀란 듯 눈을 크게 뜬 린이 채희의 치마를 살살 끌어당겼다. 미약한 손길에 이끌려 주저앉은 채희가 차마 린을 똑바로 보지 못하고 시선을 피했다.

여전히 동굴 바닥에 고여 있는 피를 보고 있는데 머리 위에 커다란 손이 닿았다. 마치 그들과 너는 다르다고 말해주는 듯한 다정한 손길에 참았던 눈물이 기어코 새어 나왔다. 미안해. 울음으로 감춘 진실이 뭔지도 모른 채 린은 채희를 다독이고, 또 다독였다. 젖은 눈으로 린을 돌아봤다. 린은 얽혀드는 시선을 피하지 않았다. 그저 붉은 댕기를 끌어다 그 끝에 조용히 입 맞출 뿐이었다.

물살을 가르자 하얗게 일어난 포말이 온몸을 휘감는다. 린은 꼬리 끝에 힘을 실으며 조금 더 빠르게 앞으로 나아갔다.

경계 구역을 지나고도 한참 더 내려가자 해저 정원이 나타났다. 다양한 해조류들로 꾸며 오색찬란한 데다 작은 먹이를 찾아온 물고기들도 많아 늘 어지러운 곳이었다. 춤추는 정어리 떼를 지나 정원 끝까지 헤엄쳐 가자, 조금 한산한 곳이 드러났다. 크고 작은 암반들로 그늘진 곳은 짝을 찾은 인어들이 밀회를 즐기러 찾는 장소였다. 언젠가 채희와 함께 와보고 싶은 곳이기도 했다.

린은 그중에서도 가장 햇살이 잘 드는 암반으로 다가갔다. 그 위에는 한껏 몸을 웅크리고 누운 어린 인어가 있었다. 내내 잠들어 있었는지 며칠째 같은 자세만 고집하고 있었다. 뻐끔대는 아가미가 없었다면 꼼짝없이 죽었다고 생각했으리라.

태어난 지 삼 년 남짓밖에 되지 않았을, 정말 어린아이였다. 인어는 정해진 수명이 다할 때까지는 쉬이 죽지 않지만, 그럼에도 죽을 고비가 있다면 바로 이 시기쯤이었다. 가시가 완전히 굳지 않은 데다 상처 회복도 느려 간혹 덩치 큰 상어나 어부의 작살에도 쉽게 당하는 유아기. 이 녀석 역시 조금만 늦었더라면 피는 써보지도 못하고 죽었을 것이다. 그렇게 사라져 간 어린 인어만 해도 몇 년 새 수십에 달했다.

─진짜네.

새롭게 돋아난 꼬리 비늘의 색이 여전히 투명한 것을 보며 보름까지도 회복되지 않으면 피를 한 번 더 써야겠다고 생각할 때였다. 하얀 포말과 함께 드리운 석양빛 머리카락이 물살을 따라 사방으로 휘몰아쳤다. 늘 달고 다니던 산호는 어디다 내팽개쳐 놨는지 오랜만에 말끔한 모습을 한 시끄러운 녀석이었다.

─뭘.

─진짜 머리가 짧아졌어.

믿기지 않는다는 듯 너울거리는 머리끝을 만지작거리던 녀석이 매섭게 린을 노려봤다.

─이래서 나만 보면 피해 다닌 거야? 머리 자른 거 안 보여주려고?

올 때마다 자리에 없던 건 누구냐고 따져 물으려다 관두었다. 녀석의 말도 어느 정도 일리는 있었으니까. 정확히는 왜 잘랐냐, 언제 잘랐냐, 쉬지 않고 떠들어댈 녀석이 귀찮아 녀석이 없을 만한 시간을 골라 어린 인어의 상태만 보다 가곤 했다.

─어디다 팔아치운 거야? 누구랑 싸웠어? 아니면…….

한 치의 예상과도 다르지 않은 반응에 짜증보다는 헛웃음이 앞섰다. 그러거나 말거나 녀석은 잘려 나간 머리카락을 회상하듯 짧은 머리카락 주변을 손으로 덧그리고 있었다.

─성장기랑 관련 있는 거야?

─무슨 뜻인지 전혀 모르겠어.

─쟤가 그러던데. 네가 인간과 있었다고. 그 앞에서 피도 먹었다며.

목소리를 낮춘 녀석의 표정이 더없이 진지해진다. 네가 또 인간한테 빠졌다던데, 라고 말하던 때와 같은 표정이었다. 린은 대꾸하지 않고 암반이 있는 곳을 턱짓으로 가리켰다.

─쟤 상태는 어때.

─말 돌리지 마.

―아직 어린애야. 괜히 이상한 거 가르치지 말고 잘…….

―아예 잡아먹어 달라고 외치지 그래?

잘 보살펴줘라, 그리 덧붙이려던 울림이 우뚝 멎었다. 긴 숨을 내뱉자 잘게 맴돌던 포말이 일제히 방향을 바꿔 멀어진다. 드넓은 바다 어딘가에 시선을 두던 린이 뺨에 닿는 원망을 이기지 못하고 고개를 돌렸다.

―신경 쓸 거 없잖아.

―왜 신경 쓸 게 없어? 넌 지금 너뿐만 아니라 인어 전체를 위험에 빠트리고 있는 거야! 인간들이 왜 인어를 사냥하는지 잊었어? 그들은 인어의 피와 살이…….

―영생을 살게 해준다고 믿지. 그걸 모르는 인어도 있나?

이래서 어떻게든 마주치지 않으려고 했던 건데. 린은 지끈거리기 시작하는 머리를 짚었다. 몇 마디 나눴을 뿐인데 극심한 피로감이 밀려오고 있었다.

―그런 인간 아니야. 너도 만나보면…….

―……단단히 빠졌구나, 너.

린은 대답 대신 조용히 어깨만 으쓱였다. 녀석의 얼굴이 더욱 굳어진 건 말할 것도 없었다. 그러거나 말거나 린은 대신 사과하겠다며 눈물짓던 채희를 떠올렸다. 저도 같은 인간이라 미안하다고 했던가. 말도 안 되는 소리다. 모든 인간이 채희만 같았다면 인어가 인간 때문에 죽어나갈 일도, 죽어라 미워할 일도 없었을 것이다.

―할 말 다 했으면 간다.

―잠깐만.

한참 말이 없기에 다 끝났나 했더니 이번에는 아예 팔을 붙잡
혔다. 무슨 생각을 하는지 녀석은 살이 눌리도록 팔을 쥐고서 다
시 한참을 침묵했다. 또 시작이네. 긴급 호출이라도 떨어지지 않
는 한 할 말은 꼭 해야 하는 녀석이다. 그 지독한 성정을 누구보다
잘 알기에 린은 잠자코 이어질 말을 기다리는 수밖에 없었다.

―너.

뭐 대단한 이야기를 하겠다고 무게까지 잡는지 모르겠다. 린이
녀석을 힐긋 쏘아봤다. 뭐냐고 묻는 듯한 거만한 표정을 읽었는지
굳어 있던 녀석의 눈가가 움찔한다.

―……었어?

―뭐라고?

커다란 그림자가 정원 전체를 덮쳐오는가 싶더니 이윽고 대왕
고래의 울음이 우렁차게 울렸다. 온몸을 전율케 하는 소리에 지
느러미를 쭈뼛 세우자 여전히 팔을 쥐고 있던 녀석이 버럭 화를
낸다.

―죽음의 땅에 갔었냐고 묻잖아!

얼굴뿐만 아니라 목덜미, 어깨까지 붉게 물들인 녀석이 울컥 치
민 감정을 주체하지 못하고 씩씩댔다. 이해할 수 없는 반응이었

다. 갔었으면? 태연하게 되묻자 표정은 더욱 살벌해졌다. 그대로 쥐고 있는 팔을 터트리고 당장 목덜미를 물어뜯어도 이상하지 않을 만큼.

—갔었으면? 그게 할 소리야? 너 정말 미쳤어? 그거 금기야. 걸리면 죽음이라고!

—알아.

—알아? 아는 녀석이 지금……!

—너만 입 다물면 아무 문제 없을 거야.

지느러미는 물론 갈퀴까지 바짝 세우고 달려들던 녀석이 목덜미를 쥐기 전 갑자기 멈추었다. 눈은 짧게 잘린 머리카락을 향하고 있었다.

—너, 너 그럼 설마, 머리 자른 것도…….

린은 아무런 대답도 하지 않았다. 머리카락을 주고 뭘 얻었어? 소리 없는 질문에 입꼬리만 살짝 말아 올렸을 뿐이다.

힘없이 떨어지는 작은 손을 내려다보던 눈을 들어 허무함이 깃든 석양빛 눈을 들여다봤다. 비록 성체가 되지는 못했지만 살아온 세월이 긴 만큼 그 안에 담긴 깊이를 가늠하기 어려웠다.

—나는, 난…….

—네가 뭘 걱정하는지 알아.

세상에서 가장 이기적인 존재가 인간이라고, 백 년도 채 살지 못하는 주제에 욕심만 많아 다른 생명을 해하는데 망설임이 없다고. 그러니 보이는 즉시 피해라, 다가가지 마라. 기억도 나지 않는 까마득한 어린 시절부터 질리도록 듣는 소리였다.

─……두렵지 않아?

─두려워.

린은 뭐 그런 당연한 소리를 하냐는 듯 웃었다. 당연히 두려웠다. 인어의 삶에 비하면 더없이 짧은 인간의 생이, 같을 수 없는 우리의 터전이, 삶이, 종이. 그러나 두렵다고 해서 포기할 수 있는 마음이 아니었다. 성장기가 시작될 때도 그랬고, 목소리를 얻자마자 뭍으로 달려 나갈 때도 그랬다.

정확히 언제부터였는지 모르겠다. 툭하면 처음 만난 날이 떠오르기에 그날부터였겠거니, 추측할 뿐이다. 그날을 기억한다. 사냥꾼들에게 쫓겨 해안가까지 떠밀려 가던 그 순간을, 바위에 걸린 꼬리를 보며 이대로 죽는구나, 하고 모든 걸 포기하던 그 찰나를.

'저, 저기요.'

햇살을 등지고 서 있던 채희는 눈이 부셨고, 상처를 보듬던 손길은 부드러웠으며, 귓가를 간질이는 목소리는 다정했다. 그건 윤화가 남긴 선물이었고, 오랜 시간 기다려온 제 일부였으며, 다시 한번 부여받은 생이자 구원이었다.

─너도 얼른 좋은 짝을 만나. 언제까지고 어린아이로만 지낼 수는 없잖아.

오늘따라 유난히 작아 보이는 어깨를 토닥이자 픽 새는 웃음과 함께 공기 방울 여러 개가 뺨을 스치고 지나간다.

—너 같은 얼간이한테까지 그런 소리 듣고 싶지 않아.

꺼져버려. 거친 표현과 달리 돌아서는 녀석은 자기가 더 상처받은 얼굴을 하고 있었다. 말은 그렇게 했어도 누구보다 린의 선택을 이해해 줄 녀석이다. 지금껏 그래왔던 것처럼.

린은 이제 막 깨어난 어린 인어에게 무어라 말 붙이는 녀석을 바라보다 물살을 박찼다. 왔던 길을 거꾸로 오르며 한참을 유영하다 문득 돌아보니 멀리 죽음의 땅이 보였다. 오래전부터 해초 한 뿌리 자라지 않는 땅은 거친 암반만 가득해 멀리서만 봐도 스산했다. 순간 목구멍이 뜨겁게 달아오르는 느낌이 들었다. 무심코 목을 매만지던 린은 며칠 전, 저곳에 갔을 때를 떠올렸다.

녀석이 어떻게 눈치챘는지는 모르겠지만 린은 얼마 전 죽음의 땅에 갔었다. 인간의 소리를 얻을 수 있다는 말에 호기심이 동한 건 사실이었지만 그리 간절한 건 아니었다. 게다가 최근 전 장로가 죽었다는 소문마저 돌아 큰 기대도 없었다. 주변이나 둘러보자, 하는 가벼운 마음이었다. 죽었다는 전 장로와 죽음의 땅 입구에서 맞닥뜨리기 전까지만 해도 그랬다.

마중이라도 나온 것처럼 전 장로는 거친 암반 위에 앉아 있었다. 모든 인어의 선망을 한 몸에 받던 과거 영광은 찾아볼 수조차 없는 초라한 모습이었다. 군데군데 떨어진 비늘과 죽은 나무뿌리처럼 바짝 마른 팔, 회복이 안 돼 너덜거리며 벌어진 상처까지. 언제 수명이 다해도 이상하지 않을 모습에 보고 있기 괴로울 정도였다.

인어가 영생을 산다는 것도 다 옛말이었다. 선조들의 말처럼 백 년도 못 사는 인간들한테나 영생이지, 천년도 거뜬히 살던 인어에게 반 토막 난 수명은 이제 막연한 두려움이 되었다. 전 장로도 죽음을 두려워할까. 어쩐지 쓸쓸해 보이는 표정에 쉬이 말을 붙이지 못하고 주위만 빙빙 맴돌던 린은 해가 기울어갈 즘에서야 겨우 한마디 꺼내놓을 수 있었다.

─인간의 소리, 정말 얻을 수 있습니까?

전 장로는 눈길 한번 주지 않았다. 그저 삐쩍 마른 손을 내밀었을 뿐이었다. 린은 그 행동의 의미를 금방 알아차렸다. 대가가 필요한 것이다. 너무도 쉬운 거래에 망설일 생각도 들지 않았다. 린은 곧장 예리한 암반 조각을 찾아 자기 머리카락을 잘랐고, 그것을 손에 쥐여주자 전 장로는 뒤도 돌아보지 않은 채 암반 틈으로 들어갔다.

잠시 뒤 전 장로가 들고나온 것은 진주보다 작은 알 하나였다.

─씹지 말고 한 번에 삼켜.

찢어질 듯 날카로운 목소리였다. 게다가 곧 일그러질 것 같은 미소에 잠시 망설여졌으나 린은 설마 죽기야 하겠나 싶은 심정으로 전 장로가 내민 알을 삼켰다. 후회는 알이 목구멍을 넘어가는 순간부터 시작되었다.

불덩이를 삼킨 것 같았다. 목구멍을 달구는 열기에 삼킨 것을 도로 뱉고 싶었지만, 정체 모를 알은 이미 녹아 사라진 뒤였다. 린은 양손으로 목을 감싸 쥔 채 이리저리 몸을 비틀었다. 태어나 단 한 번도 겪어본 적 없는 고통이었다. 이대로 목구멍이고 뭐고 전부 녹아 사라질 것 같은 두려움에 몸서리치다 자기도 모르게 앓는 소리를 냈다.

그래, 그때의 전율을 잊지 못한다. 고작 앓는 소리에 불과했지만 그건 분명 소리였다. 인간의 소리. 머리나 피부로 느끼는 소리가 아닌, 목이 떨리고 귀가 듣는 소리. 린은 고통도 잊은 채 전 장로를 돌아봤지만, 그는 이미 사라지고 없었다. 목구멍을 모조리 태울 것 같던 고통도 머지않아 사그라들었다.

그게 전부였다. 머리카락을 잘라 주었고, 전 장로가 준 알을 삼켰더니 정말 인간의 소리가 생겼다. 금기치고 너무 간단해 허무할 정도였다. 직접 경험해 보니 어째서 그 많은 인어가 두려워하면서도 죽음의 땅 주변을 어슬렁거리는지 알 것 같았다.

린은 멈췄던 꼬리에 다시 힘을 실었다. 점점 더 멀어지는 죽음의 땅을 뒤로한 채 앞만 보고 유영했다. 머릿속에는 전 장로가 장로직을 박탈당하던 날, 정찰 인어들 손에 끌려가며 외치던 소리가 맴돌고 있었다.

─인어는 인간이 되고 인간은 인어가 되는 거야. 육지와 바다의 경계가 사라지는 거지!

린은 꼬리에 조금 더 힘을 실으며 채희의 머리를 쓰다듬던 제 손을 내려다보았다.

⸙

방문이 닫히는 소리에 눈을 떴다. 벌써 아침이었다. 창으로 새어 들어오는 햇살을 보며 작은 한숨을 내쉰 채희가 몸을 일으켰다. 밤새 뒤척인 탓인지 눈이 따갑고 머리가 지끈거렸다.

눈을 감으면 숨을 헐떡이던 어린 인어가 떠올랐다. 제 팔을 아무렇지 않게 긋던 린의 모습도 함께였다. 꿈인지 환영인지 모를 것 속에서도 채희는 할 수 있는 일이 없었다. 그저 발을 동동거리며 손톱만 물어뜯고 있을 뿐이었다. 너덜거리고 해진 손끝을 보며 린이 뭐라고 했더라. 너도 똑같은 인간이지 않냐고 했던가. 그리 말하던 린의 목소리가 어찌나 생생한지 허상이라는 것을 알면서도 가슴이 찢어지는 것만 같았다.

"일어나 계셨네요?"

이부자리를 정리하고 옷을 갈아입는 동안에도 머릿속을 떠나지 않던 린의 목소리는 벌컥 열린 방문과 함께 사라졌다. 채희는 찬 공기와 함께 방으로 들어서는 말생을 물끄러미 올려다보았다.

"왜?"

무슨 문제라도 생겼는지 손에 든 치마를 이리저리 살펴보며 골몰하는 모습에 채희가 물었다.

"혹시 어제 물에 들어가셨어요?"

"아니."

"그럼 옷이 왜 이 모양이래요?"

채희의 시선이 넓게 펼친 치맛자락으로 향했다. 어제 린을 만나고 돌아와 벗어둔 것이었다.

"글쎄……."

바닷물에 어느 정도 씻겨 나갔다고 생각한 핏자국이 아직도 치마 끝자락에 남아 가뜩이나 붉은 천이 더욱 짙게 물들었다. 빨아도 지지 않을 듯한 핏자국을 보고 있노라니 동굴 바닥에 고여 있던 핏물이 떠오른다. 이어 아픈 기색도 없이 제 팔을 그어 내리던 린이, 피를 받아 마시고 정신을 차리던 어린 인어의 모습 역시 떠올랐다. 피가 흥건한 입술을 손등으로 대충 비벼 닦던 린의 모습이 눈앞에 아른거린다. 꼬리지느러미를 보고도 실감하지 못했던 인어라는 이질적인 존재가 현실적으로 다가왔다.

"아침부터 기운이 없으시네. 열이 있으신가?"

"아니야. 열은 무슨……."

이마에 닿는 말생의 손이 서늘하다. 채희는 그저 잠을 설쳐 그렇다고 답하면서도 말생의 손에 이마뿐만 아니라 뜨끈한 눈가까지 느리게 비볐다. 그러게, 날도 추운데 허구한 날 바다는 무슨 바다냐는 잔소리에 겨우 현실로 돌아온 기분이었지만, 그렇다고 붕

뜬 넋까지 완전히 돌아온 건 아니었다.

"어디 다치신 건 아니죠?"

잠 좀 설친 정도로 기운 없어 할 애가 아니라는 걸 눈치챘는지 말생은 채희가 입고 있는 치마까지 들쳐가며 의아해했다. 분명 치마에 묻은 게 핏물은 맞는 것 같은데 대체 어디서 나온 핏물인지 모르겠다는 반응이었다. 채희는 고개만 조용히 저었다.

"아씨가 다친 거 아니면 됐어요."

"다른 사람이 다치는 건 괜찮고?"

"다른 사람까지 제가 알게 뭐래요."

"야박하네, 유모."

그렇게 안 봤는데 매정하기까지 하다는 말에 서운해하긴커녕 어깨를 으쓱이며 콧방귀나 뀌는 모습에 채희도 맥없이 웃음을 흘렸다. 어린 인어의 상처를 본 뒤부터 무겁기만 하던 마음이 조금이나마 풀리는 듯했다.

"암튼 몸조심하셔요. 대감마님한테 괜히 또 야단맞지 마시고."

"아버지가 여기 없는데 뭐가 걱정이야."

"그야 곧……."

곧? 흐트러진 치마를 정리하며 방을 나서려던 채희가 눈을 돌렸다. 말생은 그런 채희와 행여 눈이라도 마주칠세라 얼른 고개를 숙이며 딴청을 피웠다. 무슨 대단한 잘못이라도 저지른 양 굳게 다문 입술이 수상했다.

"나 자는 사이 무슨 일이라도 있었어?"

"이, 일이랄게 뭐 있나요."

더듬대는 입을 손바닥으로 찰싹 내리치는 말생을 보며 채희는 쥐고 있던 문고리를 놓았다. 말생은 평소에도 거짓말에 소질이 없는 사람이었다. 채희는 아무것도 묻지 않았다. 그저 팔짱을 낀 채 손에 쥔 치마만 이리저리 구겨가며 어쩔 줄 몰라 하는 말생을 빤히 바라봤을 뿐이다.

"그것이……."

그때였다. 완전히 닫지 않은 문이 삐걱대며 열린 건. 훅 들이치는 찬 공기에 고개를 돌리니 눈에 익은 머슴 하나가 표주박까지 씹어 먹을 기세로 물을 마시고 있는 게 보였다. 이름이 일놈이랬나, 이놈이랬나. 발이 빠르고 기억력이 좋아 아버지 잡일을 가장 많이 돕는 아이였다.

"연통이 왔어요. 대감마님한테서."

의아한 시선을 옮기기도 전에 말생이 덧붙였다.

"아버지가? 왜?"

연통 하나 온 게 뭐 대단한 일이라고 눈도 제대로 못 맞추고 있나 싶어 바람 빠지는 소리를 내다 번쩍 정신이 들었다.

"혹 편찮으신 거야? 어디가? 얼마나? 결국 그놈의 약주가 사달을 낸 거지?"

그럴 줄 알았다. 타고나길 간이 약하니 항상 술을 멀리해야 한

다는 의원의 말에도 불구하고 약이랍시고 식사 때마다 반주를 걸
치더니 기어이 탈이 난 게라고. 조금 전까지 죽어가는 어린 인어
를 보며 진이 다 빠졌던 것도 잊고 그간 속으로만 삭이던 불안을
쏟아내는데 말생이 펄쩍 뛰며 손사래를 쳤다.

"아니, 아니여요. 대감마님은 건강하시대요. 대감마님이 아니
고 아씨가······."

"나? 내가 왜?"

"벌은 그만하면 되었으니 돌아오시라고······."

"아······."

흥분해 저도 모르게 한껏 치솟았던 어깨가 축 가라앉았다. 우습
게도 벌은 그만하면 되었다는 말에, 돌아오라는 말에 여기가 내쫓
기듯 온 유배지라는 사실이 떠올랐다. 어쩌다 아버지의 화를 키웠
는지도.

말이 좋아 벌은 그만하면 되었다는 거지, 결국은 이만 돌아와
혼례 준비나 하라는 뜻이다. 김 도령이 아버지를 찾아가 바닷바람
이 차더라며 그만 마음 푸시라 몇 마디 보탰을 수도 있었다.

"그렇지. 돌아가야지."

마치 새로운 사실을 깨달은 것처럼 고개가 끄덕여졌다. 돌아가
야지, 그럼. 당연한 일인데도 돌아가야 한다는 말을 입 밖으로 뱉
을 때마다 남 일인 양 낯설게 느껴졌다.

"사람을 보낸다고 하셨으니 이레 안에는 떠날 채비를······."

남은 시간은 이레뿐이라고, 돌아가면 혼례 준비로 바쁠 테니 쉴 수 있을 때 조금 더 쉬어두시라는 말생의 목소리가 동굴 속 메아리처럼 귓가를 맴돌았다. 해안가까지 따라와 손을 흔들어주던 린이 떠오른다. 내일 또 보자는 말에 "응." 하고 크게 답하던 린이, 거침없이 제 팔에 상처를 내어 어린 인어를 살리던 린이, 제게 예쁘다며 서툰 말을 건네던 린이, 입술을 핥고 제가 더 놀라 물속에 숨어버리던 린이, 어느 날 갑자기 다 자란 모습으로 나타난 린이, 모래밭에서 하얀 이를 드러내며 경계하던 린이.

앞으로 직면할 혼례 문제보다 두고 갈 린이 더 걱정이라면 이상한 걸까. 뻐근해져 오는 가슴께를 쥐자 저고리 안쪽에 매달아 놓은 비늘 주머니가 바스락거린다. 입술을 깨물었다. 죽어가는 어린 인어 앞에서도 모습을 드러내지 않던 두려움이 이제야 제 발아래를 갉아먹고 있었다.

"그……."

정말 열이라도 오르려는 걸까. 뜨끈한 눈가를 손등으로 꾹 누르고 있으니 말생이 조심스럽게 말을 붙여온다.

"바람이라도 좀 쐬고 오시던가요."

"바람?"

"스님들 하는 말이 오늘은 제법 따뜻할 거라데요. 여기서도 얼마 못 지내는데 바다 구경이나 실컷 하고 오시면 좋죠."

제가 심란해하는 게 신경 쓰이는 게다. 어쩌면 이미 이곳에 정붙인 이가 있음을 알고 있는지도 모르겠다. 채희는 저보다 더 심란해하는 말생을 바라보며 애써 미소를 지어 보였다.

"응, 고마워."

아무리 따뜻해도 겨울은 겨울이라는 말에 두툼한 배자를 꺼내 입은 채희가 장옷까지 챙기며 방을 나섰다. 차가운 공기를 만난 한낮의 햇살이 린의 비늘을 투과한 빛처럼 쨍하게 빛나고 있었다.

저를 알아본 머슴에게 가볍게 눈인사를 한 채희가 느린 걸음을 뗐다. 린에게는 뭐라고 말하지. 곧 돌아가야 한다는 말생의 말을 떠올리자 겨우 끌어올렸는가 싶은 입꼬리가 다시 굳어 내려온다. 린과 함께하는 시간에 몰두하느라 잠시 머물다 갈 처지라는 걸 완전히 잊고 있었다. 그저 지금처럼 늘 함께할 줄만 알았는데…….

심란한 마음을 품고 도착한 바다는 평소와 다를 것이 없었다. 깊은숨을 들이마신 채희가 물에 젖어 미끄러운 바위 위를 올랐다. 발목이 훤히 드러나도록 치마를 추슬러 안고 능숙하게 바위를 건너니 절벽 틈에 가려져 보이지 않던 동굴 입구도 어렵지 않게 찾을 수 있었다.

피 웅덩이가 선명했던 동굴 바닥은 그새 파도가 씻어 가기라도 했는지 깨끗했다. 구석으로 밀려난 그물마저 없었다면 어제 이곳에서 일어난 일이 전부 허상이라 해도 믿고 남았을 것이다. 채희는 어린 인어를 뉘었던 곳에 자리 잡고 앉아 무릎을 끌어안았다. 린이 없으니 작은 동굴이 유난히도 휑하게 느껴졌다.

이레. 말생이 언급한 기간을 곱씹자니 가슴이 조여온다. 돌아가지 않고 이곳에 머물겠다고 했다가는 아버지 성격에 내일이라도 달려와 끌어낼 것이 빤하고, 린은 물을 벗어나 살 수 없으니 현실적으로 린과 함께 할 수 있는 시간이라고는 이제 이레가 고작이었다.

"아직 말도 다 못 가르쳤는데."

말이 익숙해지면 글도 가르칠 생각이었다. 이렇게 될 줄 알았으면 진작 글부터 가르칠 걸 그랬지. 그렇다면 서신이라도…….

거기까지 생각하던 채희가 픽, 웃음을 터트렸다.

"나 진짜 바본가."

붓 끝에 먹을 발라 서신을 쓰는 린이라니. 종이가 젖지나 않으면 다행이지. 만일 서신을 쓰는 데 성공해도 그다음이 문제였다. 누가 린의 서신을 한양까지 보내줄 거며, 채희의 답신은 누가 또 린에게 전해주겠는가. 그렇다고 윤성에게 관직을 포기하고 이곳에 터를 잡자고 말할 수도 없는 노릇이었다. 아니, 애초에 돌아가면 혼인부터 해야 하는데 서신이고 터고 다 무슨 소용인지 모르겠다.

"나는 왜 인간이지. 린은 왜 인어고. 우린 왜……."

혼인보다도 앞선 근본적인 원인을 마주하자 이번에는 헛웃음이 샌다. 여태 종이 다른 문제에 대해 한 번도 생각해 본 적 없다는 사실이 놀라웠다. 저인국 인어들은 육지에 올라올 때 다리가 생긴

다는데 린에게 그런 능력은 없는 걸까.

무릎 위에 뺨을 대며 실없는 생각을 할 때였다. 무심코 던진 시선이 푸른 시선과 맞닿았다. 린이었다. 둥근 바위 위에 팔꿈치를 올리고 턱을 괸, 평소와 다르지 않은 린.

"언제 왔어?"

어디서부터 보고 있던 걸까. 행여 제 고민까지 읽고 있던 건 아닐까 우려스러운 마음과 달리 훌쩍 다가온 린은 어떤 것도 묻지 않았다.

"그 아이는 어때?"

손을 뻗자 자연스럽게 뺨이 달라붙는다. 손바닥 한가운데를 스치는 숨결에 움찔거리다 다시 한번 물었다.

"괜찮아?"

푸른 눈이 저를 향한다. 그걸 여태 걱정하고 있었느냐는 눈빛이다. 괜히 머쓱해진 채희가 손을 거두며 다리를 조금 더 바짝 끌어안았다. 린은 그런 채희를 이해할 수 없다는 듯 치마 밖으로 나온 당혜를 손끝으로 톡톡 건드릴 뿐이었다.

"린."

"응?"

조개껍데기에 베였던 상처는 흔적도 없었다. 평소보다 더 단단하고 매끈하게만 보이는 팔을 바라보다 채희는 조용히 고개를 가로저었다.

"그냥. 보고 싶었다고."

해야 할 말을 삼키자 마음이 무겁게 가라앉는다. 조금만, 하루만. 우울한 생각은 접어두고 그냥 지금, 이 순간을 만끽하고 싶었다. 그런 마음을 아는지 모르는지 저를 올려다보는 푸른 눈이 말갛기만 하다.

"응. 나도."

바람결을 타고 돌아온 대답에 채희는 힘껏 미소 지었다.

마지막 실을 끊고 주머니를 뒤집었다. 이만하면 됐다고, 또 하나의 역작이 탄생했다고 자만하려는 순간 헛웃음이 튀어나왔다. 그동안 바느질이 서툴기는 해도 아주 못 쓸 정도는 아니라고, 안 해봐서 그렇지 조금만 연습하면 얼마든지 잘 할 수 있다고 생각하며 살아온 시간이 완성된 자수 앞에서 와르르 무너졌다. 삐뚤빼뚤하다 못해 그림을 수놓았다고 해도 믿을 글자를 보니 아씨 같은 분이 있어 침선가들도 먹고사는 거라던 말생의 비아냥도 어느 정도는 이해가 되었다.

"나만 알아보면 됐지, 뭐."

그래도 완성한 게 어디냐며 듬성듬성 비어 있는 획을 외면한 채희가 치마 아래 숨겨두었던 비늘을 꺼내 주머니에 넣었다. 한

장, 한 장 말생이 보지 않을 때마다 꺼내 볕에 잘 말려 놓은 비늘들은 주머니 안에서 저들끼리 부대끼며 맑은 소리를 냈다.

"린."

하다못해 이름 자라도 알려줄 걸 그랬나. 채희는 형편없는 바느질 실력 덕에 알아보기 어렵게 된 린의 이름을 손끝으로 더듬었다.

이레. 말생이 말한 시간은 어느덧 나흘 앞으로 다가와 있었다. 아버지가 보냈다는 사람들이 예상보다 일찍 도착한다면 그마저도 하루 이틀 더 당겨질 수 있었다.

짐을 싼다며 벌써 분주해진 말생과 달리 채희는 버선 한 짝도 챙기지 않았다. 린에게 떠난다는 말을 전하는 것도 아직이었다. 곧 떠나야 한다는 생각만 하면 목이 메고 가슴이 답답해지는 탓이었다. 실감이 나지 않기도 했지만, 무엇보다 굳이 입 밖으로 내어 그 사실을 인정하고 싶지도 않았다.

린의 이름이 수놓아진 주머니를 저고리 안쪽에 단단히 매어두자 기다렸다는 듯 깊은 한숨이 새어 나왔다. 종일 바늘을 쥐고 있느라 빨갛게 부푼 손끝을 손톱으로 꾹꾹 누르며 서안 위에 뺨을 묻었다. 서늘하고 매끈한 나뭇결이 마치 린의 손바닥 같았다.

"말……해야 하는데."

건강하다는 대답을 듣고도 몇 번이나 어린 인어의 안부만 찾던 지난날의 대화들을 떠올렸다.

'채이.'

괜찮아. 끝이 조금 올라가는 대답은 괜찮으니 걱정하지 말라는 말처럼 들리기도, 너는 괜찮으냐 묻는 말처럼 들리기도 했다. 어린 인어가 괜찮다면 그보다 다행인 건 없었다. 같은 인어가 그런 일을 당해 상심했을 거란 걱정과 달리 린도 괜찮아 보였다. 그러나 제게도 괜찮냐고 물으면 뭐라고 대답해야 좋을지 모르겠다. 뭐가 괜찮아야 할지도.

"시간이라도 멈춘다면 모를까."

작게 중얼거리며 멍하니 방구석을 바라보다 문득 그곳에 세워진 기다란 상자가 눈에 들어왔다.

'뭐든 이뤄주는 신묘한 힘이 있는 검.'

불현듯 떠오르는 음성에 채희가 상체를 세웠다. 윤성에게 받은 뒤 내내 방치만 해오던 화인검이었다.

'낭자께 잘 보이고 싶어 이럽니다.'

'오래전부터 낭자를 마음에 품고 있었으니까요.'

치맛자락을 더듬어 올라간 채희의 손이 저고리 안쪽에 매어둔 주머니에 닿았다. 한양으로 돌아가면 천지가 개벽할 일이 생기지 않는 한 윤성과 혼인하게 될 것이다. 저를 좋아한다고 하였으니 잘해주겠지. 어쩌면 남들이 부러워하는 인생을 살게 될지도 모른다. 그런데 왜. 대체 왜 마음은 가까운 꽃길을 두고 먼 가시밭길을 돌아가려는 걸까.

가슴을 쥐듯 주머니를 힘 있게 쥐었다 놓은 채희가 몸을 일으켰다. 이리 앉아 청승이나 떨고 있을 시간이 없다. 조금이라도 더 린의 얼굴을 새겨두려면 한시가 바빴다.

많이 웃고 좋은 이야기만 하자. 떠날 때 떠나더라도 마음 불편하지 않게 잘 마무리하자. 매일같이 다짐하는 말을 천천히 곱씹은 채희가 방을 나섰다. 별당 앞은 오늘도 어수선했지만, 채희를 막아서는 사람은 아무도 없었다. 아마도 말생이 미리 언질을 준 모양이었다.

아버지께 돌아오라는 연통이 있던 날부터 말생은 채희가 아침 일찍부터 바다에 나가 저녁 늦게 들어오더라도 별다른 말을 하지 않았다. 지나가는 말로 따뜻하게 입으셔라, 할 뿐이었다. 그렇게라도 해야 제가 순순히 한양길에 오르리라 믿는 눈치였다.

린이 알려준 동굴은 이제 눈을 감고도 찾을 수 있었다. 능숙하게 가파른 바위를 건너 동굴 안으로 들어서니 푸른 반사광이 은은하게 머리 위를 비춘다.

"린?"

반가운 마음에 목소리를 틔우자 동굴 구석에 웅크리고 앉아 무언가에 집중하던 린이 곧장 바닷물로 뛰어들었다. 어찌나 화들짝 놀라던지 지켜보고 있던 채희도 흠칫 굳을 정도였다.

"놀랐어? 일부러 그런 건 아니었는데."

기다란 물결을 헤치며 다가온 린을 향해 손을 뻗었다. 그리 놀라놓고 언제 그랬냐는 듯 손바닥에 뺨을 비벼오는 감각이 간지러웠다.

"이리로."

"응?"

민망해 심통이 난 건지 린이 뺨을 비벼 축축해진 손바닥을 아프지 않게 깨물었다. 아야. 과장된 엄살에도 눈 하나 깜짝하지 않고 손바닥을 길게 핥은 린은 이렇다 할 변명도 없이 채희의 치마를 끌어당겼다. 조금 전 린이 웅크리고 앉아 있던 쪽이었다. 잔잔하게 고인 물을 밟으며 다가가자 까맣게 젖은 돌 틈에 이질적으로 빛나는 구슬이 하나 있었다.

"이게 뭐야?"

손으로 깎아 만든 듯 각진 구슬은 투명한 푸른색이었다. 군데군데 작은 점이 박혀 있어 언뜻 높은 곳에서 내려다본 바다처럼 보이기도 했다.

"채이."

손끝으로 구슬을 콕 가리킨 린이 채희의 손을 이끌었다. 까닥이는 손짓을 따라 자세를 낮추자 이번에는 아예 물속을 가리키기도 했다. 양손을 오목하게 만들고 물속에 담그는 모습에 채희도 그대로 따라 했다. 오목하게 만든 손 위에 각진 구슬을 올리고 천천히 물속에 담그자 조금 전까지만 해도 푸르게 빛나던 구슬이 투명하게 사라졌다.

놀라 입만 벙긋대며 린을 쳐다보자 붉은 입술을 끌어올려 짙게 미소 지은 린이 채희의 손을 다시 물 밖으로 밀어 올렸다.

"어?"

손을 물 밖으로 꺼내자 사라졌다고 생각한 구슬이 고스란히 손에 담겨 있었다. 물속에 넣으면 투명하게 보이고, 물 밖으로 꺼내면 다시 푸르게 빛나는 모습이 마치 린의 비늘을 보는 듯했다.

차가운 물에 손이 어는 줄도 모르고 몇 번이나 같은 행동을 반복하고 있으니 린이 젖은 손에 힘을 주며 채희의 품 가까이 손을 밀어주었다. 신비한 구슬도 함께였다.

"나 가지라고?"

"응."

"선물이야?"

"응. 선, 물."

비록 '물'이 '무울' 하는 것처럼 길게 늘어졌지만 제법 정확한 발음이었다. 끄덕이는 고갯짓에 "고마워." 작게 속삭이며 웃자 꼬리를 파르르 떤 린이 물속을 빙빙 돌다 다시 올라온다. 선물을 받은 건 저인데 어째선지 린이 더 기뻐 보였다.

"나는 준비한 게 없는데 어쩌지."

"괜찮나."

망설이지 않고 돌아오는 대답에 채희의 입가에 미소가 걸렸다. 이걸 숨기느라 화들짝 놀랐었다고 생각하니 입꼬리를 끌어올리는 것만으로는 표현되지 않는 묘한 감정이 솟아났다.

"린."

"응?"

구슬을 소중히 품에 안은 채희가 작은 부름에도 예민하게 돌아보는 린을 향해 몸을 기울였다. 턱을 살짝 들어 올리는 것만으로도 입술이 닿을 만큼 가까운 거리. 어쩌면 이미 스쳤을지도 모를 입술을 내려다보다 눈을 들었다. 예기치 않은 침묵에 살랑거리며 수면을 어지럽히던 꼬리가 우뚝 멎고, 푸른 시선이 얽혀들었다. 바다를 닮은 푸른 눈이 길게 드리운 속눈썹 아래서 더욱 깊이 빛나고 있었다.

"예쁘다."

이런 너를 어찌 잊을 수 있을까.

떨리는 입술을 숨기기 위해 턱을 들었다. 쪽. 입술이 닿았다 떨어지며 만들어낸 작은 소리가 귓전을 맴돌았다. 살짝 감았던 눈을 뜨자 놀란 듯 커진 푸른 눈이 가장 먼저 보였다. 목도, 어깨도 뻣뻣하게 굳어 어색하기만 한 모습에 언제부터 참았는지 모를 숨이 옅은 웃음과 함께 흘러나왔다.

"이건 내 선물."

입술의 떨림을 숨긴 보람도 없이 이번에는 목소리가 떨렸다. 귓가가 간지럽다. 목덜미도, 손바닥도, 뱃속과 발바닥까지. 어디 하나 간지럽지 않은 곳이 없었다. 그중에서도 린의 시선이 닿은 입술이 가장 간지러웠다. 부끄러운 것도, 민망한 것도 같았다. 목구멍까지 차오른 뭉근한 감정에 채희는 입술을 사려 물며 자리에서 일어났다. 정확히는, 일어나려고 했다.

"린, 잠깐……!"

소매가 끌려가고, 동굴바닥에 무릎이 닿았다. 젖어드는 무릎보다 맞닿는 입술이 더욱 차가웠다. 숨을 들이마시며 눈을 질끈 감았다. 앞으로 꼬꾸라지지 않기 위해 더듬어 쥔 어깨가 허리를 끌어안은 팔과 마찬가지로 단단했다.

뜨거울 것이다. 다칠 것이다. 단전에서부터 시작된 열감에 매달리듯 안긴 몸을 바르작댔으나 도리어 균형을 잃고 린을 넘어트리는 꼴이 되고 말았다. 간신히 바닥을 짚은 손바닥이 무너지는 상체를 지탱했다. 구슬이 바닥을 구르는 소리가 요란하다. 번쩍 뜨인 눈으로 젖은 바닥을 헤집고 있으니 린의 손이 목덜미를 잡아 저를 보도록 이끌었다.

처음은 눈이었다. 다음은 코, 그다음은 뺨, 입술, 턱. 울퉁불퉁한 바닥을 팔꿈치로 짚고도 아픈 기색 없이 상체를 든 린이 채희 얼굴 곳곳에 입술 자국을 남겼다. 차가운데, 뜨겁기도 한 모순적인 감각에 자꾸만 발끝이 곱아들었다. 구슬은 멀지 않은 곳에서 저희를 지켜보고 있었다.

"린."

낮은 부름이 부드럽게 동굴 안을 울렸다. 목구멍까지 차오른 감정이 발끝을 적시는 바닷물처럼 툭 치면 넘쳐흐를 듯 넘실거리고 있었다.

"나……."

더는 모르는 척 외면할 수 없게 된 감정에 순응할 때였다.

'벌은 그만하면 되었으니 돌아오시래요.'

간신히 뗀 입술이 도로 다물렸다. 다시금 다가온 입술을 슬쩍 피하자 푸른 눈에 의아함이 깃든다. 채희는 언뜻 시무룩해 보이기도 하는 린의 머리를 가만히 쓰다듬으며 굳은 입꼬리를 밀어 올렸다.

"나, 곧 돌아가야 한대."

애써 태연히 뱉은 말에 린의 눈이 커졌다. 벌떡 일어나 앉은 린을 따라 반쯤 린 위에 엎드려 있던 채희 역시 바닥으로 내려와 앉았다.

"꼭 다시 올 거야. 그러니까……."

그때까지 기다려줄 수 있을까? 망설이다 겨우 뱉은 물음에 린은 대답이 없었다. 그저 가지 말라는 듯 소맷자락을 굳게 쥐었을 뿐이다.

"나도 계속 여기에 있고 싶어."

조선 땅에 여인으로 난 이상, 아버지가 고집을 꺾지 않는 이상 채희는 이 혼인을 피할 수 없었다. 세상이 그랬고 나라가 그랬다. 만약 윤성과의 혼인을 피하더라도 머지않아 또다시 혼인 압박에 시달릴 것이고, 늦어진 만큼 좋은 사내를, 좋은 남편감을 구하기 어려워지리란 것도 잘 알고 있었다. 그러니 지금 제 처지에 김윤성이 가장 나은 선택지라는 것도…….

말을 잇지 못하고 조용히 웃고만 있으니 린의 손끝이 턱을 잡아끈다. 자기를 보라는 듯, 고개 숙이지 말라는 듯. 자세한 설명을 바라는 눈빛에 고개를 돌려 시선을 피하니 수면을 두드리는 꼬리가 보인다. 린의 꼬리는 가끔 표정보다 더 솔직해 기쁠 때는 파르르 떨고, 시무룩할 때는 축 처져 느리게 수면을 훑어가며 감정을 표현한다. 그러니 수면을 두드리는 지금은 아마도…….

"애뻐?"

……초조한 게다. 떠난다고 해서.

"응?"

"주까?"

"네 꼬리를?"

놀란 마음은 고갯짓 한 번이면 열 번도 더 잘라 줄 수 있다는 듯 비장한 표정 앞에서 맥없이 풀어졌다. 옅은 숨처럼 새어 나온 웃음을 막지 못한 채 뺨에 붙은 푸른 머리카락을 쓸어 넘겨주었다.

"있으면 나야 좋겠지만, 너는 어쩌려고."

"주께."

그러니 가지 마. 목덜미를 감싸고, 귓바퀴를 어루만지는 손길이 그렇게 이야기하고 있었다. 가지 말라고, 조금만 더 곁에 있어 달라고.

"그러게."

바다 냄새가 나는 손목 위에 짧게 입 맞췄다. 금세 피어오르는 붉은 입술 자국에 마음이 일렁거린다.

"달라고 해서 가질 수 있는 거면 나도 좋겠다. 그럼 너와 함께 어디든 갈 수 있을 텐데."

단 한 순간도 린이 보여준 드넓은 바다를 잊은 적 없었다. 그때 느꼈던 해방감도 마찬가지였다. 두 번 다시 보지 못할, 느끼지 못할 바다를 떠올리자 졸라서라도 달라고 하고 싶은 심정이었다.

문득 사대부가의 여식이라는 자리가 마치 꼬리와는 맞바꿀 수 없는 다리처럼 느껴졌다. 언뜻 대단해 보이지만 정작 원하는 것이 있을 때는 쓸 수가 없는, 오히려 드넓은 바다와 이제 막 시작한 마음 앞에서는 걸림돌이 되고 마는.

"함께?"

목덜미를 끌어다 이마 위에 입 맞춘 린이 물었다. 마주한 시선에서 저와 같은 감정이 느껴졌다면 착각일까. 채희는 눈가에 차오르는 열기를 감추며 고개를 끄덕였다.

"응. 함께."

정말 그럴 수만 있다면 얼마나 좋을까. 기어이 넘치고 만 감정이 방울져 눈가에 맺히고, 끄덕이는 고갯짓을 따라 뺨으로, 턱으로 흘러내렸다. 남은 시간이 많지 않다고, 웃는 모습만 보여주고 좋은 이야기만 나누자던 다짐은 소용없었다.

"조아."

린의 손목에 기다란 흔적을 남기며 흘러내린 감정이 붉은 치마에 고이고 푸른 비늘 위에 고인다.

"조아, 채이."

눈가에 입 맞추고 귀밑머리를 쓸어 넘기는 손길이 다정하다. 흐린 눈으로 린의 푸른 머리카락과 바다를 담은 두 눈, 단단한 손, 너른 어깨, 잘게 떨리는 꼬리를 차례로 더듬어 본 채희가 와락, 린의 품에 매달렸다.

입술이 닿고 숨결이 얽힌다. 동굴 안을 휘젓고 떠난 바람이 잔잔한 물결 위에 작은 파동을 남겼다. 이대로 시간이 멈추길, 진심으로 바랐다.

더는 헤엄치지 못할 만큼 얕은 물까지 나가 채희를 배웅했다. 안녕, 내일 또 만나. 평소와 같이 인사해 놓고도 발길이 떨어지지 않는지 몇 번이나 돌아보는 미련함이 좋아 린 역시 채희가 시야에서 완전히 사라지고도 쉬이 물가를 떠날 수 없었다.

린은 이미 사라지고 없는 눈물 자국을 손끝으로 더듬으며 물살을 헤쳤다. 붉게 달아오른 눈가와 가볍게 떨리는 속눈썹, 둥글게 말리는 목소리 따위가 예뻐 보였다면 이상한 걸까. 그중에서도 방울져 맺히던 눈물이 가장 아름다웠다.

채희의 체온을 닮아 뜨겁던 눈물은 목덜미와 어깨, 팔뚝, 손등할 것 없이 피부에 닿아 흐를 때마다 붉은 길을 내었다. 채희는 죽죽 그어진 흔적을 보며 어떡하면 좋냐고, 전부 제 탓이라며 부지런히 바닷물을 퍼다 날랐지만, 사실 린은 그 흔적 하나하나가 모두 기꺼웠다. 마음 같아서는 영원히 낫지 않고 제 일부가 되길 바랄 정도로.

'나는 왜 인간이지. 린은 왜 인어고. 우린 왜……'

어린 인어를 구한 다음 날이었다. 무슨 고민이 그리 많은지 채희는 제가 다가온 줄도 모르고 깊은 한숨만 내쉬고 있었다. 인간이니, 인어니 알아들을 수 없는 소리를 하기에 인간이 인어를 해하는 데에 충격이 컸구나, 대수롭지 않게 생각했었다.

'나, 곧 돌아가야 한대.'

그런 말을 품고 있는 줄도 모르고.

밤새 깎은 수정을 들고 뭍으로 나갈 때까지만 해도 전혀 예상 못 한 이야기였다. 기뻐하며 바닷속을 직접 보고 싶다거나 저와 함께 살고 싶다고 할 모습만 상상하느라 최악은 염두에 두지도 않은 탓이었다.

'꼭 다시 올 거야. 그러니까……'

헤어짐은 익숙했다. 기다림 역시 따분하긴 해도 못 하겠다 뻗댈 정도는 아니었다. 그러니 그때까지 기다려줄 수 있겠냐는 채희의 물음에 흔쾌히 고개를 끄덕였어야 했다. 그러나 그럴 수 없었다. 고개는커녕 저도 계속 여기 있고 싶다는 채희의 말조차 제대로 들리지 않았다.

수정을 건네주며 들려주고 싶은 이야기가 많았다. 인간이 청혼의 의미로 빗을 주고받는 것처럼 인어들 역시 청혼의 의미로 투명하게 깎아 만든 수정 구슬을 주고받는다는 것, 누구로 인해 성장기를 겪었으며, 성장기가 무엇을 뜻하는지까지. 하지만 그중 어떤 것도 입에 담지 못했다.

가지 마. 그 말을 인간의 언어로 어떻게 해야 할지 몰라 애꿎은 채희의 턱만 잡아끌던 순간이 생생하다. 채희는 제 꼬리를 보고 있었다. 마치, 저도 인어가 되면 이 현실에서 도망칠 수 있지 않겠냐는 듯. 그제야 채희가 홀로 중얼거리던 말의 뜻이 이해되었다. 기다린다 한들 제가 기대하는 미래는 오지 않을 거란 두려움 또한 자라났다.

그 순간, 기억 저편으로 밀어두었던 전 장로의 외침이 들렸다. 인어는 인간이 되고 인간은 인어가 되는 거라는 말로 시작하던 피 섞인 절규가.

'주까?'

마지막 발악과 같은 물음에 채희는 무어라 답했던가.

'달라고 해서 가질 수 있는 거면 나도 좋겠다. 그럼 너와 함께 어

디든 갈 수 있을 텐데.'

함께. 그토록 바라던 단어가 채희의 잇새로 흘러나왔을 때, 린은 아무 생각도 할 수 없었다. 죽음의 땅. 오로지 그것만이 머리를 지배했을 뿐이다. 그건 저를 알아본 인어들의 인사를 무시하며 물살을 가를 때도 마찬가지였다.

어느 때보다 거친 유영에 꼬리가 경련했지만, 린은 멈추지 않았다. 거의 숨도 쉬지 않고 내달려 죽음의 땅에 다다랐을 때였다. 아가미를 크게 벌려 모자란 숨을 채우던 린은 눈 앞에 펼쳐진 광경에 잠시 숨이 멎는 것만 같았다.

거친 암반으로 스산한 분위기를 풍기던 죽음의 땅은 누가 한바탕 엎어놓고 가기라도 한 건지 며칠 새 더욱 황폐했다. 난파선에서나 볼 법한 온갖 쓰레기들과 썩은 부유물로 원래 있던 암반들조차 보이지 않을 지경이었다.

가까이 다가갈수록 숨쉬기조차 버거웠다. 아가미에 낀 부유물을 거칠게 토해내며 조금 더 안쪽으로 들어가자 뒤엉킨 쓰레기 더미 한가운데 전 장로가 덩그러니 앉아 있었다. 얼마나 오래 자리를 지켰던 건지 빛을 잃은 비늘 위에는 부유물이 가득 쌓여 있었고, 힘없이 축 처져 물살이 휘몰아치는 대로 휘청휘청 흔들리는 꼴이 마치 죽은 것처럼 보였다.

차마 더 다가갈 용기가 없어 주위만 빙빙 맴도는데 죽은 듯 처져 있던 고개가 천천히 들렸다.

─누구냐.

곧장 뇌로 파고드는 지독한 울림이다. 멈칫하며 잠시 물러섰던 린이 용기 내어 전 장로 곁까지 단숨에 다가갔다.

─무슨 일이 있던 겁니까?

린의 물음에 황폐해진 죽음의 땅을 둘러본 전 장로가 입술을 비틀어 올리며 웃었다.

─흔히 있는 일이지. 자기들이 기본적인 대가도 치르지 않아 놓고 이게 마음에 안 든다, 저게 마음에 안 든다. 지능이 있는 존재들은 그게 문제야. 불만이 많지. 화는 더 많고. 희생 없이 얻는 게 어디 있으려고.

전 장로가 움직일 때마다 가라앉았던 부유물이 수중으로 퍼져 나갔다. 린이 꽉 막혀오는 호흡을 참지 못하고 쿨럭였다. 전 장로는 그마저도 익숙한지 힘들어하는 기색 하나 없이 제 몸을 타고 오르는 작은 불가사리를 툭 쳐낼 뿐이었다.

─그래서, 여기까지 온 이유가 뭐지?

어디선가 스멀스멀 퍼져오는 불쾌한 냄새에 주위를 둘러보던 린이 스산한 울림에 고개를 돌렸다. 전 장로는 린을 보고 있지도 않았다. 린은 여기까지 오는 내내 준비했던 말을 떠올렸다. 망설일 이유가 없다 생각했지만 희생을 운운한 조금 전의 말 때문일까, 쉽게 입이 떨어지지 않았다.

린은 잠시 말을 고르며 자기 손 위로 시선을 내렸다. 손끝에는 아직도 채희의 온기가 남아 있었다. 성체가 되어 이전보다 열에 강해졌다고는 하나 인간의 체온은 인어에게 턱없이 높았다. 스치듯 닿을 때마다 타들어 가듯 붉게 달아오르는 피부는 이제 기쁨이었고 영광이었다.

─……전에, 당신에게서 육지와 바다의 경계가 사라질 거라는 말을 들었습니다.

간신히 뱉은 말에 전 장로의 시선이 바로 와 꽂혔다. 살을 애일 듯 날카로운 시선이지만 린은 피하지 않고 남은 말을 이어갔다.

─정말, 인간도 인어가 될 수 있습니까?

─너…….

그저 물살에 떠다니듯 그 흔한 꼬리 짓 한 번 없이 암반에서 몸을 일으킨 전 장로가 린의 코앞까지 다가와 얼굴을 빤히 들여다봤다. 삐쩍 마른 손이 짧게 잘린 머리카락의 단면을 툭 건드린다 싶더니 입꼬리를 씩 말아 올린다.

─지난번, 인간의 소리를 얻어간 녀석이로구나.

전 장로의 손가락이 린의 목 한가운데를 정확히 짚었다. 이내 갈라지고 뒤틀린 손톱이 피부를 가를 듯 천천히 선을 그렸다. 손가락은 쇄골과 쇄골 사이, 오목하게 들어간 부분에서 멈췄다. 그만한 손톱으로 뚫릴 피부가 아니라는 걸 알면서도 린은 숨을 삼키며 몸을 빳빳하게 굳혔다. 그 모습을 하나도 빠짐없이 관찰하던 전 장로가 느닷없이 몸을 웅크리며 웃기 시작했다. 대체 뭐가 우스운지 모를 일이다. 린은 밀려오는 불쾌감에 표정을 일그러트리며 전 장로가 그어놓고 간 목을 매만졌다.

한참을 미친 듯이 웃던 전 장로가 웃음을 뚝 그친 건 위태롭게 쌓인 쓰레기 일부가 와르르 쏟아지며 온갖 부유물이 둘을 덮쳤을 때였다.

─……따라오거라.

전 장로는 눈도 뜨지 못하고 쿨럭이기 바쁜 린을 뒤로한 채 부유물 속으로 사라졌다. 괴로운 숨을 토하며 간신히 따라가자 전 장로는 린을 커다란 암반 틈으로 안내했다.

바깥보다는 덜하긴 하나 깨끗하다고 보기는 어려운 공간이었다. 어디서 구해 왔는지 모를 상어의 사체와 껍데기만 남은 조개, 원래 빛을 잃은 해초들과 쓸모조차 알 수 없는 인간의 물건까지. 그중에서도 가장 눈길을 끈 건 인간의 옷으로 보이는 천이었다. 헤지고 바랬지만 형태만은 분명해 한눈에 알아볼 수 있었다.

─만지지 않는 게 좋을 거야. 나도 어디까지 참을 수 있을지 모르겠거든.

전 장로가 돌아보지도 않고 말했다. 린은 자기도 모르게 뻗던 손을 거두며 전 장로 곁으로 다가갔다. 전 장로는 커다란 조개껍데기 안에 뭔가를 넣고 곱게 갈고 있었다. 그것들은 이따금 물살에 휩쓸리듯 수중으로 부유했지만, 대부분은 조개 안에 남아 있었다.

─예전에 같은 약을 찾을 찾던 인어가 있었지.

예상치 못한 말이었다. 떠다니는 가루에 정신이 팔린 린은 고개를 들어 전 장로를 바라봤다.

─인간과 인어가 이루지 못할 사랑을 한 거야.

손을 멈춘 전 장로가 고개를 휙 돌리며 손톱 끝으로 린의 가슴뼈를 쿡 찔렀다.

─너처럼.

전 장로는 음흉하게 웃더니 슥 린의 곁을 스쳐 지나갔다.

─그 인간이 널 아주 많이 사랑하는가 보군. 고통도 감수하겠다는 걸 보면.

─고통……?

─그래 고통. 인간이 인어가 되고 인어가 인간이 되는 일이 어디 쉬운 줄 알았나?

린 주위를 빙 돌아 해초 한 움큼을 쥐어온 전 장로가 그것들을 조개 위에 넣고 다시 곱게 갈기 시작했다.

─인간이 인어가 되려면 우선 다리뼈부터 녹여야 해. 그다음엔 피부. 아주아주 고통스러울 거야. 하지만 뼈가 있던 자리에 가시가 돋아나고 피부가 있던 자리를 비늘이 뒤덮고 나면 그것도 모두 잊게 될 거야. 그땐 이미, 인어가 되어 있을 테니.

뼈와 피부를 녹인다니. 린은 놀라 입을 다물지도 못했다.

─왜 그런 표정이야. 예상 못 했어? 종의 경계를 뛰어넘는 일이

야. 소리를 얻는 것과는 차원이 다르지.

린이 손을 들어 자기 목을 더듬었다. 목이 트이기 직전, 타들어 갈 것 같던 고통을 떠올렸다. 그걸 채희가 겪게 두는 것도 괴로운데 그보다 더한 고통이라니. 그러다 잘못되기라도 하면…….

—괜찮아. 죽진 않을 거야. 스스로…… 목숨을 끊지 않는 이상.

린의 생각을 읽은 것처럼 태연하게 대꾸하던 전 장로가 슬쩍 눈을 돌려 바닥에 놓인 인간 옷을 바라봤다. 굳은 얼굴에 언뜻 슬픔이 어리는 듯했으나 착각이래도 믿을 만큼 금세 사라졌다.

—예전에 이루지 못할 사랑을 한 인간과 인어가 있다고 했지? 먼저 사랑에 빠진 건 인어였어. 딱 한 번 본 인간 남자 때문에 성체가 됐을 만큼 아주 강렬한 이끌림이었지. 인어는 인간이 되고 싶었어. 사랑하는 남자만 있다면 그곳이 육지든 바다든 상관없다고 생각한 거야. 하지만…… 인간 남자의 고집은 꺾을 수가 없었어. 그는 그 누구보다 간절히 인어가 되길 바랐거든. 인어를 사랑한 동시에 그들이 갖는 영생을 동경했으니 말이야.

인간의 옷에서 눈을 뗀 전 장로가 린을 향해 고개를 돌렸다.

—그들이 어떻게 됐을 거 같아?

마주친 전 장로의 눈이 피맺힌 듯 붉어졌다면 착각일까. 린이 아무런 말도 하지 못하고 있자 전 장로가 피식 웃더니 대신 답을 내놓았다.

—인간은 끝내 죽고 말았어.

순간 린의 꼬리가 쭈뼛 섰다.

―다리가 녹는 고통을 이겨내지 못한 거야. 조금만, 반나절만 더 견뎠어도 끝났을 걸, 그걸 못 견디고 스스로 목숨을 끊었어. 뼈와 가시가 돋아나던 중이었는데! 내가 만든 약은 성공적이었다고! 크흑흑. 어리석지. 그 정도도 이겨내지 못할 거면서 사랑을 운운하다니…….

괴로운 웃음을 토하던 전 장로가 다시 조개껍데기 앞으로 돌아갔다. 숨마저 조심스러워진 린이 눈을 돌려 인간 옷을 바라봤다.

전 장로는 믿었던 인간에게 배신당한 게 아니었다. 오히려 인간을 사랑해 어떻게든 그를 인어로 만들고 싶었던 거다. 함께하기 위해. 연인을 잃은 슬픔에 미쳐버렸다는 소문이 사실이었다.

오래도록 누더기 같은 천을 바라보던 린의 시선이 다시 전 장로를 향했다. 조금 전까지 곱게 갈던 가루들을 작은 조개로 옮겨 담은 전 장로가 흥분을 가라앉힌 얼굴로 이제 막 린을 돌아보고 있었다.

―그래서, 그 인간은 어디 있지?

―그건 왜 묻죠?

―왜긴, 대가를 받아야 약이 완성되니까.

―대가……?

―순진한 표정일랑 집어치워. 설마하니 아무 대가 없이 약만 얻으러 왔다는 소리를 하려는 거야? 무려 인간이 인어가 되는 약

이라고! 그만한 각오도 없이 약을 받으러 왔다면 지금이라도 돌아가!

버럭 내지르는 고함에 머리가 다 지끈거렸지만, 린은 물러서지 않았다.

─대가는 내가 치릅니다.

─크흐흐. 낭만적이긴 하지만 네가 할 수 있는 일은 없어. 약을 먹을 자가 치러야 할 대가다.

─뭘 원하죠? 목소리?

─하! 목소리 같은 소리! 그깟 대가로는 어림도 없어. 눈이라면 또 모를까.

잠시 말을 멈춘 전 장로가 고개를 끄덕였다.

─그래, 눈. 두 눈을 내놓거라.

전 장로의 말에 린이 빠르게 물러섰다. 전 장로는 뭐가 즐거운지 계속 끌끌 웃고 있었다. 린은 그 순간 자신을 바라보던 맑고 영롱한 눈을 떠올렸다. 새카맣게 빛나던 두 눈을 잃고 인어가 된다면, 채희는 과연 행복할까.

채희와 헤어지고 싶지 않았을 뿐이다. 다른 종이 문제인 건 해결할 수 있다고, 문제만 해결만 하면 헤어질 필요 없이 함께할 수 있다는 기대에 취해 마땅히 치러야 할 대가와 그에 따를 고통은 전혀 생각지 못했다.

─왜, 고작 꼬리지느러미 하나 얻는데 두 눈은 너무 과한 거 같

아? 그럼 하나로도 얻을 방법을 알려줄게. 까다롭긴 해도 방법이 전혀 없는 건 아니거든. 더 고통스럽기야 하겠지만 평생 앞을 못보고 사는 것보단 나을 테지. 어때, 이만하면 좋은 조건이지 않나?

린이 물러서자 전 장로는 느긋한 표정으로 천천히 따라왔다. 조개에 옮겨 담은 정체 모를 약이 물살을 따라 너울너울 흔들리고 있었다. 그걸 가만히 바라보던 린이 어느 순간 물러서길 그만두고 멈춰 섰다.

채희에게 희생을 강요할 수 없다면 그깟 희생, 제가 하면 그만이었다. 꼬리 대신 다리를 얻는 것이다. 함께 해안가를 거닐던 낯선 사내처럼.

부모, 가족. 모든 것을 소중히 여기는 채희와 달리 제겐 지켜야 할 것이 없다. 부모를 떠나 독립한 지도 벌써 수백 년이라 그들의 얼굴은 기억조차 나지 않았으며, 모난 성격 탓에 저 혼자 달라붙는 귀찮은 녀석을 제외하고는 말을 섞는 인어도 없었다. 넓은 바다, 쉬이 늙지 않는 몸. 기껏 반려로 맞이하고 싶은 상대를 만나놓고 다시 긴 세월을 기다림 속에서 지내느니 새로운 삶을 살아보는 것도 나쁘지 않을 것 같았다.

새로운 삶. 낯선 단어를 읊조리던 린이 입술을 말아 올렸다. 전 장로를 똑바로 응시했다.

─제 눈을 가져가십시오.

─약을 먹을 자가 치를 대가라니까!

─제가 인간이 되겠습니다.

─뭐…….

말을 마친 린은 사방에 쌓인 인간 물건 중 가장 날카로워 보이는 칼을 하나 주워 들었다. 두렵지 않다면 거짓이다. 그러나 망설임은 없었다. 린은 자신 쪽으로 고쳐 쥔 칼날을 한번 힐긋 바라봤다. 길이를 가늠하고 그대로 꽂아 넣으려는 그때.

─쉬이. 아까운 눈을 상하게 해서야 쓰나.

전 장로가 부드럽지만 강한 힘으로 린의 손을 막았다. 날에 베였는지 물갈퀴가 찢어져 너덜거리는데도 눈 하나 깜짝하지 않은 전 장로가 음흉하게 웃으며 들고 있던 약을 린의 오른쪽 눈에 뿌렸다.

─윽…….

순간 수십 개의 불붙은 칼날이 눈에 꽂히는 듯한 고통이 일었다. 반사적으로 눈에 묻은 약을 닦아내려 했지만 어떻게 된 영문인지 묻어나는 것이 없었다. 이를 악물었음에도 신음이 새어 나왔다. 꼬리가 뒤틀리고 머리가 흔들렸다. 주변에 있던 물건이 떨어지고 부서졌다. 목이 타들어가던 고통과는 차원이 달랐다. 이런 고통을 채희가 겪게 둘 뻔했다니, 잠시라도 고민했던 자신을 린은 용서할 수가 없었다.

눈이 불타다 못해 부글부글 끓는 느낌이었다. 견딜 수 없는 이물감에 눈을 쓸어내자 핏덩이 같은 것이 왈칵 쏟아져 나왔다. 그 순간 고통은 멎었으나 몸에 남은 떨림은 여전했다.

린은 흐릿한 한쪽 눈으로 자신이 쥐고 있는 것을 바라봤다. 피가 씻겨 나간 자리에 남은 것은 푸른 진주였다. 린은 본능적으로 그것이 자기 눈임을 깨달았다. 한참 동안 그것을 내려다보던 린은 고갤 들어 주위에 널린 물건들을 빠르게 살폈다. 그 틈에서 가라앉은 부유물로 흐려진 은 접시를 찾고는 꼬리로 대강 털어 들여다 보았다.

눈알을 쏟아냈으니 당연히 눈 한쪽이 비어 있으리라 생각했다. 그러나 오른쪽 눈에는 푸른빛을 잃은 낯선 잿빛 눈알이 덩그러니 자리하고 있었다. 혹시나 하는 마음에 그 앞에 손을 가져다 댔으나 보이는 것은 없었다. 빛이 사라진 눈을 더듬어 만지고 있는 사이 다가온 전 장로가 린의 손에서 푸른 진주를 빼앗아 갔다.

─나는 눈을 달라고 했지, 눈알을 달라고 한 적은 없어. 하지만 네가 인어인 것에 감사는 해야 할 거야. 인간이었으면 어림도 없었을 테니.

빼앗은 진주를 처음 보는 작은 병에 담은 전 장로가 병을 휘휘 몇 번 굴리더니 도로 린에게 내밀었다.

─한 번에 삼켜 한 모금도 남기지 말고.

병 안에는 물속에 있으면서도 수중으로 퍼져나가지 않고 자기들끼리 뭉친 까만 점액질이 담겨 있었다. 잠시 그것을 내려다보던 린이 고개를 젖히며 안에 든 것을 단번에 털어 마셨다.

―어, 윽…….

　미끈한 것이 목구멍을 넘어가는 순간 끔찍한 고통이 정수리부터 꼬리 끝까지 내달렸다. 신음도, 비명도, 하물며 숨조차 뱉을 수 없는 끔찍한 고통이었다.

　온몸의 뼈가 산산이 조각나고 살은 모조리 불타는 듯했다. 자꾸만 흐려지는 의식을 붙잡기 위해 손톱으로 온몸을 긁어댔으나 의식은 깜빡깜빡 꺼졌다 켜지기를 반복할 뿐이었다. 이따금 켜진 시야로 상처에서 번져 나온 붉은 핏물 사이사이, 주인 잃은 푸른 비늘들이 하나둘 떠다니는 것이 보였다. 순식간에 너절해진 꼬리지느러미는 더 이상 인어의 것이 아니었다.

　―남겨둔 눈 하나의 대가를 명심해.

　머리나 피부가 아닌 곧장 의식으로 와닿는 울림이었다.

　―온전한 인간이 되려면 다음 보름까지는 절대 바다로…….

　까무룩 의식이 흐려진다. 애써 붙든 시야에 언제 떴는지 모를 달빛만이 흐릿하게 담겼다. 채희의 눈썹이 떠오르는 길쭉하고 가느다란 모양이다. 그것은 이제 막 살갗을 뚫고 나온 인간의 발처럼 보이기도 했다.

　모든 것이 암흑 속에 잠기는 순간, 린은 채희와 함께 있는 제 모습을 상상했다. 채희와 어깨를 나란히 하며 해안가를 따라 걷는 제 모습을.

말생은 아침부터 이리저리 뛰어다니느라 바빴다. 조금 전까지 방에 있는가 싶더니 부엌에서 나오고, 법당에 있는가 싶더니 다시 방에서 나오는 등 몹시 분주해 보였다. 그도 그럴 게 아버지가 보냈다는 일꾼들이 예정보다 일찍 도착한 것으로도 모자라 눈이 오기 전에는 내려가야 한다며 수선을 떨어낸 탓이었다.

채희는 모두의 관심이 제게서 멀어진 틈을 타 바다로 향했다. 내일 당장 떠나야 할지도 모른다고, 그러니 기다려달라는 말을 하기 위해서가 아니었다. 그저 얼굴이 보고 싶어서, 한 번이라도 더 눈에 담아두고 싶어서 쉬지 않고 달렸다.

"린!"

그러나 린은 없었다. 한 시진을 기다려도, 두 시진을 기다려도. 하늘 높이 솟아있던 해가 어느덧 기울어 노을이 지고 어둠이 내려앉아도 마찬가지였다. 아무리 목 놓아 불러도 돌아오지 않는 대답에 채희는 린을 자주 만나던 바위로, 해안가로 쉴 없이 돌아다녔다.

"대체 어딜 간 거야……."

곧 떠난다는 말을 그날 당장 떠난다는 말로 이해하기라도 한 걸까. 종일 기다려봤지만 린은 끝내 나타나지 않았다. 지난 이레간 말도 없이 사라졌다가 성체가 되어 나타난 이후로 처음이었다.

행여 인어를 사냥하려는 인간들 손에 잡힌 건 아닌지, 다른 무슨 일이라도 생긴 건지. 얼굴이라도 봐야 안심하고 떠날 수 있을 것 같은데 어디로 가야 만날 수 있는지조차 모르니 미칠 것 같았다.

이제는 정말 헤어져야 한다. 반드시 돌아오겠다고는 했지만 그게 언제가 될지는 장담할 수 없었다.

'나 가지라고?'

'응.'

'선물이야?'

'응. 선, 물.'

그게 마지막이 될 줄 알았다면 뭐라도 쥐어줄 걸 그랬지. 비녀, 노리개, 하다못해 좋아하는 곶감이라도.

'함께?'

꼬리만 있다면 어디든 함께 갈 수 있을 거란 말에 조심스레 묻던 린의 음성이 떠오른다. 끄덕이는 고갯짓 한 번에 그럼 됐다는 듯, 안심하며 '조아.' 하고 속삭이던 목소리까지.

채희는 어둠에 가려 잘 보이지도 않는 동굴 곳곳을 눈에 담았다. 푸른 비늘에 비친 빛들이 천장이며 바닥에 어룽지며 맺히던 모습이 꿈만 같다. 이대로 얼굴도 보지 못한 채 헤어져야 한다는 사실이 믿기지 않는다. 아니, 믿고 싶지도 않았다.

기다려줬으면, 기억해 줬으면. 린에게 기대하던 마음은 어느덧 떠나고 싶지 않다고, 여기 남고 싶다는 소망으로 바뀌어 채희의 발목을 붙잡았다.

처음에는 신비롭고 아름다운 존재라고만 여겼다. 어릴 때 어머니와 함께 만난 적이 있다는 걸 알았을 때는 그저 반가웠고, 신기했다. 린과 함께 있으면 어머니의 추억을 공유하는 것 같았고, 어머니와 한층 더 가까워지는 기분이었다. 그러다 린이 속한 세상이, 세상을 바라보는 린의 시선이 궁금해졌고, 정신 차렸을 때는 이미…… 린과 모든 것을 함께하고 싶어진 뒤였다.

소금기 가득한 바람이 얼어붙은 뺨을 훑어갔다. 린이 오지 않는다. 곧 떠나야 할 처지라는 건 알았지만 이런 끝을 상상한 적은 없었기에 무엇을 어떻게 해야 하는지 역시 알지 못했다.

투명한 구슬을 깎느라 한껏 웅크리고 있던 등, 『산해경』 속 인어 그림을 보며 뾰족하게 세우던 눈, 어린 인어를 구하기 위해 망설임 없이 긋던 팔. 길지 않은 시간 동안 켜켜이 쌓인 모습들을 떠올리며 옅게 미소 짓던 채희가 기나긴 망설임 끝에 몸을 일으켰다.

해가 지며 바윗길도 길어졌는지 동굴을 벗어나 해안가로 향하는 길이 한없이 멀게만 느껴졌다. 행여 저 파도 소리가 인어는 아닐까. 한 걸음 걷고 두 번 돌아보기를 반복하는 사이 몸이 얼고 손끝이 굳어갔다. 오늘은 바다 위에 비치는 달도 없다. 곧 눈이라도 쏟아질 듯 흐린 하늘을 올려다본 채희가 다시 걸음을 재촉했다.

"호롱만 준비해 주시면 제가……. 아휴, 아씨!"

어둠에 가려 희미한 길을 따라 걷느라 여기가 어디쯤인지조차 헷갈릴 무렵이었다. 덜컥, 몸을 뒤흔드는 충격에 채희가 고개를 들었다.

"……유모?"

말생이 어디서 갑자기 나타났나 싶더니 뒤늦게 말생의 어깨너머로 훤히 불이 들어온 별당이 보였다.

"왜 또 이리 늦으셨어요! 몸이 얼음장이시네. 그렇지 않아도 지금 찾으러 가려고 막 준비하던……. 아씨, 우셔요?"

울어? 내가? 해괴한 소리라도 들은 듯 눈가를 훔쳐내던 채희가 손끝을 적시는 물기에 픽, 웃음을 터트렸다. 진짜네, 나 울고 있네. 작게 중얼거리자 말생은 대체 무슨 일이 있었던 거냐며 야단을 떨기 시작한다.

"유모."

"예, 저 여기 있어요. 말씀하세요."

"유모오……."

둥근 어깨에 머리를 기대자 포근한 두 팔이 얼른 등을 끌어안는다.

"따뜻하게 좀 입고 다니시라니까. 춥진 않으셨어요?"

"추웠어. 추웠어, 유모."

"아휴, 참. 아씨도……."

가슴에서 가슴으로 전해오는 온기 때문일까. 기껏 잘 참아왔다고 생각한 눈물이 뺨을 타고 툭, 바닥으로 떨어졌다. 언 뺨을 적시는 눈물이 뜨겁다. 마치 화상이라도 입는 것 같다는 실없는 생각을 하다 다시 린이 떠올랐다. 동시에 울컥, 설움이 솟구쳐 올랐다.

엉엉, 아이처럼 목놓아 우는 사이 밤은 깊어갔고, 새카만 하늘에서는 하나둘 눈송이가 흩날리기 시작했다. 첫눈이었다.

눈은 끊임없이 내렸다. 치워도, 치워도 금세 다시 쌓이는 눈 탓에 절을 내려가기는커녕 계단을 제대로 찾을 수조차 없었다. 상황이 여의찮다 보니 당장 떠나야 한다며 수선을 떨던 일꾼들도 백기를 들었다. 눈이 그칠 때까지 빈 승방에서 신세를 지기로 하고 모두 방 안에 틀어박히니 창밖은 온통 눈이 쌓이는 소리로만 가득했다.

채희는 위험하다는 말생의 만류에도 매일같이 바다로 나갔다. 눈에 미끄러져 넘어지기도, 발을 헛디뎌 물에 빠질뻔한 적도 있었지만 고되다는 생각은 들지 않았다. 린은커녕 빈 동굴을 확인하고 돌아오는 것이 고작인데도 제가 아직 떠나지 않고 이곳에 있음이 실감 나 다시 하루를 견디고는 했다.

모두가 하루빨리 눈이 그치길 바라는 와중에 채희만이 이 눈이 영원하기를 바랐다. 하루, 또 하루. 눈발이 거세질수록 떠날 날은 멀어졌고, 그만큼 더 린을 만나러 갈 기회도, 기다릴 수 있는 시간도 늘어났다.

채희의 바람처럼 영원할 것 같던 눈이 조금씩 그쳐가기 시작한 건 정말 온 세상이 눈에 파묻혀 버릴지도 모르겠다는 걱정이 들 무렵이었다. 그리고 린을 만날 수 없게 된 지 꼬박 열흘이 되던 날, 이른 아침부터 비가 내렸다. 그간 쌓인 눈을 단숨에 녹이는 세찬 비였다.

눈까지 녹이는 빗줄기였기 때문일까. 길이 얼 거라는 우려와 달리 비가 갠 다음 날부터 겨울답지 않은 온후한 바람이 불었다. 덕분에 그간의 칩거를 끝낸 일꾼들만 드디어 출발할 수 있게 되었다며 야단이었다.

"아직은 안 돼. 땅이 물러."

그런 일꾼들과 마주친 건 정오를 조금 지났을 때였다. 떠날 채비와 관련된 이야기를 나누던 중이었을까. 마당 한 구석에 보며 저마다 한마디씩 하는데, 분위기가 썩 좋아 보이지는 않았다.

"그러다 다시 눈이라도 쏟아지면요. 겨울 다 지나서 내려가실 겁니까?"

"그럼 뻔히 위험할 거 알면서 내려가자는 거야?"

"정말 위험할지 아닐지는 내려가 봐야 아는 거고요. 눈 때문에 발 묶인 지가 벌써 열흘입니다. 저희가 나들이 온 것도 아닌데 여기서 더 지체했다가 무슨 소리를 들으려고요."

"날씨가 궂어 못 움직인다는데 설마하니 대감마님께서 싫은 소리 하시려고."

"다른 것도 아니고 혼렙니다. 여기서 미적대다 날이라도 못 맞추면요."

"한겨울에 무슨 혼례를 올린다고 난리인지, 참."

혀를 차며 고개를 돌리던 일꾼 하나와 눈이 마주쳤다. 한눈에 저를 알아봤는지 우뚝 굳은 일꾼을 따라 곁에 있던 일꾼들의 시선도 자연히 채희를 향했다. 그러게 이따 이야기하자고 하지 않았느냐는 숙덕임에 채희는 아무것도 못 들은 척 빙긋 웃어 보였다. 저들이 저나 아버지에 대해 뭐라고 떠들어대든 상관없었다.

채희는 빠르게 자리를 뜨며 저들이 나누던 대화를 떠올렸다. 땅이 물러 위험하다고 했으니 무리해서까지 저를 데리고 가려 하지는 않을 것이다. 다른 사람은 몰라도 말생이 그 꼴을 지켜볼 리 없었다.

방은 꺼내놓은 온갖 짐들로 어수선했고, 마당에 있어 봐야 방해밖에 되지 않으니 채희는 자연스럽게 툇마루 신세였다. 저 멀리서 조심히 들어라, 그쪽이 아니다, 하는 외침이 쉼 없이 이어지는 동안 채희는 볕이 잘 드는 곳에 자리 잡고 앉아 물웅덩이 근처에 모여 목을 축이는 새들이나 구경하고 있었다. 물에 비친 새파란 하늘이 콕, 물을 쪼아 마실 때마다 이지러지며 흔들렸다. 잘게 흔들리는 모습이 린의 꼬리 끝에서 번져나가던 물결을 닮았다. 깊게 숨을 들이마시니 언뜻 바다 냄새가 느껴지는 것도 같았다.

대체 언제까지 이럴는지. 지겹도록 바다를 들락거려 놓고 다시 바다를 떠올리고 있는 제 꼴이 우스워 픽, 웃음을 흘릴 때였다.

"큰스님은 어디 가셨어? 아침부터 안 보이시네?"

"새벽에 의원님 댁 가셨잖아."

"의원님 댁에? 의원님더러 오라고 하시면 되지 큰스님이 왜?"

"어제 비가 많이 내렸잖아. 길이 궂은데 오란다고 오시겠어? 원래 좀 까다로운 분이시잖아."

"그분은 큰스님한테도 그래?"

"그 성정에 부처님 앞이라고 다를까 봐?"

이어지는 웃음소리에 기둥에 기대고 있던 채희가 고개를 들었다. 말소리가 부쩍 가까워진다 싶더니 툇마루 끝에 잿빛 승복 한 무더기가 턱, 하니 얹어졌다. 날이 갠 김에 행자들끼리 모여 밀린 빨래라도 한 모양이었다. 채희는 길게 드리우는 빨랫줄을 바라보며 볼을 긁적였다. 제가 여기 있다는 걸 아무도 눈치 못 챈 느낌이라 선뜻 나서기가 애매해진 것이다. 그냥 있어도 될까. 본의 아니게 이야기를 엿듣게 된 터라 앉은 자리가 따끔했다.

"근데 갑자기 의원님 댁은 왜? 또 누가 아파?"

"못 들었어? 간밤에 다들 불려가고 난리였는데."

"나 잠귀 어두운 거 알잖아."

'또 누가 아파?'에서 '누가'가 누굴 가리키는지는 빤했다. 괜히 뜨끔해진 채희가 입술을 말아 물며 시선을 바깥으로 돌리는데 한껏 낮아진 행자의 목소리가 호기심을 자극했다.

"기억나? 전에 낚시한다고 여기 들렀다가 큰스님한테 혼만 나고 돌아갔던 행자."

"아아, 기억난다. 이름이 뭐더라? 문…… 문……."

"암튼 그 행자가 간밤에 헐벗은 채로 법당에 들어왔다지 뭐야."

"헐벗은 채로?"

"그래, 이 날씨에 합당고 하나 달랑 걸치고 있었는가 보더라고."

"에그, 망측해라."

"그뿐인 줄 알아? 사람이 완전히 넋이 나가서는, 무슨 일이 있었냐고 물어도 도깨비 타령만 하더래."

"도깨비? 그 뿔 달리고 방망이든?"

이윽고 세상에 도깨비가 어디 있냐는 말과 함께 웃음소리가 쏟아졌다. 바깥으로 향했던 시선이 도로 툇마루 끝으로 돌아온 것도 그즈음이었다.

"얘는? 진짜라니까? 뿔은 몰라도 눈은 시퍼런 게 딱 도깨비였대. 키가 아홉 척이나 됐, 에구머니나."

"그게 어디랍니까?"

언제 자리에서 일어났는지도 모르겠다. 발길이 닿는 대로 내딛고 마음이 시키는 대로 손을 뻗으니 이미 널려있는 빨랫감을 헤집고 행자의 어깨를 틀어쥔 뒤였다. 놀라 허둥대는 소리는 눈이 시퍼런 도깨비였다는 말에 가려 들리지도 않았다. 채희는 커진 눈으로 서로만 바라보고 있는 행자들에게 한 번 더 힘주어 물었다.

"도깨비를 봤다는 곳, 거기가 어디냐고요."

채희는 어느 때보다도 빠르게 달렸다. 딱 맞는 당혜가 땅을 박찰 때마다 뒤꿈치를 긁어가는 듯했으나 걸음을 멈출 순 없었다.

'무슨 동굴이라던데, 다시 찾으라고 하면 못 찾는다더라고요. 그런데 그건 왜……'

린이다. 온몸을 관통한 전율이 그렇게 이야기하고 있었다. 푸른 눈과 동굴. 그건 분명 린이었다.

채희는 거침없이 바위를 오르고 건너 동굴로 향했다. 동굴 입구를 지척에 둔 채희가 잠시 멈춰 숨을 골랐다. 올 때마다 비어 있는 것을 보고 실망하며 돌아갔던 날이 많았기 때문인지 선뜻 발이 움직이지 않았다.

채희는 턱 끝까지 차오른 숨을 천천히 뱉으며 한 걸음씩 신중하게 옮겼다. 차가운 바위를 짚으며 입구 안으로 들어섰을 때, 채희는 그만 다리에 힘이 풀려 주저앉을 뻔했다.

지친 듯 동굴 벽에 기대어 앉은 사람이 하나 있었다. 아홉 척이라고 해도 믿을 법한 긴 다리에, 맞지 않는 바지를 꿰어 입어 정강이까지 하얗게 드러난, 행색이 초라한 남자였다.

조금 더 가까이 다가가자 잠든 줄 알았던 남자가 천천히 고개를 돌려 채희를 바라보았다. 때맞춰 드리운 옅은 노을빛이 남자의 얼굴을 비춘다. 까만 물을 들인 듯 군데군데 검게 물든 푸른 머리카락과 한층 색이 어두워진 두 눈, 터진 입술과 바닥에 어지럽게 널린 빛 잃은 비늘들까지. 눈앞에 두고도 믿을 수 없는 모습을 하나하나 뜯어보던 채희가 입을 열었다.

"……린?"

떨리는 걸음으로 다가가자 린의 시선 역시 채희를 따라 움직였다.

"이게, 대체……."

곁에 주저앉은 채희가 앞섶도 제대로 여미지 않아 하얗게 드러난 맨가슴과 곧게 뻗은 두 다리를 손끝으로 더듬었다. 차마 어떻게 된 일이냐고도 물을 수 없는 행색이다. 무슨 말부터 해야 할지 몰라 입술만 깨무는데 뜨거운 손이 채희의 목덜미를 감싸왔다. 놀라 고개를 돌리니 린이 자신을 끌어당기고 있었다. 풀썩, 쓰러지듯 안기자 비로소 린이 긴 숨을 내뱉었다.

"기다……려서."

거친 목소리는 마치 쇠로 긁는 듯했다. 여기서 무슨 일이 있었는지는 몰라도 그게 순탄치만은 않았던 것이 분명했다.

쿵쿵, 거세게 뛰는 심장 소리를 가만히 듣고 있던 채희가 린의 가슴을 짚으며 품에서 빠져나왔다. 가까이에서 보니 얼굴이 아주 엉망이었다. 살이 내린 이목구비는 또렷해지다 못해 매서워 보였고, 늘 물기를 머금고 있던 피부는 바싹 말라 푸석했다. 어디 그뿐일까. 어찌 된 영문인지 오른쪽 눈은 왼쪽보다 흐리고 탁했으며, 몸싸움이라도 벌인 듯 광대 근처와 손등 뼈마디에는 생긴 지 얼마 안 되어 보이는 멍과 딱지들이 앉아 있었다.

말라붙은 핏자국을 손끝으로 문질러 닦던 채희가 화들짝 놀라며 손을 거두었다.

"너······."

따뜻하다. 그걸 인식하는 순간 채희는 제가 느끼던 기시감이 뭔지 깨달았다. 손만 닿아도 빨갛게 익던 차가운 피부는 채희가 아무렇게나 짚고 만져도 멀쩡했다. 아니, 도리어 채희보다 훨씬 뜨겁게 느껴지기까지 했다. 이마와 뺨, 목덜미를 차례로 짚어 체온을 가늠하던 채희가 문득 낯선 두 다리를 내려다보았다. 비록 발등 곳곳에 미처 떨어지지 못한 비늘 몇 장이 붙어 있긴 했으나 이리 보나 저리 보나 다리가 분명했다. 매끈한 발에 발가락까지 달린 평범한 다리.

지난번에는 갑자기 훌쩍 자라 사람을 놀라게 하더니 이번에는 다리가 생겼다. 문득 저인국 인어들과 비교하며 린에게 다리가 생기는 능력은 없나, 실없는 생각을 하던 때가 떠올랐다. 그동안 수많은 시간을 물 밖에서 보내고도 생기지 않던 다리가 난데없이 어디서 나타났는지 모를 일이었다.

"그럼 너 설마, 그동안……."

훌쩍 자라기 직전 이레 정도 행방이 묘연했던 것처럼, 이번 열흘간의 잠적 역시 이 다리 때문이었느냐고 묻고 싶었다. 그러나 뺨을 훑는 뜨거운 손길에 하려던 말도 잊고 불쑥, 설움이 터져 나왔다.

"얼마나 기다렸는 줄 알아? 어떻게 말도 없이, 내가 매일 기다렸는데! 이제 못 보는 줄 알고, 나 안 보려는 줄 알고 내가, 내가 얼마나……."

눈물은 맺힐 새도 없이 양 뺨을 타고 뚝뚝 떨어졌다. 불안과 좌절, 근심, 무력, 외로움, 분노, 그리움. 그간 누구에게도 털어놓지 못하고 쌓아만 왔던 마음이 눈물에 섞여 하염없이 흘러내리고 있었다. 미안. 진심 어린 사과도 소용없었다. 저를 끌어당기려는 손을 뿌리쳤다. 하얗게 드러난 가슴을 때리면서도 눈물은 멈출 줄을 몰랐다.

"그래 놓고 이 꼴은 또 뭐야. 왜 여기서 이러고 있어. 맘고생 시켰으면 잘 지내기라도 하던가!"

날아오는 주먹을 그대로 맞으며 젖은 뺨을 매만지고, 또 매만지던 린이 와락 채희를 품에 안았다. 귓가에 흩어지는 숨결에서 미처 채우지 못한 갈증이 느껴졌다. 메마른 입술을 축이듯 채희의 목덜미에 코와 입술을 한 번에 묻은 린이 긴 숨을 들이마신다. 뜨겁고, 뜨겁다. 이내 불덩이를 삼킨 듯한 숨이 목덜미에 쏟아졌다.

"보고…… 싶었어."

사지에서 돌아온 것만 같은 목소리다. 다시 못 볼 줄 알았다고, 다시 만나 기쁘다고. 부족한 어휘를 대신한 짧은 문장에 채희는 쏟아내던 말을 차마 이을 수 없었다.

"거짓말."

"아냐."

버둥대던 몸에서 힘을 빼자 린의 양팔이 채희의 등을 조금 더 바짝 끌어안는다.

"……꼬리는 어떻게 된 거야."

린의 어깨너머로 푸른 꼬리가 보이지 않는다는 사실이 어색했다. 스치는 바람에도 쉬이 바스러질 듯 푸석해 보이는 비늘들을 내다보며 묻자 목덜미에 뜨거운 이마를 비비던 린이 멈칫했다. 한참 만에 돌아온 대답은 간단했다.

"없어."

"왜 없어?"

"채이."

더는 묻지 말라는 듯, 혹은 대답해 주기 곤란하다는 듯. 묻었던 이마를 떼며 눈을 맞춰온 린은 몹시도 피곤한 얼굴을 하고 있었다.

"여기, 피도 났네."

남은 설움을 긴 숨에 실어 보내며 린이 매만져 주는 대로 커다란 손바닥에 뺨을 맡기고 있던 채희가 문득 손을 들어 상처를 가리켰다. 손가락 한 마디나 될까 싶은 작은 상처가 린의 이마 구석에 자리하고 있었다. 살짝 긁힌 모양인지 깊지 않아 보이는 상처 위에는 굳은 핏방울이 딱지처럼 앉아 있었다. 처음 만났을 때부터 상처를 달고 있던 린이다. 게다가 조개껍데기로 팔을 긋는 모습까지 봤다. 이제 어지간한 상처에는 면역이 생겼다고 생각했음에도 이상하리만치 작은 상처가 신경 쓰였다.

"린."

"응."

탁한 린의 오른쪽 눈도, 광대를 물들인 푸른 멍도. 어쩐지 낯설고 어색하기만 했다. 마치 있으면 안 될 것을 보고 있기라도 한 듯이.

"인어는 물에 닿으면 상처가 낫잖아."

"응."

"그런데 왜 이것들은 낫지 않았어?"

뱉고 나서야 제가 느끼던 이질감이 무엇인지 깨달을 수 있었다. 채희는 피가 마를 때까지 낫지 않은 상처를 보며 다시 한번 물었다.

"왜…… 물에 들어가지 않았어?"

마른 머리카락, 마른 피. 린에게는 어울리지 않는 건조하고 푸석한 것들을 차례로 들여다본 채희의 시선이 한쪽밖에 남지 않은 푸른 눈을 향했다. 린은 대답이 없었다. 마땅한 대답을 찾지 못하는 것 같기도, 대답하기 곤란한 것 같기도 했다. 채희는 손을 들어 탁한 눈을 쓰다듬었다. 바짝 다가오는 손끝에도 꿈쩍 않던 눈이 속눈썹을 건드려서야 사르르 감기는 것을 보며 채희는 마른침을 삼켰다.

'설마 너, 머리카락을 목소리로 바꿔 온 거야?'

어째서 이런 순간에 그때의 물음이 떠오르는지 모르겠다. 채희는 제 손을 끌어다 손바닥 깊이 입 맞추는 린을 바라보았다. 다쳤음에도 물에 들어가지 않은 이유가 있을 것이다. 물이 있는 곳까지 움직이기 힘들었거나, 바닷물이…….

"린은 이제……."

필요 없게 되었거나.

……인어가 아닌 거야? 차마 뱉지 못한 물음은 이어진 린의 목소리에 묻혀 사그라들었다.

"함께."

"……뭐?"

"함께, 어디든."

'줄까?'

순간, 제 꼬리를 가리키며 린이 묻던 말이 귓가를 스쳤다. 있으면 좋겠다는 말에 흔쾌히 주겠다 답하던 목소리도 함께였다.

"그럼 그때 그 말이……."

채희가 입을 틀어막았다. 그저 바람일 뿐이었다. 이루어지지 못하리란 걸 알면서도 괜히 한번 빌어보게 되는 소원처럼. 함께 했으면 좋겠다고, 린이 인어가 아닌 인간이었다면, 제가 인간이 아닌 인어였다면. 그래서 같은 곳을 보고 같은 곳을 거닐며, 함께 더 많은 시간을 보냈으면 좋겠다는 막연한 바람.

길게 뻗은 다리와 앞을 볼 수 없게 된 눈. 그것이 무엇을 의미하는지 알 듯해 더욱 물을 수 없었다. 머리카락을 잘라 주고 목소리를 얻은 것처럼 눈 한쪽을 내어주고 두 다리를 얻은 거냐고.

어떻게 그게 가능한 걸까. 어떻게, 그런 결정을 할 수 있었을까.

린이 제게 꼬리를 주겠다고 했을 때, 달라고 해서 가질 수 있는 것이라면 갖고 싶다고 했다. 불가능하다는 걸 알기에 할 수 있는 대답이었다. 그저 그렇게 해서라도 곁에 있고 싶을 만큼 제 마음이 크다고, 그런 제 마음을 알아달라는 의미에서 뱉은 말이었다. 그런데, 린은 정말 제 눈을 포기하면서까지 다리를 얻어왔다.

오로지 저를 위해. 저와 함께하기 위해.

"……아팠어?"

발등에 붙어 있다가 힘없이 떨어지는 비늘을 보며 물었다. 린이 고개를 젓는다. 아니. 허리를 끌어가며 뱉은 대답이 목덜미에 묻혀 간지럽게 울렸다. 그걸 시작으로 귓불과 귓바퀴, 뺨 위로 거친 입술이 내려앉았다. 아프지 않았다면 그토록 매끈하던 입술이 이리 거칠어질 리도 없었을 것이다. 제가 걱정하기를 원치 않는 린의 마음을 알기에 채희도 더는 묻지 않았다. 대신 린보다 먼저 그의 입술을 찾아 물었다.

린이 팔에 힘을 싣자 채희의 몸이 린에게 더욱 밀착됐다. 쿵쿵, 가슴을 두드리는 고동이 제 것인지 린의 것인지 알 수 없었다. 거친 입술은 채희의 입술 위에서 몇 번 비벼지는가 싶더니 이내 그 틈을 살짝 벌리고 들어왔다. 쏟아지는 숨결이 뜨겁다. 가볍게 맞닿았던 점막은 부드럽게 떨어졌다 다시 맞물릴 때마다 면적을 넓히더니 이내 누가 누구를 탐하고 있는지 모를 만큼 깊어졌다.

몇 번이나 더 찾아 물기를 반복했을까. 차오른 숨을 고르기 위해 입술을 떼자 사라진 열기 사이로 순식간에 추위가 밀려들었다. 그런 선뜻함이 낯선지 린의 입꼬리가 부드럽게 휘어 올라간다. 어쩐지 위태로워 보이는 미소였다.

"괜찮아? 너 지금 너무 뜨거워."

언제 이렇게 뜨거워졌을까. 린의 이마와 목덜미를 차례로 짚은 채희가 걱정스럽게 물었다. 린은 그조차도 귀에 들어오지 않는지 턱에 닿은 채희의 손을 물고 핥아가며 어떻게든 더 닿아 있기 위해 애를 썼다. 눈도 뜨지 못하고 축 처진 게, 애정 표현보다는 어떻게든 제 열기를 식히려는 생존 본능에 가까운 모습이었다.

채희는 손바닥에 이어 손목까지 올라온 발간 뺨을 보며 입술을 말아 물었다. 확실히 뜨겁다. 처음과는 비교도 되지 않을 정도였다.

"잠깐 나와봐. 내가 나가서 도와줄 사람이라도……."

인간의 몸으로는 감당할 수 없는 수준의 열감이다. 린이 인어였음을 감안하더라도 끓는 듯한 체온은 정상이 아니었다. 큰스님이 의원댁에 갔다 했으니 어쩌면 은월사에 와 있을지도 모른다. 하다못해 린을 업고 옮길 수 있는 사람이라도 필요했다. 그러나 린은 붙잡은 소매를 놓지 않은 채 고개만 저을 뿐이었다.

"안 돼."

"너 이대로 두면 큰일 나."

"괜찮아."

"안 괜찮아, 너. 지금 열이 얼마나……."

"가지 마."

가지 마, 채이. 거친 숨과 함께 들릴 듯 말 듯 작은 소리를 읊조린 린이 다시 옅게 웃는다. 정말 그거면 된다는 듯, 제 몸 따위는 안중에도 없어 보이는 미소라 채희의 시름이 더욱 깊어졌다.

딱딱하다 못해 울퉁불퉁한 바닥, 뻥 뚫린 동굴 입구, 들이치는 바람과 군데군데 쌓인 눈 따위를 돌아보았다. 여기 있다가는 낫기는커녕 병을 더 키울 것이라는 생각은 사방에 널린 비늘과 여전히 푸른빛을 띠고 있는 린의 머리카락, 발등과 발목에 남아 있는 비늘로 시선이 옮겨가며 점차 사그라들었다. 인어였던 시절을 아는 제 눈에나 인간과 다를 게 없어 보이는 거지, 아무것도 모를 남들 눈에는 머리부터 발끝까지 이상한 것투성이일 린이다. 너무 생각 없이 타인의 도움을 구하고자 했던 건 아닐까. 안 된다며 황급히 소매를 잡아채던 린의 행동을 그제야 이해할 수 있었다.

다른 누군가에게 도움을 청할 수 없다면 방법은 하나뿐이었다.

"그럼 갔다가 금방 다시 올게. 오래 걸리지 않을 거야. 그 정도는 기다려줄 수 있지?"

벌써 떠난 건 아닐까. 이른 아침부터 지게 한가득 쌓이던 짐을 떠올린 채희가 린의 등을 부드럽게 쓸어내렸다. 아직 출발하지 않았다면 전에 처방받은 약첩 정도는 찾을 수 있을 것이다. 우선 약을 먹여 열이라도 내리면…….

"가지 마."

린의 열이 내리면, 그다음은?

"가려는 게 아니야."

대수롭지 않게 대답했으나 과연 그럴 수 있을지는 채희조차 확신할 수 없었다. 열흘간 발이 묶였던 일꾼들은 땅만 마르면 내일 당장이라도 떠날 기세였다. 짐만 먼저 내려보낸다고 하더라도 더는 은월사에 남아 있을 명분이 없었다.

"채이."

왜 하필 오늘일까. 맑게 갠 날씨를 원망할 때였다. 린의 손이 채희의 턱을 부드럽게 잡아끌었다. 쪽. 입술에 간지러운 감촉을 남기고 떠난 숨결은 좀 전보다 훨씬 더 뜨거웠다.

"난, 괜찮아."

아니, 괜찮지 않다. 열이 올라 벌겋게 보이는 가슴을 옷고름으로 단단히 매어둔 채희가 자리에서 일어났다. 말갛게 따라오던 눈이 자꾸만 처지는 걸 보아, 더는 열감을 견디기 어려운 게 분명했다. 이대로 두었다가는 정말 영영 린을 잃을지도 모른다는 생각이 스치자 여기서 낭비하는 시간조차 아깝게 느껴졌다. 일단 린을 살리는 게 우선이다. 떠나는 일이야 그때 가서 생각해도 늦지 않을 것이다. 여차하면 못 가겠다 드러누울 작정으로 입을 열었다.

"정말 눈 깜짝할 새 다녀올게."

린은 선뜻 끄덕이지 못했다. 그러나 제 고집을 꺾긴 어렵겠다고 판단했는지 돌아서는 걸음을 붙잡지도 않았다.

채희는 몇 번이나 금방 돌아오겠다 약조한 뒤 은월사로 향했다. 다들 제 일로 바빠 채희가 바다에 다녀온 것도 모르는 눈치였다. 그건 말생도 마찬가지였다. 그렇다고 다시 바다로 가는 길이 쉬운 건 아니다.

약탕기를 찾겠다며 부엌에 들른 것이 문제였다. 막 저녁상을 들고 나오던 말생과 마주친 탓에 꼼짝없이 발이 묶이고 말았다. 뜨거운지 찬지, 단지 짠지도 구분되지 않은 음식을 입에 쑤셔 넣고, 이부자리를 펴면서도 머릿속은 온통 린 생각뿐이었다.

또 열이 오르는 건 아닐까. 추위에 떨고 있는 건 아닐까. 눈 깜짝할 새 다녀오겠다고 했는데 혹, 저를 버리고 갔다고 생각하는 건 아닐까.

잠들기 직전까지 늘어놓은 말생의 잔소리처럼 무슨 수를 써도 끊이지 않던 걱정은 말썽이 까무룩 잠든 뒤에야 비로소 끝이 났다.

말썽이 완전히 잠든 것을 확인한 채희가 방을 나섰다. 모두가 잠든 시간이다. 금방 다녀오겠다고 약속한 것치고는 너무 늦었다. 행여 누구라도 깨울세라 호롱도 제대로 들지 못하고 은월사 곳곳을 쏘다녔다. 약탕기, 약첩, 부싯돌과 거적, 그 외 자잘한 집기들까지. 전부 들기도 버거운 짐들을 품에 안은 채 다시 바닷가로 향할 때가 이미 자시였다.

작은 호롱불에 의지해 동굴로 돌아왔을 때, 린은 채희가 떠나기 전 벽에 기대어 앉은 모습 그대로 잠들어 있었다. 몸은 여전히 불덩이였다.

"린. 나 왔어."

이고 온 거적을 바닥에 깐 뒤 린을 흔들어 깨웠다. 열감에 기력을 잃은 린은 마치 술에 취한 사람 같았다.

"채이?"

"내가 너무 늦었지?"

"채이⋯⋯."

"응. 나 여기 있어. 우선 편히 눕자. 내가 얼른 약 달여줄게."

좀 더 따뜻한 걸 가져와야 했을까. 겨우 자리에 누운 린에게 걸치고 있던 장옷을 벗어 덮어준 채희가 작게 중얼거렸다. 솜을 덧대어 제법 두툼한 장옷이지만 새벽 추위를 막아주기에는 턱없이 부족해 보인 탓이었다. 문제는 그뿐만이 아니었다. 호기롭게 약탕기와 약첩까지 챙기고 나왔지만 직접 약을 달여본 경험이 없을 뿐더러 맑은 물도 없었다. 차고 넘치는 바닷물과 동굴 입구에 남은 눈을 번갈아 보던 채희는 오랜 고민 끝에 눈을 조금 퍼다 약탕기에 담았다.

어머니가 아프면 약을 달이는 건 항상 아버지의 몫이었다. 그때마다 곁에 앉아 구경했던 일을 떠올리며 크기가 엇비슷한 돌멩이를 주워 온 채희는 잘라낸 속치마를 이용해 작은 화로를 만들었다. 그 위에 약탕기를 올리고 불을 붙이자 훈훈한 열기와 함께 머지않아 약이 끓기 시작했다.

채희는 약이 잘 끓는지 수시로 확인해 가며 린의 상태를 살폈다. 열이 조금 내리면 대화가 가능한 정도로 정신을 차렸다가 다시 열이 오르면 눈도 뜨지 못하고 앓는 통에 속이 새카맣게 타들어가는 기분이었다. 이 또한 인간이 되는 과정인 걸까. 열이 크게 오를 때마다 하나둘 떨어져 나가는 발등의 비늘을 보며 채희는 조금이라도 빨리 이 고통이 지나가기를 바랐다.

린은 차게 적신 물수건으로 이마며 목덜미를 닦는 동안에도 정신을 못 차렸다. 그런 린이 다시 눈을 뜬 건 약이 막 완성되었을 무렵이었다.

"일어났어? 그렇지 않아도 곧 깨우려고 했는데."

뜨거운 약을 식히며 다가간 채희가 린이 일어나는 것을 도왔다.

린은 제가 덮고 있는 장의와 바닥에 깔린 거적, 주위에 널린 집기들을 쭉 한 번 훑어본 뒤에야 이게 다 무슨 일이냐는 듯 채희를 돌아보았다.

"너 계속 앓았어. 열도 많이 났고. 기억은 나?"

"조금."

"이거 마셔. 내가 고뿔 들었을 때 먹었던 약인데, 열 내리는 데엔 이만한 게 없댔어."

"고마워."

뺨에 입 맞추며 작게 속삭인 린은 약탕기 뚜껑에 덜어낸 약을 단숨에 들이켰다. 고민하는 기색조차 없었다. 제가 주는 것이라면 사약도 군소리 없이 받아 마실 기세였다. 그런 린에게 잘게 자른 곶감을 물려준 채희가 바닥에 떨어진 물수건을 주워 물가로 다가갔다. 얼음장 같은 바닷물에 적신 물수건을 꼭 짜내고 있으니 린이 묻는다.

"그건, 왜?"

"네 이마에 올려주려고. 열을 내리려면 찬기가 필요하거든."

내내 이마에 올리고 있었는데 몰랐어? 태연히 묻자 린의 표정이 삽시간에 굳는다.

"안 돼."

"뭐가 안 돼?"

"물, 바다, 안 돼."

"바닷물이 안 된다고?"

"보름."

"보름?"

물이 안 된다는 건지, 바다가 안 된다는 건지, 그도 아니라면 바닷물이 안 된다는 건지. 앞선 문장도 온전히 이해 못했는데 이제는 보름까지 붙었다. 잠꼬대 같은 소리에 조금 전 네가 마신 탕약도 엄연히 따지면 물이라고 알려주려다 관두었다. 열이 끓어 제대로 앉아 있지도 못하는 린이다. 괜한 입씨름으로 기운 빼게 하고 싶지 않았다.

"너 도깨비라고 소문났더라."

젖은 손수건을 멀찍이 내려둔 채희가 꺼진 화로에 도로 불을 붙인 뒤 린의 곁으로 다가갔다. 온몸에서 뿜어져 나오는 열기 탓인지 화로 앞에 있을 때보다 훨씬 따뜻한 기분이었다.

"도깨비?"

"응. 키는 아홉 척에 눈은 시퍼런 도깨비."

사위가 어두워 그런가, 눈의 푸른 기가 그새 많이 옅어진 것처럼 보였다. 머리카락은 아예 검게 보이기까지 했다. 남은 개수를 헤아릴 듯한 발등 위 비늘과 머리카락, 눈을 차례로 훑어본 채희가 조심히 린의 어깨에 머리를 기댔다. 다리를 쭉 뻗자 발끝이 린의 종아리쯤에 닿는다. 어깨높이도 제법 차이가 나니 일어서면 아마 아홉 척까지는 아니더라도 일고여덟 척은 될 성싶었다.

"인간이 된 기분은 어때?"

"……더워."

좋다, 싫다도 아니고 "더워."라니. 예상치 못한 대답에 웃고 있으니 린은 그제야 "조아." 하고 덧붙인다. 아차, 하는 기색이 맞닿은 어깨로 전해졌다.

"다시 인어로 돌아가고 싶지는 않아?"

고개를 들자 기다렸다는 듯 눈이 마주쳤다. 그게 왜 궁금하냐는 눈빛이다. 잔뜩 긴장한 기색이, 마치 버려질 때를 눈치챈 아이 같았다.

"다시 돌아갈 수는 있는 거야?"

"……아니."

"후회하지는 않아?"

"후회, 안 해."

예상은 하고 있었지만 정말 린이 자신의 모든 것을 버리고 인간이 되기를 선택했다고 하니 기분이 묘했다.

"큰일 났네, 린. 정말 나한테 장가라도 와야겠어."

일렁거리는 마음을 농담조로 포장하니 린 역시 입술을 둥글게 휜다. 때마침 바람이 불어왔다. 수면 위에 잔물결을 남기듯 마음에도 작은 파동을 일으킬 연풍(軟風)이었다. 채희는 가슴 깊숙한 곳까지 들이찬 바람이 저절로 가라앉을 때까지 말을 아꼈다. 그건 린도 마찬가지였다.

린의 발등에서 마지막 비늘이 떨어졌다. 어슴푸레 시야가 밝아
오던 새벽이었다.

린은 어김없이 고열에 시달렸다. 남은 약을 모조리 데워 먹였지
만 별 차도가 없었다. 역시 의원에게라도 보이는 것이 좋을까. 비
늘이 있었다고는 믿기지 않는 발등을 내려다보며 고민할 때였다.
그쳤던 눈이 다시 내리기 시작했다. 열흘 전 그때처럼 앞이 보이
지 않을 만큼 하얗게 쏟아지는 눈발에 채희는 이곳에 머물 시간을
벌었다는 생각보다 길이 궂으면 제아무리 부처가 와도 꿈쩍하지
않는다는 의원을 먼저 떠올렸다.

이제 린은 인어보다 인간에 가까운 상태였다. 그 말인 즉, 열을
잡지 못했다가는 죽을 수도 있다는 뜻이었다.

린이 죽는다. 숨 막히는 두려움과 함께 떠오른 건 아직 돌아오
지 않은 큰스님의 행방이었다. 다쳤다는 행자와 함께 갔으니 하루
이틀은 걸리지 않겠느냐고 했던가. 길이 물러서, 눈이 와서. 의원
은 끝내 산을 넘지 않고 자기 집에 머무르고 있을 가능성이 컸다.

이제 와 의원을 데리고 오기에는 린의 상태도, 날씨도 좋지 않
았다. 그렇다면 큰스님처럼 직접 의원을 찾아가는 건 어떨까. 채
희는 산책로 옆으로 난 산길을 떠올렸다. 산을 빙 돌면 의원댁까
지 하루도 부족하지만, 산을 가로지르면 반나절 만에 닿을 수 있

다는 이야기를 들은 적 있다. 고뿔에 걸려 누웠을 때였다. 고생해서 의원까지 모셔 왔는데 또 돌아다니다 앓기만 해보라며 으름장 놓던 말썽을 기억한다.

린을 데리고 하루를 꼬박 걷는 건 무리였다. 하지만 반나절이라면 버틸 수 있을지도 모른다.

반나절. 짧은 단어를 읊조리며 빈 약탕기와 정신을 차리지 못하는 린, 그새 쌓인 눈 따위를 차례로 훑어보던 채희가 몸을 일으켰다. 고민할 새가 없었다.

"린. 일어나 봐."

두꺼운 눈구름을 헤치고 솟아난 햇살이 어느새 동굴 안쪽까지 훤히 비추고 있었다. 채희는 잠든 린의 어깨를 흔들어 깨웠다.

"린?"

손바닥 아래 닿은 팔뚝이 뜨끈뜨끈하다. 새벽보다는 조금 내린 듯했으나 그렇다고 안심할 정도도 아니었다.

"……응."

밤새 앓은 영향인지 린은 쉬이 눈을 뜨지 못했다. 채희는 그런 린의 얼굴을 쓰다듬으며 고민 끝에 내린 결론을 천천히 꺼내놓았다.

"의원을 찾아가야 할 것 같아."

"가……?"

정신이 혼몽한 와중에도 간다는 말에만 예민하게 반응하는 린을 보며 웃어야 할지 울어야 할지 알 수 없었다.

"혼자 가도 소용없어. 같이 가야 해."

"같이."

"응. 같이."

"조아."

"근데 그러려면 산을 넘어야 해. 할 수 있겠어?"

지금도 이렇게 기운 없어 하는데 과연 산길을 걸을 수는 있을까. 말을 꺼내놓고도 걱정이 끊이지 않는 채희와 달리 린은 별다른 고민도 하지 않은 채 고개를 끄덕였다. 제가 건넨 거라면 사약이라도 기꺼이 마실 것 같던 새벽과 마찬가지로 채희가 가자는 곳이라면 불길도 마다하지 않을 태세였다.

"그럼 여기서 잠시만 기다려. 절에 얼른 다녀올게."

또 가느냐고, 힘겹게 뜬 눈이 묻고 있었다.

"지금 신도 없잖아. 이번에는 정말 눈 깜짝할 새 다녀올게."

눈 깜짝할 새 다녀오마, 해놓고 한참을 기다리게 한 일이 서운하기는 했는지 린의 눈매가 금세 가늘어진다. 백 마디 말보다 확실한 의사 표현이었다. 머쓱해진 채희가 가만히 웃고만 있으니 린이 몸을 일으켜 눈높이를 맞춰왔다. 전체적으로는 검으나 곳곳에 짙푸른 색이 남은 눈동자가 오롯이 채희만을 담았다.

"기다려."

"이럴 때는 '기다릴게.'라고 말하는 게 맞긴 하지만……. 응, 금방 다녀올게."

린은 동굴 입구까지 따라 나와 채희를 배웅했다. 추우니 들어가 있으라는 만류도 소용없었다. 채희는 끝내 떨어지지 않는 시선을 뒤로한 채 동굴을 나섰다. 쏟아지는 눈의 양이 심상치 않더라니 바위 위에도 눈이 제법 쌓여 있었다. 채희는 몰라도 이따 린이 건너올 때가 걱정이었다.

조금 전 동굴 입구까지 따라 나오던 린의 걸음을 떠올렸다. 비틀거리는 꼴이 마치 갓 태어난 송아지 같았다. 새롭게 생긴 다리이니 걸음이 불안할 수밖에 없다는 걸 알면서도 반나절은 꼬박 걸어야 할 산길을 생각하면 조금은 막막해졌다. 얼마 전까지만 해도 물속을 자유롭게 유영하던 린이다. 그런 린이 과연 걷는 고단함을 이해할 수 있을지도 의문이었다.

은월사도 쌓인 눈을 치우느라 다들 분주해 보였다. 나이 지긋한 스님들 틈에서 제 키만 한 빗자루를 들고 부지런히 비질하는 동자를 지나쳐 방으로 들어섰다. 말썽은 그새 어디를 갔는지 보이지 않았다. 어쩌면 간밤에 사라진 저를 찾고 있을지도 모르겠다는 생각이 들자 괜히 마음이 조급해졌다.

채희는 짐을 싸기 위해 꺼내놨던 보따리 중 하나를 방 한가운

데에 크게 펼쳤다. 그 위에 방한용으로 만든 배자며 장옷까지 모조리 쓸어 담은 뒤 경대 안에 든 패물을 쏟아부었다.

"이 정도면 될까."

어느 정도 값어치를 하는지 알 수 없는 패물들을 내려다보던 채희가 중얼거렸다. 어릴 적부터 집안에 의원이 자주 드나들긴 했어도 값을 치르는 모습은 본 적 없었다. 간혹 값을 받지 않고 진맥을 봐준다는 의원도 있긴 했으나 약이라도 처방받으려면 약재값은 필요할 것이다. 게다가 린은 평범한 인간도 아니고 한때 인어였던 몸이니 여차하면 입막음용으로 몇 푼 더 찔러줘야 할지 모른다.

린에게 전부 주지 말고 조금은 가지고 있을걸. 윤성에게 받아 고스란히 린에게 줘버린 패물들을 떠올리던 채희의 눈에 방구석에 세워놓은 기다란 상자가 들어왔다.

'이래 보여도 아주 귀한 물건입니다.'

'부르는 게 값이라던데요.'

상자 속 기묘하게 생긴 검을 내밀며 덧붙이던 윤성의 목소리가 귓가를 스친 것도 그때였다. 부르는 게 값. 윤성에게는 사기당해놓고 웃음이 나오느냐 타박했지만, 입막음용으로 들이밀기에는 또 그만한 표현이 없었다.

선물 받은 물건을 함부로 사용하는 것이 마음에 걸리긴 했으나 달리 방도가 없었다. 사람을 살리는 일이다. 윤성도 이해해 줄 것이라 자신을 다독이며 상자에서 꺼낸 화인검 역시 보따리에 넣었다. 솜을 덧댄 옷들이 들어 부피만 클 줄 알았던 보따리는 보기만큼이나 무게도 상당했다. 다들 이보다 수십 배는 더 큰 짐을 어떻게 지고 다니는지 모를 일이다.

채희는 삐뚜름하게 기울어지는 보따리를 추스르며 자신이 어질러놓은 방 안을 훑어보았다. 강도라도 든 듯 어수선한 꼴에 방에 들어왔다 까무러칠 말생의 얼굴이 떠올랐다.

아침부터 제가 보이지 않는 것만으로도 충분히 놀랐을 텐데.

거기에까지 생각이 미치자 도저히 그냥 나설 수가 없었다. 결국 들었던 짐을 도로 내려놓은 채희가 급한 대로 먹과 종이만 끌어와 먹 귀퉁이로 몇 글자 휘갈겼다.

급한 일이 생겨 어디 좀 다녀올게.

저녁에는 돌아올 테니 너무 걱정 말라는 말을 덧붙이다 문득 앞선 문장을 다시 확인했다. 의원을 찾으러 간다고 솔직하게 쓰는 게 나은가 싶은 생각이 들었으나 금세 지워냈다. 말생 성격에 의원이라는 단어가 들어가는 순간 당장 쫓아올 것이 빤했다.

종이를 눈에 띄는 곳에 고이 펼쳐둔 채희가 다시 짐을 짊어졌다. 이제 나가는 길에 짚신만 한 켤레 구하면 된다. 예상보다 순조로운 채비에 마음을 놓기도 잠시, 바깥에서 인기척이 느껴졌다.

아씨 어쩌고 하는 물음에 방이 언급되는 걸 보니 제가 방 안에 들어오는 걸 본 누군가가 있는 모양이었다. 여기서 말생에게 붙잡혔다가는 의원은커녕 두 번 다시 린도 못 보게 될 것이다.

"어쩌지."

조급한 마음에 발만 동동 구르던 채희가 삐걱거리며 울리는 마룻바닥 소리에 숨을 삼켰다. 그때 한쪽 벽에 빼곡한 어머니의 글씨가 눈에 들어왔다. 그 위로 트인 넓은 창은 말생의 잔소리에 기가 질려 넘을까 말까 하던 바로 그것이었다.

"정말 괜찮겠어?"

흘러내린 보따리를 다시 추슬러 멘 채희가 걱정스러운 눈빛으로 뒤를 돌아보았다. 잘 따라오는가 싶던 린이 또 저만치 뒤처졌다. 동굴까지는 혼자 어찌 나섰어도 눈 쌓인 바위까지 오르는 건 아무래도 힘든 모양이었다.

당장이라도 무너질 것 같은 걸음을 초조하게 바라보던 채희가 결국 왔던 길을 되돌아갔다. 창에서 뛰어내릴 때 접질리기라도 했는지 발목 상태가 좋지 않았다. 걸음을 내디딜 때마다 욱신거렸으나 아프다고 엄살이나 부리고 있을 때가 아니었다.

"도와줄게."

손을 내밀자 힘겹게 한 걸음 내딛던 린이 채희를 올려다봤다. 고맙다는 듯 냉큼 맞잡기는 했으나 무게는 느껴지지 않았다.

린은 채희의 손을 말 그대로 잡기만 한 채 스스로 비탈진 바위를 올랐다. 내색은 하지 않으나 꾹 다문 턱에 힘이 잔뜩 들어가 있는 걸 보니 힘에 부친 게 분명했다. 게다가 기껏 챙긴 솜옷들이 맞지 않아 린은 여전히 얇은 저고리에 바지 한 장 달랑 걸친 채였다. 그마저도 길이가 맞지 않아 손목 발목이 댕강 나와 있었다. 보기만 해도 추운 행색을 해놓고 린은 더운 사람처럼 땀을 흘렸다. 동굴을 나선 직후부터였다. 맞잡은 손도 동굴에서보다 훨씬 뜨거운 것이, 썩 좋은 징조 같진 않았다.

"나한테 기댈래?"

보다 못한 채희가 린의 팔을 자기 어깨에 둘렀다. 부축하면 좀 낫지 않을까 싶었으나 키 차이가 워낙 커, 부축은 고사하고 반대로 채희가 린에게 매달린 것처럼 보일 지경이었다. 채희는 린을 원망스러운 눈으로 슬쩍 흘겼다. 아홉 척까지는 아니고, 일고여덟 척은 되겠거니 생각했었는데 이리 붙어서니 아홉 척이나 일고여덟 척이나 큰 건 매한가지였다.

맞지 않는 키에 짐까지 지고 있어 나란히 붙어 걷는 것이 더 불편할 텐데도 린은 채희를 밀어내지 않았다. 오히려 더 바짝 끌어당기는 통에 채희마저 걸음이 꼬였다. 결국 몇 걸음 가지 못하고 린과 함께 넘어졌다. 무릎을 제대로 찧어 아픈데도 이상하게 웃음이 났다. 그건 린도 마찬가지였다.

"이건 안 되겠다."

"응."

짧게 대답한 린이 다시 웃었다. 뭐가 그리 즐거운지 파리한 몰골로 땀을 뻘뻘 흘리면서도 연신 웃는 얼굴이었다. 한참을 더 따라 웃다 먼저 자리를 털고 일어난 채희가 이번에는 린의 팔이 아닌 손을 잡았다. 좀 전과 마찬가지로 린이 무게를 싣지 않는 통에 일어나는 걸 도와줄 순 없었으나 이렇게라도 닿아 있으니 조금이나마 안심이 되는 기분이었다.

"발은 어때? 시리진 않아? 아픈 건?"

"난 괜찮나."

린은 키만 큰 게 아니었다. 발도 컸다. 창에서 뛰어내려 정신없는 와중에도 잊지 않고 훔쳐 온 짚신이건만, 작아서 도저히 신을 수가 없었다. 발가락이 다 튀어나오고도 뒤꿈치에 걸려 더는 들어가지 않으니 어떻게든 욱여넣어 보라고도 할 수 없었다.

상황이 그렇다 보니 린은 동굴 나선 이후부터 줄곧 맨발이었다. 덕분에 채희는 한시도 긴장을 늦출 수 없었다. 눈이 쌓여 잘 보이지는 않으나 이곳이 온통 따개비 밭이었다. 행여나 밟고 다칠세라 채희의 시선은 린을 이끄는 내내 바닥을 향해있었다.

린은 이따금 주저앉을 듯 손으로 땅을 짚거나 고통을 삼키듯 멈칫 굳으면서도 포기하지 않고 꾸준히 채희의 뒤를 따랐다. 가다 멈추고, 되돌아오다 다시 나아가길 반복하며 어렵사리 바다를 벗어났으나 진정한 난관은 지금부터였다.

채희는 산 초입에 선 채 나무가 빼곡한 산길을 올려다봤다. 산을 가로지르기가 쉽지 않으리란 건 예상했었으나 길이 이렇게까지 험할 줄은 몰랐다. 하얗게 덮인 눈 밖으로도 티가 날 만큼 삐죽삐죽 날이 선 돌멩이들과 밟는 족족 걸리는 나뭇가지들까지. 힘든 내색 한 번 않던 린도 단 두 걸음 만에 입술을 깨물 만큼 거친 길이었다.

잠시 고민하던 채희는 가지고 온 보따리 안에서 토시를 꺼냈다. 바위를 건널 때는 미끄러울까 봐 권하지 못했는데 눈이 이 정도로 쌓인 산길이라면 오히려 괜찮을 것 같았다. 바닥에 쭈그리고 앉아 흙과 모래가 묻은 린의 발을 털어주었다.

"간지러워서 그래?"

"몰라."

손이 닿을 때마다 꼼지락거리며 피하기에 물었더니 애매한 답만 돌아왔다. 아무래도 발에 무언가 닿는다는 것 자체가 낯선 모양이었다. 채희는 자꾸 달아나려는 발을 붙잡아 두툼한 솜이 발바닥에 닿도록 토시를 감싸준 뒤에야 가던 걸음을 재촉했다. 두툼한 솜 덕분인지 뒤를 따르는 린의 걸음도 한결 가뻐해 보였다. 그러나 그것도 오래가지는 못했다. 솜이 발을 지켜주리라 기대하기엔 전전날에 온 비로 무른데다 눈까지 쌓인 산길은 너무도 험했고,

고작 끈 두 개로 고정한 토시는 발에 가만히 붙어 있지도 않았다.

산 중턱을 넘을 때였다. 문득 돌아본 길에 붉은 발자국이 선명한 걸 보고서야 린의 발톱이 너덜거리다 못해 빠지기 직전이라는 것을 알게 되었다. 즉시 걸음을 멈추자 린은 왜 그러냐는 듯 태연한 얼굴로 고개를 기울였다. 아프지 않을 리 없다. 짐이 되지 않으려는 마음을 알기에 채희 역시 그 발로는 더 못 간다고 솔직하게 말할 수 없었다.

저의 잘못된 판단이 아픈 이를 더 힘들게 한 것은 아닐까. 채희는 비죽 새어 나오려는 눈물을 삼키며 린을 바라보았다. 열이 많이 나 서리가 앉을 새도 없었는지 린의 얼굴은 땀인지 눈인지 모를 것으로 흠뻑 젖어 있었다. 추위는커녕 바람도 막아주기 힘들어 보이는 얇은 옷도 마찬가지였다. 여태 쓰러지지 않고 따라온 것만으로 대단했다.

"우리 조금 쉬었다 갈까?"

채희가 숨을 크게 한 번 몰아쉬고는 마른 이마를 소매로 닦는 척, 괜히 힘든 시늉을 했다. 이어 생긋 웃자 남은 거리를 가늠하듯 빼곡한 나무를 올려다보던 린이 뒤늦게 고개를 끄덕였다.

밑동만 남은 커다란 나무 위에 냉큼 자리 잡고 앉은 채희는 린이 따라 앉기 무섭게 발을 끌어왔다. 매듭을 풀자 엉망인 발이 고스란히 드러났다. 토시가 벗겨지며 발 일부가 그대로 땅에 닿았던 모양인지 발바닥에 작은 나뭇조각이 박혀 있었고, 너덜거리는 엄지발톱은 차마 입에 담지도 못할 상태였다. 이래서야 병을 고치러 의원을 찾아가는 길이 아니라 병을 키우러 가는 길이라고 해도 믿을 듯했다.

"아프진 않아?"

"괜찮나."

"그놈의 괜찮다 소리는."

머리를 쓰다듬는 린의 손길을 느끼다 문득 린이 아프냐는 물음에만 괜찮다고 답하는 것을 깨달았다. 그건 아프지 않다는 말과는 확연히 달랐다. 아프지만 견딜 만하다, 혹은 아픈 걸 숨기고 싶다는 뜻일 터였다.

안타까운 마음에 고개만 푹 숙이고 있던 채희가 정수리에서 귓바퀴로 내려온 린의 손을 조심히 끌어왔다. 뜨거운 손바닥에 뺨을 묻고 입술을 대어본 뒤 시선을 들자 린과 단번에 눈이 마주쳤다. 먼저 입꼬리를 말아 올린 건 채희였다.

"여기서 잠시만 기다려. 내가 냇물이라도 찾아볼게."

린은 잠시 망설이는 듯하더니 이내 고개를 끄덕였다. 채희가 몸을 일으켰다. 좀 전에 올라오며 스치듯 냇물을 본 기억이 있었다. 아마 멀지 않으니 금방 다녀올 것이다. 그새 옷에 쌓인 눈을 털어가며 최대한 씩씩하게 돌아서는데 눈물 한 방울이 툭, 장옷 위로 떨어졌다. 린이 보지 못해 다행이었다.

얼른 눈물을 훔치고 가볍게 손을 흔들어 보인 채희가 바삐 걸음을 옮겼다. 분명 근처에서 냇물을 보았다고 생각했는데 막상 찾으려고 하니 물은커녕 냇가에 있음직한 바위 하나도 보이지 않았다. 길이라도 잃을세라 멀리 가지도 못하고 같은 자리만 빙빙 맴도는 사이 눈발은 더욱 거세졌다. 지나온 발자국마저 순식간에 사라지는 것을 보며 채희는 초조하게 입술을 깨물었다. 기다리고 있을 린이 마음에 걸렸다.

결국 냇물 찾기를 포기하고 돌아갈 결심을 할 즈음이었다. 빠직, 나무 밟는 소리에 저만치 모여 있던 새무리가 푸드덕 날아올랐다. 놀라 움츠리기도 잠시, 그들의 날갯짓을 따라 사방으로 흩어지는 물방울에 채희는 홀린 듯 걸음을 재촉했다.

다리에 엉기는 치마를 아무렇게나 추스르고 다가간 곳에는 정말 물이 흐르고 있었다. 냇물이라고 부르기도 민망한 아주 작은 물줄기였고, 그마저도 얼어 물을 받을 수 있는 부분이 극히 적었으나 린의 상처를 닦아내기에는 충분해 보였다.

채희는 들뜬 마음으로 살얼음을 깼다. 양손에 가득 담은 물로 입술을 축이자 막혀있던 속이 조금이나마 풀리는 듯했다. 그러나 기쁨도 잠시였다. 물을 담아 갈 만한 도구가 없다는 것을 뒤늦게 깨달은 것이다. 어째서 하는 일마다 이리 모자란 건지. 차가운 물살에 손끝을 담은 채희가 깊은 한숨을 내쉬었다.

보따리 안에 쓸 만한 게 있었던가. 여기서 보따리가 있는 곳까지 다녀오려면 얼마나 걸릴지 가늠하던 채희는 문득 떠오른 생각에 벌떡 몸을 일으켰다. 장옷을 지나 저고리 아래로 손을 넣은 채희가 망설임 없이 치마 매듭을 풀었다. 순식간에 벗어낸 붉은 치마를 흐르는 물 위에 올렸다. 처음에는 겉도는가 싶던 물이 서서히 스며들어 흠뻑 젖는 데는 그리 많은 시간이 필요치 않았다.

젖어 묵직해진 치마를 도로 건져 올리자 그나마 입고 있던 옷이 젖어 드는 것도 금방이었다. 얼음장처럼 차가운 기운에 등줄기가 쭈뼛 섰으나 망설일 새가 없었다. 채희는 물이 줄줄 흐르는 치마를 한껏 추슬러 안으며 빠른 걸음으로 왔던 길을 되돌아가기 시작했다.

얼마쯤 걸었을까. 왔던 길과 조금 다른 길로 접어들었다는 생각에 걸음이 느려질 즈음, 작은 움막 하나가 눈에 들어왔다. 조심히 다가가니 사람이 사는 흔적은 없으나 거적으로 세워놓은 지붕과 벽이 있어 잠시 쉬어가기에는 충분해 보였다.

얼른 가서 알려 줘야지. 허둥대며 걷느라 치마에 걸려 넘어지고, 눈밭에 구르기도 했지만 걸음을 멈출 수는 없었다. 간신히 린이 있는 곳까지 돌아왔을 때는 눈에 흙이 뒤엉겨 머리도, 옷도 엉망이었다. 조용히 나뭇결을 더듬고 있던 린이 그 꼴에 놀라 벌떡 일어선 것도 당연했다.

당장이라도 달려올 태세인 린을 보자 괜히 눈물이 날 것 같았다. 하지만 정작 울고 싶은 일은 따로 있었다. 넘어지고 구르는 사이 치마가 얼어버린 것이다.

"앉아봐. 내가 발 닦아줄게."

얼고 더러워진 치마를 헤집어 간신히 깨끗하고 물기가 남아있는 부분을 찾은 채희가 손에 입김을 불며 린을 도로 자리에 앉혔다. 묻고 싶은 것이 많아 보이는 얼굴이다. 금방이라도 쏟아져 나올 듯한 질문들을 외면한 채 그 앞에 자리를 잡고 앉았다.

세운 무릎 위에 린의 발을 올린 채희가 치마에 남은 물을 있는 힘껏 짜냈다. 피에 흙이며 마른 나뭇잎들이 뒤엉켜 엉망이던 발은 물로 씻겨내고, 치마로 닦아내서야 겨우 상처를 드러냈다.

빠진 발톱을 제외하면 깊은 상처는 없었지만 자잘하게 베이고 찔린 상처와 물집으로 성한 곳을 찾기 어려울 지경이었다. 대체 이 발로 여기까지 어떻게 걸어왔는지 모를 일이다.

"더 걸을 수 있겠어?"

"응."

"그럼 조금만 더 쉬었다가 다시 움직이자. 멀리 갈 건 아니고, 아까 물 뜨러 갔을 때 보니까 냇가 근처에 작은 움막이 있더라고. 좀 허름하긴 한데, 잠시 눈을 피하기에는 나빠 보이지 않은……."

린의 따스한 손이 볼을 타고 내려와 턱을 살짝 잡아끌었다. 덩달아 말이 멈추었다. 부쩍 많아진 말수에 이상함을 느꼈던 걸까. 끌려가지 않기 위해 고개를 비틀어보았으나 린의 고집을 이길 수는 없었다. 맥없이 마주친 시선에 린이 눈가를 조금 일그러트렸다.

"왜, 울어?"

"안 울어."

"울어, 채이."

"그야 네가……."

울지 않으려고 했다. 그러나 도리어 미안해하는 린의 표정에 참지 못하고 눈물이 새어 나왔다. 간신히 버티고 있던 둑이 무너져 내리는 것만 같았다. 채희는 상처투성이인 린의 발을 품에 안으며 엉엉 울음을 터트렸다.

"바보야. 아프면 아프다고 얘기하면 되지 이 지경이 될 때까지 어떻게 참은 거야. 너도 꼴에 사내라고 허세 부려? 발이 이게…… 이게 뭐야, 대체."

한번 터진 울음은 쉬이 멎지 않았다. 괜찮다는 린에게 그놈의 괜찮다는 말 좀 그만할 수 없냐고 울고, 미안하다는 말에는 네가 미안할 게 뭐가 있느냐며 또 울었다.

때릴 것처럼 휘젓기 시작한 팔을 당겨 일으킨 린은 아이처럼 우는 채희를 자기 허벅지 위에 앉혔다. 제법 단단하긴 하나, 발과 마찬가지로 생긴 지 얼마 되지 않은 다리다. 그 사실을 인식하자 채희는 지금껏 살며 단 한 번도 신경 쓴 적 없던 자신의 무게가 걱정되기 시작했다. 행여나 부러질까, 안절부절못하느라 눈물이 멎은 건 말할 것도 없었다.

얼굴에 비친 당혹감을 읽기라도 한 건지 린이 채희의 눈을 깊이 들여다보았다. 이내 헝클어진 머리카락을 귀 뒤로 넘겨주고, 남아 있는 눈물 자국을 훔쳐 가며 뺨이며 눈, 이마에 수시로 입 맞춘다. 눈꺼풀 위에 입술이 내려앉을 때는 간지러움을 참을 수 없었다. 살짝 눈을 감은 채 웃음을 흘리던 채희는 뒤늦게 밀려오는 민망함을 이기지 못하고 너른 가슴에 파고들었다.

천천히 다시 눈을 뜨자 귀 아래 턱 선을 따라 길게 나 있는 가느다랗고 흰 선이 보였다. 아마도 아가미가 있던 자리일 것이다. 자세히 봐야만 보이는 흔적을 오래도록 응시하던 채희가 그 위에 가만히 코를 묻어보았다.

쿵, 쿵. 맥이 힘차게 뛰고 있었다.

"나랑 같이 한양으로 가자."

아버지는 내가 설득할 테니 그곳에서 나와 함께 살자. 채희가 작게 속삭이자 린은 대답 대신 채희 허리를 꼭 끌어안고 이마에 입을 맞추었다.

서로가 서로에게 기대듯 한참을 더 안고, 안겨 있던 두 사람은 점점 더 거세지는 눈발이 심상치 않음을 느끼고서야 몸을 움직였다.

젖은 치마를 이로 찢어 기다랗게 만든 채희는 린의 발이 밖으로 드러나지 않도록 꽁꽁 싸매주었다. 어째 전보다 더 걷기 불편해하는 것 같았으나 적어도 다치진 않을 듯했다.

바닥에 아무렇게나 내팽개쳐 뒀던 보따리를 챙겨 든 채희가 린을 이끌었다. 커다란 보따리가 버거워 보였는지 린이 몇 번이고 들어주겠다 했으나 채희는 매번 끝까지 듣지도 않고 거절했다.

"채이, 바보."

"뭐? 내가 왜?"

"힘들자나."

"하나도 안 힘들어. 그것보다 그런 말 좀 배우지 마."

"그런 말?"

"바보니, 뭐니, 하는 거."

"왜?"

"왜냐면……."

자기가 했던 말을 배운 거라 채희도 할 말은 없었다. 도리어 바보라고 해놓고 엉엉 울었던 일이 떠올라 괜히 얼굴만 화끈거렸다. 채희는 최대한 멀리 시선을 두며 걸음을 재촉했다. 눈치 없는 린은 그런 채희를 졸졸 따라오며 왜? 왜? 하고 몇 번이나 물었다. 무시해 봐도 소용없었다.

"그만 좀 물, 어…… 너, 정말……!"

돌아보니 눈치 없던 린은 온데간데없고 장난기 가득한 얼굴로 생긋 웃는 린만 있었다. 약 오른 채희가 씩씩대며 린의 팔이며 등을 마구 때렸다. 맞아놓고도 뭐가 좋은지 린은 한참을 더 웃다 허우적대는 채희를 와락 끌어안았다. 입술이며 볼에 뜨거운 입술이 정신없이 날아들었다.

"너……! 이렇게 또 얼렁뚱땅 넘어가려고!"

간신히 벗어나 투정하기 무섭게 벌어진 입술 새로 뜨거운 숨이 깊이 맞물렸다. 채희는 하려던 말도 잊은 채 린의 옷자락을 꽉 쥐었다. 살짝 깨물린 아랫입술이 아파 작게 신음하자 까슬한 혀가 물린 부위를 살살 문지른다. 웃음기가 사라지는 건 금방이었다.

한 걸음 걷고 장난치고, 두 걸음 걷고 입 맞추는 사이 움막에 도착했다. 반나절 안에 산을 넘기는 글렀는지 어느덧 해가 머리 꼭대기 위에 솟아 있었다.

바람만 조금 세게 불어도 날아갈 듯한 거적을 걷히고 들어가자 좁긴 해도 둘이 충분히 누울 수 있는 공간이 나왔다. 한쪽 구석에 짐을 내려놓은 채희가 먼저 자리 잡고 앉아 린을 불렀다. 문가에 서 있던 린이 허리를 살짝 숙이며 움막 안으로 들어오니 그 자체만으로 좁은 공간이 가득 차는 것 같았다.

"저쪽으로 앉아봐."

익숙하게 채희 옆으로 와 앉으려던 린이 멈칫했다. 상처받은 듯한 표정에 채희가 웃음을 터트렸다.

"발 좀 봐."

그제야 느릿느릿 자리를 옮긴 린이 채희가 앉은 방향으로 다리를 뻗었다. 채희는 흙과 낙엽으로 그새 더러워진 발을 붉은 천으로 살살 털어내고는 단단히 묶어놨던 매듭을 풀었다. 한 자는 될 듯한 발이 드러나자, 채희는 그것을 자기 무릎에 얹혀둔 뒤 꼼꼼히 살폈다.

꽁꽁 싸매놨던 덕인지 더 심해진 상처는 없었으나 이미 생긴 상처에 흙이나 작은 나무 조각들이 박혀 썩 좋은 상태는 아니었다. 뭐가 어찌 되었건 최대한 빨리 의원에게 보여야겠다고 생각하며 반대 발도 살폈다.

"다리는? 아프지 않아?"

"괜찮나."

"또 그 괜찮다는 소리. 줘 봐, 어디."

한사코 괜찮다는 린을 아프지 않게 꼬집고는 한쪽 다리를 끌어왔다. 있으나 마나 한 발목 매듭을 풀어 쭉 끌어 올리자 곧게 뻗은 정강이와 툭 불거진 무릎이 드러났다. 티를 내지 않아 몰랐는데 무릎도 성한 상태는 아니었다. 이러고도 괜찮다는 소리가 나오느냐는 뜻으로 노려보니 린이 민망한 듯 웃으며 시선을 피했다.

상처도 상처지만 아무 준비 없이 먼 길을 걸었으니 근육도 많이 뭉쳤을 것이다. 매일 뛰어다니는 게 일상인 채희도 이렇게 다리가 아픈데 린이 멀쩡할 리 없다. 상처를 피해 린의 발을 살살 매만지던 채희가 말생이 늘 제게 해주던 것처럼 발꿈치 힘줄을 시작으로 종아리를 지나 오금까지 단단하게 뭉친 근육을 조물조물 주물렀다. 종일 걸어 다니면서도 아픈 내색, 힘든 내색 한번 없던 린도 이건 견디기 힘든지 이따금 움찔거렸다.

한쪽 다리를 정성스럽게 주무른 채희가 이번에는 반대쪽 다리도 끌어왔다. 마찬가지로 발목 매듭부터 풀려는데 린이 만류했다. 손을 밀어낼 뿐만 아니라 다리까지 접어버리는 통에 때아닌 힘겨루기를 해야만 했다.

"잘 풀어주지 않으면 밤새 힘들 거야."

"괜찮아."

"안 괜찮은 거 아니까 이리 내."

"채이."

"뭐, 왜."

"이리 와."

아예 다리에는 손도 못 대도록 채희의 양손을 붙잡은 린이 채희를 자기 쪽으로 슬쩍 끌어당겼다. 채희는 이럴 때가 아니라고 투덜대면서도 못 이기는 척 끌려가다 장옷에 다리가 꼬였다. 린의 가슴 위로 쏟아지듯 넘어지는 건 한순간이었다. 실수였다. 화들짝 놀란 채희가 린의 가슴을 짚고 얼른 상체를 세웠으나 이미 단단한 팔에 허리를 붙잡힌 뒤였다. 심지어는 린의 허벅지 위에 올라탄 채로.

빈틈없이 맞붙은 가슴에 열이 확 올랐다. 착각인진 모르겠으나 허리에 감긴 린의 팔도 지금까지 중 가장 뜨겁게 느껴졌다. 민망함에 굴러다니는 낙엽이나 삐뚤어진 옷고름 따위에 시선을 두는데 린의 손이 채희의 열 오른 귓바퀴를 더듬고 내려와 턱을 살짝 잡아 올렸다. 이리저리 눈을 굴려본들 더는 피할 곳이 없었다.

입술을 살살 쓰다듬는 감각에 천천히 눈을 돌렸을 때, 가장 먼저 보인 것은 살짝 내리깐 긴 속눈썹이었다. 그 뒤엔 반듯한 이마가, 흐트러진 짧은 머리카락이, 비늘이 사라진 귓바퀴, 유려한 턱선, 잇새에 물린 입술이 차례로 채희의 시선을 잡아끌었다. 곧 피가 배어 나올 듯 꽉 물린 입술이 아파 보여 손을 뻗었다가 린과 눈이 마주쳤다. 무너진 지붕 틈으로 새어 들어온 햇살이 탁해진 린의 눈 위를 부드럽게 어루만지고 있었다.

채희의 손은 어느새 린의 입술을 지나 탁해진 눈을 더듬고 있었다. 그 손길을 따라 눈을 감았던 린은 이내 채희 쇄골 위에 뜨거운 이마를 묻으며 살며시 기댔다.

깊은숨이 쏟아진다. 린은 언뜻 웃는 것 같았지만 채희는 차마 따라 웃을 수가 없었다.

"잠깐. 잠깐만, 린."

다리에서 내려오려 하자 린의 팔이 단숨에 채희의 허리를 끌어당겼다. 더욱 밀착된 몸 아래로 불현듯 낯선 열기가 스쳤다. 놀란 채희가 린을 떼어내려 했으나 그럴수록 린은 채희의 목덜미 깊이 입술을 묻을 뿐이었다. 채희가 린의 목덜미를 더듬었다.

"너 뜨거워."

"응, 알아."

"아는 게 아니라, 린. 너 지금 열이 많이 난다고."

목덜미에 대고 있던 손을 거둔 채희가 양손으로 린의 턱을 잡아끌어 제 눈을 보게 했다. 그저 몸이 얼어 뭐든 다 뜨겁게 느껴진다고만 생각했다. 눈도 또렷하고 행동도 멀쩡해 전혀 눈치채지 못한 탓도 있었다.

린의 몸이 불덩이 같았다. 그건 제 손이 차가워서 느끼는 열감도, 단순히 닿아 있어서 오른 열기도 아니었다. 그제야 린도 뭔가 이상하다는 걸 깨달았는지 느리게 눈을 깜빡였다. 허리를 휘어 감은 팔에서도 서서히 힘이 빠졌다.

조금 전까지 대화를 나누고 입 맞췄던 게 무색할 만큼 린의 상태는 급격히 나빠졌다. 대체 여기까지는 어떻게 따라왔는지, 닳아가는 체력이 눈에 보일 정도였다. 이래서야 반나절이고 뭐고 오늘 안에도 산을 넘지 못할 것 같았다.

보따리에서 솜이 붙은 건 죄다 꺼내 바닥에 깔고 그 위에 린을 눕혔다. 발에 난 상처가 덧나기라도 한 걸까. 땀으로 흠뻑 젖은 이마를 소매로 닦아내던 채희가 장옷 밖으로 비죽 나온 발을 살폈다.

눈은 멈출 기미가 없는지 거적이 펄럭일 때마다 움막 구석에도 눈이 쌓여갔다. 찬바람은 쉼 없이 들이치는데 설상가상으로 부싯돌마저 말을 듣지 않았다. 젖은 치마를 안고 올 때 소매에 넣어둔 부싯돌까지 젖은 모양이었다.

아무리 부딪혀 보아도 불꽃 하나 피우지 못하는 부싯돌을 던지

듯 내려놓은 채희가 양손에 얼굴을 묻으며 깊은숨을 들이마셨다. 밖에는 눈이 내리고, 린은 언제 다시 기력을 회복할지 모를 상태였다. 차라리 말생에게 솔직하게 털어놓고 도와달라 청할 걸 그랬지. 먹으로 대충 휘갈겨 써놓은 문장을 보고 발만 동동 구르고 있을 말생이 떠올리자 기껏 들이마셨던 숨이 단숨에 흘러나온다.

제 생각이 짧았다. 애초에 언제 다시 열이 오를지 모를 린을 데리고 산을 가로지를 생각을 했다니. 뭐에 씌기라도 했던 걸까. 길이 굳으면 꿈쩍 않는다는 의원을 찾으러 가다 도리어 산에 발이 묶인 이 상황을 뭐라 설명해야 좋을지 알 수 없었다.

해가 진 뒤 잠시 정신을 차렸던 린은 새벽을 기점으로 다시 상태가 안 좋아졌다. 열이 펄펄 끓는 것은 물론 땀 역시 많이 흘렸다. 입고 있던 옷이 다 젖어 더는 입을 수 없는 상태가 되고도 땀은 쉼없이 흘렸다. 몸에 남은 수분을 모조리 태워버릴 작정인 모양이었다.

땀을 닦아주느라 뜬눈으로 밤을 지새운 채희는 동이 트기 무섭게 냇가로 달려갔다. 움막에 있던 깨진 항아리 조각으로 여린 얼음을 깨고 물을 퍼올 때까지도 린은 여전히 앓고 있었다.

"린, 이거라도 좀 마셔봐."

늘어진 몸을 상체만 간신히 일으킨 뒤 떠온 냇물을 먹었다. 처음에는 입도 제대로 벌리지 못해 흘리는 게 반이더니 어느 순간 정신없이 물을 받아 마시기 시작했다.

갈증이 심했던 모양이라며 깨진 단면에 베이지 않도록 조심조심 물을 먹이던 것도 잠시였다. 린이 별안간 상체를 숙이며 토하기 시작한 것이다. 조금 전까지 마신 물은 물론, 전날 밤에 나눠 먹은 곶감까지 고스란히 나왔다. 물이 상했나 싶어 채희도 마셔봤지만 그저 청량하기만 했다.

채희는 아직 조금 남은 물과 나오는 것도 없이 계속 헛구역질만 하는 린을 번갈아 살폈다. 그때, 한 가지 가능성이 뇌리를 스쳤다.

"설마 바닷물이 아니라서?"

얼마 전까지만 해도 바다에서 살았던 린이다. 그렇다면 민물이 맞지 않는 것도 어느 정도는 이해가 됐다.

"그치만……"

지난번에는 바닷물도 안 된다지 않았는가. 보름 어쩌고 하긴 했으나 끝내 알아듣지 못한 말을 떠올리던 채희가 고개를 저었다. 뭐가 어찌 되었건 큰일이었다. 땀을 그렇게 흘려놓고 물 한 모금 넘길 수가 없다니. 이대로라면 탈수가 오는 것도 시간문제였다.

탈수에는 소금물만 한 것이 없다고 하였는데……. 급히 짐을 챙겨 나오느라 소금은 챙길 생각도 하지 못했다. 그렇다고 산에서 갑자기 소금이 솟아날 리도 없고. 결국 돌아 바닷물을 떠올린 채 희가 침음을 삼켰다.

혼자서라도 바다에 다녀올까. 지금부터 달리면 반나절 안에는 충분히 돌아올 수 있지 않을까. 종일 걸어왔던 길을 떠올리며 고 민하고 있는데 그새 헛구역질을 멈춘 린이 채희의 손을 꽉 붙잡 았다.

"괜찮나."

마치 뭘 생각하고 있었는지 안다는 듯한 눈빛에 차마 입을 뗄 수 없었다. 채희는 꺼져가는 불씨에 마른 나뭇가지를 몇 개 더 꺾 어 넣어가며 입안의 여린 살을 잘근잘근 씹었다.

밤새 내린 눈 탓인지 기온이 뚝 떨어졌다. 간밤에 작은 불씨라 도 만들어두어 다행이었다. 비록 바닥에서 올라오는 한기까지 막 을 수는 없지만, 눈보라가 휘몰아치는 바깥에 비하면 움막 안은 봄이나 다름없었다.

하룻밤이야 어찌어찌 넘겼지만 앞으로가 문제였다. 반나절, 길 어봐야 하루면 의원댁에 도착할 것이라 여겼기에 솜옷과 패물 외 다른 걸 챙길 생각은 하지 못했다. 마르기도 전에 얼어버린 치마 와 산속에서는 쓸모도 없는 패물을 노려보던 채희가 웅크린 무릎 위에 얼굴을 묻었다.

먹을 거라도 조금 더 챙겨올 걸. 챙겨 온 먹거리라고 해봐야 린 에게 잘라 주고 남은 곶감 두 개가 고작이었다. 그마저도 어제 모두 린에게 양보하느라 채희는 여태 먹은 것이 없었다.

오늘도 산을 넘긴 그른 것 같은데 배 속에서는 뭐라도 넣으라 야단이었다. 지금이야 물로 달래고 있지만 분명 한계가 올 것이다. 무엇보다 린이 뭘 제대로 먹지 못하니 뭐라도 구해 와야 하는 상황이었다.

있으나 마나 한 보따리에 힐긋 시선을 던진 채희가 화로에 쬐던 손을 거두고 자리에서 일어났다. 괜찮다며 손을 붙잡았던 린은 그새 다시 잠든 상태였다. 고른 숨소리를 들으며 뒤꿈치를 든 채희가 조용히 움막을 나섰다.

눈이 더 오려는지 하늘은 흐리고 바람은 매서웠다. 채희는 눈에 익은 산길을 내다보며 넝마가 된 장옷을 바짝 여몄다. 망설일 새가 없었다.

목구멍이 타들어 가는 듯한 끔찍한 갈증에 눈을 떴다. 반사적으로 입을 벌렸으나 들어오는 것은 공기뿐이다. 그제야 이곳이 육지고, 자신은 작은 움막에 누워있음이 실감 났다. 그런데도 눈을 감으면 바닷속을 유영하는 듯한 착각에 빠지기 일쑤였다.

─명심해.

의식이 흐려지던 순간 피부로 스며들던 경고를 기억한다.

─온전한 인간이 되고 싶거든…….

제 일부라 여겼던 바다가 조각난 생살을 파고들 때의 고통, 숨통을 조르던 감각, 간신히 뭍으로 올라오고도 제 기능을 하지 못하는 다리 탓에 거친 바닥을 기어 다니며 느껴야 했던 절망, 채희가 이런 고통을 몰라 다행이라는 생각을 하다가도 금세 죽고 싶어져 목 놓아 울던 순간까지. 모든 것이 생생했다.

뜨거운 몸뚱이를 끌어안고 맞이한 새벽은 얼마나 추웠으며, 옷 한 벌 얻자고 부딪히고 구른 동굴바닥은 또 얼마나 날카로웠는가. 평생을 인어로 살았기에 인간으로서의 첫걸음이 그토록 고통스러울 것이라고는 상상도 하지 못했다. 불에 달군 쇠꼬챙이 위를 걷는 기분이 그러할까. 채희도 늘 그런 고통 속에서 사는 걸까.

채희. 영원할 것 같은 고통 속에서 단 한 순간도 잊어본 적 없는 이름이었다. 올곧게 바라보던 시선도, 따스한 미소도, 빤히 바라보고 있으면 발갛게 물드는 뺨이나 재잘대는 입술, 바람결에 흩날리던 다갈색 머리카락, 쉽게 차가워지는 손끝까지.

'린……'

─다음 보름까지는 절대 바다로 돌아오지 말거라.

꿈과 현실의 아슬아슬한 경계 속에서 린은 어젯밤에 보았던 달을 떠올렸다. 유난히 가늘고 뾰족하던 달빛은 어느덧 절반 이상이 차올라 언뜻 둥글게 보였다.

이제 정말, 조금만 더 버티면 된다. 조금만 더…….

"……채이."

뻑뻑한 눈을 슴벅이며 마른 입술을 축이던 린이 상체를 일으켜 세웠다.

"채이?"

이상하리만치 조용하더라니 응당 채워져 있으리라 여겼던 옆자리가 비어 있었다. 그 사실을 깨닫는 순간 정신이 번쩍 들었다.

"채이!"

곧 눈이 내릴 텐데. 피부에 닿는 차갑고 건조한 공기에 린의 마음이 조급해졌다.

짐을 모두 두고 간 걸 보면 멀리 가진 않았을 것이다. 냇물을 뜨러 갈 때 사용하던 항아리 조각 하나만 사라진 것을 확인한 린이 어지러운 시야를 붙잡으며 자리에서 일어났다. 그러나 몇 걸음 걷지 못하고 다시 무너지듯 주저앉았다. 세게 넘어진 것은 아닌데 하필 보따리 위로 넘어져 소리가 요란했다. 채희가 있었다면 또 조심성 없다 한 소리 들었으리라. 미간을 한껏 찌푸리고 작은 입을 종알거릴 채희를 떠올리자 절로 미소가 그려졌다. 눈을 감기 전까지 보았음에도 채희가 그리웠다. 당장 보고 싶었다.

망설일 때가 아니라는 생각에 린은 힘 빠진 다리를 손으로 잡아 세웠다. 어수선한 짐들을 짚고 일어서는데, 보따리 밖으로 길고 딱딱한 무언가가 잡혔다. 순간, 지금은 사라지고 없는 지느러미가 쭈뼛 섰다. 속이 뒤틀리는 불쾌한 기분을 떨칠 수 없었다.

미소는 온데간데없는 날카로운 시선이 보따리로 향했다. 도저히 모른 척할 수 없는 불길한 기운에 꽁꽁 싸맨 보따리를 풀어 헤치니 팔뚝만 한 길이의 검 하나가 나왔다. 검집에는 무슨 뜻인지 모를 글자가 새겨져 있었고, 손잡이 끝에 달린 붉은색 술은 여러 사람의 손이 닿은 듯 조금 낡아 보였다. 겉으로 보기에는 난파선이나 해안가에서 흔히 발견되는 검과 다르지 않았다.

그러나 이 기운. 내장이 뒤틀리고 뼈마디가 산산이 부서지는 듯한 고통과 공포가 검을 쥐는 순간 전신을 꿰뚫었다. 전 장로가 준약을 먹었을 때와는 확연히 다른 불쾌감이었다.

린은 고민 끝에 한 손에는 검 손잡이를, 다른 한 손에는 검집을 쥐었다. 양손을 잡아 벌리자 검의 모습이 천천히 드러났다. 일반적인 쇠붙이와 달리 하얀 몸체에는 날카로운 가시가 돋아나 있었다. 린은 이것이 무엇인지 알고 있었다. 그러나 믿고 싶지 않았고, 믿을 수 없었다. 잘못 본 것이리라. 착각한 것이리라.

검집을 분리하는 손길은 느렸고, 신중했다. 아니길 바라는 마음으로 완전히 검집을 거둬냈을 때, 린은 고통에 찬 신음을 뱉어낼 수밖에 없었다. 이건 분명, 어린 인어의 꼬리뼈였다. 위잉. 스산한 바람 소리가 뚫린 지붕 새로 들어와 움막 전체를 할퀴고 지나갔다. 넋 놓고 있던 린이 화들짝 놀라며 던지듯 검을 내려놓은 것도 그즈음이었다.

인어는 우수한 회복력은 다른 종족들의 공격에서 개체를 보호하기 위한 수단이었다. 그 말은 즉, 동족의 공격 앞에서는 무용하다는 뜻이었다. 문제 될 것은 없었다. 인어들은 언뜻 단체 생활을 하는 듯 보이지만 실은 개인 성향이 강했고, 서로에게 관심이 없는 만큼 다툼이 생길 일도, 공격할 일도 없었다. 인간이 이 사실을 알게 되기 전까지만 해도 그랬다.

어쩌다 인간이 그 사실을 알게 되었는지는 모른다. 인간과 다퉈온 세월이 기니 아주 오래전 누군가가 이 사실을 발견했거나 알려 줬겠거니 짐작할 뿐이다. 인간들은 잔인했고, 난 지 오 년도 되지 않은 어린 인어는 그런 인간들의 손쉬운 사냥감이었다. 잡혀 간 어린 인어의 끝은 뻔했다. 피와 살은 그 잘난 인간들의 생을 연장하는 불로불사의 약이 되었고, 기름은 초, 머리카락은 귀한 옷감, 비늘은 온갖 장신구와 사치품의 재료로 쓰였다. 어디 그뿐이었겠는가. 인간들은 모든 작업이 끝나고 남은 인어의 뼈로 다시 인어를 사냥하는 무기를 만들었고, 인어들은 그 무기를 없애기 위해 다시 한번 동료를 죽여야만 했다.

이게 왜 여기에 있는지보다 이걸 왜 채희가 지니고 있는지가 궁금했다. 이해할 수 없었다. 그 순간 달콤한 목소리가 귓가를 스쳤다.

'미안해. 내가 대신 사과할게.'

'나도, 인간이잖아. 저들과 같은⋯⋯.'

그게, 그런⋯⋯. 거기까지 생각이 닿자 참을 새 없이 욕지기가 올라왔다. 바짝 말라 더는 나올 것도 없는 속을 있는 힘껏 뒤집어 내는데 움막 문이 삐걱대며 열렸다. 채희였다. 오는 길에 눈을 맞았는지 머리며 옷까지 눈으로 하얗게 뒤덮인.

"일어났네? 몸은 어때? 좀 나아진 것 같아?"

품에 안고 있던 깨진 항아리를 한쪽 구석에 내려놓은 채희가 조심스럽게 다가와 린의 이마를 짚어보았다. 손이 얼어 열기를 가늠하기 어려운지 자기 이마까지 꼼꼼히 짚어보며 비교하는 채희를 린이 빤히 바라보았다. 걱정이 묻어나는 얼굴이다. 인어 사냥은 고사하고 물고기 한 마리 해치지 못할 것 같은 모습에 린은 더욱 배신감이 들었다.

선대 인어들이 지금껏 많은 무기를 없앴다고 들었다. 남아 있더라도 한두 개가 전부일 거라고. 그런데 그 한두 개 중 하나를 채희가 가지고 있었다. 그걸 자신과 함께 떠나는 길에 가지고 나왔고, 여태 숨기고 있었다. 눈앞에 드러난 현실에 지금껏 쌓아온 믿음이 한순간에 무너졌다.

"이게, 뭐야?"

린은 눈을 털고 있는 채희 곁으로 검을 던졌다. 검집과 분리되어 있던 검이 요란한 소리를 내며 바닥을 나뒹굴었다. 그걸 가만히 보기만 하다 뒤늦게 정체를 알아본 채희가 벌떡 몸을 일으켰다. 린은 그런 채희를 가라앉은 눈으로 주시했다.

"이렇게 함부로 던지면 어떻게 해! 이게 어떤 검인 줄 알고."

"어떤 검?"

"뭐든 이뤄주는 신묘한 검이랬어. 귀한 거라고, 부르는 게 값이
랬는데……. 부러지진 않았겠지?"

검을 소중히 끌어안는 것으로도 모자라 망가진 곳은 없나 살피
는 걸 보니 울컥 화가 치밀었다. 저 검에 얼마나 많은 동료가 희생
되었을지 린조차 알 수 없었다. 뼛속까지 파고드는 불쾌감을 보건
대, 수십, 수백은 족히 희생당했으리라 짐작할 뿐이었다.

"버려."

"뭐?"

"버려!"

검을 도로 검집에 넣는 것을 보던 린이 와락 달려들어 채희 품
에서 검을 빼앗아 가려 했다. 채희가 뺏기지 않으려 몸으로 막자
린은 귀가 아플 만치 높은 고음을 쏘며 막무가내로 채희를 잡아
뜯고 밀어냈다.

"왜! 대체 왜 이러는 건데! 이유라도 알아야 이걸 버리든지 말
든지 하잖아!"

"죽어."

"뭐?"

"검, 인어 죽어."

"무슨 말이야. 똑바로 이야기해."

"인어 죽어! 검, 인어 죽어!"

"인어가 죽어? 이 검이 인어를 죽인다는 거야? 그렇지만 이건 그냥⋯⋯."

신묘한 검일 뿐이라고, 부르는 게 값이라기에 그저 의원의 입막음용으로나 쓰려했을 뿐이라는 소리가 숨과 함께 덜컥 멎었다. 조금 전까지 흥분해 길길이 날뛰던 린이 의식을 잃고 쓰러진 탓이었다.

"린!"

채희가 쥐고 있던 검을 내팽개치며 쓰러진 린을 품에 안았다.

흠칫 놀라며 눈을 떴다. 비스듬하게 기울어진 허름한 천장을 멍하니 바라보다 뒤늦게 이곳이 움막이고, 은월사를 떠나온 지도 어느덧 나흘째라는 걸 깨달았다. 아니, 그보다는 더 되었으려나. 추위에 굳은 손가락을 하나하나 접어보던 채희가 웅크렸던 몸을 펴 간신히 상체를 일으켰다.

춥다. 양손으로 팔뚝을 문지르다 뒤늦게 든 생각이었다. 밤새 눈이 내리더라니 기온이 더 떨어진 모양이었다. 설상가상으로 화로에 붙여놓은 불마저 꺼져있었다. 세심히 살피지 못하고 잠들어버린 탓이었다. 까맣게 죽은 화로를 아쉬운 눈으로 바라보던 채희가 자기 손으로 시선을 옮겼다. 진물이 말라붙은 손바닥은 헤지고 부르튼 흔적으로 엉망이었다. 전부 부싯돌 없이 불씨를 만들다 생긴 상처였다.

부싯돌이 사라진 건 린이 쓰러지고 얼마 지나지 않아서 눈치챘다. 화로에 불을 붙이려고 봤더니 소매가 허전했다. 언제부터 비어 있었는지도 알 수 없었다. 그저 눈밭을 구르다가 어딘가에 떨어졌겠거니, 할 뿐이었다. 오로지 불을 붙여야 한다는 일념 하나로 마른 나뭇가지를 비비고, 또 비볐다. 손은 얼었지, 요령은 없지. 게다가 린까지 의식을 잃고 죽은 듯 누워만 있으니 모든 시간이 지옥 같았다.

손을 모아 입김을 불어 넣던 채희가 린을 돌아보았다. 린은 그날, 검을 내팽개치며 낯선 얼굴로 언성을 높이던 그날 이후부터 내내 의식이 없었다. 오늘로 꼬박 이틀째였다.

조용히 다가간 채희가 상체를 숙여 잠든 린의 가슴에 귀를 대보았다. 쿵, 쿵. 느리긴 해도 분명 심장이 뛰고 있었다. 뺨에도 손을 대보았다. 차갑다. 어제까지만 해도 열이 펄펄 끓더니 드디어 내린 모양이었다.

며칠 새 더 야윈 얼굴을 더듬어 만지고 있으려니 말라버렸다고 생각한 눈물이 다시 툭, 손등을 적신다. 린이 그렇게 의식을 잃고 난 후 참 많이도 울었다. 인어를 죽이는 검인 줄도 모르고 지니고 다닌 시간이 아까워서 울고, 제대로 된 변명조차 하지 못했다는 서러움에 울고, 해맑게 입막음용으로 쓰면 되겠다고 생각했던 순간이 한스러워서 울고, 선물이랍시고 넙죽 받은 자신이 바보 같아 울고…….

눈물로 지새우던 밤을 떠올리는 동안 채희의 시선은 어느덧 움막 구석에 세워둔 화인검을 향해 있었다. 인어를 죽이는 검이란 말에 저걸 어떻게든 없애보려 했다. 그러나 검은 불을 붙여도 타지 않고, 돌로 내리쳐도 부러지지 않았다. 맨손으로 언 땅을 파고 그곳에 묻어버리기도 했었으나 반나절 만에 도로 팔 수밖에 없었다. 행여나 어린 인어를 해치던 못된 사람들 손에 들어갈까 싶어 함부로 버리지도 못하는 마음이 참담했다.

앞으로 어떻게 해야 할지 모르겠다. 눈은 그칠 줄을 모르고, 먹을 건 없으며, 그나마 있던 솜옷들은 바닥에서 올라오는 한기를 막는다며 아무렇게나 껴입고 이리저리 깔아댄 통에 성한 것 하나 없었다.

눈은 하루하루 더 쌓여만 가는데 그 와중에 불씨마저 꺼졌다. 손이 아물려면 멀었고, 린은 언제 깨어날지 모를 상황이다. 이러다간 의원은커녕 이 좁은 움막 안에서 시체로 발견되지나 않으면 다행이라 생각하니 헛웃음이 흐른다.

어쩌다 반나절이 이리도 길어졌을까. 지금쯤 말생은 저를 찾는다며 해안가를 이 잡듯 뒤지고 있겠지. 제가 산을 넘으려 했다는 사실은 꿈에도 모르고. 이렇게 될 줄 알았으면 서신에다 의원을 찾으러 간다고 큼지막하게 써둘 걸 그랬다. 그랬으면 지금쯤 린도, 저도, 따뜻한 아랫목에 앉아 눈 구경이나 하고 있을 텐데.

소매로 눈물을 쓱쓱 닦아낸 채희가 굳은 린의 손을 살짝 쥐어 보았다. 물갈퀴가 사라진 손가락 사이사이에 자기 손가락을 엇갈려 꿰어놓자 미미하게나마 온기가 퍼지는 듯했다.

"언제 눈 뜰 거야? ……나 무서워."

작게 속삭이며 엄지로 푸석한 손등을 문지를 때였다. 내내 미동 없던 린의 손에 움찔, 힘이 들어간 건. 채희가 번쩍 고개를 들었다. 린의 표정에 미세한 변화가 있었다.

"린. 내 목소리 들려? 린!"

갈라진 목소리로 애타게 부르자 린의 잇새에서도 희미한 소리가 새어 나왔다.

"뭐라고?"

입술 가까이 귀를 가져다 댔다. 무슨 말이든 하길 기대했으나 목소리는 들리지 않았고 숨소리조차 희미해지고 있었다.

"린?"

뭔가 이상하다는 것을 느낀 채희가 급히 린의 몸과 얼굴을 더듬었다. 린이 경련하기 시작한 것도 그때였다.

"린! 갑자기 왜 이래. 정신 차려봐. 제발. 이러지 마, 제발…….
린……!"

온몸을 붙들고 사정해 봤지만, 경련은 더욱 심해지기만 했다. 채희는 급한 대로 뻣뻣하게 굳은 린의 몸 위에 올라타 양 무릎으로 요동치는 팔을 눌렀다. 호흡이 어려운지 헐떡이는 고개까지 붙잡아 뒤로 젖혀 고정하자 남은 일이라고는 이 경련이 어서 멎기를 바라는 것뿐이었다.

"제발……."

린의 턱에 이마를 댄 채 얼마나 많은 후회와 다짐을 했는지 모르겠다. 당장이라도 숨이 넘어갈 듯 꺽꺽대던 린의 몸에서 어느 순간 힘이 탁 풀린다 싶더니 이내 잠잠해졌다.

"린?"

채희는 차오른 숨도 멈춘 채 천천히 고개를 들었다. 다시 의식을 잃은 듯 린은 힘없이 늘어져 있었다. 채희는 땀 맺힌 이마와 뺨을 더듬어 만진 손으로 어깨를 흔들었다. 그러나 의식이 돌아오진 않았다.

손이 떨리고 눈앞이 캄캄하다. 채희는 간신히 손가락만 움직여 목덜미에 숨은 맥을 찾았다. 쿵, 쿵, 쿵. 손끝을 타고 멀쩡히 뛰는 맥이 느껴졌지만 불안함은 가시지 않았다. 가슴에 귀를 대보고 인중 근처에 손을 올려본 것도 그 때문이었다.

한참이나 더 심장 소리를 들어서야 비로소 참았던 숨이 트였다. 슬쩍 바라본 린은 조금 전의 경련이 꿈인 양 평온해 보이기만 했다. 반면 채희의 호흡은 달리기라도 하고 온 사람처럼 가빴고, 눈물은 맺히기도 전에 뚝뚝 떨어지고 있었다.

린의 가슴 위에서 내려온 채희는 늘 그랬듯 무릎을 세운 채 웅크리고 앉았다. 위잉. 바람이 분다. 간신히 막아놓은 지붕 틈이 다시 벌어졌는지 찬바람이 들이치는 와중에도 추위는 느껴지지 않았다. 채희의 시선이 좁은 움막을 빙 돌아 그 가운데 덩그러니 누워 있는 린에게 닿았다.

"지금이라도 돌아갈까."

그동안 엄두가 나지 않아 차마 입 밖으로 내지 못한 말이었다. 린에게 묻고 결정하자, 미뤄둔 선택이기도 했다. 그러나 어쩌면 지금이 마지막 기회일지도 모르겠다는 생각이 들었다.

눈은 며칠째 그칠 기미가 없었고, 그친다 한들 길이 험한 건 여전했다. 산을 무사히 넘기도 어렵지만, 넘는다 한들 곧장 의원을 만날 수 있으리라는 보장도 없었다. 무엇보다 다시 험한 길을 헤매기에는 그만한 체력이 남아 있지 않았다. 제대로 먹지도, 마시지도 못한지 나흘째다. 린은 물론 채희 역시 잦은 어지럼증에 시달리는 중이었다. 아마 내일이면 이만큼 앉아 있지도 못하겠지. 그러니 더욱 지금 결정해야 했다. 남은 힘을 짜내 돌아갈 건지, 마냥 린이 깨어나기만을 기다리고 있을 건지.

산을 내려가다 얼어 죽으나, 여기서 얼어 죽으나 죽는 건 매한가지라는 생각이 들자 더는 망설일 필요가 없었다.

채희는 비틀대는 몸을 일으켜 풀어놨던 짐을 다시 싸기 시작했다. 커다란 보따리에 눈에 보이는 모든 것들을 쏟아 넣었다. 그 중엔 화인검도 있었다. 위험한 사람 손에 들어가게 두느니 제가 평생 지니고 있거나 린에게 처분을 맡길 생각이었다.

길게 말아 묶은 보따리를 등에 멘 뒤 가슴 앞에서 다시 한번 매듭짓곤, 바닥에 깔아둔 옷가지들을 한데 엮었다. 채희는 그 위로 린을 굴렸다. 엮은 옷가지를 잡아끌자 부르튼 손바닥이 다시 터지는 듯했으나 고통만 감수한다면 이대로 린을 산 아래까지 데리고 가는 것도 어렵지 않을 듯했다.

채희는 며칠째 쉬지 않고 내린 눈에 감사하며 움막을 나섰다.

눈이 있어 린을 끄는 건 어렵지 않았으나 눈이 깊은 탓에 조금만 헛디뎌도 넘어지고 구르기 일쑤였다. 얼어붙은 뺨이 찢어지고 손에는 감각조차 없었지만, 채희는 포기하지 않았다. 포기할 수 없었다. 여기서 멈춰 선다면 저뿐만 아니라 린까지 잘못될 수 있다는 생각 하나로 이를 악물었다.

내리막만 보고 걷기 시작한 지 얼마나 되었을까. 머리 꼭대기에 있다고 여겼던 해는 어느새 기울어 주홍빛으로 하늘을 물들이고 있었고, 다리는 의식하지 않고도 앞으로 나아갔다. 누군가 의도적으로 눈을 치운 듯한 흔적을 발견한 것도 그즈음이었다. 익숙한 산책로를 발견한 건 그로부터 한참을 더 내려간 뒤였다.

눈 하나 없이 깨끗한 길에 접어드니 그제야 두 다리가 후들거렸다. 그대로 주저앉지 않은 것이 다행이었다. 채희는 가쁜 숨을 몰아쉬며 얼기설기 엮은 옷가지 위에서 죽은 듯 눈만 감고 있던 린을 돌아보았다. 잔잔히 번지는 입김이 없었다면 정말 죽었다고 생각했을 만큼 고요한 얼굴이었다.

찬 숨을 힘껏 뱉어낸 채희가 부쩍 가까워진 바다에 시선을 두었다. 코가 얼어 후각이 둔해졌음에도 어쩐지 바다 특유의 비릿한 냄새가 느껴지는 것만 같았다.

다 왔다. 이제 이 긴 산책로만 오르면 된다. 어쩌면 도중에 아는 사람을 만날지도 모르겠다고 생각하며 옷가지 끝을 좀 더 바짝 틀어쥐었다. 손바닥에서 배어 나오는 피쯤은 아무것도 아니었다.

"……물."

해가 완전히 지기 전에는 도착해야 한다는 일념으로 무거운 걸음을 간신히 내디뎠을 때였다.

"……물."

처음에는 착각이라고 생각했고, 두 번째에는 환청이라고 생각했다. 그러다 세 번째가 되어서야 착각도, 환청도 아니라는 것을 깨닫고 뒤를 돌아보았다.

"린! 정신이 들어?"

옷가지를 놓고 린의 곁으로 다가갔다. 린은 여전히 눈도 뜨지 못한 상태였지만 채희의 부름을 따라 고개를 돌리기도, 허공을 향해 손을 뻗기도 했다. 채희는 저만큼이나 차게 언 손을 맞잡으며 나직이 속삭였다.

"조금만 참아. 거의 다 왔어. 이제 이 길만 오르면⋯⋯."

"물⋯⋯."

린의 손등에 뺨을 붙이던 채희가 하던 말을 멈추고 번쩍 고개를 들었다.

"⋯⋯물?"

되물으니 린이 다시금 "물⋯⋯." 하며 손을 휘적인다. 이리저리 비틀어대는 고개며, 허공을 맴도는 손까지. 무언가를 찾고 있는 듯한 모습이었다. 그리고 그것들이 가리키는 곳엔⋯⋯.

"바다?"

바다가 있었다. 때맞춰 불어온 바람에서 미약하지만 분명한 바다 냄새가 났다. 린이 옷가지에서 굴러떨어질 듯 몸을 일으킨 것도 그때였다.

"린. 위험해. 위험⋯⋯."

꼬꾸라질 듯한 몸을 간신히 받아내자 린은 좀 더 간절하게 물을 찾아댔다. 마치 당장 바다에 들어가지 않으면 죽을 사람 같았다. 그동안 린과 함께 지내며 이런 모습은 처음이었나. 덜컥 겁이 난 채희는 눈도 뜨지 못한 채 바닥을 헤집는 린과 그리 멀지 않은 곳에 자리한 바다를 번갈아 보았다.

'물, 바다, 안 돼.'

그 순간 바닷물에 적신 물수건을 보며 린이 했던 말이 떠올랐다. 물도, 바다도 안 된다고 했다. 전자가 냇물을 마시고 토해내던 걸 의미했다면 바다 역시 크게 다르지 않을 것이다. 그러나 추측에만 의존해 린을 막아서자니 바다 냄새가 짙어질 때마다 바다로 가고자 몸부림치는 모습이 안타까웠다.

"린, 제발……."

린은 이제 옷가지 위에서 반쯤 내려와 채희의 몸을 타고 오르기 직전이었다. 여차하면 기어서라도 갈 듯한 모습에 채희가 입술을 깨물었다. 지난 나흘간 물도 제대로 마시지 못한 린이다. 어쩌면 잠적했던 열흘 간도 비슷했을지 모른다.

그제야 푸석하게 마른 입술이 눈에 들어온다. 야윈 뺨과 곪아버린 상처, 빛바랜 멍까지. 제 그릇된 판단을 따르느라 고생만 한 얼굴에 더는 고민할 새가 없었다.

그악스럽게 달라붙는 린을 옷가지 위에 도로 눕힌 채희가 등에 멘 짐을 내려놓았다. 고인 눈물을 거칠게 닦아내고 몸을 일으키니 지친 다리가 맥없이 떨려왔다. 굳은 허벅지를 주먹으로 내리치며 옷가지 끝을 틀어쥐었다.

"위험하니까 움직이지 말고 가만히 있어야 해."

내가 바다에 데려다줄 테니까. 뒷말을 삼킨 채희가 있는 힘을 다해 걸음을 내디뎠다. 눈이 쌓인 산길에서는 부드럽게 미끄러지던 옷가지가 마른 산책로에서는 쉬이 움직여주지 않았다. 채희는 이를 악물고 한 걸음씩 앞으로 나아갔다.

"조금만, 조금만 더 가면 돼."

산책로보다는 모래밭이 린을 끌기에는 편했으나 힘이 빠진 팔과 다리로는 그마저도 버겁게 느껴졌다. 한걸음, 또 한걸음. 넘어지고 구르며 바다를 향해 조금씩 나아갔다. 이쯤 되니 뺨을 타고 흐르는 것이 땀인지 눈물인지도 구분할 수 없었다. 닦을 생각도 하지 못하고 다시 한번 무릎을 짚고 일어섰다. 바다가 코앞이다. 정말 몇 걸음 남지 않았다.

꼬이는 걸음을 힘들게 지탱하며 꼬꾸라지고 다시 일어서길 얼마나 더 반복했을까. 금세 어두워진 하늘에 발아래조차 깜깜해졌을 무렵. 찰팍, 차가운 물이 밟혔다. 린의 몸을 실은 옷가지가 미끄러지듯 바다로 흘러 들어간 것과 동시였다.

시선을 내리니 잘게 몸을 떠는 린이 보였다. 추운 걸까. 도로 물에서 건져내기 위해 손을 뻗기도 잠시, 바닷물에 잠긴 린의 발등 위에 비늘이 돋아나는 것이 보였다.

설마하는 그때였다.

"아씨……?"

익숙한 목소리였다. 순간 등줄기가 뻣뻣하게 굳었다. 천천히 고개를 돌리자 저만치 먼 곳에 작은 초롱을 든 말생이 서 있었다. 그제야 점점이 번지는 작은 불빛 몇 개와 낯익은 얼굴들이 보였다. 그중엔 놀란 눈을 한 윤성도 있었다. 누가 봐도 저를 찾던 모습이었다.

"아씨, 맞죠? 아씨……. 아씨!"

말생의 외침에 흩어져 있던 이들의 시선이 모두 채희에게 꽂혔다. 말생은 주춤거리는가 싶더니 이내 빠르게 다가오기 시작했다. 그런 말생의 시선이 린에게 향하자 채희는 마음이 조급해졌다.

안 된다. 린이 인어라는 걸 들켜서는 안 되었다. 황급히 린의 팔을 잡아끌었지만, 바다에 붙잡히기라도 한 듯 린은 꿈쩍도 하지 않았다. 결국 무게를 이기지 못한 채희의 몸이 린과 함께 허물어졌다. 투명한 물방울이 사방으로 튀어 올랐다. 그 너머로 다가오는 수많은 사람이 보였다.

"저게 뭐……. 히익!"

그중 몇몇과 눈이 마주쳤다 느낀 채희가 재빨리 몸을 움직였다. 치마를 끌어다 덮어보았으나 이미 반쯤 완성된 린의 꼬리지느러미를 완전히 가릴 순 없었다. 눈을 질끈 감았다. 동시에 비명을 닮은 외침이 터져 나왔다.

"이, 인어다! 인어가 나타났다!"

누군가의 외침은 순식간에 웅성거림이 되어 해안가 전체를 뒤덮었다.

린은 여전히 의식이 없었다. 채희는 린과 다가오는 불빛들을 번갈아 살펴가며 어떻게든 린을 얕은 바다에서 벗어나게 하려고 애썼다.

뼛속까지 스며드는 한기에 이를 악물 때였다.

"낭자!"

쉬이 다가오지 못하고 일정 거리를 유지하며 서 있는 사람들 틈에서 윤성이 튀어나왔다. 손에는 화인검을 든 채로.

채희가 다급히 가슴과 등을 더듬어보았다. 그러다 뒤늦게 산책로에 내려놓고 온 보따리가 떠올랐다.

"안 돼……."

옆구리에 장검을 차고도 화인검을 뽑아 든 걸 보면 윤성은 저 검이 어떤 검인지 알고 있는 게 분명했다.

"그 괴물한테서 떨어지십시오! 당장!"

잠시 넋을 놓은 사이 강한 힘에 팔이 붙들렸다. 린을 놓쳤다. 뭐라 울부짖는 말생에게 끌려가면서도 채희의 눈은 물고기의 가시처럼 보이는 날 하나하나에 박혀 있었다.

"안 돼."

"정신 차리세요, 아씨! 괴물이에요!"

"안 돼……."

윤성이 검을 치켜들자 새하얀 검날이 초롱불을 받아 노랗게 빛났다. 고민할 새 없이 몸이 먼저 반응했다. 어느새 허리까지 감싸 안은 말생의 양팔을 뿌리치기 무섭게 쓰러지고 다시 일어서길 반복하며 달려 나갔다. 물이 튀어 오르고 젖은 옷이 다리에 휘감기는 와중에도 머릿속에는 단 한 가지 생각뿐이었다.

"안 돼……!"

이미 죽은 듯한 린을 끌어안는 순간이었다.

"낭자!"

"아씨이!"

살을 꿰뚫는 고통이 옆구리를 강타했다. 모든 것이 멈춘 듯 고요하다. 큰 숨을 한 번 몰아 쉰 채희가 천천히 상체를 일으켰다. 린을 끌어안았던 손으로 제 옆구리를 더듬어 만지자 이질적인 것이 손끝에 닿는다. 시선을 내렸다. 가시 같은 검날은 마치 저절로 몸에서 돋아난 듯 옆구리를 뚫고 비죽, 고개를 내밀고 있었다. 그러나 채희의 시선이 오래도록 머문 건 붉게 피가 번져 나가는 자기 손이나 옷 따위가 아니었다. 오로지 검날. 정확히는 검날 끝이 닿아 있는 린의 옆구리였다. 그곳에서 시선을 뗄 수 없었다. 채희가 떨리는 손으로 린의 옆구리를 더듬었다. 화인검이 뽑혀 나간 자리에 손가락 세 마디 정도 되는 상처가 남았다. 때마침 밀려온 파도가 린의 몸을 덮치고 채희에게 닿아 부서졌다. 평소라면 바닷물이 닿는 것만으로 나아야 할 상처가 도리어 불에 탄 듯 검게 물들어가고 있었다.

'인어 죽어.'

'대체 이게 뭡니까?'

'검입니다.'

'예?'

'뭐든 이뤄주는 신묘한 힘이 있는 검.'

'인어 죽어! 검, 인어 죽어!'

"아, 안 돼……. 안 돼……."

채희의 손이 다급히 린의 상처를 틀어막아 봤지만 소용없었다. 울컥 쏟아져 흐르는 피가 자신의 것인지 린의 것인지 구분되지 않는다. 바다가 온통 붉다.

"안 돼, 제발……."

린을 끌어안아서는 안 됐다. 그 검을 품에서 놓으면 안 됐다. 돌아와서는 안 됐고, 그 검을 받아서도 안 됐고, 감히 린을 마음에 품어서도…….

"채, 이……."

린의 가슴에 얼굴을 묻었던 채희가 천천히 고개를 들었다. 린이 가늘게 뜬 눈으로 채희를 바라보고 있었다. 오랜만에 마주하는 푸른 눈에 참았던 눈물이 터져 나왔다.

다행이다, 다행이야…….

그 말을 입 밖으로 내었던가. 흐려지는 의식 속에서 누군가의 비명과 포효를 들었다. 커다란 파도에 몸이 휩쓸리고, 서서히 눈이 감겼다. 마지막으로 올려다본 하늘엔 둥근 달빛만이 고요히 떠 있었다.

끝없이 펼쳐진 검은 바다 위에 둥근 초롱불 하나만이 달빛처럼 덩그러니 놓여 있었다. 한 걸음 내딛자 너울거리는 물결에 둥근 빛이 잠시 흐려진다. 윤성은 이내 다시 둥글게 모이는 빛을 보며 걷고 또 걸었다.

차가운 물이 발끝에 닿고, 발목에 고이고, 종국엔 종아리까지 잠기고도 걸음을 멈추지 않았다. 손에는 생선 가시를 닮은 검이 들려 있었다. 그 끝이 물살에 닿자 기다란 물결이 일었다.

한참을 걸어 다다른 곳에는 웬 헐벗은 사내 하나가 누워 있었다. 그러나 하체는 사람의 것이 아니었다. 허리에서부터 돋아난 물고기 비늘을 보는 순간 들고 있던 검을 치켜들었다.

'죽어라!'

온 힘을 다해 검을 내리꽂았다. 그리고 다시 눈을 들어 확인하니…….

'도련님……?'

흰 검에 옆구리를 꿰뚫린 채 피를 쏟고 있는 채희가 원망 서린 눈으로 윤성을 바라보고 있었다.

"으어억!"

비명을 지르며 잠에서 깬 윤성이 벌떡 일어나 앉아 떨리는 손으로 머리를 감싸 쥐었다. 이마며 목덜미에 땀이 흥건했다.

또다. 또 같은 꿈이다.

허억, 허억. 거친 숨을 몰아쉬며 흐르는 땀을 소매로 닦아내던 윤성이 코를 찌르는 비린내에 자기 손을 내려다보았다.

"무, 뭐야!"

검은 피가 손바닥 가득 고이다 못해 팔꿈치를 타고 뚝뚝 흘러내리고 있었다. 놀라 옷이며 이불에 닦아냈지만 닦이긴커녕 점점 더 많아지기만 했다. 돌아보니 자신이 누웠던 자리가 온통 피범벅이다.

들이마시지도, 내뱉지도 못한 숨이 목구멍에 걸려 헐떡였다. 윤성이 피에 젖은 손으로 머리를 쥐어뜯었다.

"아니야, 아니야……. 내가, 내가 그런 게……."

'도련님.'

허억. 큰 숨을 들이마신 윤성이 몸을 점점 더 웅크렸다. 숨도 쉬지 못할 만큼 바짝 몸을 웅크리자 지독한 피비린내도, 검붉은 환영도 보이지 않는 듯했다. 그러나 눈을 감는 동시에 고통에 신음하며 원망스럽게 자신을 올려다보던 채희의 얼굴이 다시 떠올랐다.

그 너머, 거대한 몸을 일으켜 자길 노려보던 한 쪽짜리 푸른 눈도 함께였다.

"아니야!"

팔을 휘저으며 벌떡 몸을 일으켰으나 윤성은 여전히 이불 안이었다. 창으로 스며드는 푸른 새벽빛이 현실을 일깨워 주었다. 가쁜 숨을 몰아쉰 윤성이 자기 손을 내려다보았다. 피 대신 빛바랜 붉은 댕기가 하얗게 질린 손에 감겨 있었다. 언젠가 채희가 자신에게 준 것이었다.

윤성이 댕기 감긴 손에 얼굴을 묻었다. 더는 피비린내가 나지 않았다. 그런다고 자신이 저질러놓은 일이 사라지는 것도 아니었다.

윤성이 어깨를 떨었다. 세상에서 가장 어여쁜 신부로 만들어주고 싶었다. 그 누구보다 행복하게 해줄 자신이 있었다. 그녀의 인생에 자기가, 자기 인생에 그녀가 단 하나의 기쁨이고 행복이리라 믿어 의심치 않았었다.

그런데.

"큭."

크흑. 웃음도 울음도 아닌 괴상한 소리가 튀어나왔다. 이래서야 형을 시해한 괴한과 제가 다를 게 무어란 말인가.

"도, 도련님!"

괴로움에 신음하기도 잠시, 분주한 바깥소리에 윤성이 댕기에 묻었던 고개를 천천히 들었다.

"……이른 아침부터 무슨 소란이냐."

"그, 그것이……. 아무래도 나와보셔야 할 것 같습니다!"

동구 아범의 목소리가 속절없이 떨리고 있었다. 이어 바깥에서 누군가 외쳤다.

"죄인 김윤성은 순순히 나와 오라를 받으라."

순간 심장이 덜컥 내려앉는 기분이었다. 그러나 한편으론 올 것이 왔구나 하고 초연하기도, 드디어 죗값을 치를 수 있게 되었구나 싶어 안심이 되기도 했다.

윤성이 천천히 자리에서 일어났다. 이불이 몸에서 툭 떨어져나왔다. 윤성은 손에 감아두었던 댕기를 풀어냈다. 스르륵 흘러내린 댕기가 핏물처럼 이불 위에 고였다.

"죄인 김윤성은 당장 나오지 못할까!"

떨어지지 않는 걸음을 간신히 뗀 윤성이 문을 열어젖히며 대청마루로 나갔다.

"죄인을 포박하라!"

금부도사 한마디에 곁에 서 있던 나장들이 우르르 달려 나와 윤성을 마당으로 끌어내고 팔을 묶었다. 다른 몸종들은 모두 물러서 있는 와중에 동구 아범만이 펄쩍펄쩍 뛰었다.

"아이고, 아이고 도련님! 이게 무슨, 무슨 일인지 설명도 아니해주시고 이리 무턱대고 잡아가는 경우가 어디 있습니까! 영감마님 퇴궐하시면 그때 다시 오셔서……."

"참의 영감은 한동안 들어오지 못할 것이네."

"예? 그게 무슨……."

"공물을 관리해야 할 호조로 불법 은자가 흘러 들어갔네."

"부, 불법 은자라니요. 그런⋯⋯."

금부도사의 시선이 모든 것을 체념한 듯한 윤성에게로 향했다.

"불법 은자를 제공한 죄, 그 은자가 동지사 홍삼을 빼돌리는 데에 쓰이는 것을 알고도 묵과한 죄."

"그, 그럴 리 없습니다! 저희 도련님이 어찌 그런⋯⋯!"

"그럴 리가 있는지 없는지는 의금부로 가 조사를 해보면 금방 밝혀지겠지. 가자!"

동구 아범이 무슨 대답이든 바라는 얼굴로 곁을 지키고 있었으나 윤성은 아무 말도 하지 않은 채 나장들이 이끄는 대로 스쳐 지나갔다.

"어디, 어디냐!"

"대감마님!"

"어디냐는데도!"

내일 이른 아침에나 도착할 거라던 태근은 무려 하루나 앞당겨 은월사에 도착했다. 높은 계단을 쉬지 않고 오르느라 호흡이며 옷매무새가 엉망이었지만 그런 것까지 헤아릴 여유가 없어 보였다. 이토록 흐트러진 대감의 모습은 처음인지라 몸종들은 물론 하루 먼저 와 있던 셋째 아들 기화까지 일제히 숨을 죽였다.

"이, 이쪽, 이쪽입니다."

말생만이 앞으로 나서 안내했다. 태근은 나와 있던 스님과 행자들에게 눈길 한번 주지 않은 채 급히 걸음을 옮겼다.

신도 벗지 않은 그가 방문을 열어젖히자 희뿌연 연기가 한가득 밀려왔다. 그 가운데에 어린 딸이 죽은 듯 누워 있었다. 그제야 태근의 다리가 무너져내렸다.

"아이고! 대감마님!"

"이게 어찌, 어찌 된 일이냐! 떠날 때까지만 해도 멀쩡하던 아이가 어찌, 어찌 저리 죽은 듯 누워 있어!"

"전부 제 잘못입니다. 제가 아씨를 제대로 뫼시지 못해서……. 제가, 제가 전부……. 전부 이년 목숨으로 갚겠습니다. 제가 죽어 아씨만 살릴 수 있다면, 제가……."

기어이 울음이 터진 말생을 뒤로한 채 태근이 반쯤 기어 딸에게 다가갔다. 늘 생기를 머금고 재잘대던 입술이 핏기 하나 없이 파리하게 굳어 있었다. 차마 손대볼 엄두조차 내지 못한 태근이 채희의 야윈 뺨에 시선을 두고서 물었다.

"의원은 뭐라 하더냐."

"대감마님……."

"뭐라 했느냐 물었다!"

"대감마니임……."

"울지만 말고 말을 해보란 말이다! 살릴 수 있다고 하더냐!"

"모, 못 한다 합니다. 상처가, 상처가 너무 깊어, 고통을 덜게 해 주는 것 말고는……."

"그런 고얀……. 그러고도 무슨 의원이라고! 당장 채비하거라. 한양으로 갈 것이다!"

태근의 호통에 말생의 울음소리는 더욱 커졌다. 그 소리를 듣고 달려온 기화와 다른 몸종들이 일제히 바닥에 엎드렸다.

"어찌 그러고만 있어! 당장 채비하라는 말이 들리지 않더냐! 한양으로 갈 거라니까!"

"아버지……."

"어허! 네놈들이 이제 내 말이 우습더냐!"

"아닙니다, 아닙니다. 대감마님."

"그럼 당장 일어나서 움직이지 못해!"

다들 입만 꾹 다문 채 움직이지 않으니 보다 못한 태근이 직접 채비하겠다며 자리에서 일어났다. 보이는 건 죄다 쓸어 담고 있는데 문가에서 작은 헛기침 소리가 들렸다.

"그냥 두시지요."

주지로 보이는 노승이었다.

"딸아이가 죽어가고 있습니다. 스님은 저 꼴을 보고도 그냥 두라는 말씀이 나오십니까!"

"어차피 한양까지 몸이 버티지 못할 겁니다."

"무슨 말씀을 그리……!"

"이미 기력이 너무 쇠했습니다. 지금 저만큼 버티고 있는 것도 기적이지요."

스님의 말에 태근이 주춤주춤 뒤로 물러나는가 싶더니 이내 털썩 주저앉았다. 덩달아 놋대야가 요란한 소리를 내며 바닥을 굴렀다. 그 안에 담겨있던 피에 젖은 천과 연붉은 핏물이 태근의 흰 도포를 적시며 넓게 쏟아졌다. 그제야 채희의 상태가 실감 났다.

오는 길에 대강의 정황은 들었다. 윤성이 인어를 잡겠다고 휘두른 검에 몸이 꿰뚫렸다고. 검이 얼마나 고약하게 생겼는지 살에 파고든 날을 빼내는 데만 하루가 꼬박 걸렸고, 그 과정에서 흘린 피만 해도 몇 양동이는 될 거라고 말이다.

태근은 그 말을 듣고도 믿지 않았다. 인어라니. 믿고 싶어도 믿을 수가 없었다.

"검은, 그 검은 어디 있느냐."

태근이 넋 나간 얼굴로 묻자 몸종 하나가 재빨리 몸을 일으켜 기다란 상자 하나를 가지고 왔다. 하얗게 질린 손으로 상자 뚜껑을 열어본 태근은 그대로 실소했다.

검이라더니 상자 안에 놓여 있는 건 웬 뼛조각이 전부였다. 아니, 짐승의 이빨 같기도, 거대한 생선의 가시 같기도 했다. 대강 모양만 맞춰놓은 듯 조각난 검은 아직도 군데군데 피가 말라붙어 있었다. 그것들을 손끝으로 훑고 있으니 기화가 조심히 다가왔다.

"그냥 두실 겁니까."

"뭘 말이냐."

"김 도령 말입니다. 헛것을 보고 사람에게 검을 휘두른 잡니다. 그런 자가 제 매부가 될 뻔했다는 것만으로도 속이 뒤집히는데 이 사달을 내놓고 저 혼자 한양으로 돌아가다니요! 이대로 그냥 넘어갈 수는 없습니다."

태근이 눈을 들어 기화를 바라보았다. 그때 몸종 중 하나가 목소리를 냈다.

"아, 아닙니다. 헛것이 아니었습니다. 분명, 분명 다리가 아닌 꼬리가 인어였습니다."

"인어는 그저 사람들이 이야깃거리로 만들어낸 상상 속 동물일 뿐이다! 실제로 존재할 리가 없지 않으냐!"

"정말 인어였더냐."

"네. 제가 이 두 눈으로 똑똑히 보았습니다."

"어디 감히 그런……!"

"그만."

"아버지."

"그만하거라."

태근이 기화의 어깨를 짚으며 자리에서 일어났다. 방 안을 가득 채운 연기 때문인지 머리가 조금 어지러운 듯했다. 이런 곳에 종일 누워 있었을 채희를 돌아보자 마음이 무너져내렸다.

"바람을, 바람을 좀 쐬어야겠다."

태근이 비틀대며 걸음을 옮기니 방문 앞을 막고 있던 모든 이들이 일제히 일어나 자리를 비켜주었다.

마당에 내려와 서니 차가운 공기가 폐 깊이 스며들며 약 기운을 훑고 지나갔다.

"괜찮으십니까."

어지럼증이 가라앉자 기화가 다가왔다. 내미는 물그릇을 거절한 태근이 근심 어린 아들의 얼굴을 들여다보았다.

"기화야. 너는 정녕 인어가 없다고 생각하느냐."

"어찌 아랫것들의 말을 믿습니까."

단호한 대답에 태근이 헛웃음을 지었다. 딸의 목숨을 구하려면 뭐든 못 믿을까. 작게 중얼거리니 기화도 뭐라 더 말을 얻지 못하고 입을 다물었다.

오래전 아내가 아이들에게 들려주던 이야기가 떠오른다. 도깨비, 이무기, 구미호. 어쩌다 길에서 마주친 개나 고양이까지. 아내는 세상 만물에서 이야깃거리를 찾아내기 좋아했고, 대부분의 이야기는 인간들이 잘 알지 못하는 신비로운 존재들로 귀결되고는 했다.

아이들이란 으레 신비로운 이야기에 흥미를 갖기 마련이지만 그중에서도 채희의 관심은 유별났다. 아내가 아파 누우면 제 오라비들에게로, 오라비들이 귀찮다며 상대해 주지 않으면 아비인 태근에게까지 달라붙어 새로운 이야기를 해달라 보채고는 했다.

아내가 들려주던 이야기에는 인어도 있었다. 인어의 영생을 탐낸 인간들 때문에 지금은 바다 깊은 곳에 숨어 살지만, 이따금 해안가에 나가면 만날 수 있더라, 하는. 인어라니, 말도 안 되는 일이라 생각하면서도 마음 한구석에 피어난 '혹시'를 떨쳐낼 수 없는 이유였다.

인어의 피와 살이 영약이라는 이야기는 태근도 들어본 적 있었다. 상처나 병을 낫게 할 뿐만 아니라, 영생까지도 살게 해준다고. 그 소문을 믿고 바다로 나가는 이도 적지 않았다. 그로 인해 목숨을 잃는 이들 역시 많다는 것 또한 알고 있었다.

한낱 미신에 불과하다고 생각했다. 기적을 바라는 이들이 꾸며낸 헛된 희망 같은 거라고. 그러나 태근은 지금, 그 소문이 사실이기를 바라고 있었다. 그렇다면 다들 구하지 못해 혈안이 되었다는 불로장생의 약도 어딘가에 존재한다는 뜻일 테니.

"김 도령은 정녕 그대로 두실 겁니까?"

"혼담은 없던 일이 될 것이다."

"김 도령이 원한 겁니까? 아니면 채희가 저리……."

"의금부로 끌려갔다는구나."

"……예?"

"나도 출발하는 길에 들었다. 경황이 없어 정확한 사정은 듣지 못했으나, 동지사 공물 밀반출과 관련이 있다는 걸 보면 호조 참의로 있는 김규식 영감도 조만간 불려 갈 듯싶더구나. 자세한 건

조사를 더 해봐야 알겠지만, 정말 죄가 있다면 조용히 덮고 가긴 어려울 것이다."

"그럼 김 도령은⋯⋯."

뒷말을 삼킨 기화가 허탈한 숨을 내쉬었다. 제대로 된 죄를 묻기도 전에 다른 죄로 잡혀간 형국이니 그럴 만도 했다. 태근은 그런 아들의 어깨를 두어 번 두드려주고는 천천히 걸음을 옮겼다.

"채희가 변을 당했다는 곳에 가볼 것이다. 아무나 앞장서거라."

태근의 말에 눈물을 훔친 말생이 누구보다도 먼저 나섰다. 태근은 앞장서는 말생의 뒤를 묵묵히 따랐다.

달포 새 너무 많은 일이 있었다. 겨울에 바닷가로 보내놓은 것이 마음에 걸려 돌아오라 했더니 눈이 내려 발이 묶이고, 간신히 날이 풀리나 했더니 금방 어디 좀 다녀와야겠다는 서신만 남긴 채 아이는 사라졌다지, 간신히 찾았나 했더니 정혼자가 휘두른 검에 찔려 사경을 헤매는 꼴에 인어 타령까지. 차라리 꿈이라면 지독한 악몽이었으려니, 털어내겠지만 안타깝게도 모든 게 현실이었다.

바람이 불자 도포 자락이 휘날렸다. 선명하게 남은 핏물 자국이 바람결에 나부껴 마음을 더욱 무겁게 했다. 더 빨리 와보지 못한 게 한스러웠다.

억지로 참아내는 말생의 울음소리를 들으며 걷다 보니 금세 바다가 나타났다. 탁 트인 전망을 마주하자 말생의 울음소리는 더욱 거세어졌다.

"어디냐."

"저기, 저 큰 바위를 돌아 나오는 곳이었습니다."

"……나 혼자 가겠다."

태근이 걸음을 떼자 말생은 아예 주저앉아 울기 시작했다.

휘몰아치는 바람이 스산하다. 태근은 모래를 밟으며 말생이 손가락으로 가리켰던 곳을 향해 천천히 다가갔다. 바위를 돌면 나온다던 곳은 차오른 바닷물에 잠겨 건너갈 방법이 없었다. 어깨높이만큼 오는 바위를 살피던 태근이 훌쩍 그 위로 올라갔다. 사라진 아이가 나흘 만에 발견된 게 이곳이렷다. 들이치는 파도에 태근이 혀를 찼다. 피고 뭐고 전부 씻겨 사라진 바다에선 어떠한 사고의 흔적도 찾아볼 수 없었다.

어릴 때부터 별난 아이였다. 생각지도 못했을 때 입덧도 없이 찾아오더니, 뭐가 그리 급하다고 달수도 채우지 않고 세상 밖에 나와서는…….

일찍 어미를 여의고도 밝게 자라주는 모습이 어찌나 예쁘고 고마웠는지 모른다. 혼인이 싫다 고집부릴 때 옳거니 하며 평생 품에 끼고나 살 것을. 남장하고 담을 넘었을 때도 사내 옷을 입혀놓으니 어지간한 사내보다 호방하고 기세가 좋다며 허허 웃고 말걸. 아무리 화가 났어도 곁에 둘걸. 이런 곳에 혼자 보내지만 않았더라도…….

눈을 감자 몸종들 앞에서 간신히 숨겼던 눈물이 툭 떨어져 내린다. 이제야 기억이 난다. 아내와 함께 거닐던 장소가 어디였는지.

그때 저는 글밖에 모르던 서생이라 아내가 뭘 좋아하는지, 어떤 때 가장 환하게 웃는지 알지 못했다. 무심했다는 말이 옳을 것이다. 그런 아내의 몸이 하나둘 망가지기 시작한 건 채희를 낳고 얼마 지나지 않아서였다. 일주일에 사흘은 꼬박 앓아누워 있으면서도 아내는 틈만 나면 바다에 다시 가보고 싶다는 소리를 했다. 소원이라고도 했다. 그리하여 녹음이 지던 여름, 아내와 함께 이곳에 왔다. 채희가 변을 당했다는 이곳, 바로 이 자리를 함께 거닐기도 했었다.

소원이라던 말이 유언이라도 되는 양, 아내는 이곳을 다녀간이후 전처럼 일어나지 못했다. 전국 팔도를 뒤져 용하다는 의원은 전부 만나보았으나 별 차도가 없었다. 제대로 된 병명 하나 내놓는 이도 없었다. 그렇게 매일같이 앓는 모습을 지켜보기만 하다 떠나보낸 지도 벌써 십오 년째였다.

미련한 사람이다. 어린 나이에 시집와 평생 고생만 하다, 그토록 원하던 딸을 겨우 얻어놓고도 몇 년 키워보지 못하고 세상을 뜨다니. 해주고픈 것이 많았다. 해주고픈 말이 많았다. 당신 꼭 닮은 딸, 이토록 어여쁘게 자랐다고. 당신이 떠난 빈자리 그 아이가 채워주었노라고. 저승에 가 그리 전해주어도 모자랄 판에 딸을 앞세우게 생겼으니 입이 열 개라도 할 말이 없었다.

'아이들을 잘 부탁해요.'

잘 부탁한다는 그 말 하나 지켜주지 못하는 이 못난 놈이 꼴에 지아비라고…….

깊은 한숨을 내쉬며 다시 눈을 뜰 때였다. 톡. 작은 돌멩이 하나가 발치로 날아왔다. 시선을 내리자 다시 하나 톡, 날아와 발등을 두드렸다.

태근이 뺨에 남은 눈물을 훔치며 돌이 날아오는 방향을 바라보았다. 크고 작은 바위와 잔잔하게 물결치는 바다만 넓게 펼쳐진 그곳에 누군가 있었다.

처음에는 사람인 줄 알았다. 그러나 사람의 것이라고 하기에는 지나치게 푸른 머리카락과 눈을 마주하는 순간 자기도 모르게 입이 벌어졌다. 몸종들이 입을 모아 떠들어대던 소리가 뇌리를 스쳤다.

"인어?"

혹시나 하는 마음은 사내가 바닷속으로 뛰어들었을 때 확신으로 바뀌었다. 수면 위로 살짝 드러났다 사라진 것은 분명 꼬리지느러미였다.

"저, 자, 잠시만 기다려보시오!"

인어는 빠른 속도로 물살을 가르며 나아갔다. 태근은 바위에서 미끄러져 물에 빠지고도 뭐에 홀린 것처럼 다시 바위를 오르고 건너며 그 뒤를 따랐다.

뒤처지면 속도를 늦추고, 바위를 건너오지 못해 주춤거리면 기다리며 태근을 이끌던 인어는 바위 더미에 가려 잘 보이지 않던 동굴이 나타나자마자 그 속으로 쏙 몸을 숨겼다. 태근은 망설이지 않고 동굴까지 따라 들어갔다. 저 이가 진정 인어라면 묻고 싶은 말이 많았다.

동굴은 마치 바다 위를 덮은 지붕처럼 가운데로는 물이 흐르는 신기한 구조를 지니고 있었다. 그리고 그런 동굴 안에 물 밖으로 나온 인어가 앉아 있었다.

아무것도 걸치지 않은 상체는 희었으나 옆구리에는 타다 만 듯한 검은 상처가 있었다. 푸른 머리카락은 듬성듬성 잘려 어깨에 닿을 듯 말 듯했고, 물에 반쯤 잠긴 꼬리는 비늘이 군데군데 떨어져 얼핏 피부 같은 것이 비쳤다.

성치 않아 보이는 모습에 태근은 조심히 다가섰다. 인기척을 느낀 인어가 홱 고개를 돌려 태근을 바라보았다. 한쪽은 푸르고 한쪽은 잿빛인 기묘한 눈과 허공에서 마주쳤다.

"채이는?"

그 눈에 홀린 태근은 동굴을 울리는 나직한 음성에 온몸을 떨었다.

"자, 자네가 내 딸과 함께 있었다던 그 인어인가? 내 딸은 어찌 알고······!"

"채이, 피 냄새."

순식간에 물속으로 들어간 인어가 물살을 가르며 훅 다가와 태근의 도포 자락을 잡아끌었다. 핏물 자국이 남아 있는 곳이었다. 소중한 것을 다루듯 핏물 자국을 손끝으로 가만히 쓸어내리던 인어가 다시 태근을 올려다보았다.

　"채이, 아파?"

　푸른 머리카락과 푸른 눈을 가지고는 있지만 일그러진 표정이나 곧 흐를 듯 고인 눈물은 여느 인간과 똑같았다. 그 모습을 가만히 보던 태근이 천천히 고개를 저었다.

　"상처가 깊어, 어쩌면……. 어쩌면 이대로 떠나보내야 할지도 모른다는구나."

　누구도 차마 입에 담지 못하던 말을 직접 뱉고 나니 가슴이 쥐어짜이는 듯 고통스러웠다. 인어도 비슷한 감정을 느끼는지 도포 자락을 힘없이 놓더니 태근에게서 서서히 멀어졌다.

　"채희가, 널 많이 아꼈더냐."

　"……응."

　"그 녀석, 사내는 모름지기 얼굴이라더니. 잘도 골랐구나."

　피식 웃는다고 웃었는데 이상하게 눈물이 흘렀다. 한번 시작된 눈물은 어찌 된 영문인지 멈출 생각을 하지 않았다. 흐르는 눈물을 닦지도 못하고 그 자리 그대로 선 채 울고만 있으니 인어가 소리 없이 수면 아래로 가라앉았다. 머지않아 다시 올라온 인어 손에는 손바닥만 한 조개껍데기가 들려 있었다.

뒤늦게 눈물을 훔친 태근이 그것이 무엇이냐 물었더니 인어는 아무 설명도 없이 조개껍데기를 들어 길게 자기 팔뚝을 그었다.

"이, 이게 무슨 짓이냐!"

아픈 기색 하나 없이 손목부터 팔오금까지 길게 찢은 인어가 동굴바닥에 조개껍데기를 내려놓더니 그 위에 피 흐르는 팔을 가지고 갔다. 쉼 없이 새어 나온 피는 금세 조개껍데기를 가득 채우고도 남아 동굴 바닥에 고였다. 인어는 붉은 피로 범벅인 조개껍데기를 들어 태근에게 내밀었다. 찢긴 팔에서는 여전히 피가 흐르고 있었다.

"먹여."

"머, 먹이라니. 설마 이 피를 내 딸에게 먹이라는 뜻이냐!"

"응."

"이, 이건 피가 아니더냐."

"먹여. 그럼, 채이 살아."

진동하는 피비린내에 질린다는 듯 뒷걸음치던 태근이 인어의 마지막 말에 우뚝 걸음을 멈췄다.

"먹이고 이틀 뒤, 이곳으로 와."

태근이 망설이며 조개껍데기를 받아 들자 인어는 바닷속으로 사라졌다. 다시 올라오려나 싶어 기다려봤지만, 수면 위에는 옅은 핏물과 함께 둥글게 퍼져 나가는 물살만 남아 있을 뿐이었다.

"이, 이게 무슨 피래요?"

태근이 인어의 피가 담긴 조개껍데기를 들고 다시 해안가로 돌아오자 말생이 화들짝 놀라며 물었다. 태근은 말을 아낀 채 걸음을 재촉했다. 약간 넋이 나간 것처럼 보이기도 했다. 말생은 궁금한 것이 많았으나 더는 묻지 않았다.

태근은 곧 쏟아질 듯, 걸음을 내디딜 때마다 출렁거리는 피를 곁눈질로 살피며 입술을 굳게 다물었다. 귓가에는 여전히 인어의 목소리가 남아 있었다.

'먹여. 그럼, 채이 살아.'

지금 자신이 꿈을 꾸고 있는 걸까. 딸의 죽음 앞에서 자신 역시 헛된 희망에 사로잡힌 걸까. 아내의 이야기를 떠올리며 '혹시'라는 생각은 했어도 인어를 보았다는 몸종들의 말을 온전히 믿은 건 아니었다. 그런 인어의 피와 살이 사람을 살릴 수도 있다는 소문이 사실이기를 바라면서도 한낱 미신에 불과하다는 생각은 지우지 못했다. 그런데.

'채이는?'

푸른 머리카락에 푸른 눈, 푸른 지느러미를 가진 인어를 만났다. 어디 그뿐이랴. 손에는 그토록 많은 이들이 찾아 헤맸다던 인어의 피까지 들려 있었다. 여느 짐승이나 사람 피와 다르지 않은 새빨간 피가.

"……아씨! 아씨!"

온갖 상념에 사로잡힌 정신이 다급한 외침에 번쩍 들었다. 바쁘게 오가는 사람들로 마당이 어수선했다. 때마침 채희가 있는 방에서 뛰쳐나온 몸종 하나가 발을 동동 구르더니 뒤늦게 말생과 태근을 발견하고는 넘어지고 구르며 달려왔다.

"야, 양주댁! 대감마님! 아, 아씨가……. 아씨가!"

말생은 몸종의 말이 채 끝나기도 전에 달려 나갔다. 그 뒤를 쫓는 동안 몸종이 상태가 어쩌고 의원이 어쩌고 하며 뭐라 더 말을 덧붙였으나 위급하다는 말 외에는 아무것도 귀에 들어오지 않았다.

방 밖에는 이미 많은 이들이 모여 혀를 차고 눈물을 흘리고 있었다. 가로막고 서 있는 사람들을 밀어내며 문이 열린 방 안으로 들어서자 먼저 도착한 말생이 채희를 품에 안은 채 울부짖고 있었다. 그 곁에 함께 눈물 흘리며 서 있는 기화도 보였다.

이미 떠난 혼을 붙잡기라도 하려는 듯 목 놓아 부르는 소리에 귀가 다 먹먹할 지경이었다.

"대감마님, 어찌합니까……! 저희 아씨, 가여운 아씨를 어찌하면 좋아요……!"

자세를 낮춘 태근이 말생의 품에서 천천히 채희를 떼어냈다. 희다 못해 푸른 기를 띠는 얼굴에 생기는 없었다. 좀 전에 봤을 때와는 확연히 달라진 상태였다. 태근이 떨리는 손으로 채희 손목에서 맥을 찾아 짚었다. 손끝에서 만져지는 맥이 채희의 것인지 자신의 것인지 분간 가지 않아 목도 더듬어 만지고 코 아래에도 손가락을 대보았다.

"……쉰다."

아직 채희에게 숨이 붙어 있음을 확인한 태근이 그대로 바닥에 주저앉았다. 그러고는 돌아보지도 않은 채 깔깔한 입을 뗐다.

"다들 나가 있거라."

"아버지……!"

"대감마님!"

"나가 있으래도!"

묵직한 호통에 비로소 사람들 소리가 멀어졌다. 마지막까지 버티던 기화와 말생마저 나가고 방문이 닫히자 비로소 방 안에도 적막이 찾아왔다.

"채희야."

태근이 채희의 머리를 가만히 쓰다듬었다. 이렇게 가까이 앉아 머리를 쓰다듬어 본 게 얼마 만인지도 모르겠다.

"……잘생겼더구나."

머리를 쓰다듬던 손으로 차갑게 굳은 딸의 손을 매만지며 인어가 건네준 피를 돌아보았다. 조심히 들고 왔다고 생각했는데 남아 있는 건 고작 절반이었다. 소매에 스며든 피가 아까워 오래도록 바라보던 태근이 조개껍데기를 내려놓고는 채희를 품에 안았다. 아무리 영약이라고는 하나 생피를 먹인다는 게 께름칙했다. 그러나 언제 숨이 끊어져도 이상하지 않을 딸의 상태를 보자 그런 고민조차 사치라는 것을 깨달았다.

채희의 상체를 비스듬히 세워 안은 태근이 내려놓았던 조개껍데기를 다시 주워 들었다. 다 해져 허옇게 일어난 입술에 조개껍데기를 가져다 대자 금세 붉은 핏자국이 번졌다. 태근은 제대로 삼키지 못해 흘러나오는 것을 아까워하며 조금씩, 조금씩 달래듯 받아온 피를 남김없이 먹였다.

써서 싫다던 탕약을 손수 먹일 때처럼. 왜 자기만 어머니가 없느냐며 투정 부리던 입에 약과를 물려줄 때처럼.

방에 들고 들어갔던 것이 피라는 것을 눈치챈 기화가 종일 곁에 붙어 대체 뭘 먹인 거냐 묻고, 몸종들이 보이지 않는 곳에서 숙덕거렸지만, 태근은 그저 입만 꾹 다물고 있었다. 피에 젖은 옷을 직접 갈아입힌 말썽이야말로 한마디 할 법한데, 정작 그녀는 아무것도 묻지 않았다.

인어의 피가 영약이라는 소문이 사실이긴 했는지 죽을 고비를 한차례 넘긴 채희는 다음날부터 안색이며 호흡 모두 눈에 띄게 좋아졌다. 저녁 느지막이 다녀간 의원 역시 숨이 한번 넘어갔던 것 치고는 맥도 안정적이라며 감탄했다.

인어의 피가 효과를 보자 태근은 더욱 마음이 조급해졌다. 이틀이 어찌나 길게 느껴지는지 미리 동굴에 가 밤을 지새고 싶을 정도였다. 이틀 차 되던 날은 끝내 한숨도 자지 못하고 푸른 새벽길을 밟으며 동굴로 향했다. 노승에게 청해 뚜껑 달린 그릇도 하나 얻은 차였다.

동굴에 도착하니 기다렸다는 듯 인어가 나타났다. 태근은 인어가 묻기도 전에 한껏 상기된 목소리로 채희의 상태를 읊었다.

"숨이 넘어가던 아이가 기적처럼 살아났네! 얼굴색도 돌아왔고, 맥도 안정적이야. 전부 자네 덕일세."

다행이라는 듯 누그러진 표정으로 고개를 한번 끄덕인 인어가 이번에는 반대 팔을 들어 길게 그었다. 이틀 전 그어놓았던 팔은 아직 낫지 않았는지 선홍빛 흉터가 선명했다. 그뿐만 아니라 이틀 전까지만 해도 푸르던 머리카락과 눈 역시 잿빛이 감돌고 있었고, 손가락 사이 사이의 물갈퀴도 군데군데 찢어져 너덜거렸다. 옆구리의 검은 상처도 면적이 더 넓어진 것이, 인어에 대해 잘 모르긴 하나 썩 좋아 보이는 상태는 아니었다.

"자넨, 괜찮은가."

사이가 갈라져 언뜻 다리처럼 보이는 꼬리지느러미를 바라보며 덧붙였다.

"설마, 어디가 아프다거나…… ."

차마 인간이 되는 중이냐 묻지 못하고 말을 삼키니 인어가 돌아본다. 뒷말은 듣지 않아도 알겠다는 듯 입술을 비틀어 올렸으나 그저 그뿐이었다. 다시 피를 모아 담는 일에 열중인 모습을 보며 태근이 목소리를 낮췄다.

"그날, 내 딸과 함께 큰 변을 당할 뻔했다고 들었네. 혹시 그때 다친 상처가 덧나기라도 한 겐가?"

이번에도 대답을 않기에 괜한 것을 물었구나 싶은 차였다. 인어가 천천히 입을 열었다.

"채이가 좋아, 인간이 되고 싶다. 하지만…… 지금처럼, 인어이고, 싶을 때도 없다."

"왜……."

"인간이 되면……."

때맞춰 그릇 가득 피가 모였다. 말을 멈춘 채 아직 피가 새어 나오는 팔을 가만히 쓰다듬던 인어가 한 자, 한 자, 짓씹듯 단어를 뱉었다.

"채이를 살릴 수 없어."

태근은 어떤 대답도 할 수 없었다. 그저 깨달았을 뿐이다. 인어가 죽어가고 있음을. 그게 점점 더 면적을 넓혀가는 상처 때문인건지, 제 딸에게 피를 내어줘서인지는 알 수 없으나 확실한 건 아비인 자신만큼이나 채희를 살리는 일에 인어도 진심이라는 것이었다. 어쩌면 자신의 목숨을 바칠 만큼.

위잉. 적막한 동굴 안으로 날카로운 바람이 불어왔다. 그 속에
휘파람 소리 같은 것이 섞여 있다 느낄 무렵, 넋을 빼고 있던 인어
가 다급히 물속으로 사라졌다. 이틀 뒤 다시 보자는 말만 남긴 채
였다.

기화가 내려가고 며칠 지나지 않아 홍문관 응교로 있는 김동수
가 은월사로 찾아왔다. 간밤에 눈이 내려 길이 편치 않았을 텐데
도 미리 알려온 것보다 일찍 도착한 걸 보면 어지간히 급한 일이
긴 한 듯했다.

"먼 길 오느라 수고 많았네. 안으로 드시게나."

"아닙니다. 눈이 더 오기 전에 얼른 내려가 봐야지요."

아닌 말이 아니라, 잠시 그쳤는가 싶었던 눈이 다시 내리기 시
작하고 있었다.

"참, 여기 있습니다."

김 응교가 내민 봉투에는 교지라는 글자가 선명하게 적혀 있었
다. 채희 소식에 급히 넘어오느라 미처 처리하지 못하고 온 업무
가 잔뜩이었다. 게다가 잠시 머물다 오겠다던 약조가 차일피일 미
뤄지고 있으니 왕도 답답할 것이다.

"내가 부덕해 여럿을 힘들게 하는구먼그려."

"아휴, 아닙니다. 덕분에 좋은 경치도 구경했는걸요. 그나저나…… 따님 건강은 좀 어떻습니까?"

"걱정해 준 덕에 많이 호전되었네."

"그것참 다행입니다."

그 뒤로도 태근은 이틀에 한 번씩 꼬박꼬박 인어의 피를 받아다가 채희에게 먹이고 있었다. 처음에는 삼키는 것보다 흘리는 게 많더니 요샌 제법 받아 마셨다. 아직 의식까지는 차리지 못했으나 입술에는 생기가 도는 데다 말생의 말로는 상처도 많이 아물었다고 했다. 의원 역시 기적도 이런 기적이 없다며 이게 다 부처의 은덕이라 실컷 떠들다 가기 일쑤였다.

나날이 좋아지는 채희 생각에 미미하게 미소를 띠던 태근이 요즘 들어 부쩍 상태가 나빠진 인어를 떠올리고는 입매를 굳혔다. 상처가 아물지 않는 건지 인어는 온 팔은 물론 쇄골과 가슴까지 피를 내기 위해 베고 찢은 흉터로 가득했다. 머리카락과 눈에서도 푸른 기를 찾아보기 어려웠고, 비늘이 절반 이상 떨어져 나간 꼬리는 이제 완전한 사람 다리처럼 보이기까지 했다.

"그나저나, 참의 영감 소식은 들으셨습니까?"

상념에 빠졌던 태근이 예상치 못한 이름에 눈을 들었다. 고개를 젓자 한걸음 붙어선 김 응교가 목소리를 낮추며 은밀하게 속삭였다.

"사흘 전, 아들인 김윤성과 함께 풀려났다 합니다."

"풀려나?"

"보부상들이 동지사 공물 관리들을 불법 은자로 매수해 홍삼이며 비단을 밀무역으로 빼돌리려다 들킨 일은 아시지요."

"여기 오기 전에 들었네."

"그 불법 은자가 김 도령이 차명으로 운영하던 점포에서 나왔다 합니다."

"그럼 김 도령이 관리들을 매수한 일이 사실이란 말인가. 그런데 어찌 풀려나."

"은자가 김 도령 점포에서 나온 것은 맞지만 동지사 공물과는 일절 관련이 없고, 그저 물건 대금이었답니다."

"대금이라."

"네. 그런데 액수도 워낙 크고, 장부에도 기록되어 있지 않던 데다, 샀다는 물건이 그…… 인어를 잡는 검이라나 뭐라나……."

인어를 잡는 검. 태근이 입안에서 혀를 굴렸다. 지나가던 개가 봐도 영 께름칙한 상황인데 명확한 증거가 없으니 조사도 흐지부지 끝나더라는 김응교의 푸념 너머로 상자 안에 놓여 있던 뼛조각이 떠올랐다. 윤성이 인어를 잡겠다며 휘둘렀다는 검. 짐승의 이빨 같기도, 거대한 생선의 가시 같기도 한 해괴한 모습에 면적을 넓혀가던 인어의 검은 상처와 떨어져 나간 푸른 비늘, 갈라진 꼬리지느러미 역시 차례로 떠올랐다.

"고신 때도 신음 한번을 안 냈다는데 그 때문에 더 말이 많았습니다. 죄가 없으면 억울하다 한마디 할 법도 한데 그런 게 없다고요. 아무튼 궐에서도 한동안 그 얘기뿐이었습니다."

김 응교의 목소리 위로 깊은 새벽 찾아와 읍소하며 울부짖던 김윤성의 목소리가 포개어졌다. 자신이 채희를 죽였노라, 그러니 자길 죽여달라 외치던 목소리가. 어쩌면 윤성은 그날 태근이 내리지 못한 벌을 자청하여 받는 중이었는지도 모르겠다.

"은자 말고는 이렇다 할 증거가 없어 동지사 죄목은 벗었지만, 점포 문제로 아직 좀 시끄러운 모양입니다."

"점포 문제는 또 뭔가."

"은자를 추적하는 과정에서 신고되지 않은 밀반입품이 잔뜩 나왔답니다. 뭐 대단한 건 아니고 붓이나 연적 같은 자잘한 것이었다는데, 평소라면 신고 누락이겠거니, 해서 좋게 좋게 넘어갈 일이 이번 동지사 사건과 맞물리는 바람에 좀……."

한마디로 괘씸죄를 물게 생겼다는 뜻이다. 그럴 만도 했다. 양반들이 차명으로 점포를 운영하는 일이야 다들 알면서도 눈감아주지만, 이번은 불법 은자에 동지사까지 거론된 일이다. 게다가 문제 된 은자로 구매했다는 물건도 미심쩍은 상황이니 조용히 넘어갈 수는 없었을 것이다.

"운이 나빴지요."

그래, 운이 나빴다. 아니, 어쩌면 모든 게 정해진 운명이었는지도 모른다. 채희는 인어를 만나고, 윤성은 인어를 잡는다는 검을 구하고. 다시 그 검에 의해 채희도, 윤성도, 거기에 인어까지. 그 모든 게 인간이 탐하지 말아야 할 것을 탐한 결과였을까. 참담함에 신 침만 삼키고 있으려니 김응교가 말을 보탰다.

"그래도 다행이지 않습니까. 행여나 따님 혼례 후였으면……."

"어허, 자네. 말은 가려 하는 게 좋겠네."

"어이쿠, 제가 괜한 소리를……. 이만 가봐야겠습니다. 눈발이 점점 굵어지네요."

교지에 대한 답신은 사람을 보내 전해달라는 말을 끝으로 김응교는 왔던 길을 되돌아갔다. 마당에 남은 어수선한 발자국만 물끄러미 내다보던 태근이 시간을 가늠하곤 천천히 걸음을 뗐다. 인어를 만나러 갈 시간이었다.

익숙한 걸음으로 바다를 찾은 태근은 익숙한 손길로 바위를 더듬어 올라 동굴로 향했다. 여느 때와 같이 고요한 동굴은 안쪽으로 걸음을 옮길 때마다 얕게 고인 물에서 자박자박 소리가 났다. 평소 인어가 올라오던 위치쯤 자리 잡고 섰는데 자꾸 이상한 기분이 들었다. 누군가 지켜보는 것 같은 느낌에 주위를 둘러보는데 저쪽 구석에서 바닷물이 퐁, 하며 조금 튀어 오르는 것이 보였다. 녹빛 형체가 빠르게 태근 곁을 헤엄쳐 지나간 건 그 직후였다. 그것이 또 다른 인어였음을 깨닫기 무섭게 태근의 걸음이 조금 전 물이 튀어 올랐던 곳으로 향했다.

"이게, 대체⋯⋯."

동굴 벽 가까이 붙어 있는 커다란 바위 뒤로 비죽 나와 있는 흰 다리가 보였다. 죽은 듯 늘어진 모습에 멈칫하던 태근이 용기 내 다가가자 헐벗은 사내가 젖은 동굴바닥에 덩그러니 누워 있었다. 온갖 해초에 엉겨 붙은 머리카락 하며, 아직 물기가 남은 몸을 보건대 물에서 건져 올린 지 얼마 안 된 듯했다.

"자, 자네. 괜찮은가."

조금 더 다가간 태근이 손을 뻗어 사내의 어깨를 툭 건드렸다. 손에 닿은 체온이 지나치게 낮다는 생각이 스칠 무렵, 사내의 몸이 조금 돌아가며 얼굴이 드러났다. 그 순간 태근이 숨을 삼켰다. 얼굴을 자세히 들여다볼 필요도 없었다. 온몸 곳곳에 새겨진 상처는 태근도 잘 아는 것이었으므로. 옆구리에 난 까만 상처는 중심부터 새살이 하얗게 돋아나 있었고, 하얗게 뻗은 두 다리에는 인어였음을 증명이라도 하듯 비늘이 군데군데 남아 있었다.

살아는 있는 걸까.

한 번 더 인어를, 인어였던 사내를 건드려본 태근은 쿨럭 내뱉는 기침을 보곤 다급히 뒷걸음질 쳤다. 그와 동시에 들고 있던 사기그릇이 떨어지며 요란한 소리를 냈다.

그 뒤로는 무슨 정신이었는지 모르겠다. 깨진 그릇 조각을 밟으며 한참을 뒷걸음치던 태근은 동굴을 벗어나면서부터는 달렸다. 차가운 공기에 폐가 쪼그라들었기 때문일까. 가슴이 답답하고 옥

죄는 듯 괴로웠다. 가슴을 움켜쥔 채 무거운 걸음을 겨우 하나 옮겼을 때, 저 멀리서 달려오는 말생이 보였다.

"대감마님! 여기, 여기 계셨네요. 얼른, 얼른 이리로……."

"무슨, 무슨 일이냐. 채희에게 무슨 일이 생긴 게야!"

"어서요. 어서요, 대감마님."

말생의 재촉에 태근은 조금 전까지의 괴로움도 잊은 채 전력으로 달렸다. 또다시 마당에 모여 있는 사람들을 보니 덜컥 심장이 내려앉았다. 저마다 다가오며 한마디씩 하지만 들릴 리 만무했다. 곧 무너져내릴 듯한 걸음을 이끌어 채희가 있는 별당으로 향했다. 신도 벗는 둥 마는 둥 하며 마루에 올라 벌컥 문을 열어젖혔다.

"아버지……?"

멀쩡히 앉아 탕약을 마시고 있는 이는 다른 누구도 아닌 채희였다. 그 모습을 보는 순간 다리에 힘이 풀린 태근이 그대로 주저앉았다.

"하아, 하아……. 하, 하하……."

"아버지, 우세요?"

"울긴. 울긴 누가 운다 그러느냐."

부러 고개를 돌리며 소매로 눈물을 닦아낸 태근이 조심히 채희 곁으로 다가갔다. 얼굴을 한번 쓰다듬고 손등을 어루만져 보았다. 따뜻하고 보드라웠다.

"살았구나, 네가 살았어……."

다시 흐르는 눈물을 닦을 생각도 하지 못하고 있으니 채희가 손을 들어 눈가를 가만가만 닦아주었다.

"어찌 이리 우세요."

"이놈아! 네가 저승길에서 간신히 돌아왔는데 이 아비가 울지 않게 생겼느냐!"

버럭 화를 내던 태근이 결국 참지 못하고 채희를 끌어안았다. 그 충격에 채희가 들고 있던 탕약 그릇이 바닥을 나뒹굴었다. 인어 옆에 떨어트리고 온 그릇이 떠오를 때였다.

꼬물꼬물 품에서 빠져나온 채희가 태근에게 물었다.

"린은요?"

"……뭐?"

"저와 함께 있던 인어는, 어찌 되었어요?"

긴 꿈을 꿨다. 어둡고 추운 길을 끝없이 걷고, 또 걷는. 어디가 앞이고 어디가 뒤며 어디가 위고 아래인지 알 수 없는 암흑 속에서 채희를 이끌어주는 것이라고는 외롭게 떠 있는 푸른 달 하나뿐이었다. 그렇게 걷고 또 걸어 비로소 푸른 달 가까이 다다랐을 때 달은 따스한 빛을 뿜으며 채희 가슴 속으로 들어왔고, 암흑이 무너지며 밝은 빛이 두 눈에 쏟아졌다.

아직도 온기가 남아 있는 듯한 가슴을 살살 문지르던 채희가 쏟아진 탕약을 닦고 있는 말생에게로 시선을 옮겼다.

"유모."

"그리 부르지 마셔요."

"유모오."

"저는 모른대도요."

치. 입술을 비죽인 채희가 자리에 누우려다 옆구리에서 올라오는 통증에 신음을 삼켰다.

"괘, 괜찮으세요? 그러게 그냥 누워 계시라니까는!"

걸레를 집어던지고 달려온 말생이 급히 채희를 부축했다. 최대한 채희에게 부담이 가지 않도록 조심조심 자리에 눕혀준 말생은 이불을 가슴까지 꼼꼼히 덮어준 뒤 이마며 뺨을 부드럽게 어루만졌다. 채희는 그런 말생을 물끄러미 올려다보았다. 그동안 맘고생이 많았는지 살이 많이도 내렸다.

"나 얼마나 누워 있었어?"

"……달포 조금 안 될 거예요."

"달포……."

선뜻 와닿지 않는 기간을 헤아리던 채희가 자신을 보고 가던 수많은 얼굴과 눈물짓던 태근의 모습을 떠올렸다.

그리고 린.

'너는 지금 그 지경이 되고서도 인어 소리가 나오느냐!'

린은 어떻게 되었느냐는 물음에 태근은 호통부터 쳤다. 느닷없이 무슨 인어냐 되물을 줄 알았더니 익히 들었고 알고 있다는 투라 도리어 채희가 당황할 정도였다. 두 번 다시 인어 얘기는 입 밖으로 내지 말라며 못 박은 걸 보면 그날 그 자리에 있던 사람 대부분이 인어를 본 것만은 분명했다. 그러나 말생에게 물어도 모른다는 말만 반복하니 답답할 노릇이다.

"아버지는?"

"오늘은 급한 일만 해결하고 일찍 돌아오신댔어요."

의식이 돌아온 다음 날부터 보기 힘들던 태근이다. 뭐가 그리 바쁜지 새벽에 나가 저녁 늦게 돌아오기 일쑤였고, 린 얘기만 꺼낼라치면 자리를 피해버리는 통에 도통 얼굴 볼 일이 없었다. 채희는 고개를 끄덕이며 옆구리에 두툼하게 대진 천을 만지작거렸다. 그날의 통증은 두꺼운 막에 싸인 듯 흐릿했다. 그저 살을 뚫고 나온, 기어이 린의 몸에 박히고 말았던 희고 붉은 검 끝만 선명했다. 검이 닿은 부위를 중심으로 까맣게 타들어 가던 피부를 떠올리다 눈을 감았다.

린은 어떻게 되었을까. 많이 다쳤을까? 안전하게 달아났을까? 그도 아니라면, 결국…… 죽었을까? 아니, 아니다. 린은 죽지 않았다. 그랬을 리 없다.

뛰어들어 몸으로 검을 받아낸 일에 후회는 없었다. 다시 돌아가더라도 똑같은 선택을 할 테니. 다음번에 다시 기회가 주어진다면, 그때는 린을 다치지 않게 할 자신도 있었다.

살릴 수만 있다면. 린을, 살릴 수만 있다면……. 채희는 울지 않기 위해 고개를 옆으로 돌렸다. 울지 않을 것이다. 린은 죽지 않았으니까. 자기가 그렇게 빌었으니까. 내 목숨은 얼마든지 가져가도 좋으니 린만은 살려주라고, 어둡고 추운 길을 걷는 내내 그렇게 빌고 또 빌었으니까.

그러니 지금 채희가 할 수 있는 건 그 검이 김 도령의 말처럼 신묘한 검이길 믿고 기다리는 것뿐이었다.

"잠이 오세요?"

"응……."

"그럼 조금 더 주무세요. 대감마님 돌아오시면 깨워드릴게요."

"응. 고마워, 유모."

"제가 더 감사하죠. 이렇게……."

말생의 목소리가 떨렸다.

"유모, 울어?"

"아휴, 울긴요. 주무셔요. 아무 걱정 마시고 푹, 주무셔요. 다 잘 될 거예요."

잠시 눈을 떠 화인검이 놓여 있던 자리를 바라본 채희가 가만가만 머리를 쓰다듬는 손길에 서서히 눈을 감았다.

의식이 돌아온 지도 어느덧 보름이 지났다. 그간 누구에게도 린의 소식을 들을 수는 없었다. 두 번 다시 인어 얘기는 입 밖으로 내지 말라는 엄명 때문인지, 그날 함께 있던 사람들은 모두 모른다는 대답만 반복할 뿐이었다. 심지어 채희를 부둥켜안고 눈이 짓무르도록 울던 동자마저 입을 꾹 다물고 도망가기 일쑤였다.

물어도 답해주는 사람이 없으니 남은 방법은 하나뿐이었다. 직접 바다로 나가 확인하는 것. 그러기 위해 채희는 쓰고 맛없는 탕약도 거르지 않고 꼬박꼬박 마셨고, 간도 되지 않아 밍밍하기만 한 죽도 매번 싹싹 긁어먹었다. 그러나 복병은 따로 있었다.

"안 돼요, 아씨."

"왜애."

"왜긴요! 지금 말이 안 되는 소리를 하고 계시잖아요. 바다라니요! 아직 상처도 다 낫지 않으신 분이 무슨 바다예요!"

"의원이 빨리 나으려면 바다 같은 데도 가보고 그러랬잖아. 유모도 같이 들었잖아."

"힘들어도 조금씩 움직여보라 그랬지 언제 바다에 가보라 그랬어요! 제가 바본 줄 아세요?"

빈틈없이 막아서는 말생을 도저히 이길 재간이 없었다. 채희는 입을 꾹 다문 채 문 앞에 양팔을 벌리고 선 말생을 노려보았다.

"그렇게 보셔도 소용없어요. 하아나도 안 무섭네요."

이것도 안 통한단 말이지. 눈에 힘을 바짝 준 채 씩씩거리던 채희가 일순 표정을 일그러트리며 옆구리를 부여잡았다.

"아야……."

"어, 어디 아프세요?"

여차하면 묶어두기라도 하겠다는 듯 강경하기만 하던 좀 전과 달리 말생이 눈에 띄게 동요했다. 그런 말생을 곁눈질로 힐긋 바라본 채희가 이번에는 아예 허리까지 숙여가며 '아이고, 아야' 앓는 소리를 냈다.

"아휴, 그러게 가만히 좀 누워계시라는……. 아씨!"

부축해 주기 위해 다가온 말생을 피해 냉큼 방문을 열어젖혔다. 급히 움직이느라 정말로 옆구리가 당기고 아팠으나 엄살이나 부리고 있을 새가 없었다. 뒤도 돌아보지 않고 달려 나가는데 눈앞에 드리운 커다란 벽을 미처 보지 못하고 그만 쿵, 부딪히고 말았다. 뒤따르던 말생이 요령 좋게 받아주지 않았다면 그대로 넘어졌을 위험천만한 순간이었다.

어지러운 머리를 부여잡고 고개를 들자 뒷짐 지고 선 태근이 보였다.

"아이고, 대, 대감마님."

"대체 뭣들 하길래 소란이 일주문을 넘어!"

"그, 그것이 아니옵고……."

"유모한테 뭐라 하지 마셔요. 제가 바다에 나가겠다 고집부리다 이리 된 것이니."

"아, 아씨……."

"뭐야? 바다?"

말생 품에서 벗어난 채희가 흐트러진 옷매무새를 대강 정리하곤 태근을 향해 고개를 치켜들었다.

"아버지 엄명으로 다들 입만 꾹 다물고 있으니 제 눈으로 직접 확인할 수밖에요."

"내 분명, 인어 얘기는 두 번 다시 꺼내지 말라 했을 텐데!"

"죽었는지 살았는지만 확인해 보겠다고요! 제가 따라가겠다는 것도 아니고, 그냥……."

울지 않으려고 했건만 눈물은 야속하리만치 쉽게 차올랐다. 고개를 푹 숙이자 정수리에 한숨이 쏟아졌다.

처음 정신을 차렸을 때 태근은 살아 돌아왔으니 되었다고 뭐든 들어줄 것처럼 굴었다. 그러나 전부 거짓이었다. 매일 이래서 안 되고, 저래서 안 되고. 세상에 하면 안 되는 것이 뭐가 그리 천지인지 어느 순간부터는 먹고 자는 것 외엔 아무것도 하지 못하게 했다. 덕분에 몸은 많이 회복됐으나 곧 살아도 사는 것 같지 않을 만큼. 딱 그만큼 가슴이 답답했다.

"아버지는…… 그저 제가 시집이나 가길 바라시는 거지요?"

화인검을 들고 린에게 달려들던 윤성의 얼굴이 생생하다. 정확한 날짜를 헤아려보진 않았으나 정해졌다던 혼례일까지 달포도 채 남지 않았을 것이다. 그제야 채희의 입에서도 체념을 닮은 한숨이 새어 나왔다.

그래서 먹고 자라고만 했구나. 빨리 나아야 문제없이 시집을 갈 테니. 뒤늦은 깨달음에 고여 있던 눈물이 툭 떨어졌다. 곁에 선 말생이 어찌 또 우시냐고 안절부절못하는 동안 태근은 여전히 뒷짐만 진 채 아무 말이 없었다.

야속한 마음에 소매로 대강 눈물을 훔치며 고개를 드니 잔뜩 화가 나 있을 거란 예상과 달리 태근은 괴로운 얼굴을 하고 있었다. 조금 놀라긴 했지만 그렇다고 마음이 누그러들 정도도 아니었다. 더 언쟁해 봐야 달라질 것도 없을 것 같았다. 마음 상한 채희가 휙 몸을 돌려 자리로 돌아가려 할 때였다.

"김 도령에게 시집갈 일은 없을 것이다."

뒤통수에 닿은 목소리는 낮고, 다정했다. 걸음을 멈추고 돌아서자 말을 고르는 듯 태근은 잠시 허공을 바라보고 있었다.

"이미 떠났겠구나."

"떠나요?"

"김 도령 말이다. 서신을 보내왔더구나. 다시 청으로 떠나겠다고."

"네? 갑자기 그게 무슨……."

뜬금없는 소식에 말끝을 흐리니 태근의 시선이 상처가 있는 채희의 옆구리를 향했다. 순간 채희의 손끝이 움찔 떨렸다.

"너를 찌른 검을 기억하느냐. 양주댁 말로는 네가 김 도령에게 받은 것이었다는데."

곧장 화인검을 떠올린 채희가 고개를 끄덕였다. 그 모습을 본 태근이 천천히 말을 이었다.

"검을 매입하며 치른 대금이 문제가 되어 곤욕을 겪은 모양이더구나. 그런데 그렇게 매입한 검이 너를 상처 입혔으니…… 그 성정에 견디기 어려웠을 게다."

매일같이 찾아와 저를 벌해달라 읍소했다고, 쫓아내도, 쫓아내도, 다시 돌아와 낮이고 밤이고 대문 앞을 지키는 모습에 차마 그를 용서할 수도, 벌할 수도 없었다고 말하는 태근의 얼굴이 참담함으로 물들었다.

"조정에서는 점포 운영 정지에 감봉 처분만 내린 모양이지만, 스스로 사직을 청했다는구나."

청으로 돌아가 죗값을 다 치르기 전까지는 돌아오지 않겠다며 떠났으니 행여나 기다릴 생각일랑 말고 몸부터 챙기라는 태근의 말을 들으며 채희는 지난밤 몸종들이 숙덕이던 소리를 떠올렸다. 윤성의 이름을 거론하며 동티가 난 거지, 하던.

"인어 때문인 거죠?"

"어찌 또 인어 소리가 나와!"

"동티가 난 거예요. 인어는 상서로운 존재니까……."

몸종들이 그랬다. 그러지 않고서야 멀쩡히 운영하던 점포까지 넘어갈 리가 없다고.

"아버지도 보셨어요?"

"뭘 말이냐."

"인어요. 아버지도 보신 거죠?"

"무슨 말이냐, 나는……."

"아버지는 직접 보지 않은 건 믿지 않으시잖아요. 그런데 아버지는 지금까지 단 한 번도 세상에 인어가 어디 있느냐고 물은 적 없으세요. 마치 직접 본 사람처럼."

잠시 허공을 응시하던 채희가 눈을 들자 태근이 시선을 피했다.

"보신 거죠? 어디에요? 어디에 있었어요? 상태는, 상태는 어때요? 살아 있어요?"

"어흠."

"제발요. 제발 말씀해 주세요. 네? 찾아간다고 안 할게요. 살아 있는지만……. 살아 있는지만 말해주세요."

채희는 태근의 도포 자락을 붙잡고 매달렸다. 아니, 빌고 있었다. 당황한 말생만큼이나 태근 역시 놀랐다. 이런 딸의 모습은 처음이었다. 커다란 눈에서 뚝뚝 떨어지는 눈물이 어찌나 처량하고 애처로운지 기껏 다 잡은 마음이 흔들리려 하고 있었다. 차마 딸의 눈물을 볼 수 없던 태근이 눈짓으로 조용히 말생을 불렀다.

"아씨 이러지 마셔요."

"제발요, 제발……. 그것만 알려주시면 나머지는 전부 아버지가 시키는 대로 할게요. 시집가라면 갈게요. 쉰 넘은 농부 첩살이라도 하라시면 할게요."

"내가 어찌 네게 그런 자리를……!"

"그러니까 알려주세요. 뭐든 할 테니까 제발……."

그칠 줄 모르는 눈물에 태근이 깊은 한숨을 내쉬었다. 스스로 몸을 던져 검을 막았다는 얘기를 들었을 때만 해도 그럴 리가 있느냐며 믿지 않았건만, 이리 보니 제 팔을 찢어 피를 내어주던 인어와 똑 닮았다.

등 뒤로 숨긴 손을 꽉 쥐었다 놓은 태근은 오랜 고민 끝에 입을 열었다.

"인어는 이제 이 세상에 없다."

"……아, 아뇨. 그럴 리 없어요. 살아 있어요. 살아 있을 거예요. 제가, 제가 그렇게……."

거기까지 중얼거리던 채희의 손이 힘없이 툭, 떨어졌다. 떨고 있었다. 무엇을 생각하는지 오래도록 하얗게 질린 손을 내려다보던 채희가 다친 옆구리를 가만히 짚더니 고개를 들었다.

"설마…… 저 때문이에요?"

얼굴은 눈물로 이미 엉망이었다.

"의원이 말한 기적이라는 게……. 제가 칼에 꿰뚫리고도 살아 있는 게……."

채희가 무엇을 예감했는지 태근도 눈치챘다. 채희도 아는 것이다. 인어의 피와 살이 사람을 구할 수 있음을.

"피 냄새가 났어요. 이불이랑 옷에도 피가 늘······. 상처 때문이라고만 생각했는데······ 상처가 심했다고 했으니까······. 그런데······."

태근이 아무런 대답도 하지 않자 채희가 좀 전보다 더 강한 힘으로 태근의 도포 자락을 쥐며 매달렸다.

"아버지가 그러셨어요? 아버지예요? 그래요? 저 하나 살리자고······. 아니죠? 아니죠, 아버지?"

태근은 부정도, 긍정도 하지 않았다. 곁에 선 말생만이 이러지 마시라며 채희를 말릴 뿐이었다. 태근은 울부짖는 채희를 끝내 마주하지 못하고 시선을 높이 들었다.

"그렇게 알고 돌아갈 채비나 하거라."

"안 돼요. 안 돼요, 아버지. 아버지 제발······! 제발 아니라고 해주세요, 제발요. 제발······."

"아이고 아씨, 어찌 이러셔요. 이러다 정말······. 아씨······!"

팽팽하게 당겨졌던 도포가 느슨해지는가 싶더니 이내 채희가 무너져 내리고 말았다. 그런 채희를 부축하는 말생을 바라보다 태근은 다시 몸을 돌렸다. 입을 꾹 다문 채 내딛는 걸음은 어느 때보다 무겁기만 했다.

마당에는 그쳤는가 싶은 눈이 다시 내리고 있었다.

하루를 꼬박 울고 이틀을 굶은 채희는 사흘째 되던 날부터 말생을 도와 함께 짐을 싸기 시작했다. 말수가 줄어들었을 뿐만 아니라 어딘가 넋이 나가 보이는 모습에 말생은 종일 안절부절못했다. 더군다나 이따금 설움이 복받친 것처럼 소리 내어 우는 것을 볼 때면 제 마음이 다 미어지는 듯했다.

물건을 정리하다 말고 다시 멍하니 바깥 창만 바라보는 채희 모습에 말생이 작게 목을 틔웠다.

"그새 눈이 많이 녹았더라고요."

"……그래?"

"동자께선 만들어둔 눈사람이 하룻밤 새 다 녹아버렸다며 아침부터 어찌나 우셨는지 몰라요."

"그랬구나……."

나는 그것도 몰랐네. 힘없이 돌아오는 대답에 애써 밝게 말을 붙이던 말생도 결국 힘이 빠지고 말았다.

며칠 전, 채희와 태근이 나누던 대화가 떠오른다. 태근은 끝내 아무 대답도 들려주지 않았으나 그게 오히려 채희에게도, 말생에게도 확신을 불러준 참이었다.

"아씨."

이러다 채희마저 인어의 뒤를 따르는 건 아닌가 하는 불안한 마음은 쉬이 가라앉지 않았다. 그런 말생의 걱정을 읽기라도 했는지 돌아보는 채희의 입가에는 옅은 미소가 걸려있었다.

"곧 죽을 사람 보듯이 할 필요 없어. 나 안 죽어. 죽고 싶어도 이제는……. 이제는 죽을 수가 없어."

그 모습이 이미 죽은 사람처럼 보여 가슴이 아팠다. 언제 고였는지 모를 눈물을 쓱쓱 닦은 말생이 괜히 목소리를 높였다. 당연한 소리를 한다고. 돌아가서는 더 좋은 것 많이 먹고 건강해지셔야 한다는 시답지 않은 당부까지 곁들여 가며.

짐은 일전에 싸뒀다 풀지 않은 것들이 많아 따로 손을 댈 것이 별로 없었다. 대강 정리된 짐들을 둘러보던 말생이 마지막으로 경대 서랍을 열어볼 때였다. 당연히 비어 있으리라 생각한 그곳에 못 보던 주머니 하나가 들어 있었다.

꺼내 드니 차르랑 맑은소리가 났다. 그 소리 때문이었는지 내내 창가에 머물러 있던 채희의 시선이 말생을 향했다.

"아씨가 만드셨어요?"

말생이 삐뚤빼뚤하게 놓인 수를 보며 물었다. 이런 수를 놓을 사람은 한 사람밖에 없었다. 아니나 다를까 채희가 조용히 손을 뻗어왔다.

"이리 줘."

말생이 주머니를 건네주자 채희는 소중한 것을 대하듯 수 한땀 한땀을 손끝으로 훑었다. 그림은 아니니 분명 글자일진대, 영 균

형도 맞지 않고 획도 지나치게 많은 것이, 한자를 모르는 말생 눈에도 이상했다.

결국 망설이던 말생이 말이라도 붙일 겸 물었다.

"뭔 글씨래요?"

가만히 수를 어루만지던 채희가 입을 연 건, 언제 고였는지도 모를 눈물이 뚝 떨어졌을 때였다.

"린. 물빛 푸를, 린."

알아들을 수 없는 대답에 말생은 고개를 기울였지만 더는 물어볼 수 없었다. 마지막 짐을 챙기러 온 일꾼들로 금세 방 안이 어수선해진 탓이었다. 말생은 채희를 이끌고 방을 나섰다. 혹여나 찬바람이 들진 않을까, 옷매무새를 한 번 더 점검하고 돌아섰을 때, 마당에는 일행을 배웅하기 위해 나온 스님과 행자들로 발 디딜 틈이 없었다. 그들이 건네는 인사에도 그저 고개만 살짝 숙이며 흐릿한 미소로 답한 채희는 동자의 눈물 어린 인사를 끝으로 일주문을 넘었다.

늦가을, 투덜대며 올랐던 계단이 눈앞에 펼쳐져 있었다. 말생에게 부축받으며 내딛는 걸음은 느렸다. 아직 눈이 완전히 녹지 않아 미끄러운 탓이었고, 옆구리의 상처가 완전히 아물지 않은 탓이었다. 짐을 진 일꾼들이 앞장서 계단을 모두 내려가고도 한참 뒤에야 땅을 밟은 채희는 뒤늦게 차오른 숨을 내뱉었다. 곁에는 낯선 가마가 한 채 놓여 있었다.

"타거라, 갈 길이 멀다."

이미 말에 올라탄 아버지를 물끄러미 바라본 채희가 군말 없이 가마에 올랐다. 가마 문이 닫히고, 가마꾼들이 일어나며 몸이 조금 흔들렸다.

채희는 가마가 천천히 움직이는 것을 느끼며 소매에 넣어 온 주머니를 꺼내 보았다. 엉성하게 놓은 수에 옅게나마 미소가 걸렸다. 주머니를 열자 푸른빛의 비늘들이 맑은소리를 내며 몸을 부대꼈다.

'인어는 이제 이 세상에 없다.'

문득 떠오른 태근의 목소리에 채희가 입술을 사려 물었다.

거짓말이다. 없을 리가 없다. 이렇게 흔적이 남아 있는데. 아직도 영롱한 빛을 잃지 않았는데.

린을 어루만지듯 비늘 하나하나를 정성스럽게 쓰다듬던 채희가 가마에 난 작은 창을 조금 열어보았다. 흔들리는 나무 풍경 사이로 드넓게 펼쳐진 푸른 바다가 보였다.

바로 저 앞이었는데, 조금만 더 가면 닿을 것 같은데. 끝내 한번 가보지 못하고 돌아가야 하는 처지가 한스러웠다. 이제는 내쉴 기운도 없는 한숨이 차가운 공기 속으로 사그라들었다. 애써 바다에서 거둬낸 시선으로 린의 이름만 하염없이 바라보고 있는데 가마가 주춤하며 몸이 크게 흔들리는 것이 느껴졌다. 무슨 일인가 싶던 차에 가마가 한쪽으로 기울어지더니 이내 방향을 틀었다.

다시 창밖으로 고개를 돌렸다. 바다가 멀어지고 있었다. 아니, 옆에 끼고 가야 할 바다를 등 뒤에 두고 가마가 느닷없이 산길을 오르기 시작했다. 창 가까이 얼굴을 붙이고 밖을 보자 일꾼들은 다 어디로 갔는지 보이지 않고 가마꾼과 앞장서는 말, 그 위에 탄 태근만 보였다.

"여기서 잠시 내리거라."

태근의 말이 끝나기 무섭게 가마 문이 열렸다. 하얗게 눈 덮인 산길은 마치 채희를 향해 손을 뻗고 있는 듯했다.

"이 길을 따라 올라가다 보면……."

채희도 아는 길이었다. 린과 산속을 헤맬 때 몇 번이나 오갔던 길이니까. 저 바위도, 저 나무도, 저 얼어붙은 냇물까지. 하물며 길을 잃지 않기 위해 매어둔 매듭도 그대로였다.

"그곳에 너를 기다리는……. 이놈아! 이 아비 말은 끝까지 듣고 가야 할 것 아니냐!"

여기서 조금만 더 올라가면 움막이 있다. 그것을 깨닫자 멋대로 다리가 움직였다. 마음이 조급했다. 옆구리가 당기고 아팠지만 걸음을 멈출 순 없었다. 자꾸 눈치 없이 흐르는 눈물을 소매로 비비듯 닦아내고 있는데 태근의 외침이 들렸다.

"앞으로 이 아비를 못 본다고 해도 갈 것이냐!"

우뚝 멈춰 선 채희가 뒤를 돌아보았다. 태근은 말에서 내리지도 않은 채였다. 그런 태근을 오래도록 바라보던 채희는 차오르는 눈물을 삼키며 고이 포갠 양손을 눈높이까지 올렸다. 무릎을 굽혀 큰 절을 올리고 나니 눈앞이 흐릿해 태근이 제대로 보이지도 않았다. 그저 허, 하고 터지는 짧은 숨에 태근이 보고 있겠거니 할 뿐이었다.

비틀대며 몸을 일으킨 채희가 다시 양 소매로 눈물을 쓱쓱 닦곤 남은 산길을 오르기 시작했다. 예상처럼 움막은 멀지 않은 곳에 있었다.

움막은 마치 채희가 오길 기다리기라도 한 듯 주변 눈이 깨끗하게 치워져 있었다. 여기까지 달려올 때만 해도 멀쩡하던 다리가 풀썩 꺾인 것도 그 때문이었다.

다리에 힘이 들어가지 않았다. 반쯤 기다시피 움막에 다가서자 문도 떨어져 없는 곳에 웬 사내 하나가 등을 보인 채 앉아 있었다.

"린, 이야……?"

짙은 남색 도포에 갓까지 눌러 쓴 사내가 채희의 부름에 천천히 고개를 돌렸다. 뚫린 지붕으로 들어온 가느다란 빛이 사내의 얼굴을 스쳐 지나갔다.

"린……!"

반듯한 이마 하나만으로도 충분했다. 사내를 알아본 채희가 더는 망설일 것 없이 달려가 안겼다. 기다렸다는 듯 열어준 품은 채희를 위해 깎아 만든 것처럼 꼭 들어맞았다. 두 사람은 강한 힘으로 서로를 끌어안았다. 누가 먼저랄 것도 없었다.

"어떻게 된 거야? 어떻게……."

품에서 떨어져 나온 채희가 비뚤어진 갓을 보고 잠시 웃는가 싶더니 이내 얼굴이며 몸을 거침없이 더듬었다. 몸은 두툼한 옷에 가려 확인할 길이 없지만, 얼굴은 여전한 듯하면서도 많이 달라져 있었다.

채희의 손끝이 린의 붉어진 눈가를 따라 천천히 움직였다. 검다. 그건 비단 눈뿐만이 아니었다. 바다로 돌아가기 전까지만 해도 푸른빛이 돌던 머리카락이 지금은 온통 검게 물들어 있었다. 귀 끝에서 반짝이던 비늘까지 사라지니 영락없는 인간의 모습이었다.

채희는 눈가를 더듬던 손을 오른쪽 눈앞으로 가지고 갔다. 검게 물든 왼쪽 눈과 달리 오른쪽 눈은 여전히 희미한 잿빛을 띠고 있었으나 그마저도 빛을 비춰 유심히 보지 않으면 차이를 느끼지 못할 만큼 미미했다.

조금씩 눈과 가까워지던 손끝이 기어이 길게 뻗은 속눈썹을 건드렸다. 린은 그제야 눈을 살짝 감았다 뜨며 엷게 웃었다. 색이 달라지지 않은 것처럼, 보이지 않는 것 역시 여전한 모양이었다. 그 외에는······.

"커, 흠."

린이 채희의 손을 끌어다 손가락, 손목에 입 맞추고 있을 때였다. 바깥에서 헛기침 소리가 들리는가 싶더니 움막 안으로 긴 그림자가 드리웠다. 고개를 돌려 바라본 곳에는 앞으로 못 볼 거라던 태근이 서 있었다.

아버지가 여기 왜? 불현듯 머릿속에 떠올랐던 의문은 두 사람이 어떤 자세로 있는지 깨닫는 순간 빠르게 사라졌다. 후다닥, 린의 품에서 내려오던 채희가 치마를 밟고 넘어지자 태근은 대놓고 혀를 찼다.

"매정한 녀석. 아무리 사내가 좋다지만 고민하는 기색 없이 냉큼 절만 하고 가?"

서운함을 숨기지 않는 모습에 조금 웃음이 터진 채희가 얼른 몸을 일으켜 태근에게 달려갔다. 뒷짐 지고 선 태근의 허리를 끌어안자 조금 전까지만 해도 다잡고 있던 마음에 작은 파동이 일었다. 잠시 고였다 사라지는 줄 알았던 눈물이 울음이 되는 건 순식간이었다. 참으려 할수록 복받쳐 오르는 설움에 아이처럼 엉엉 울고 있으니 태근이 손을 들어 채희의 등을 가만히 쓸어주었다.

"아버지지요? 아버지가, 아버지가 린을 살려준 거지요?"

린이 걸친 도포와 허리춤에 두른 세조대, 갓, 망건에 관자까지. 전부 태근이 아끼던 것이라는 걸 누구보다 잘 안다. 어째서 진작 말해주지 않았는지는 모르겠으나 완전한 인간의 모습을 한 린을 보니 이제 인어는 이 세상에 없다던 말도 이해가 됐다.

"너, 인어가 어디 있는지만 알려주면 나머지는 다 이 애비가 시키는 대로 하겠다 약조했었지?"

"……예?"

뜬금없는 소리였다. 어느새 눈물이 멎은 채희가 멍하니 눈만 깜빡이다 주춤 물러섰다. 태근은 아랑곳하지 않고 말을 이었다. 한층 묵직해진 음성에 불안함이 앞섰다.

"돌아가면 혼인하거라."

"아버지!"

"어허, 쉰 넘은 농부 첩살이라도 하겠다더니 그새 맘이 바뀐 것이냐!"

때마침 린이 움막에서 나왔다. 그런 린과 태근을 번갈아 보며 발만 동동거리던 채희가 '에라, 모르겠다' 하는 심정으로 버럭 외쳤다.

"저, 정절을 잃었습니다!"

"뭐야?"

말이 끝나기 무섭게 태근의 시선이 린을 향했다. 내가 이런 소리나 듣자고 널 살린 줄 아느냐는 표정이었다. 린이 놀라 아무 말도 못 하고 있자 후다닥 달려간 채희가 그 뒤에 몸을 숨겼다.

"사내와 하룻밤도 아니고 무려 나흘 밤을 함께 보냈습니다! 저는 이제 아무한테도 시집갈 수 없는 몸이 되었다고요!"

쐐기를 박는 음성은 짐짓 비장하게 들리기까지 했다.

채희는 자기도 모르게 질끈 감았던 눈을 천천히 떴다. 대책 없이 질러놓았으니 한바탕 호통이 쏟아질 법도 한데 어째 주변이 이상하리만치 잠잠했다. 가만히 눈을 굴리던 채희가 린 옆구리 사이로 고개를 빼꼼 내밀었다. 태근이 보였다. 그는 호통칠 기운도 없는지 머리를 부여잡은 채 고개만 젓고 있었다.

"정녕 괜찮겠느냐."

보이지 않는 린의 표정과 태근의 행동을 번갈아 살필 때였다. 태근은 한숨을 뱉듯 툭, 린에게 물었다.

"네. 괜찮습니다."

린의 대답은 곧장 돌아왔다. 지금껏 들어본 적 없는 정확한 발음이었다. 채희가 놀란 눈으로 린을 올려다봤다. 시선을 느꼈는지 슬쩍 채희를 돌아본 린이 뭐 이 정도로 놀라냐는 듯 어깨를 으쓱였다. 묘한 기분이다. 마치 혼자만 동떨어져 있는 것 같은.

"신분은 미리 정리해 놨으니 걱정할 것 없고."

"걱정, 안 합니다."

"무슨…… 신분?"

"네 지아비 될 사람 신분 말이다!"

지아비 될 사람? 채희가 고개를 기울였다. 쭉 뻗은 태근의 손끝을 따라 시선을 옮긴 건 그의 연장선이었다.

"나 원, 원하는 사내랑 혼인시켜 준다는 데도 싫다 하니……."

이어진 태근의 말에 채희는 입을 틀어막았다.

"정말요?"

"뭘 말이냐."

"정말, 저랑 린을……. 진심이세요?"

태근이 손을 거두어 갔다. 그러나 분명히 보았다. 그의 손끝은 분명, 린을 가리키고 있었다.

"진심이 아니면, 내가 뭣 하러 저놈 양자로 들여줄 집안 찾는다고 이리 뛰고 저리 뛰었겠느냐."

"아버지!"

"오지 말거라!"

달려드는 채희를 멀리서 말린 태근이 다시 큼큼, 헛기침했다.

"물론 조건이 있다."

조건이라는 말에 채희의 시선이 린을 향했다. 눈을 맞춘 린이 옅게 웃는 걸 보니 이미 린은 동의한 일인 모양이다.

"곧 있으면 중전마마의 해산일이다. 왕자 아기씨가 태어나면 응당 별시도 열릴 테지. 거기서 무과에 급제한다면, 내 바로 그다음 날에라도 혼인시켜 주마."

"예?"

"네, 알겠습니다."

"아버지! 잘 모르시는 거 같은데, 린은 얼마 전까지만 해도 인어였어요. 걷기 시작한 지 얼마 되지도 않은 사람한테 무과라니요!"

"가능합니다."

"린!"

린은 망설임 없이 대답했다. 미칠 노릇이었다. 무과라니. 굳은 살 하나 없이 매끈한 손으로 창과 칼을 든다고 생각하니 벌써 뱃속이 꼬이는 기분이다. 그런 채희의 마음을 읽기라도 한 건지 태근이 혀를 찼다.

"그럼, 이제 말 배우기 시작한 녀석한테 글을 쓰라고 하랴? 글보다 몸 쓰는 걸 익히는 게 빠를 테니 그리 제안한 것이다. 싫으냐?"

"그냥 조건 없이 혼인시켜 주시면 되잖아요."

"어허 이놈이? 그럼 아무것도 안 하고 그저 놀고먹는 한량에게 너를 시집보내란 말이냐?"

"아닙니다. 할 수 있습니다."

"린!"

졸지에 놀고먹는 한량이 되었는데도 린은 눈 하나 깜짝 않고 순순히 답했다. 자존심이 상하지도 않느냐고 따졌더니 그저 웃을 뿐이다.

그런 둘을 물끄러미 바라보던 태근이 시선을 먼 곳에 두며 깊은 한숨을 내쉬었다.

"아들이 셋이나 되지만 않았어도 내 호적에 올리는 건데……."

쓸쓸하게 중얼거린 태근이 말 위에 올라탔다.

"우리 먼저 가자꾸나."

옆구리를 툭 차자 말이 천천히 움직이기 시작했다. 점점 멀어지는가 싶던 두 사람의 투덕거림은 태근이 움막 근처를 완전히 벗어났을 즈음엔 웃음소리로 바뀌었다.

「물빛 푸를 린」 마침.

후일담

　─죽든가, 말든가.

　제게 닿던 차가운 시선을 기억한다. 물에서는 숨을 쉬기조차 어려워 뭍을 오가며 간신히 의식을 유지할 때였다. 꽁무니를 졸졸 따라다니며 귀찮을 만큼 시끄럽게 굴던 녀석은 요즘 저와 눈도 제대로 마주치려 하지 않았다. 아마 제가 인간이 되려다 실패했다는 걸 알게 된 날부터였을 것이다.

　린은 까맣게 타들어 간 제 옆구리를 내려다봤다. 동료의 꼬리로 만든 검이 박혔다 빠져나간 자리였다. 종일 물에 담그고 있어도 낫지 않았고, 여기저기서 얻은 피도 소용없었다. 하물며 어지간한 주술에 도가 텄다는 전 장로까지 고개를 내저을 정도였다.

　─인어를 죽이는 무기야. 여태 안 죽고 살아 있는 것만으로 기적이지.

그래, 린은 죽어가고 있었다. 버겁게만 느껴지는 호흡이, 날이 갈수록 깊어지는 상처가, 떨어져 나가는 비늘이, 그것을 증명했다. 하루하루가 고통의 연속이었다. 그건 성장기 때와도, 전 장로가 건넨 약을 먹었을 때와도 달랐다.

　'상처가 깊어, 어쩌면……. 어쩌면 이대로 떠나보내야 할지도 모른다는구나.'

　채희의 아비라는 인간은 한눈에 알아봤다. 윤화 곁에 있던 인간이었다. 채희의 피 냄새를 묻히고 나타난 인간이었고, 윤화만큼이나 채희와 닮은 인간이었다.

　채희와 함께하고 싶어 인간이 되고자 했다. 인간이 되면, 그리하여 물 밖을 거닐 수 있게 되면 모든 것이 해결될 줄 알았다. 그러나 끝내 인간이 되지 못했을 뿐더러, 온전한 인어로 돌아오지도 못했다. 린은 갈라진 꼬리가 의미하는 바를 알았다. 지느러미에서는 느낄 수 없는 이 이질적인 감각 역시 알고 있었다. 꼬리가 녹고 다리가 돋아나며 느꼈던 끔찍한 고통, 한 번도 느껴본 적 없던 낯선 감각. 인간이 되기 위해 겪었던 그 수많은 현상을, 린은 검에 찔린 이후부터 매일같이 경험하고 있었다.

　전 장로가 당부한 보름의 경고는 끝내 지키지 못했다. 끔찍한 갈증에 시달리다 흠뻑 물을 들이켤 때 깨달았다. 어째서 바다로 돌아오면 안 된다고 했는지. 어쩌다 바다까지 오게 되었는지는 기억나지 않는다. 정신을 차렸을 때는 이미 온몸으로 바닷물을 빨아

들이던 중이었다. 메마른 피부를 치유라도 하듯 바닷물이 닿는 곳마다 비늘이 돋아났다. 간신히 두 개가 되었다고 생각한 다리는 도로 하나가 되었고, 땅을 디뎠던 발은 어느새 지느러미가 되어 있었다.

하루. 단 하루였다. 전 장로가 당부한 보름까지. 하루를 더 견디지 못해 그간의 수고를 물거품으로 만들었다는 자책보다 다시 채희를 떠나보내야 할지 모른다는 두려움이 더 컸다. 그러나 그것도 오래가지는 못했다. 제게 날아온 검을 대신 맞은 채희가 눈앞에서 죽어가고 있었으니.

'안 돼, 제발…….'

제 몸에서 쏟아지는 피인 줄도 모르고 린의 상처만 보듬던 채희가 눈앞에 아른거린다. 끝내 눈을 감고 의식을 잃던 모든 순간이 장면, 장면으로 조각나 린의 상처를 파고들었다. 고통에 몸부림칠수록 채희가 그리웠다.

린은 언뜻 다리처럼 보이는 꼬리를 내려다보며 입술을 비틀어 올렸다. 인어로서 더 살긴 글러 먹었으니 되다만 인간으로라도 더 살아보려는 걸까. 쉬이 끊어지지도 않는 질긴 목숨이 끔찍했고, 채희를 살리기 위해서라도 버텨야 하는 생이 괴로웠다. 인간도, 그렇다고 인어도 아닌 채로 죽어가는 몸뚱이가 원망스럽다. 어쩜 이리도 쓸모가 없을까. 앓고 있는 채희의 곁을 지킬 수도, 낫게 해줄 수도 없는 이 처참한 처지가 욕심으로 지킨 한쪽 눈의 대가는 아닐까, 한심한 생각마저 들었다.

언제 스러져도 이상하지 않을 몸으로도 린은 뭍에 올라가는 일을 게을리하지 않았다. 상처를 내면 또다시 아물지 못하고 덧날 것이 분명했지만 채희를 위해서라면 기꺼이 제 팔을 그었다. 그렇게 한 번, 두 번, 세 번. 채희의 아비를 만날 때마다 헤아리던 횟수가 의미 없어졌을 무렵, 린은 거친 숨을 토하며 정신을 차렸다.

무언가 요란하게 깨지는 소리, 다가오는 발소리, 조금만 더 견디라던 어린 인어의 속삭임, 다급한 외침, 하얗게 제 몸을 감싸던 포말과 흔들리던 시야, 흐릿한 눈에 담긴 제 다리.

다리…….

"어때, 정신이 좀 드는가?"

모든 게 뒤엉켜 혼란스러운 가운데, 익숙한 목소리가 흐트러진 의식을 쓸어 모았다.

"날세."

채희의 아비가 왜 여기 있는지 보다, 제가 왜 아직 살아 있는지가 의문이었다. 분명 저는 죽어가고 있었다. 닫힌 아가미는 더 이상 물속의 공기를 빨아들이지 못했고, 사라진 지느러미로는 뭍까지 헤엄칠 수 없었다. 아, 드디어 죽는구나. 폐 가득 바닷물을 삼키며 가장 먼저 한 생각이었다.

"기억 안 나는가? 동굴에 쓰러져 있었네. 내, 경황이 없어 좀 늦었네만……. 이리 살아 얼마나 다행인지 몰라."

그럼 그게 꿈이 아니었던 걸까. 저를 끌어안고 뭍까지 유영하던 어린 인어의 녹빛 꼬리와 늘어진 몸을 일으키던 손길, 코끝을 스치던 새벽 공기, 그 모두가.

"채희도 의식을 차렸네. 자네 덕이야. 고맙네. 정말 고마워……."

아. 언제 참았는지도 모를 숨을 뱉은 린이 옅게 미소 지었다. 안도의 숨이라는 건 뜨거운 거구나. 새삼스러운 깨달음이 린을 들뜨게 했다.

"보러 가겠는가."

누구냐고 묻지 않았다. 머릿속에 떠오른 이름은 하나뿐이었으므로. 린은 폭신한 이불 아래 선명한 제 발을 느끼며 고개를 끄덕였다.

"그럼 지금부터 준비해야 할 게 많겠구나."

허허, 기분 좋은 웃음소리에 린의 눈가가 뜨겁게 달아올랐다. 살았다. 그제야 와닿은 현실이 되찾은 다리만큼이나 기적 같았다.

말에서 내리자 호흡을 가다듬을 새 없이 대문이 열렸다. 오늘로 딱 네 번째 방문하는 곳이지만 수시로 그려왔기 때문인지 곧은 나뭇결이며 경첩 하나까지도 익숙했다.

"오셨습니까. 안으로 드시지요. 대감마님께서 기다리고 계십니다."

청지기의 말이 끝나기도 전에 쪼르르 달려 나온 머슴 하나가 린의 손에서 고삐를 받아 갔다. 제집인 걸 알아보는 건지 눈길 한 번 주지 않고 멀어지는 흑색 말을 바라보던 린이 청지기의 소리 없는 채근에 못 이긴 척 걸음을 옮겼다.

"지난번 오셨을 때와는 또 달라 보이십니다."

"그렇습니까."

그렇다며 고개를 끄덕여 보이는 청지기의 낯에 미미한 미소가 걸려있었다. 린이 인어였음을 아는 몇 안 되는 인물 중 하나였다. 그런 과거를 알고도 린을 두려워하거나 업신여긴 적 없는, 어딘가 채희와 비슷한 분위기를 풍기는 사람이기도 했다.

"조심하십시오. 아침에 장을 쏟아 바닥이 더럽습니다."

뻗어 나온 손을 따라 시선을 내리니 대충 문질러 닦은 것처럼 보이는 새빨간 장이 부엌까지 길게 드리워 있었다. 작은 항아리 조각들이 남아있는 걸 보아 장을 통째로 옮기다 항아리를 깨트린 모양이었다. 새로 들어온 아이가 하나 있는데 일을 잘하는가 싶다가도 이리 한 번씩 사고를 친다는 청지기의 푸념에 린은 소리 죽여 웃었다. 말은 그렇게 하면서도 정말 야단할 것 같지는 않은 다정한 말투 때문이었다. 정이 많은 건 이 집안사람들의 특징이 었다.

아직도 꿈에는 바다가 나온다. 온몸을 감싸는 부드러운 물살과 미끄러지듯 나아가는 지느러미, 깨끗한 공기를 삼키던 아가미까지. 가끔은 더 현실 같은 꿈속에서 린은 매번 저를 향해 달려드는 인간들을 피해 꼬리에 쥐가 나도록 헤엄쳤고, 매번 작살에 맞거나 바위틈에 낀 채 깨어나곤 했다. 내내 인간에게 쫓기는 꿈을 꿔놓고 옆자리 훈련 동기생의 코골이에 안도할 때의 이질감이란.

두 다리가 생기고도 제대로 걷지 못해 바닥을 기어 다니던 때가 엊그제 같은데 이제는 인간과 어울리며 산길을 달려 올라가는 것으로도 모자라 창과 활을 쓴다. 얼마 전에는 처음으로 진검을 잡아보기도 했다. 전부 채희의 부친인 정태근 대감의 도움이 있고 난 이후부터였다.

"이런, 다치셨습니까."

우뚝 멈춰 선 청지기가 린의 어깨를 가볍게 건드리며 물었다. 걱정스러운 눈길을 따라 시선을 내리니 언제 찢겨 나갔는지도 모를 푸른 천 사이로 팔뚝에 난 작은 상처가 보였다. 아마 오전 대련 중에 생긴 상처리라. 회복되지 않은 한쪽 눈은 종종 크고 작은 부상의 원인이 되고는 했다.

"괜찮습니다. 이 정도는……."

"아씨가 아시면 또 한바탕 난리가 나겠습니다."

연고를 바르지 않아도 하루 이틀이면 거뜬히 나을 거라는 말이 '아씨' 소리에 쏙 들어갔다. 그제야 훈련장을 구르느라 군데군데 찢어지고 본래의 푸른색마저 잃은 훈련복이 신경 쓰였다. 시간 날

때 한번 들르라는 태근의 서신을 받고 곧장 달려오느라 갓은 물론 갈아입을 옷도 챙기지 못했다.

"전에 지어둔 훈련복이 어디 남아 있을 겁니다. 갈아입고 그 옷은 두고 가시면 깨끗이 수선해 두겠습니다."

"네, 감사……합니다."

지금 당장 갈아입어도 되겠느냐 묻고 싶은 마음을 꾹 눌러 삼키는데 어디선가 익숙한 풍경소리가 들렸다. 짤랑, 짤랑, 비늘끼리 부딪치는 맑은소리에 이끌리듯 고개를 돌리니 투덕거리는 소리가 귀를 간질인다.

"잠깐이면 된다니까요."

"왜 꼭 이거여야 되냐구, 장은 저쪽에도 많잖아."

"그 항아리에 든 장이 제일 맛있으니까 그러죠. 그 장으로 조린 생선이면 밥 한 공기도 뚝딱하시는 분이 또 이러시네. 아씨야 말로 왜 꼭 여기만 고집하시는데요. 정화수가 뭐, 꼭 이곳이 아니면 썩기라도 한대요?"

"그야, 이게 제일 크잖아."

하이고오. 또박또박 이어지는 말대답에 할 말을 잃었는지 말생의 입에서 깊은 한숨이 쏟아졌다. 이곳까지 생생히 전해지는 심정에 린은 물론 청지기도 웃음을 감추지 못했다.

"요즘 저 정화수 때문에 양주댁 고생이 이만저만이 아닙니다."

"뭘 그리 열심히 빈답니까?"

"뭐, 말로는 중전마마의 건강한 해산을 기원한다는데……."

말을 하다만 청지기가 린을 힐긋 올려다봤다. 알잖습니까, 아씨가 정말 원하는 게 뭔지. 입 밖으로 내지 않아도 전해지는 속뜻에 린이 아, 했다. 민망한 와중에도 자꾸만 웃음이 새어 나오는 걸 보니 저도 모르는 사이 같은 걸 바라고 있던 모양이다.

'곧 있으면 중전마마의 해산일이다. 왕자 아기씨가 태어나면 응당 별시도 열릴 테지. 거기서 무과에 급제한다면, 내 바로 그다음 날에라도 혼인시켜 주마.'

태근의 약속을 한시도 잊어본 적 없었다. 쥐어본 적 없는 무기를 쥐느라 손바닥이며 손끝이 터져나가고, 깊게 박힌 굳은살을 밤마다 깎아내면서도 훈련은 물론 글공부도 게을리하지 않았다. 먼저 놀고먹는 한량에게 채희를 줄 수 없다 엄포를 놓은 건 태근이었지만, 누구보다 린이 빈손으로 채희를 데려오고 싶지 않았다. 얼음을 깨고, 물을 퍼오고, 부르튼 손으로 불을 피우다 추위에 지쳐 잠드는 건 그때로 족했다.

"왔으면 곧장 들어올 것이지, 뭘 하고 선 게야!"

정화수 그릇을 옮기는 문제로 말생과 한참 실랑이를 벌이던 채희가 뒤늦게 린을 발견하고는 손을 번쩍 들어 보일 때였다. 사랑채 문이 벌컥 열리며 쏟아진 호통에 채희는 물론 청지기와 린까지도 어깨를 굳혔다.

"당장 들어오거라!"

"네, 대감마님."

제 아버지의 호통에 마음이 상했는지 입술을 비죽이는 채희를 향해 눈짓을 해보인 린이 섬돌 위에 신을 벗어두고 마루에 올랐다.

"그간 평안하셨습니까."

"평안은 무슨. 누굴 닮아 저 모양인지 딸이라고는 하나 있는 게 밤낮으로 소란이라 매일같이 늙어가는 중이다."

조금 전 호통은 어딜 갔는지 보라고, 흰머리가 그새 또 늘지 않았느냐며 절도 다 받지 않고 들여놓는 푸념에 큰절을 올리고 자리에 앉던 린이 아랫입술을 살짝 말아 물었다. 말은 그렇게 해도 누구보다 채희를 아낀다는 걸 알고 있었다. 끊이지 않는 소란 역시 태근을 닮아 그렇다는 것도.

"그래, 문경 생활은 할 만하더냐."

"서치영 대감마님께서 많이 신경 써주고 계십니다."

"아직도 서치영 대감마님이더냐. 스승님께서 들으면 서운해하시겠구나."

서치영은 채희의 먼 외가 친척인 동시에 태근의 오랜 스승이었고, 무관 출신으로는 드물게 한성부 판윤까지 했던 인재였다. 일찍이 관직에서 내려와 제자를 양성하며 여생을 보내던 중 태근의 부탁으로 행색부터 수상한 린을 까닭도 묻지 않고 양자로 들여준, 린의 양아버지이기도 했다.

서린. 린은 아직도 낯선 제 이름을 혀끝에 굴리며 조용히 미소했다. 늙어서까지 자식이 없던 서치영은 제대로 걷지도, 말하지도 못하는 린을 데려다 키우는 일이 제법 즐겁다고 했다. 다 큰 자식을 양자로 들이는 일이라 앞으로도 키우는 재미는 모르고 살겠거니 했더니 걸음마며 옹알이까지 손이 안 가는 구석이 없는 게, 꼭 갓난아기 같지 않냐며 말이다.

"그렇지 않아도 며칠 전 스승님께서 서신을 보내셨더구나. 뭐라 썼는고, 하니……."

서안을 뒤져 두툼한 봉투를 꺼낸 태근이 세 장짜리 서신을 펼쳐 놓았다.

"창은 이미 따라올 자가 없고, 활은 쥐자마자 명중이니 검술만 조금 더 익히면 장원은 문제가 없다. 기억력이 좋아 가르쳐두면 무엇 하나 잊는 법이 없으니 글을 익히는 속도가 과연 으뜸이다."

갑작스럽게 쏟아지는 칭찬에 린이 고개를 숙였다. 이마에 태근의 시선이 머물다 멀어지는 것이 느껴진다. 손바닥이 간지러웠다.

"여기 또 있구나. 외모는 백 리 밖에서도 빛이 나니 동네 아낙이며 어린아이들이 줄지어 구경을……. 허, 이게 무슨 소리냐. 훈련하라고 보내놨더니 동네 아낙들 눈에 들어?"

"아닙니다. 저는 그런 적……."

"고약한지고. 누가 고른 인물 아니랄까 봐."

날카롭게 쏘아붙이는 기색이 무색하게 도로 서신으로 시선을 옮긴 태근이 남은 내용도 읽어나갔다. 태근의 건강이나 안부를 묻는 내용은 두어 문장이 전부였고, 나머지는 린이 어떤 훈련을 받았고, 어떤 성과를 내었으며, 새로운 학문은 뭘 시작했는지에 관한 내용뿐이었다.

"이것 보거라. 건강하시냐 물으면 건강하다 단문으로 답하시던 분이 세 장이나 되는 서신을 보내셨기에 무슨 큰일이라도 났나 하였더니 죄 네 칭찬이 아니더냐. 이런데도 네겐 그저 서치영 대감마님인 게야?"

팔랑팔랑 흔들던 서신을 서안 위에 툭 내려놓은 태근이 린을 쏘아봤다. 마지막 몇 문장을 덜 읽는 듯하더니 아무래도 아버지 소리를 아직 듣지 못했다는 한탄이 적혀 있던 모양이다.

"돌아가면 아버지께 그간의 잘못을 고하겠습니다."

"그래야지. 이제 네가 서씨 집안 장남이 아니더냐."

"네, 대감마님."

순순한 대답에 만족스러운 듯 고개를 끄덕이던 태근이 느닷없이 큼, 하며 삐뚜름하게 비켜 앉았다.

"제가 또 무슨 실수라도 했습니까?"

"네놈 눈치가 고약해서 그런다."

"네?"

"모르면 되었다. 참, 이건 네 앞으로 온 것이니 받아 가거라."

"이게 뭡니까?"

"보면 모르겠느냐? 서신이다."

무릎 앞에 툭 던져진 봉투를 집어 든 린이 의아한 얼굴을 했다. 그도 그럴 게, 봉투 뒷면에 적힌 이름이 이상하리만치 익숙한 탓이었다.

김윤성.

가지런한 글씨를 손끝으로 더듬은 린이 봉투 안에서 두 장짜리 빼곡한 서신을 꺼냈다. 아직 한문을 다 못 익혔을 거라 판단한 건지 언문으로 써 내려간 서신은 '건강을 회복하셨다는 소식을 들었습니다.'로 시작되었다.

건강을 회복하셨다는 소식을 들었습니다. 이제 한시름 놓고 지낼 생각을 하니 마음이 후련한 한편 무거워지기도 합니다.

채희 낭자와의 약혼 소식도 들었습니다. 축하할 일이지만 차마 그 말만은 뱉지 못하는 제 치졸함을 용서하십시오.

죄인의 몸으로 이런 말씀을 드리는 게 우스울지 모르겠으나 미련 많은 한 사내의 마지막 청이라 생각하고 들어주셨으면 좋겠습니다.

낭자를 행복하게 해주십시오. 제가 많이 아끼고 사랑하는 사람입니다. 낭자의 마음에 제가 없더라도 함께할 수 있음에 감사하던 때가 있었습니다. 그게 얼마나 이기적인 마음이었는지 이제는 압니다.

낭자를 사랑해 주십시오. 충분히 사랑받아 마땅한 사람입니다. 좋은 것만 보고 좋은 것만 느끼도록 항상 곁에서 보듬어주신다면 평생 그림자 뒤에 숨어 제가 끊어놓을 뻔했던 두 사람의 인연에 대해 속죄하며 살겠습니다.

점잖게 썼지만 요약하자면 채희를 힘들게 한다면 언제든 속죄를 관두고 모습을 드러낼 테니 똑바로 처신하라는 내용이었다. 불미스러운 일에 휘말리긴 했으나 큰 탈 없이 청으로 떠났고, 거기서도 제법 잘 지내고 있다고 들었다. 죗값을 치르기 전까지는 돌아오지 않겠다고 했다던가. 죄책감 하나 견디지 못하고 떠났던 주제에 글자 몇 개로 협박하고 있는 꼴이 우스웠다.

픽 웃으며 서신을 갈무리해 넣던 린이 고개를 들다 태근과 눈이 마주쳤다. 아직 못다 한 말이 남았는지 삐뚜름하게 올라간 입술 끝에 불만이 가득해 보였다. 왜……. 크게 묻지도 못하고 소리를 삼키는데 별안간 태근이 쯧, 혀를 차며 서안을 쿵쿵 두드렸다.

"아버님 소리 한 번 할 줄 모르는 놈이 뭐 예쁘다고 생일 타령까지 해대는지. 에잉, 쯧."

영문 모를 소리였다. 어디서부터 시작된 맥락인지 알 수 없어 눈만 느리게 굴리고 있으니 이번에는 허, 하는 짧은 숨이 태근의 입에서 터져 나왔다.

"너한테 묻지도 않고 내게 먼저 달려온 모양이구나."

"무슨 말씀이신지……."

"혼인시켜 달라더구나! 별시 결과와 상관없이. 올해 생일 선물로는 그게 받고 싶다고 아침부터 찾아와 야단인데, 허, 참."

저는 몰랐던 얘기지만 시근거리는 태근에게 차마 무슨 소리냐고 되물을 수 없었다. 누가 그랬냐고도 묻지 못했다. 대감씩이나 되는 태근에게 그런 발칙한 요구를 할 사람은 이 집안에 한 사람뿐이었다.

갑자기 또 무슨 바람이 불어 그런 요구를 했는지는 알 수 없으나 정화수를 떠놓고 비는 소원과 맥이 크게 다르지는 않을 것이다. 중전이 왕자를 낳아야 별시도 열릴 것이라 했으니 행여 공주를 낳아 시험 자체가 이뤄지지 않거나 린이 급제하지 못할 만약을 걱정하는 걸 테지. 그렇다고 태근에게 달려가 생일 선물로 혼인을 요구할 생각을 하다니. 솔직하다 못해 적극적이기까지 한 이 여인을 어찌 어여쁘다는 말로 다 할 수 있을까.

"큼, 어흠."

헛기침 소리에 입가에 피어난 미소를 황급히 숨기자 태근이 눈매를 매섭게 세우며 다시금 혀를 끌끌 찬다.

"내 딸만 안달이지, 내 딸만."

투정 같은 푸념을 뱉으며 거의 장식용으로만 두는 장죽까지 끌어가기에 무엇이 심기를 불편하게 했나 골몰하는데, 순간 조금 전 태근이 하던 말이 뇌를 스쳤다. 아버님 소리 한 번 할 줄 모르는, 하던.

"아버님."

온전히 거두지 못한 웃음기가 단어 끝에 따라붙었다. 담배통에 불도 놓지 않고 물부리만 입에 물던 태근이 흠칫하며 어흠, 어흠, 어색한 헛기침을 내뱉기 시작하자 린은 다시 한번 "아버님." 하고 그가 그토록 원하던 호칭을 입에 담았다. 금세 풀어지는 표정을 보니 투정 같은 푸념이 아니라 정말 투정이었던 모양이다.

"아버님께서 걱정하실 일 없도록 채희에게는 제가 따로 일러두 겠습니다."

"거참, 흠."

애꿎은 물부리만 물었다 뺄길 반복하는 입꼬리가 들썩거리는 것처럼 보였다면 착각일까. 행여 웃음이 샐세라 린이 조용히 입술 을 말아 물 때였다. 문밖에서 숨죽인 기척이 느껴진다 싶더니 어 느새 또렷해진 말소리가 귓가를 간질이기 시작했다.

"아휴, 아씨. 그러다가 넘어져요."

"아이, 유모가 잡고 있어서 더 그래. 잠깐만 봐봐. 아버지가 린 한테 또 이상한 소리 할 것 같단 말야."

저것도 딸이라고 아예 문 바로 앞까지 와 있는지 창호지 위에 그림자가 어른거리는 거로도 모자라 문이 덜컹거리며 흔들리자 이마를 짚은 태근이 지친 듯 깊은 한숨을 내쉬었다.

"됐으니 이만 나가보거라. 이러다 장지문 뚫리겠다."

썩 나가라는 듯 보지도 않고 휘휘 내젓는 손길에 린이 웃음을 삼키며 몸을 일으켰다.

"검술 훈련을 마치면 다시 찾아뵙겠습니다."

"안 와도 좋다."

말은 그리해 놓고 서신을 핑계로 다시 부르리란 걸 알기에 서운하지 않았다. 꾸벅 인사하고 방을 나서다 문을 채 닫기도 전에 채희와 맞닥뜨렸다. 아니나 다를까 채희는 말리는 말생의 손길이 무색하게 장지문 구석에 작은 구멍을 내는 중이었다.

"린!"

"체통. 아씨, 제발 체통 좀 챙기세요."

"린 앞인데 뭐."

"그러니까요! 장차 서방님이 되실 분 앞에서, 어휴……."

"괜찮습니다. 예쁘기만 한걸요."

냉큼 팔에 매달리는 채희를 보며 가슴만 팡팡 내리치던 말생이 린의 말에 기가 찬다는 듯 입을 떡 벌렸다. 어느덧 린에게는 익숙해진 표정이었다.

"갑자기 왜 부르셨대? 무슨 이야기 했어? 혼인하라셔?"

"혼인?"

"응. 내가 오늘 아침에, 아……."

신을 신는 동안에도 곁에 꼭 붙어 재잘대던 채희가 혼인 이야기에 눈을 굴리며 딴청을 부렸다. 제 딴에는 비밀이었는지 변명거리를 찾기 위해 머리 굴리는 소리가 여기까지 들리는 듯했다.

"아버님께 생일 선물로 혼인시켜 달랬다며."

"그걸 아버지가 이야기해? 아니, 이런 치사한……. 잠깐. 린, 방금 뭐라고 했어?"

"생일 선물로 혼인시켜 달라 했냐고."

"아니, 그전에. 아버……님? 방금 아버님이라고 한 거야? 우리 아버지한테?"

드디어 아버님이라고 부르기로 한 거냐고, 그러면 이제 우리 정말 혼인하는 거냐고. 기대감에 부풀어 커진 눈이 더없이 반짝였다.

"아직 아니야. 약속은 지켜야지."

보드라워 보이는 이마를 손끝으로 톡 건드린 린이 섬돌을 내려와 마당에 서자 그 뒤를 채희가 졸졸 따랐다.

"왜? 왜 아직 아니야? 아버지가 안 된대?"

"내가 싫어."

"대체 왜? 아버지가 뭐라고 해? 지금은 저렇게 보여도 아버지가 지금까지 내 부탁 안 들어주신 적 없어. 아마 혼인도……."

"채희."

잔뜩 흥분해 쉬지 않고 말을 뱉어내던 채희가 나지막한 부름에서야 응, 하고 입을 다물었다. 이 상황이 못마땅한지 비죽이던 입술을 말아 문다. 세게 물지 못하도록 손끝으로 제지하자 올려다보는 시선에 설움이 쌓인다. 진정으로 린이 이 혼인을 거부한다고 생각하기라도 하는지 눈물까지 살짝 맺힌 채였다.

"설마 날 못 믿는 거야?"

"그게 무슨 소리야. 내가 린을 왜 못 믿어."

"믿는데 왜 이리 조급해해."

"조급해하는 게 아니라……."

뺨 옆으로 돋아난 여린 머리카락들을 만지작거리자 말을 하다 만 채희가 손바닥으로 파고든다. 그러다 금세 움츠러드는 걸 보니 밤새 깎은 굳은살을 눈치챈 모양이었다.

채희는 한결같이 린의 훈련을 반대했다. 무과는 말도 안 된다고. 이제 막 걸음마를 뗀 이에게 창이나 활을 쥐어주는 게 가당키나 하냐고 말이다. 두 눈이 멀쩡한 사람들도 쉬이 다친다는데 한쪽 눈으로 어떻게 훈련받느냐며 차라리 도망치자는 말도 했었다. 모든 게 자기 때문이라는 듯 미안한 표정을 지을 때면 린은 늘 마음 한구석이 불편했다. 채희를 위해 시작한 일은 맞으나 그건 제 욕심이기도 했으니 말이다.

"나도 늘 함께하고 싶어."

기적처럼 얻은 기회다. 인어의 영생과 달리 어느 정도 끝이 정해진 기회이기도 했다. 그렇기에 더욱 값졌고, 절실했다.

"내가 먼저 함께하고 싶었어. 성체가 된 것도, 목소리를 얻은 것도, 인간이 된 것도. 전부 너와 함께하고 싶어 내가 욕심을 부린 결과야."

"린, 나는 그냥……."

"네 앞에서 당당해지고 싶어. 그저 그런 시시한 사내 말고, 남들이 부러워할 만한 사내가 되어서 남들이 부러워할 만한 인생을 네게 선물하고 싶어."

뺨을 어루만지던 린의 손이 발갛게 달아오른 채희의 눈시울을 지나 푸른 빛 도는 수정으로 장식한 뒤꽂이를 툭 건드렸다. 채희는 예전에 린이 선물로 준 수정을 잘게 쪼개 항상 몸에 지닐 수 있는 몇 가지 장신구로 만들었는데 그중 가장 자주 꺼내 옆머리에 꽂고 다니는 게 이 뒤꽂이였고, 비녀는 정식으로 첫날밤을 치른 후 린에게 직접 꽂아달라고 할 거라며 경대 깊숙한 곳에 보관 중이라 들었다. 어떤 마음으로 선물한 물건인 줄도 모르고 온 마음으로 청혼을 받아들인 채희가 사랑스러워 매번 실없이 웃음이 새고 만다.

"중전마마는 건강한 왕자 아기씨를 낳으실 거고, 그 왕자 아기씨는 장차 영민한 세자로, 어진 임금으로 널리 이름을 날릴 거야."

"그걸 네가 어떻게 알아?"

"글쎄."

네 불안을 잠재우기 위해 적당히 꾸며냈다는 솔직한 말보다는 인어였기에 알 수도 있다고 오해하게 두는 편이 더 낫겠지. 미소 뒤에 진심을 감춘 린이 채희의 양손을 끌어다 단단하게 굳은 엄지 끝으로 손등을 살살 어루만졌다.

"그러니 기다려줘."

오른손에 먼저.

"세상에서 가장 행복한 새색시로 만들어줄게."

이어 왼손에도. 따뜻한 봄 내음이 나는 손등에 차례로 입 맞춘 린이 품에서 비단 주머니 하나를 꺼내 내밀었다.

"이게 뭐야?"

말이 주머니지, 붉은 끈으로 꽁꽁 싸매 자칫 흉기로 오해할 법한 모습에 채희가 되물었다. 풀어봐. 작게 속삭이니 그 말만 기다렸다는 듯 얼른 매듭을 풀어헤친다. 꼬이고 엉킨 끈을 풀어내느라 끙끙대기도 잠시, 채희는 주머니 안에서 나온 물건에 고개를 번쩍 들어 눈을 맞춰왔다. 그렇지 않아도 큰 눈이 주먹만 해졌다.

"잃어버린 줄 알았는데!"

채희가 번쩍 들어 외치는 물건은 다름 아닌 빗이었다. 오래전 채희가 제게 꽂아주었던 바로 그 빗. 채희의 머리카락을 닮은 까만색이라 동굴 구석에 숨겨두고 생각날 때마다 꺼내 보던 것을 몇 달 전에 찾아왔다.

"어때?"

린이 까만 빗 위에 자리한 자개 장식을 가리키며 물었다.

"이건 린이 한 거야?"

"직접 한 건 아니고, 부탁만."

"정말 예뻐."

채희는 전에 없던 장식을 더듬으며 중얼거렸다. 모란꽃이라고 했던가. 채희의 환한 미소를 연상케 하는 화려한 꽃잎 모양이 눈에 아른거려, 부서진 살을 수리하러 간 김에 장인에게 부탁했었다. 생일 선물로 주고 싶어 어찌나 닦달했던지, 큰 선금에 기뻐하던 모습이 무색하게 린만 떴다 하면 문까지 걸어 잠그고 만나주지 않아 완성될 때까지 얼마나 마음 졸였는지 모른다.

"받아줄 거지?"

"물론이지!"

망설임 따위는 느껴지지 않는 대답에 린의 입가에도 환한 미소가 피어올랐다.

"근데 린, 사내가 여인에게 빗을 선물하는 게 무슨 의미인지는 아는 거야?"

그걸 어떻게 잊을까. 그러나 린은 대답하지 않았다. 그저 어깨를 으쓱이며 채희 손에서 넘겨받은 빗을 잘 땋은 옆머리에 꽂아주었을 뿐이다.

"예쁘다."

까만 바탕 위에 피어난 하얀 모란꽃을 톡 건드린 손끝이 말갛게 뜬 눈으로, 뺨으로, 턱으로 흘렀다. 손끝을 가볍게 당기니 턱이 살짝 들리며 붉은 입술이 고스란히 드러난다. 린은 앵두 맛이 날 듯한 입술을 머금으며 채희의 허리에 팔을 휘어 감았다. 사랑해. 달콤한 향에 취해 예고도 없는 고백을 내뱉을 무렵이었을까.

"에구머니!"

부엌을 돌아 나오던 말생이 화들짝 놀라 달아나는 뒷모습을 보며 채희도, 린도 가만히 숨을 멈췄다.

"갔어?"

"응."

잔뜩 긴장해 어깨마저 움츠린 채 눈이 마주쳤다. 코끝을 가볍게 부딪치니 커졌던 눈이 사르르 풀어진다. 동시에 웃음이 터진 건 말할 것도 없었다. 채희의 양팔이 린의 목을 끌어안고, 린의 단단한 팔이 그런 채희를 가뿐하게 안아 들었다. 맞물린 잇새로 웃음이, 마음이 끝없이 흘러넘쳤다.

「후일담」 마침.

바다를 볼 때면 어릴 적 들었던 인어 이야기가 떠오르곤 합니다.

인간을 사랑한 비련의 여주인공으로, 뱃사공을 잡아먹는 요녀로, 사람을 살리는 영약으로, 어부를 돕는 수호신으로. 나라에 따라 그들을 대하는 방식은 모두 다르지만, 상체는 사람, 하체는 물고기라는 생김새만큼은 비슷하게 묘사됩니다.

서로 연결된 바다, 비슷한 모습의 인어들.

'인어는 실존했을까?'라는 질문이 '인어는 실존했을 거야'라는 믿음으로 바뀌었을 때, 비로소 이 이야기가 시작되었습니다.

가상 조선을 배경으로 잡는 데 큰 고민은 없었습니다. 한복을 사랑하는 제게 조선은 언젠가 꼭 다루어보고 싶은 시대였고, 넘실대는 푸른 바다와 나부끼는 붉은 치마는 꿈에도 나올 만큼 선명했으니 '지금이 기회'라는 생각뿐이었죠.

흔히 알고 있는 동화 『인어공주』에 동양 설화, 제 상상력 등이
버무려져 탄생한 인물이 조선의 인어 '린'과 린의 하나뿐인 반려
'채희'입니다.

이야기의 틀을 잡고 두 사람의 끝을 써 내려가기까지 참 많은
일이 있었습니다. 두 아이의 엄마로서 육아와 글을 동시에 해낸다
는 게 생각만큼 쉽지 않았고, 집필 자체를 포기하고 싶은 순간도
있었죠. '공모전 응모'라는 목표가 없었다면 이 이야기를 맺지 못
했을지도 모릅니다.

공모전 당선 소식은 정말 뜻밖이었습니다. 공모전에 응모할 때
만 해도 '마감일까지 완결만 내자'라는 생각뿐이었던 터라 수상에
대한 기대는커녕 공모전에 응모했다는 사실조차 잊고 지냈으니
말입니다. 그런데 당선이라니. 어찌나 믿기지 않던지 잠들기 무서
울 정도였습니다. 작가의 말을 쓰는 지금도 얼떨떨한 걸 보면 책
을 손에 쥐어야만 실감이 나려나 봅니다.

감사한 분들이 많습니다. 좋은 평가를 해주신 심사 위원분들,
이야기를 완성도 있게 이끌어주신 에디터님, 가장 가까운 곳에서
든든한 버팀목이 되어준 큰 오(O)와 상상력의 원천 작은 오(o)들.

제가 글을 포기하지 않도록 늘 같은 자리에서 응원을 아끼지 않는 영원한 나의 소울메이트 하삼이까지.

감사합니다. 여러분 덕에 『물빛 푸를 린』이 세상 밖으로 나올 수 있었습니다.

바다, 인어, 조선, 한복 그리고 사랑.

제가 좋아하는 것들만 듬뿍 담아 써 내려간 이야기입니다. 부디 이 이야기가 여러분의 마음에도 흡족하기를 바라며, 긴 글 마칩니다.

2023년 여름

자근오

물빛 푸를 린

2023년 10월 25일 초판 1쇄 발행

지은이 자근오
펴낸이 박시형, 최세현

책임편집 김혜정 **디자인** 정은예
마케팅 권금숙, 양근모, 양봉호, 이주형 **온라인홍보팀** 신하은, 현나래, 최혜빈
디지털콘텐츠 김명래, 최은정, 김혜정 **해외기획** 우정민, 배혜림
경영지원 홍성택, 김현우, 강신우 **제작** 이진영
펴낸곳 팩토리나인 **출판신고** 2006년 9월 25일 제406-2006-000210호
주소 서울시 마포구 월드컵북로 396 누리꿈스퀘어 비즈니스타워 18층
전화 02-6712-9800 **팩스** 02-6712-9810 **이메일** info@smpk.kr

쌤앤파커스(Sam&Parkers)는 독자 여러분의 책에 관한 아이디어와 원고 투고를 설레는 마음으로 기다리고 있습니다. 책으로 엮기를 원하는 아이디어가 있으신 분은 이메일 book@smpk.kr로 간단한 개요와 취지, 연락처 등을 보내주세요. 머뭇거리지 말고 문을 두드리세요. 길이 열립니다.